叶羽轩画稿

赵桂明 著

山西出版传媒集团
山西人民出版社

图书在版编目（CIP）数据

叶羽轩画稿 / 赵桂明著. -- 太原：山西人民出版社，2015.11
（介休当代艺文丛稿 / 郝继文主编）
ISBN 978-7-203-09190-5

Ⅰ. ①叶… Ⅱ. ①赵… Ⅲ. ①工笔画—作品集—中国—现代②汉字—法书—作品集—中国—现代 Ⅳ. ①J222.7

中国版本图书馆CIP数据核字（2015）第235245号

叶羽轩画稿

著　　者：赵桂明
责任编辑：武　静

出 版 者：山西出版传媒集团·山西人民出版社
地　　址：太原市建设南路21号
邮　　编：030012
发行营销：0351—4922220　4955996　4956039　4922127（传真）
天猫官网：http://sxrmcbs.tmall.com　电话：0351-4922159
E － mail：sxskcb@163.com　发行部
　　　　　sxskcb@126.com　总编室
网　　址：www.sxskcb.com

经 销 者：山西出版传媒集团·山西人民出版社
承 印 厂：山西基因印刷服务有限公司
开　　本：889mm×1194mm　1/32
印　　张：16.625
字　　数：500千字
印　　数：1—2000套
版　　次：2015年11月　第1版
印　　次：2015年11月　第1次印刷
书　　号：ISBN 978-7-203-09190-5
定　　价：82.00元（全5册）

如有印装质量问题请与本社联系调换

一葉證菩提，片羽識吉光。

——俞韞杰

吴定元 | 总序

文史资料工作是人民政协独具特色的经常性、基础性的工作。它在介休政协发展历程中，围绕"存史、资政、团结、育人"的社会功能，积极工作，勇于探索，取得了丰硕成果，为社会文化建设，以及统一战线和政协事业发展贡献了力量。截至今天，《介休文史资料》已印行十二辑，颇受社会各界好评。近年来，不断进行突破，研求新的形式，分别编印了《介休政协志》和《介休历史文化丛书》，参加了《介休琉璃》的组稿与编辑，并交由山西人民出版社正式出版发行；配合著名人类学家乔健（介休籍）的讲学、调研，将中国人类学家对介休的研究成果合辑为《维护文化遗产，发展城市文化》论文集；由张志东同志勘拣材料、采访，与乔健先生多次沟通，撰成5万余字的《著名人类学家乔健》书稿，比云南人民出版社出版的《乔健口述史》早了一年，而且资料取舍自有其独特的价值。这些书稿的辑成对介休三贤文化研究、介休历史文化名城复兴以及介休区域人文的自觉建设与发展发挥了巨大的作用。

2014年以来，介休市委、市政府、市政协主动适应文化建设的需求，文史工作更加艰巨和全面。反映介休洪山窑的《介休陶瓷》正在组稿制作中，与中山大学、复旦大学、四川大学、厦门大学的文化合作研究成果也基本完成初稿；介休景点楹联经由中华诗词网、中国书法家网全球征稿,所评审选用的稿件也将选编成印。同时,《介休近代艺文丛稿》《介休当代艺文丛稿》的出版印行,也是颇有意义的。

介休有文字记载的历史约为2600余年,自北宋到当代,人才辈出,文艺鼎盛,而市志所传,限于体例,空列虚名,研究者往往无从着手;各种机构、个人的吉光片羽之藏,因条件局限,保护不得法,发扬更难。这次的编选首先是一次对文化遗产的抢救。我们充分发挥协调作用,取得市史志办、市文化局、市报社、市博物馆、市档案馆各部门的积极配合与支持,分拣资料,拍成图片,得上百种各类存稿,其中不乏如《桐柏生诗钞》这样的手抄孤本,又积极组织通于文史的学者、教师及各类研究者十余人参与了整理、标点、校对等各项工作,历时近两年而璧成此十数册。丛稿经历了同样的艰辛,取精用宏,更增加了组稿的难度,审编人员可谓呕心沥血。其中《李刚文献集》是已故书法名家李刚先生的作品与文章合集,并汇编了一些往来信函及其逝世后的纪念性文章。李刚生前名重全晋,所交皆一时俊彦,稿件编选时呈送山西书坛名家,均赞誉有加。

这套丛书是新时期文史工作的一个探索,而对于本土文献资料的保护和利用仅仅是掀开一角,其研究与传承仍有待于全社会的参与与支持,这应该是一个互动的过程。文史知识对增强本土文化的凝聚力,把握发展的内动力,提高人民生活的自豪感及幸福指数,功效莫大。如何将我们的文史工作进一步落到实处,利用好各种现代技术手段,提高工作效率,力求详实、新颖,将保存与传播相结合,完成一项项文化工程,形成城市的软实力,实现我们

的梦想,是摆在我们面前的一个课题,任重道远,期待我们一步步践行。

(吴定元,介休市政协主席。)

序一
杜玉曦

山西是中华文明的发祥地之一，三晋大地是中华文化、中国绘画艺术的摇篮，晋中腹地介休更是史迹芸芸，名人荟萃，文化底蕴深厚，资源丰富，经济发达，人民勤劳富裕，赵桂明先生就是在这块宝地应运而生、应运而长、承前启后、继往开来的介休籍当代著名画家。

打开赵桂明的一幅幅精美画卷，一股浓浓的生活气息扑面而来，一派清醇优美的田园景色映入眼帘，让人赏心悦目，叫人陶醉，给人美的陶冶，发人深思。你看那《秋圪儿》中村头酸枣树下栖息的鹌鹑，桐籽花丛中嬉戏的鸭子，村外坡圪上酸枣树林中一群褐马鸡祥和地沐浴着早春的阳光；《秋韵》里，村外田园树丛中鸡家园的温馨和谐……赏他的作品，犹如置身于优雅的世外桃源，能让人入静，静静地品赏这艺术美的滋味；但又使人激动，犹如甘醇美酒下腹，让你的思绪跳跃而兴奋。这就是对桂明作品艺术魅力的最初感受。

赵桂明同志原是工厂的一名工人，自幼酷爱美术、绘画。他勤学苦练，刻苦钻研，广征博采，自学成才，终成为省内外知名的优秀画家，更是晋中画坛的佼佼者，晋中美术的中坚力量。他现为山西省美术家协会会员、山西省工笔画协会常务理事、介休市政协委员。1986年至1987年进修于中国美术学院研修班，师承于杜巽、吴山明、叶尚青等教授,这使他的艺术得以全面升华。我与他是在他的作品于各处的展示活动中了解并相识的。他精明干练,思维敏捷,学识丰富,为人谦和诚实、平易近人。画品和人品的一致,使我真实地认识了桂明同志。他多年来辛勤耕耘,新作不断,佳作累累,在全国及省内外取得不菲成绩。其作品获得全国第十二届、十三届"群星奖"美展优秀奖、省级银奖,"向新杯"中国画展二等奖,"和谐中华"全国首届书画作品展三等奖,"玄中杯"全国书画大奖赛二等奖;另有作品入选并获"黄河魂·太行情"山西省美展二等奖,山西省人大代表、政协委员书画展三等奖,《秋坎儿》获山西省首届工笔画大展二等奖,《桐籽花开》《秋韵》入选山西省第二届工笔画大展,《桐籽花开》获优秀奖,《快雪》入选山西省第三届工笔画大展并获奖。山西省第十二、十三、十四、十五、十六届美展,山西省"杏花奖"优秀美术作品展,山西省当代中国画展,山西省首届花鸟画小品、精品展等多种展览均有桂明作品入展、获奖。其作品也在报刊发表,入选各种画集,多件作品被个人、单位收藏陈列。可谓硕果累累,艺绩斐然,在省内外颇有影响,非一般画者能比。

桂明的画以工笔见长,山水、花鸟皆作,但以全景花鸟为最,在各次展事活动中,他的花鸟画十分抢眼,件件都给人留下极深的印象。他步入美术创作虽然是从自学起步入门,但作品超凡脱俗,毫无匠气、俗气,无低劣、幼稚之感。特别是在国家学府——中国美院研修之后,从作品到观念、技法、艺术修养均发生质的蜕变,作品从构图、处理、用色、意境表现上明显渗透出高雅的文人画气息和画面、造型处理严谨的学院派风格,还有一些现代工笔画技法的痕迹,这些与他严守的传统笔墨、用线、用色、皴、擦、点、染相结合,形成了桂明式的新工笔画。他的作品摒弃了程式化、概念化、因袭化的弊端,改变了旧工笔画柔弱轻腻的面貌,非常大气,很有诗的意境,使人耳目一新,看上去感觉既是中国工笔画,又有空间感、厚重感,画面色彩的和谐雅致,以及一些新技法的得当应用,使作品充满现代感,适应了当代读者的审美需求,与时俱进,十分难得。那堂皇绮丽的玉兰、牡丹,烂漫风致的山花、野卉,风露奇峻的岩壑流泉,一幅幅诗情画意之作出于他手中。《桐籽花开》中大片的淡紫色花丛与褚墨色树干的相托衬和谐雅致,树下鸭群的黑白对比生动明快,虚幻的雾气、虚实远近的空间处理,使人感觉如入优雅清新的田园境地,又如倾听一曲和谐优美的田园交响乐章,美轮美奂,优美而动人。《秋韵》《秋圪儿》中田园意境的表现更为绝妙,通过对枣树树丛、阜丛的虚实处理,让人感觉一切景物都在流动的雾气之中,时隐时现,变幻万千,神秘而美丽;鹌鹑与鸡的写实刻画更增加了画面的真实感,不但让人感觉身临其境,更使人耳闻其声,其艺术魅力的发挥,达到淋漓尽致的地步。当今画画的人很多,画作如飘雪,但真正能打动人的作品不多,多半为落地的雪花。只有静心去体味生活,观察生活,提取生活的精华,全神贯注地用心锤炼、锻造、加工艺术的人,才能营造出具有无比魅力的艺术精品。桂明以其对艺术的虔诚、悟性、勤奋、静心和高超的想象力、创造力做到了这一点。

  桂明对民族传统绘画技法的理解与应用亦非常自如,无论是皴、擦、点、染,还是立意构图都有独到之处。操作上能有较强的理性把握和大胆的借鉴、拓展、创新。画友相聚谈艺之时,他每有周缜细密的阐述,启人深思。桂明尤其能在工笔重彩画的绘制方面驾轻就熟,因画而宜,自如地运用色彩,将西画的光影、透视、空间感的原理融汇于画作之中,层层叠叠,主次分明,主体突出,深邃而幽雅。他是一位善于吸收、博采众长、开放型的艺术家,是紧随时代的艺术家。所以他的作品屡入全国大展及各类展览,很受专家、学者和广大观众的好评,许多作品获奖或被收藏。他的作品很接地气,也深受社会群众的欢迎与认可。桂明在创作中总是不断寻求突破和创新的路子,他认为一个艺术家一旦离开了艺术观念、理论思维、技法技巧的突破与创新,没有了源头活水,一味墨守成规、重复自己、重复别人,按套路、按程式去画画,就意味着他艺术生命的终结。所以桂明的画每一幅都有新意,决不雷同。

桂明每一幅作品的诞生犹如一次痛苦的分娩,因为每件作品都融入他无尽的艰辛和心血。搜尽奇峰而"草稿",一叠叠野外拍摄的"赏心枝叶"、一幅幅写生回来的"山水缩景",是他创作的充足素材。他常常在夜深人静时进入构思构图的创作状态:一堆烟蒂,双眼熬红,无数的小草图催生出一件件作品的创作大稿,往往在作品接近完成之时,累得身形拘挛僵直,右手拿了画笔,左手却在蓄势使力,如搬掀重物似的一笔笔坚实而轻柔地勾勒、晕染、涂抹在纸上,鸡鸣拂晓时,一件件精品从桂明手上诞生了。这就是桂明对待艺术的崇高精神和赤诚之心!

桂明作品充盈的艺术魅力源自生活。桂明是由生活营养乳汁喂养成长的艺术家。儿时随父母下放农村劳动生活的日子里,成天劳作,玩耍在村边、田畔、树丛、场垛,与鸡、鸭、牛、羊作伴,与庭院鲜花、河边野卉共语,美丽的田园景致、神秘的远山风光唤醒了他对美的渴望与追求。这些与他天生爱画画的天分相合，造就了他今天能在生活中提取美的精华这一与常人不一般的本事。生活中美的核质、美的韵味、美的情趣、美的形象、美的意境都逃不过他的慧眼，无不荡溢在他的作品之中。他是贴近生活、贴近群众、贴近地气的生活型艺术家，难能可贵。回城成名之后，他仍不忘经常回到农村故地、花鸟鱼虫市场补充营养，丰富自己，所以他的作品一直保持着那种浓醇的田园风光和泥土芳香的气味，长兴不衰。当我们浏览桂明这些精美的画作时，当我们沉浸在这优美的感受中时，望着他那一路前行的坚定步履，我们为一个真正的画者，一个美的追寻和创造者喝彩、祈盼。期盼他在晋中宝地、三晋大地勇挑承前启后、继往开来的重担，为灿烂的中华文化艺术增光添彩。

（杜玉曦，国家一级美术师，中国美协会员，中国工笔画学会理事，享受国务院特殊贡献政府津贴，山西美协理事，原山西省工笔画协会主席、现荣誉主席，太原画院专职画家。）

武建平 | 序二

认识赵桂明,是在20世纪90年代末。那时,他非常年轻,看着也精神,炯炯有神的眼睛,透出一种追求艺术创作的强烈愿望。他出门时身上总是挂着一台相机,时而拍照,时而和画家朋友交谈,总有一种对绘画执着的渴求。作为长期生长在介休,远离省城和众多画家群体的他,每次出门看展都是尽可能取经、学习和交流,并以多认识几位画家朋友为目的。每次见到他,多是来去匆匆,有时与他爱人结伴同行。记得,我们是在山西省的一次展览会上经友人介绍认识的。接着,他邀我去看他的作品,并让我给他的作品提出宝贵意见。当时,我仔细观看了他的工笔花鸟画作品,并提出了我的意见和看法,并对他的作品予以肯定和鼓励。从初相识到成为多年熟知的画友,我在关注他每次参展作品的同时,也关注他本人所走的艺术道路。一路走来,他身上透出一种艺术天赋、艺术灵性与个性强烈共融的特点。他的绘画语言兼工带写,灵动洒脱,不拘泥于型而富有中国画特有的意境把握,他走着一条中西绘画共同融合的现代工笔画之路。

他特别喜爱画鸡,以至于在相当长的一段时间里他的作品多以鸡为题材,对鸡的热爱表现在他诸多的美术作品之中。画中漂亮的大红公鸡的鸡冠,充满雄性和阳光,尾羽在风中自由摇摆,时而高昂鸣叫,时而折头回望,母鸡相随,自由漫步在花草丛中。篱笆下,阳光中,使得家禽别具爱意。他笔下的母鸡形象,更是吃天然粮食和啄食小虫的农村笨土鸡,总能给观众一种向往和美好的回味。画中,他借物抒情,讴歌一种远离都市并休闲、美好、自由的生活状态,不仅告诉观众鸡毛的漂亮和美丽,同时还有一种向往自由而不受拘束的鸡的心灵宣泄。加之他用笔灵动而细微,潇洒而不匠气,跳动的笔墨色彩、和谐的画面富有质感,带给观众美的享受,同时,使得在城市住久了的人们有一种回归生态自然而平衡的美好生活的感觉。他每画一张鸡的作品,都仔细观察鸡的细微动作,后经过艺术加工和提炼,笔笔用情去画写,人和鸡在交流,使得鸡的神态栩栩如生,又配以庭院人工种养的花草或村院外的灌木、野花等衬托,使画面充满勃勃生机,让人有一种回归自然和留恋农村故乡之情怀。

近年来,他的作品内容又逐渐从家禽走向了更加宽泛的路,鹌鹑、飞鸟、麻雀、鸭子、鹅、蝴蝶,配景花由身边的酸枣、向日葵等走到了外界的荷、竹、牡丹、菊、榕树等,既有草本又有木本,花草树木应有尽有,他画笔下的对象从小范围走到了大花鸟世界之中。因此,也加大了他创作的难度,画面处理,色彩把握,线条勾勒,木本树木和花鸟的交融等更加复杂。由于花鸟这些题材在全国较普遍,所画对象需认真修饰整理、重新组合、重新排序、重新创新,从共性中找到个性,在茫茫花鸟画大海中,重新寻找自己的艺术语言和符号。他沿着自己艰难的路跋涉着,追求更高的目标和画境体验。

桂明天资聪慧,对花鸟画有非常独到的见解和认识,每一幅作品，都有他自己的审美取向和研究。记得，他曾经这样说过："画画就是画自己最想画的，并且把它画得更完美些。"从他近期创作的作品不难看出，他强调的用情用心去画和写，已在作品中更加深入，功力逐年提高。他的作品中既有传统的笔墨情怀，又有对现代工笔画及重彩的丰富理解，点染皴罩，墨色交融，传统和现代在作品中得到平衡。这也正体现了他坚持不懈，对生活、对自然的热爱，用理想信念支撑他创作的性格。

基层画家有着许多旁人难以想象的困难，首先是挣钱生活和养家糊口，其次，才能安静地画自己喜爱的画。好在，这些年，社会开始关注画家，还不时地买上一张画家的作品，多少也给基层画家些鼓励和支持。桂明，这么一路走来，靠带学生，靠自己灵巧的雕刻、绘画等，在当地和一些经他拓展的空间里已小有名气。

他的出生地，因介子推而得名的介休市，具有深厚的文化底蕴。介休人有着独特的性格和对外界敏锐的观察力，这里有介子推的故事，这里有绵山的自然景致，这里有古老的洪山陶瓷遗产；这里有后土庙和琉璃故乡，这里有着深厚的文化积淀，相信桂明在这块土地上将逐步耕育出自己的艺术新天地来。

2015年3月9日，榆次

（武建平，1956年生于山西寿阳，现为山西省文联委员、山西省美协常务理事、晋中市美协主席。现在晋中市文联工作。）

目 录
CONTENTS

雅闲	1
艳阳	3
荷系列	5
秋趣	7
紫烟	9
岸汀	11
家院	13
凌波	15
和福	17
高阳(一)	19
小酸枣	21
牡丹	23
秋风渺渺	25

高阳(二)	27
熏	29
和日	31
桐籽花开	33
笔挑花鸟俏 刀逗鱼虫游	35
后记	38

【作品描述】 庭栏,荷梗,疏兰,几叶竹

◆《雅闲》　★ 62cm×62cm

【作品描述】 夏日骄子草芙蓉

◆《艳阳》　★ 45cm×45cm
入展：山西省首届花鸟小品展

【作品描述】 重彩写意手法,积染荷花,取肃穆深邃意境(自藏)

◆《荷系列》 ★ 62cm×62cm

【作品描述】 撞色,渴笔写生秋熟融融,翠虫叽鸣,凸显老秋生机(自藏)

◆《秋趣》　★　30cm×30cm　金笺圆光

【作品描述】 山花烂漫,可窥无限花海

◆《紫烟》　★　45cm×45cm
入展:山西省首届花鸟小品展

【作品描述】 撞色,枯笔丝毛,秋苇、鸭雏,老秋生机(私人收藏)

◆《岸汀》　★　30cm×30cm　　金笺圆光

【作品描述】 大棘、鸡仔,高染法,生活小趣(私人收藏)

◆《家院》 ★ 30cm×30cm 金笺圆光

【作品描述】 蟹爪水仙,写意手法;花器,搭配一寿山月尾钮章,皂白分明,文雅共生(私人收藏)

◆《凌波》　★　60cm×20cm

【作品描述】 肥硕莲蓬,写意手法;花器,搭配一寿山芙蓉挂件,老嫩交融,力取雅俗共赏(私人收藏)

◆《和福》　★　60cm×20cm

【作品描述】 向日葵构图,演绎秋熟序曲,秋意浓(自藏)

◆《高阳》(一)　　★　143cm×143cm
入展:山西省第十二届美术展

【作品描述】 小酸枣瑟瑟，叫天子徜徉其间，典型的北方图画（自藏）

◆《小酸枣》　　★　45cm×38cm

【作品描述】 暖色系,浓重喜庆又不失雅致

◆《牡丹》　★　96cm×96cm

【作品描述】 酸枣、山鸡,秋风渺渺(自藏)

◆《秋风渺渺》 ★ 96cm×192cm
入展:山西省首届工笔画大展

【作品描述】 蓬草、秋树、芦花鸡一派祥和，又不失意趣(自藏)

◆《高阳》(二)　　★ 96cm×196cm
入展:获"古冶杯"山西省第二届工笔画大展奖项

【作品描述】 葵花家鸡,重彩手法,艳阳秋色(自藏)

◆《熏》 ★ 180cm×97cm
入展:国际摄影艺术节山西美术作品展

【作品描述】 以明亮且有丰富层次的黄色、层叠繁密的叶子映出一片秋韵、安和、闲适

◆《和日》　★　180cm×97cm

入展：山西当代中国画展
拍卖时间：2007年晋宝斋秋拍

【作品描述】 春到紫韵挂满目,时至鸭酣惬意浓
(自藏)

◆《桐籽花开》　★　240cm×120cm
入展:"金华苑"杯山西省首届工笔画大展获奖

笔挑花鸟俏 刀逗鱼虫游
——赵桂明印象

林力强

与赵桂明先生结识于网络，神交于论坛。2011年秋，旨在"收藏文化、经营诚信"，弘扬寿山石传统文化，以石为媒、以文交友的著名专业网络论坛"中国寿山石社"，迎来了一位山西新玩家：易居。易居一露面，就凭着谦逊自信，与来自海内外的石友玩家们打成一片，持续上传他的书画作品。他的花鸟、山水作品，在合理的构图下，通过繁复的细节刻画，给大家带来了感官上的震撼，使人顿消偏激浮躁之气，涵养平和仁爱之心。通过网络笔谈，大家对他有了全面的了解与认识：易居，实名赵桂明，中国美院毕业，长期从事工笔写意创作，尤精于工笔重彩花鸟，其作品在书画界早有名气。网名易居的桂明先生很快被众多粉丝推举为寿山石社"文玩珍篆"版版主，其书画作品迅速为网络藏家所珍藏。

如果说桂明先生的书画作品影响力强大的话，那么他的寿山石雕创作则是从崭露头角到一鸣惊人了。现在不少人在谈论寿山石文化，须知位列"四大国石"之首的寿山石，本身并无文化，只是一种矿石，只有当人工加诸其上后才有"文化"可言。寿山石上的文字和各种物件形态，都体现了人们的奇思妙想，"文化"从而附着于石上，寿山石因而有了观赏性和"灵性"。因此可以说,文化不是由"天工",而是靠"人工"形成的。历代的艺人工匠,不知在寿山石上花费过多少巧思,才有如今的伟观。桂明先生早已注意到这一点,他秉承"海绵精神",吐纳有序,在持续吸取三晋风采、精耕工笔重彩花鸟的同时,不忘反刍纳新,立足画坛,涉猎多元文化,持续扩大着自身文化造诣的外延。桂明先生作为寿山石雕界的新人,利用网络的强大优势,先从学习模仿名家雕刻作品入手,凭着扎实的艺术功底,将书画构图融入石雕创作,使其雕刻技艺迅速由业余走向专业。"热爱生活,寄情山水,富于情趣"是对桂明先生的真实写照。桂明先生认为,书画与石雕创作,都是出自他的兴趣爱好,这就更加让人信服"热爱是最好的导师"的道理。许多本无专业背景的人,由于爱好而持之以恒,终于成就了自己的梦想,成为艺术名家甚至大师。我们的先人早已垂训:"书山有路勤为径,学海无涯苦作舟。"这虽是老生常谈,何妨一试,其效自见。桂明先生可以说是我们所见的又一位榜样,他并无雕刻专业背景,就是凭一己之好与一路坚持而走到今天。桂明先生的作品,无论是泼墨山水、写意小品,还是印钮手玩,件件有情趣,处处见精神。赏玩他的石雕作品,我们不能不佩服他的专精与勤奋。中国雕刻艺术大师、中国寿山石社总顾问"石癫"冯志杰点评:"桂明先生之雕刻,是圆雕、薄意和浮雕三者技法兼有的一种艺术浓缩,有自己的独特风格,与他的书画作品相映成趣,可谓笔挑花鸟俏,刀逗鱼虫游。"可见,兼容创新是艺术的灵魂,是对传统文化的弘扬发展。

  文化艺术对于个人而言,全在于自己的作为。传统文化的成果、艺术传播的影响,对于每个人来说,机会都是均等的,其中的差别在于个人有心与否、感悟与否、用功与否。文化兼容,艺术互通,书画艺术与寿山石雕艺术作为中国传统文化艺术的一份子,一个是阆苑仙葩,一个是美玉无瑕,同样都令人赏心悦目。桂明先生作为有心人,定会为大家呈献更多更好的艺术精品。宝剑锋从磨砺出,梅花香自苦寒来,祝愿赵桂明先生的艺术创作之花铿锵绽放,历久常新!

2015年3月于福州

(林力强,中国寿山石社副社长。网名寿山石虫。)

后　记

　　应该是这大半辈子以来第一次出册子，先前也有好多作品被收录过，但个人作品册子没有搞过。市政协嘱我写一些东西，想想也不知道写什么合适，就还是从绘画说起吧。

　　童年时候的记忆较深，动荡岁月随父亲到乡里，对儿时的大枣、小酸枣、臭椿、柿子、槐花、泡桐、高粱、玉茭子、刺棘、麻麻菜、土坷垃、土坡坡、沟沟洼洼等等印象深。任何创作都应该受生活的熏陶，所以我自己创作的题材大多是我熟悉的，自然而然就规避了一些其他题材。不过也不尽然，但凡有体会还是会尽量去尝试的。

　　早先跌跌撞撞地学了个五花八门，幸而23岁那年接受了院校训练，有幸受业于浙江美院（现中国美院）吴山明、叶尚青、何水法、陈振濂等诸家先生。原学浙派山水，导师杜巽老师说，这样不好换来润笔，就改辙工笔花鸟了。

　　先贤古人，我没有崇拜，只有敬佩，笔墨当随时代，现下很多的人学八大、板桥、摹石涛、弘仁，跟黄宾虹、吴昌硕……我没有当时的境遇、体会，所以我只会学习其心境和笔墨，不去追慕。倒不是立异，只因绘画风格是会变的，是会随着各人年龄、心趣、阅历、修为、沉积而慢慢转变的，假如介壳没有变化就糟糕了。老人说过"吃百家饭的孩子好养、皮实"，我感觉很有道理,自己很愿意接受剪纸、皮影、肚兜兜、虎头鞋帽的粗犷与淳朴,地方庙会、戏台子、炕围画、神龛的大红大紫,大俗皆大雅;也喜欢音乐的高亢与婉转,体育的瞬间与极限,这样可以体会到创作的莺啼烂漫、峰峦叠嶂、泉隘蝉鸣。

甚至于养鱼生崽崽、种花结籽籽、玩鸟能说话、遛狗懂礼貌,也是应该体验的。

创作的过程,师古不复古,拟新意靠生活是必然的,为创新而造作、跟风是不应推崇的,技法运用随意能成为语言,立意运用能成为心境,就可以游刃有余,可谓"从有法到无法"。

然无规矩不成方圆。作品的构成是需要人文、地质、风情、历史、时令、动植物等要素的,如老鹰不能配荷花、芦苇,迎客松不可以站立于黄土坡的窑洞旁,屈大夫不饮竹叶青,等等。画面感觉是必须强调赋予艺术语言的,因人而愉悦、震撼、欢喜、联想,假如一味繁、大、空,虽夺眼球却深入不了观者心灵,引起不了共鸣,产生不了情绪,就失败了。

画面构图应讲"开合有度,气韵生动",气无形而有意,作品有画眼,一抹两拓要烟波浩渺,迂回千里;三卉四叶需繁花似锦,小中见大,簇石为峰,点笔成林,摄人魂魄,引人遐想。所谓大气,"大"者不在尺寸,应该是感觉。尤其是工笔创作,我虽不排斥学院派的满式构图,但是非常反对抛弃笔墨的制作;虽不反感中西绘画语言的结合,但是要运用得好,如果嫁接了个不伦不类、不土不洋就成怪胎了。小而需有品味,大而需要魂魄,戏墨不等同于玩弄,大幅巨制不能堆砌,搞成附会牵强就不好了。

业精于勤，艺贵于精，应该尊重老艺术家的成就。台阶需要一步一步登上去，作品的优劣需要慧眼审视，现下专业平庸、水平低下、作品丑恶的有钱人靠金钱炒作出名、换取名誉，实在可恶，我不排斥宣传，但非常反感夸大其词的炒作。

蜗牛也唤作"牛"，但与耕田犁地的真正的牛就相去甚远了，蜗牛和真正的牛尚且永远无法比拟、相提并论，更不要提一些天牛、花牛了。现如今，各类所谓机构协会众多，一定程度上满足了蜗牛、天牛们的心理。一些蜗牛式人物的涂抹之作，作品形式荒诞，构图怪异，赋色用笔拙劣，或跟风或恶炒，功夫花在了探究展览风格、揣度评委心理上，靠一些媒体海吹，披戴礼帽长衫也难以遮盖其庸庸嘴脸、柴蒿身态，所以就无论如何也不可能牛气冲天了。

三日一山、五日一水，搜尽奇峰打草稿，集聚万相做素材。创作是一项工程，初期极具冲动感，画面的构成意境、色彩的表现倾诉、笔墨的应用令人兴奋。中期你就累了，直至后期小心收拾就又有了成就感。作品的落款铃印是很重要的，即使你花费一个礼拜的时间去铃一个小小的压脚也值得。

作品完成，自己回头能看出一分不如意，一个星期能看出三分不满意，数月后能感觉垢态满满的，就说明进步很快。世上只有眼高手低的人，绝没有手高眼低的"奇"才，因为手随心动，一脑子糨糊只能刷小广告，是认不得广告内容的。

与中明老师闲聊李刚先生卖字趣事，买家仁兄裤兜分别揣了一半润资，伸出一只手窃喜欲砍价一半，李刚先生顿喝"把另外一只手也递过来"，大笑过后总是感觉到一些凄苦。艺术不可以打折,打完折就不可以唤作艺术了,打折作品的作者应该就不能叫艺术家了。

有人问道:"为什么你有的作品是白送人的,便宜点都不卖给我?"我说因为人与人不一样,有的人是用心和灵魂读画,有些人是用眼睛看作品,就像看美女,尽管人漂亮你看久了也会生厌的,你用眼睛原本就体会不到美人的风情万种、含风带露。

真正的艺术作品是不能打折的,因为其作品是附有灵魂并具有生命力的,是可以衍生好多高价值元素的。

组织或协会,同道称之为圈子,时下流行这些。难,入会难,不说作品如何,就周旋资格就令人黯然神伤。不可认为协会组织"一片红",抛却门生、墨客、票卒、学历且不论,就才高压主谁受得了?所以做一布衣欣欣然吧。

但凡绘事之人必须具感情丰富、激情澎湃、感怕敏锐、外师造化、融古方通、不拘陈规、能跳出藩篱、不随俗而争上、畅随闲静、自得其乐之质。

随性而为,断断续续,絮絮叨叨了这么几段文字,表达了一些想法,其实也是自己曾经做过或者正在追求的。拙笔住语,万分真诚,愿艺海畅游再励吧!

李刚文献集

山西出版传媒集团
山西人民出版社

图书在版编目（CIP）数据

李刚文献集 / 郝继文主编. -- 太原：山西人民出版社，2015.11

（介休当代艺文丛稿 / 郝继文主编）

ISBN 978-7-203-09190-5

Ⅰ.①李… Ⅱ.①郝… Ⅲ.①汉字－法书－作品集－中国－现代②汉字－印谱－中国－现代③书信集－中国－当代 Ⅳ.①J292.28②I267.5

中国版本图书馆CIP数据核字（2015）第232444号

李刚文献集

| 主　　编：郝继文
| 责任编辑：武　静

| 出 版 者：山西出版传媒集团·山西人民出版社
| 地　　址：太原市建设南路21号
| 邮　　编：030012
| 发行营销：0351—4922220　4955996　4956039　4922127（传真）
| 天猫官网：http://sxrmcbs.tmall.com　电话：0351-4922159
| E－mail：sxskcb@163.com　发行部
| 　　　　　sxskcb@126.com　总编室
| 网　　址：www.sxskcb.com

| 经 销 者：山西出版传媒集团·山西人民出版社
| 承 印 厂：山西基因印刷服务有限公司
| 开　　本：889mm×1194mm　1/32
| 印　　张：16.625
| 字　　数：500千字
| 印　　数：1－2000套
| 版　　次：2015年11月　第1版
| 印　　次：2015年11月　第1次印刷
| 书　　号：ISBN 978-7-203-09190-5
| 定　　价：82.00元（全5册）

如有印装质量问题请与本社联系调换

1961年春节李刚与父母

李刚在介休纺织厂工作时表演快板

《沙家浜》中李刚扮演的角色

全家福(左起儿子一冉,妻子张淑英,母亲贾凤英,李刚,父亲李梦松,女儿一凡)

李刚父亲梦松先生八十大寿时全家合影

青城山的猴子与李刚嬉戏

卞葆彤、李一凡、李刚、李宁泰在北京合影

旅游时李刚与少数民族盛装少女合影

李刚、田树苌、贾起家在河南博物馆

姚仁承、殷宪、李刚在大同

贾起家、安多民、李刚与大同书友在云岗石窟

李刚、李智(曾任民建介休支部主任委员)在一起

即兴左笔作书

南村送春联

胡富国观看李刚创作

李刚接受汾局记者采访

李刚夫妇与女儿一凡

李刚与同学罗潆在平遥

礼帽风衣大佛前

吴定元 | 总序

　　文史资料工作是人民政协独具特色的经常性、基础性的工作。它在介休政协发展历程中,围绕"存史、资政、团结、育人"的社会功能,积极工作,勇于探索,取得了丰硕成果,为社会文化建设,以及统一战线和政协事业发展贡献了力量。截至今天,《介休文史资料》已印行十二辑,颇受社会各界好评。近年来,不断进行突破,研求新的形式,分别编印了《介休政协志》和《介休历史文化丛书》,参加了《介休琉璃》的组稿与编辑,并交由山西人民出版社正式出版发行;配合著名人类学家乔健(介休籍)的讲学、调研,将中国人类学家对介休的研究成果合辑为《维护文化遗产,发展城市文化》论文集;由张志东同志勘拣材料、采访,与乔健先生多次沟通,撰成5万余字的《著名人类学家乔健》书稿,比云南人民出版社出版的《乔健口述史》早了一年,而且资料取舍自有其独特的价值。这些书稿的辑成对介休三贤文化研究、介休历史文化名城复兴以及介休区域人文的自觉建设与发展发挥了巨大的作用。

　　2014年以来,介休市委、市政府、市政协主动适应文化建设的需求,文史工作更加艰巨和全面。反映介休洪山窑的《介休陶瓷》正在组稿制作中,与中山大学、复旦大学、四川大学、厦门大学的文化合作研究成果也基本完成初稿;介休景点楹联经由

01

中华诗词网、中国书法家网全球征稿,所评审选用的稿件也将选编成印。同时,《介休近代艺文丛稿》《介休当代艺文丛稿》的出版印行,也是颇有意义的。

介休有文字记载的历史约为2600余年,自北宋到当代,人才辈出,文艺鼎盛,而市志所传,限于体例,空列虚名,研究者往往无从着手;各种机构、个人的吉光片羽之藏,因条件局限,保护不得法,发扬更难。这次的编选首先是一次对文化遗产的抢救。我们充分发挥协调作用,取得市史志办、市文化局、市报社、市博物馆、市档案馆各部门的积极配合与支持,分拣资料,拍成图片,得上百种各类存稿,其中不乏如《桐柏生诗钞》这样的手抄孤本,又积极组织通于文史的学者、教师及各类研究者十余人参与了整理、标点、校对等各项工作,历时近两年而璧成此十数册。丛稿经历了同样的艰辛,取精用宏,更增加了组稿的难度,审编人员可谓呕心沥血。其中《李刚文献集》是已故书法名家李刚先生的作品与文章合集,并汇编了一些往来信函及其逝世后的纪念性文章。李刚生前名重全晋,所交皆一时俊彦,稿件编选时呈送山西书坛名家,均赞誉有加。

这套丛书是新时期文史工作的一个探索,而对于本土文献资料的保护和利用仅仅是掀开一角,其研究与传承仍有待于全社会的参与与支持,这应该是一个互动的过程。文史知识对增强本土文化的凝聚力,把握发展的内动力,提高人民生活的自豪感及幸福指数,功效莫大。如何将我们的文史工作进一步落到实处,利用好各种现代技术手段,提高工作效率,力求详实、新颖,将保存与传播相结合,完成一项项文化工程,形成城市的软实力,实现我们的梦想,是摆在我们面前的一个课题,任重道远,期待我们一步步践行。

(吴定元,介休市政协主席。)

目 录
CONTENTS

作 品

李白《渡荆门送别》立轴	3
孟浩然《夜归鹿门山歌》立轴	4
赠田树苌行书立轴	5
白居易诗《杭州春望》立轴	6
祖咏《终南望余雪》中堂	7
"梅寄、月明"联	8
吴昌硕诗立轴	9
"翠竹、清池"联	10
毛主席诗中堂	11
"樵客、松风"联横幅	12
刘长卿诗立轴	13

施闰章诗中堂	14
"半空、十里"联隶书横幅	15
郑谷诗斗方	16
"真水无香"镜片	17
"万顷、千峰"联立轴	18
"琴响、墨研"联	19
杜甫诗六条屏	20
王安石《梅花诗》立轴	22
刘皂《旅次朔方》诗中堂	23
高凤翰诗中堂	24
"见人、于理"联	25
唐寅诗中堂	26
辛弃疾词斗方	27
方孝孺梅诗斗方	28
吴镇竹诗中堂	29
刘长卿诗立轴	30
萧从云梅花诗立轴	31
王维诗横幅	32
"拳石、胆瓶"联	33

书　信

徐文达致李刚信件	37
田树苌致李刚信件	43
谷海林致李刚信件	57

殷宪致李刚信件	58
鲁风致李刚信件	60
裴玉林致李刚信件	62
中国煤矿书协致李刚信件	71
卞葆彤致李刚信件	72
绍总致李刚信件	73
蔡正雅致李刚信件	74
梁石致李刚信件	76
李庶民致李刚信件	77
李寿万致李刚信件	78
宋增跃致李刚信件	79
陈明元致李刚信件	80
武磊致李刚信件	81
宋树德致李刚信件	83
黄祥杰致李刚信件	86
梁海福致李刚信件	87
李文亮致李刚信件	88
贾起家致李刚信件	90

印　章　　　　　　　　　　92

芥斋短札　　　　　　　　101

附录：悼念文章

哭李刚兄弟	121
乘风归去	123

潇洒李刚行书而去　　　126
你在天堂还好吗　　　　128
翰墨千秋　　　　　　　131
李刚生平简介　　　　　139

作 品

编者按：李刚书法作品留存在家人手中的不过二百余件，选入集中的三十余件主要反映其书法风格历时变化发展情况，前期的柔韧些，存世少，尽可能收入；后期的存世多，选择了具有代表性的。收入作品皆为首次面世。

李白《渡荆门送别》立轴

渡远荆门外,来从楚国游。山随平野尽,江入大荒流。月下飞天镜,云(生)结海楼,仍怜故乡水,万里送行舟。

李白《渡荆门送别》词(诗)云下缺一生字,壬戌年春

李白渡荆门送别词 云下缺一生字 壬戌年春

孟浩然《夜归鹿门山歌》立轴

山寺鳴鐘晝已昏漁梁渡頭爭渡喧人隨沙岸向江邨余亦乘舟歸鹿門鹿門月照開煙樹忽到龐公棲隱處巖扉松徑長寂寥唯有幽人自來去

庚寅浩然夜归鹿门山歌 乙丑年季春 南亭步岩书

山寺鸣钟昼已昏，渔梁渡头争渡喧。人随沙岸向江村，余亦乘舟归鹿门。鹿门月照开烟树，忽到庞公栖隐处。岩扉松径长寂寥，唯有幽人自来去。
孟浩然《夜归鹿门山歌》乙丑年季春 南亭步岩书

赠田树苌行书立轴

绿原青垄渐成尘，汲井开园日日新。四月带花移芍药，不知忧国是何人。树苌仁兄大雅，愚弟步岩书。

白居易诗《杭州春望》立轴

望海楼明照曙霞,护江堤白踏晴沙。涛声夜入伍员庙,柳色春藏苏小家。红袖织绫夸柿蒂,青旗沽酒趁梨花。谁开湖寺西南路,草绿裙腰一道斜。

唐白居易诗《杭州春望》,己巳年仲秋夜酒后戏笔书奉大一贤弟济之

祖咏《终南望余雪》中堂

终南阴岭秀,积雪浮云端。
林表明霁色,城中增暮寒。

唐祖咏《终南望余雪》诗一首壬申年秋济之

"梅寄、月明"联

梅寄一枝江南春早,明月千里海上潮生。
岁次戊寅年孟冬济之书。

吴昌硕诗立轴

二月春寒花着未下笔恐触造物忌出门四顾云茫茫人影花香怨相媚此时点墨胸中无但觉梅花助清气枯条着纸墨汁乾时有栖禽落远势

吴昌硕先生诗
岁在丁丑暮春　李刚书

二月春寒花着未，下笔恐触造物忌。出门四顾云茫茫，人影花香怨相媚。此时点墨胸中无，但觉梅花助清气。枯条着纸墨汁干，时有栖禽落远势。

吴昌硕先生诗岁在丁丑暮春。李刚书

「翠竹、清池」联

翠竹黄花皆佛性,清池皓月照禅心。
丁丑年牢济之书。

毛主席诗中堂

秋风度河上,大野入苍穹。佳令随人至,明月傍云生。故里鸿音绝,妻儿信未通。满字频翘望,凯歌奏边城。

敬录毛主席诗一首 己卯年仲秋济之

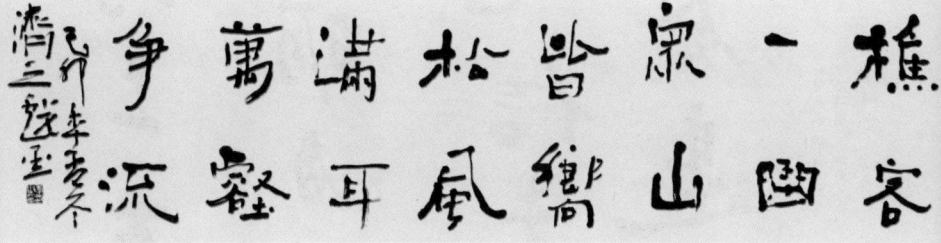

"樵客、松风"联横幅

樵客一曲,众山皆响,松风满耳,万壑争流。
己卯年孟冬济之戏墨

刘长卿诗立轴

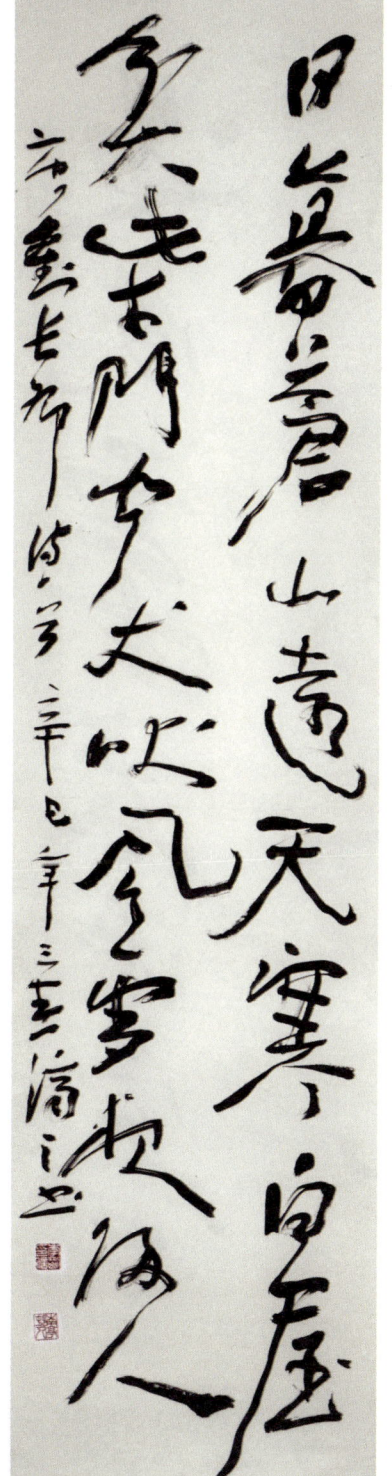

日暮苍山远,天寒白屋贫。柴门闻犬吠,风雪夜归人。
唐刘长卿诗一首 辛巳年三春济之书

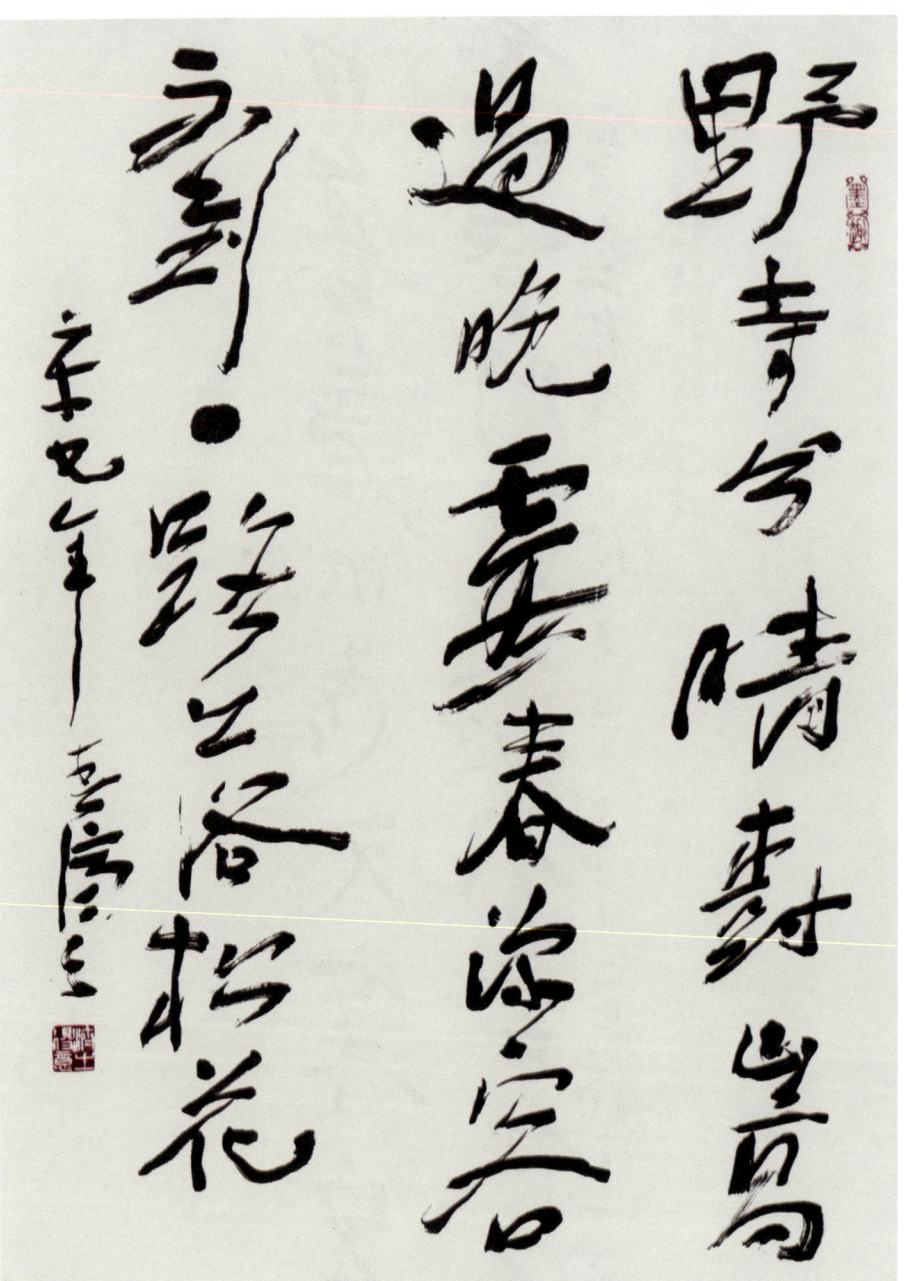

施闰章诗中堂

野寺分晴树,山嵩(亭)过晚霞。春深客不到,一路落松花。
辛巳年春济之

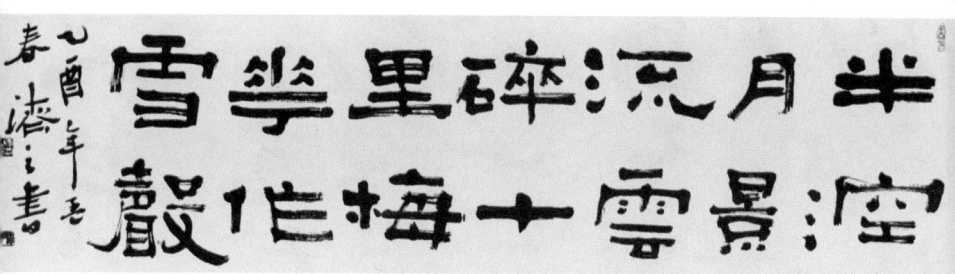

"半空、十里"联隶书横幅

半空月影流云碎,十里梅花作雪声。乙酉年孟青济之书。

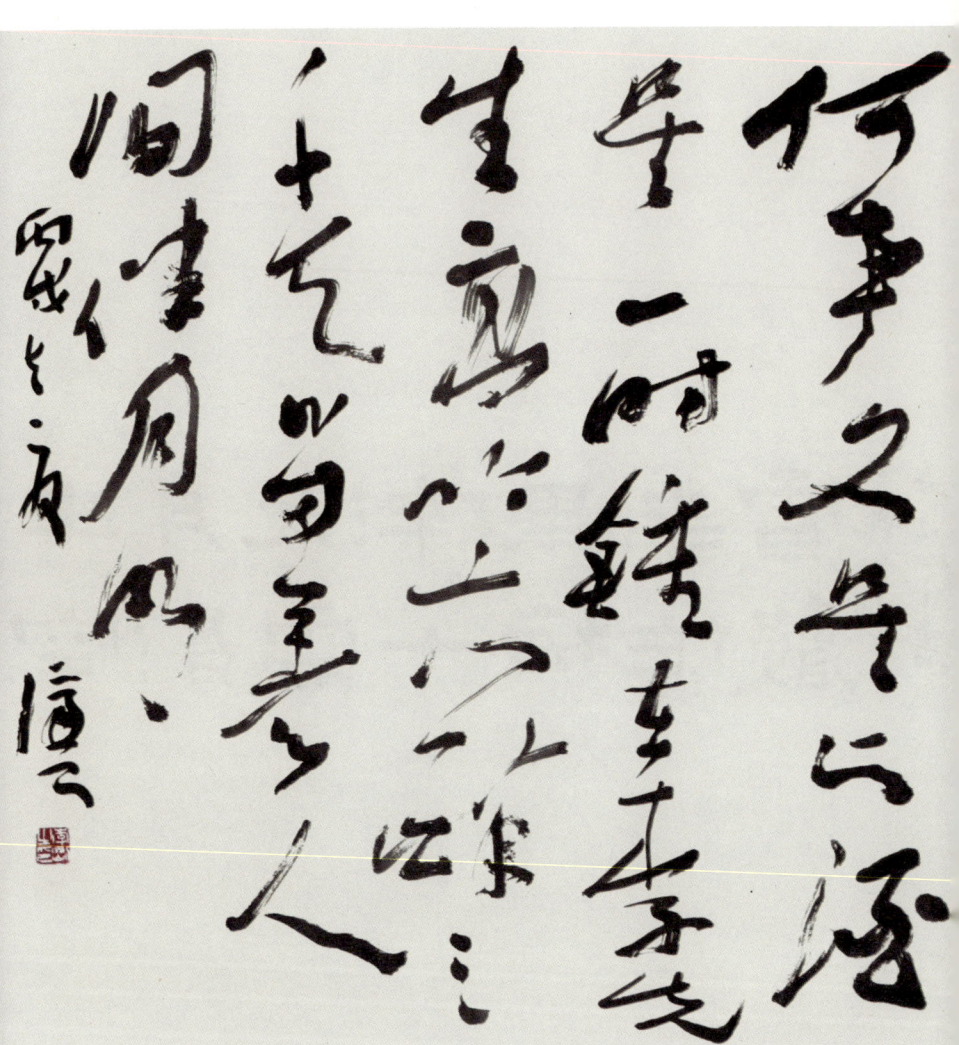

郑谷诗斗方

何事文星与酒星,一时钟在李先生。高吟大醉三千首,留着人间伴月明。
丙戌(立)夏 济之

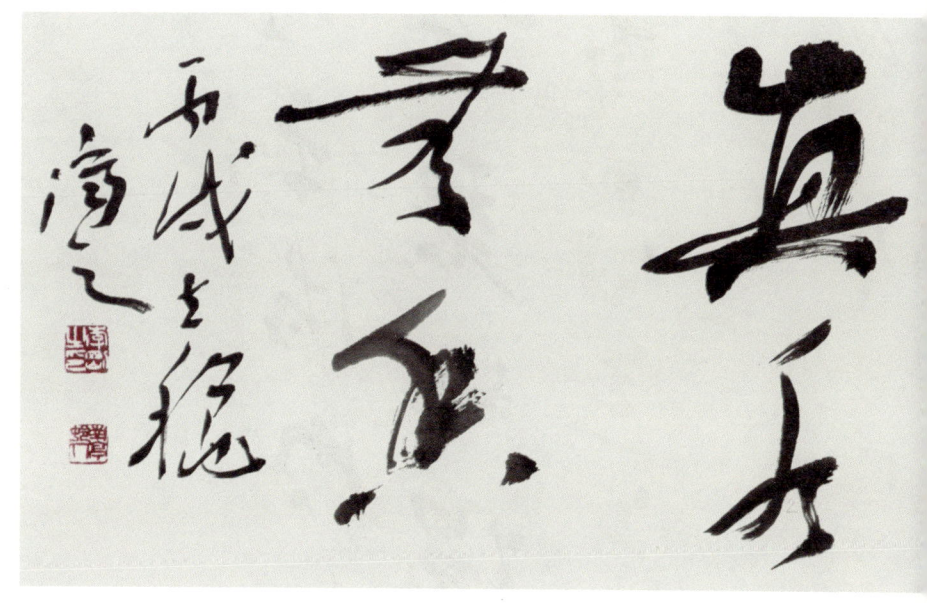

"真水无香"镜片　　　真水无香　丙戌立秋 济之

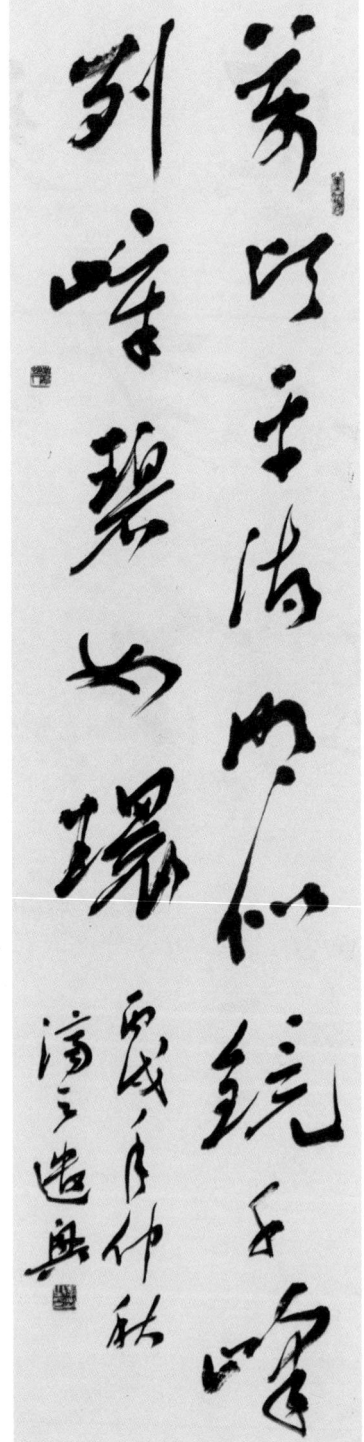

"万顷、千峰"联立轴

万顷平湖明似镜,千峰列峰碧如环。
丙戌年仲秋 济之遣兴

「琴响、墨研」联

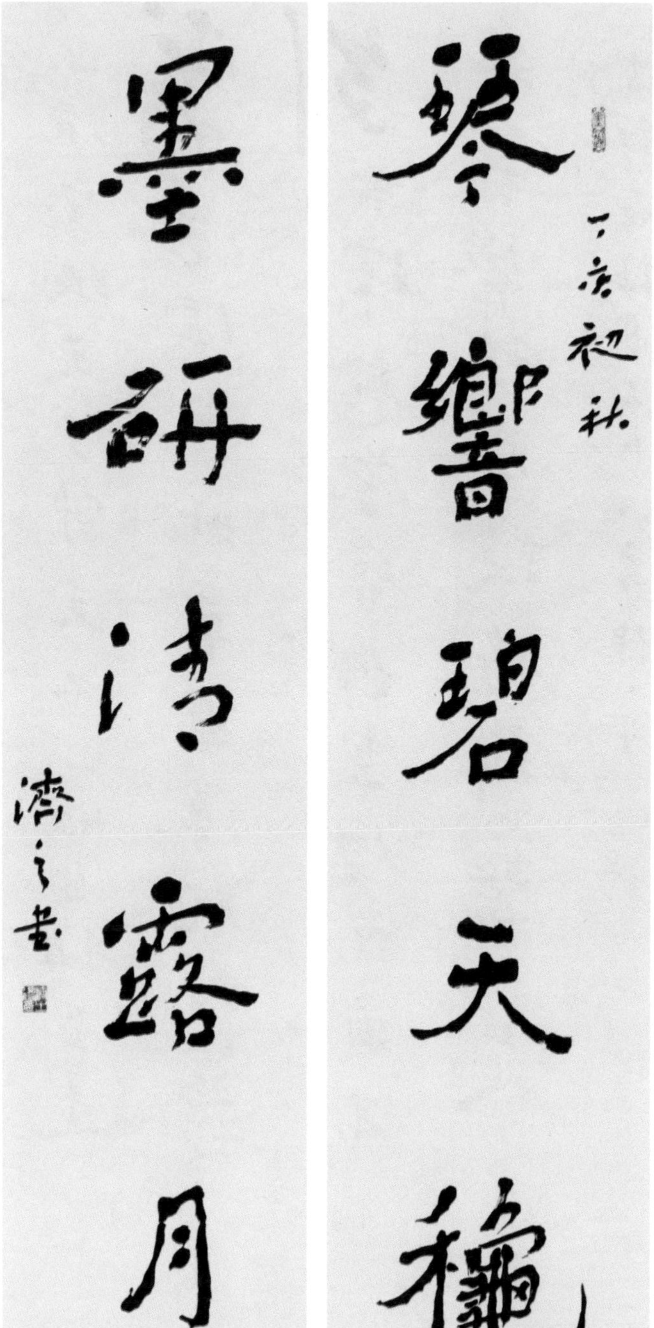

琴响碧天秋　墨研清露月　丁亥初秋　济之书

往々愛逃禅李白一斗詩百篇長安市上酒家眠天子呼来不上船自稱臣是酒中僊張旭三杯草聖傳脫帽露頂王公前揮毫落紙如雲煙焦遂

斗方卓然為談確辯驚四筵古錄唐杜甫飲中八僊詩一首

家次戊子元春上澣滌之於古宫柔齋

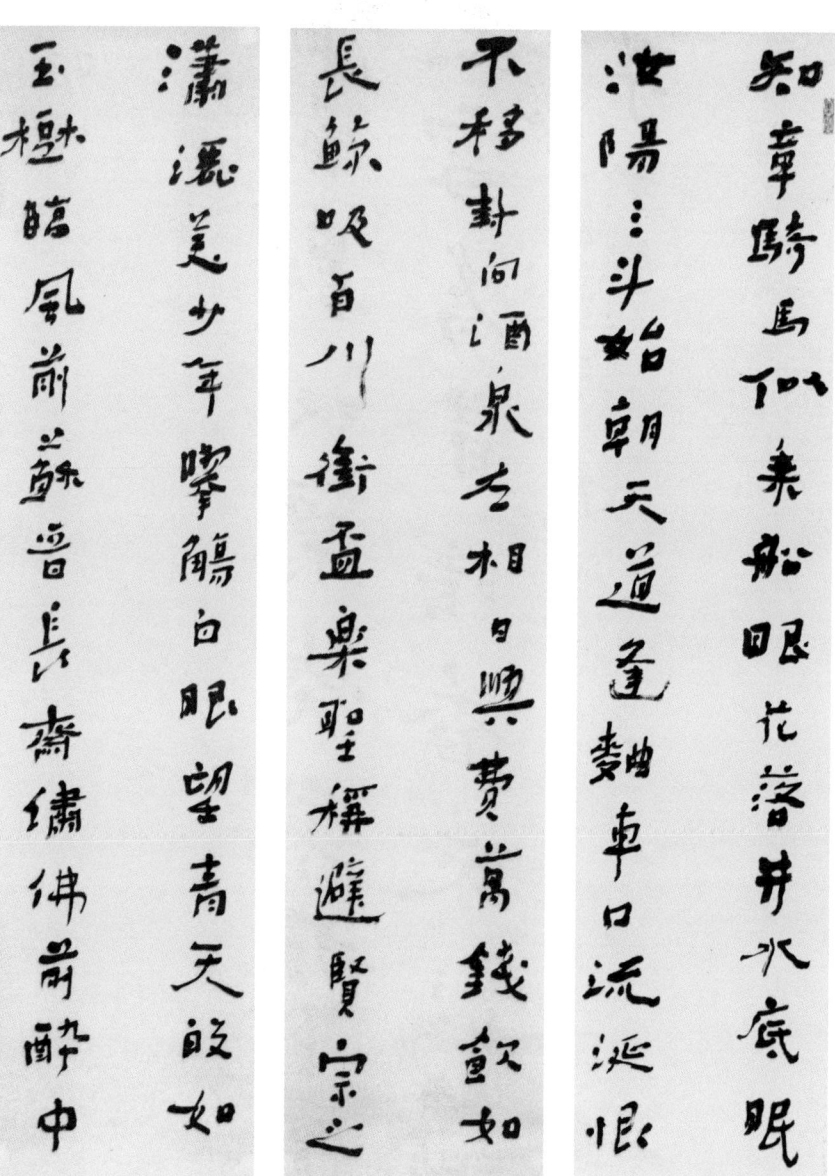

杜甫诗六条屏

知章骑马似乘船,眼花落井水底眠。汝阳三斗始朝天,道逢麴车口流涎。恨不移封向酒泉。左相日兴费万钱,饮如长鲸吸百川。衔杯乐圣称避(世)贤,宗之潇洒美少年。举觞白眼望青天,皎如玉树临风前,苏晋长斋绣佛前。醉中往往爱逃禅。李白一斗诗百篇,长安市上酒家眠。天子呼来不上船,自称臣是酒中仙。张旭三杯草圣传,脱帽露顶王公前,挥毫落纸如云烟。焦遂五斗方卓然,高谈雄辩惊四筵。

右录杜甫酒中八仙诗一首,岁次戊子元春上党济之于古定芥斋。

王安石《梅花诗》立轴

墙角数枝梅,凌寒独自开。遥知不是雪,为有暗香来。
王安石《梅花诗》丁亥孟秋济之戏墨

刘皂《旅次朔方》诗中堂

客舍并州数十载,归心日夜忆咸阳。无端又渡桑干水,却望并州是故乡。
唐刘皂《旅次朔方》一首 丁亥腊月济之

高凤翰诗中堂

朱砂变相玉精神，月底衣裳舞太真。却借梅花簇绛雪，特翻别调写阳春。

录清高凤翰诗。岁次丁亥四九初开，瑞雪纷飞。济之

「见人、于理」联

见人有过若己之失,于理既得即心所安。
岁次丁亥冬至 济之戏笔于芥斋北窗下

唐寅诗中堂

春风吹动看梅期,箫鼓联船发恐迟。斜日僧房怕归去,还携红袖绕南枝。
录唐寅诗一首 丁亥冬济之

辛弃疾词斗方

明月别枝惊鹊,清风半夜鸣蝉。稻花香里说丰年,听取蛙声一片。七八个星天外,两三点雨山前。旧时茅店社林边,路转溪桥忽见。
辛稼轩西江月夜行黄沙道中
岁次戊子孟秋时节书于古定芥斋北窗之下 济之戏笔

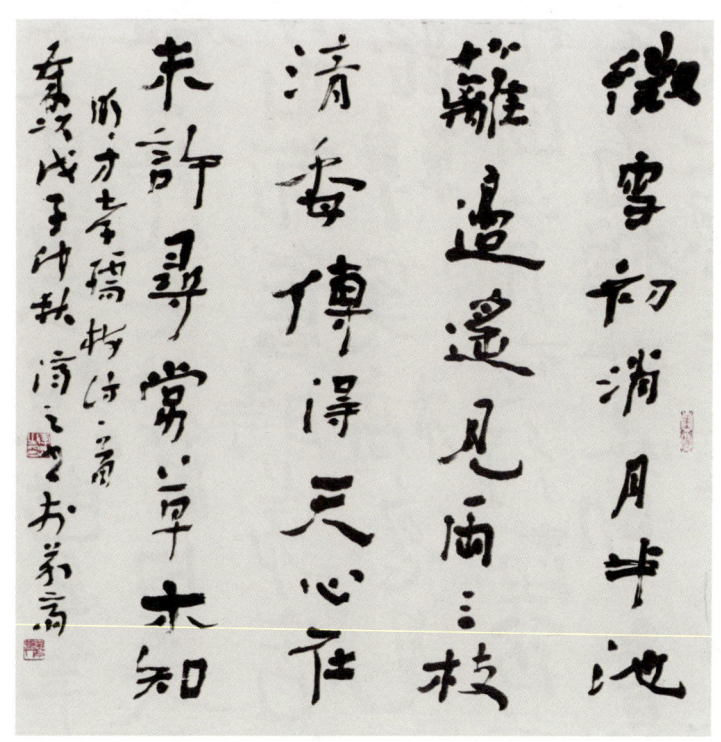

方孝孺梅诗斗方

微雪初消月半池,篱边遥见两三枝。清香传得天心在,未许寻常草木知。
明方孝孺梅诗一首 岁次戊子(仲)秋济之书于芥斋

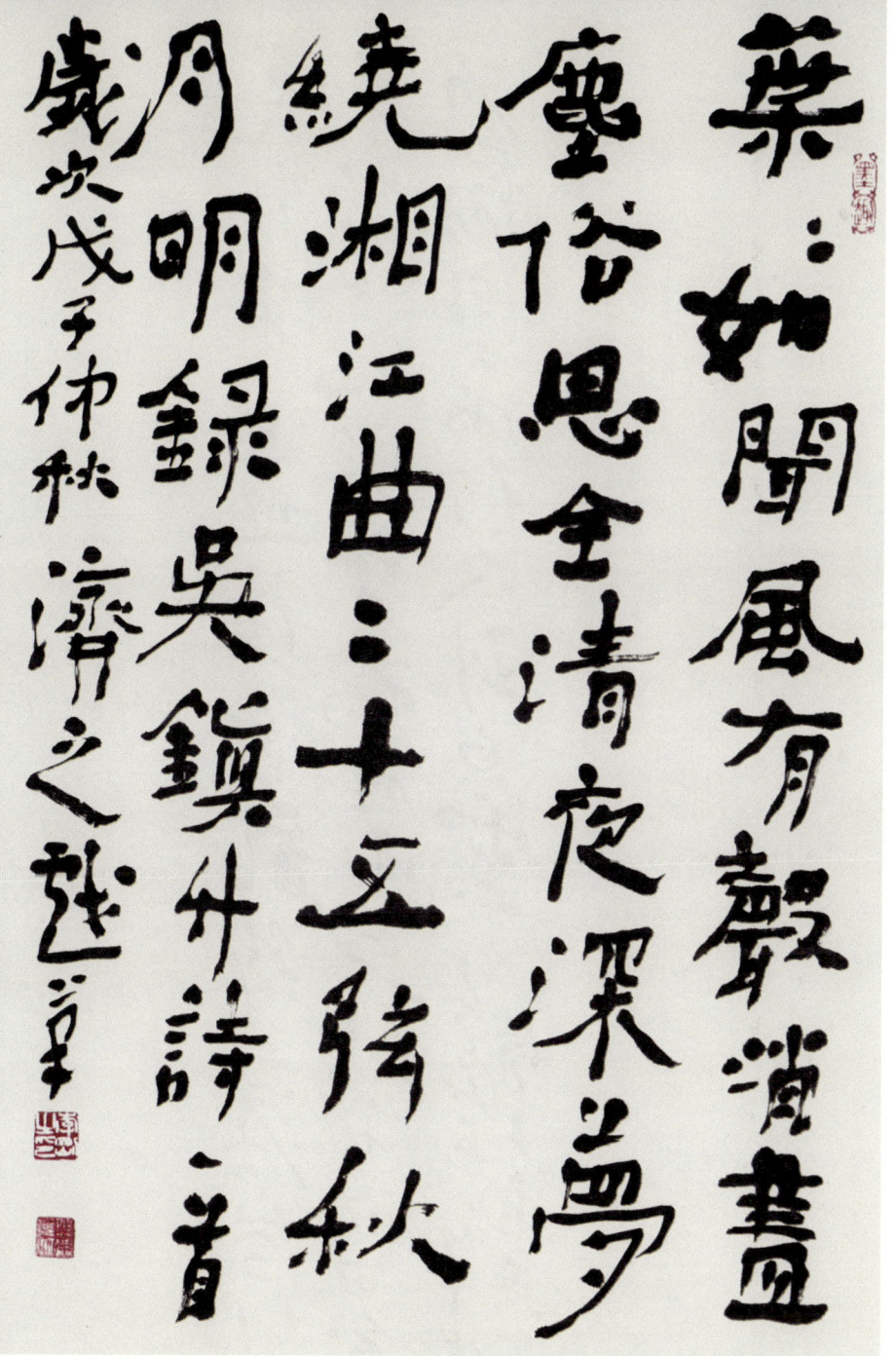

吴镇竹诗中堂

叶叶如闻风有声,消尽尘俗思全清。夜深梦绕湘江曲,二十五弦秋月明。
录吴镇竹诗一首 岁次戊子仲秋济之戏笔

刘长卿诗立轴

荒村带返照,落叶乱纷纷。古路无行客,寒山独见君。野桥经雨断,涧水向田分。不为怜同病,何人到白云。

唐刘长卿诗济之三道兴

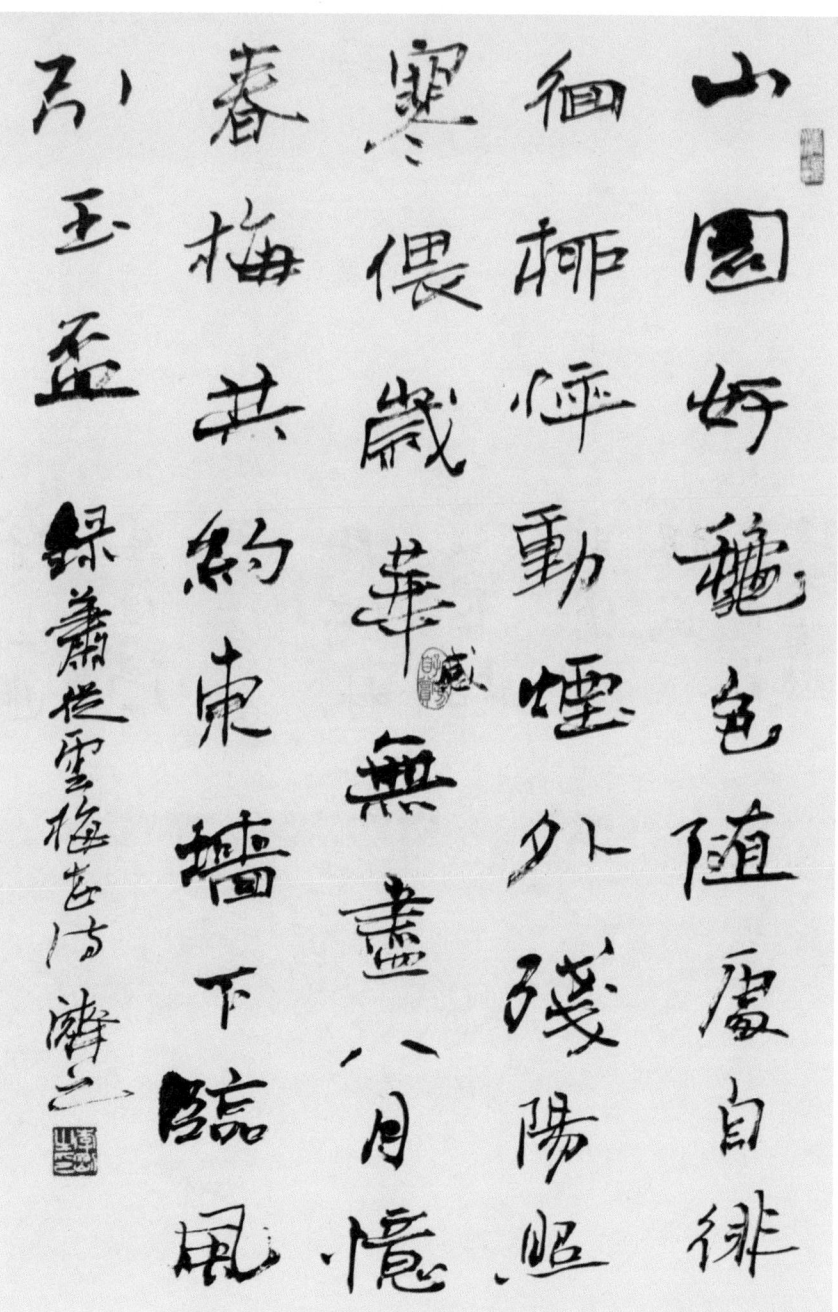

萧从云梅花诗立轴

山园好秋色,随处自徘徊。柳悴动烟外,残阳照寒偎。岁华感无尽,八月忆春梅。共约东墙下,临风引玉杯。录萧从云梅花诗 济之

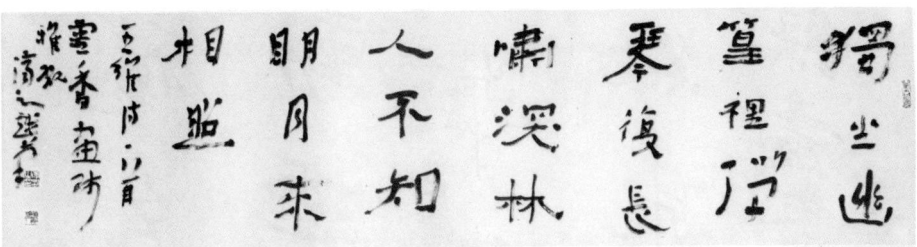

王维诗横幅

独坐幽篁里,弹琴复长啸。深林人不知,明月来相照。
王维诗一首 灵香画师雅玩 济之戏笔

『拳石、胆瓶』联

拳石画临黄子久 胆瓶斜插紫丁香

书　信

编者按： 李刚学书时，常奔赴太原，问道于徐文达、张颔、吴连城等前辈，成名既早，交接皆一时名家，当时信札互通，尚多用毛笔书成，本身即是水准很高的艺术品，只是当时未尝以为重要，十弃其九，集中所录者又限于体量，除其大半，有涉及人事纷争的不便面世，大多未选。李刚时代，尚有将毛笔作自然书写工具化的想象和努力，要把风格形成自然化，写信往往用毛笔，字与人是统一的、同一的，收礼记帐、张榜召贴、春联旌铭都有以毛笔书成为崇尚，所以这批信札的存在尤显标本时段的纪念意义。

徐文达致李刚信件

徐文达，1922年生，曾任山西省运城地区文化局长、山西省博物馆馆长，中国书协会员，山西省书协理事、副主席、第一副主席，山西工艺美术协会常务理事，擅制澄泥砚。晚年曾在中国美术馆办个展，反响极大。

李刚：

　　来信悉。此前已料到你对书法新的追求，从你寄来的字看，也正是处在彷徨之中。你提的因势利导，我一向主张如此，关键是对势的认识。导须是导向正确的方向，如果老师的眼力不佳，将会导到不良的境地。对于你的书法，我一向主张：你有欧的基础，再从草上朔（溯）二王，以打下草书的基础，再攻其他无论哪家，都将立于不败之地。学碑，我主张晚一些，早了将会把草书束之板结，如果放弃行草，当然可以，但太可惜了。对于喜欢哪家，如何对待的问题，我历来主张：初学者，由学生自己选择佳帖，但不是自己随心所欲，以致选了劣帖而立基不正。不能以老师自己所好强加于人，但自己选帖决不是意味着绝对准确，常常是所爱者并非所长，所不爱却是其长，尤其是有了一定的基础，而且前途见佳，正当再进一步的剪刀口阶段，做如何选择更为关键。做老师不是对学生的一般要求，而是要她出众，否则何其不厌其烦，屡屡唠叨，任他去者可也！老头子实在难以割舍。关于魏碑在书法中的评价，以及它对行草的影响，我不止一次地向你说过,只能放在行草之后,在行草基础不稳之前,不能掺入魏碑,如此将抵销前功而不能自拔。此点已为清代至近代若干书家的实践所证明,何必重蹈前辙?赵铁山就是明显的例子,赵承楷也是如此,田树苌以魏居多,但尚能承其意而摆脱其绳墨,善工行草,为难得者。但仍不能步行草之圆润,只能行之于行草的涩笔,属于沉着之风,但他用工于行草,远远超过了他对魏碑的功夫,否则仍摆脱不了魏碑的绳索。你想做些草魏的尝试未尝不可,但早了一些,再过五年亦不算晚。魏碑比学二王行草要宽得多,而是唯我所需,不入臼穴,有何不可,在基础不稳固以前轻易换档,常使你不能自由驾驭而听其摆布,以至六神无主,时秦时楚,落得只得其皮毛而不得其实质,失去自己的主体,就谈不上个人风格了。只能是舍去见长,而得到的平常。总的说来,还是犯的急性病。林鹏在《山西日报》上发的那篇文章中曾说:"行急者是自坠陷井!"你想作点"牺牲",创一创路子,并说不致"野了吧",看来你的篆隶基础也比较差,所以写出字来,虽然未见其怪,也未见其长,反不如你所谓的二王的"妩媚"(这个对王评价的字眼,是你的创造,前人没有这样说过)者奈(耐)看,这并非我一人所见,旁人也有这种看法。所以我替你着急,离原韵太远了。如果你舍得作"牺牲",如此之坚定,我胆敢不同意吗?上述可能都是多余的话,不过我也是情不自禁,我的话无非是作点参考,决不是金科玉律。你尽可按照你的意图进行,用实践来检验,最有说服力。信多余言,诸不尽意。

  此致

 艺祺!

            文达

            3月11日

李同：

来信悉。书前已收到你暨志法新加之款，米条的写在字据上标条上缘给你们。你的用挖利事我向之提出此意，给志对排的这话，这是只照路寻向我谈协商问。此事老师的眼力知信的吃合等到不便候地转。再向望废能向国旋仔何领问之商协商，再次当笔业认。不爱已答你。再设其安此议郁家志的去于不照也。吾信。我之张晚一表，早点收到挂彩老长之校磁。为笔校辛苦善的叱示，但太不够了。甘于吾四跌郁家内向省结的问题，不倦重立地，初辛苦，如五予七日已逃连任做。
偶墨让日记读。所难心致走了某帖句主意不宜不能心等。

自己尼的强力者，但自己这恨误无足不平者绝对准确，本《送赤爱此地，从并获而以无其现有了所以基础，而且前途是真性，已为再进一步的考虑日造你学习问题，你觉得不是对工作的一般生活宿舍一定地址及对其不服其妨废，略叫人必无考也少！老沈子宽者二班心寓学生在此中的时候，以为定法从这个用新的永强此次的内在逐步斗识投入了作之便，是此等基础和此后的，不被修炼，此时的振翔而动而无能督接，此已自方情况是近此怎样体讨下记明日又等请而辩的纳误以此头那颗的倒子随不掩切离也共，但槽荷心规定，女但何赴不断等。名称稀脱其须置当那二以前的肾不为难得其他，室村但但不欲等附置之间别另位的之于以这想要从时达怀以有一边；通过了从近规律以什天气以希之然仍有以样以谷一生知你推脱不了，劝弹的候素。信想做什么妮们曾试事看不可。但弄了二次，再试莫章尔式写完，实实随为。因哄听所写，不久又忘记。有什么办？小品短实是瓶画而家推为换枪。本任保以能自由写取是作而听其推布。似乎六种艺之，以奉时楚。后有用其没远而又情其空叹。失声自心言，说诚之个人风格了小配此捨去见养西门的动手序。还回这未置息纪的身付府，林鹏云此西的张三方他听的一主中曾说，另发一号,当自净清开！你想你以加批。列利许字，还次不过呼了吧。意事问的不招亡难，他以以报告。附坐丰见芝凉,小手免芝长,又不见得所谓的二三是的焊。媚至守眼态信の切迅,积从作力了作说这）专卒贤这，对王诉他们道邦：
我二人所见，有人也有不相同处，可以慢慢交换意见。朱韵走远了，以果你接得作独性，如她之坚决，就不同志吗？土述两条都应在你心境不适乐退情绪消某作的时候提出你，要改些不为妥当还要律你在可接照你的范围过几天再考虑，不要捡拾，因为这并没顺力，信如能寄，尽不尽为无。此处
祝
　　　　　　毛泽东
　　　　　　　　十月

田树苌致李刚信件之一

田树苌,男,字楚材,别署硕昌,室称四宁轩。1944年12月出生于山西省祁县。曾任两届山西省美协理事。于书法研习凡四十余年,擅诸体,以行草、隶、魏见长,风格雄健豪放。

李刚同志,您好!

　　来信悉。青年展作品基本评选完,你的书法入选。篆刻虽入选,但要从中择几方,因还需徐老师亲自过目,最近先把入选的书法交去装裱。展出时间也因展厅问题推迟到九月份了。这倒是给筹备工作留下很大余地。

　　寄去《西泠艺丛》,望查收。知道你一直勤奋努力,很受启发,艺海无涯,人生有限,不努力不行,愿共勉之。
　　　　　　　　此致
敬礼!
　　前几天因忙,未能去学画,近日稍好,又能坚持去学。

田树苌

1984年6月23日

田树苌致李刚信件之二

济之兄如晤：

近好是问。访问团上月19日赴京，10月2日飞赴东瀛，先后去了琦玉县浦和市、饭能竹林寺、两神树、横滨、东京、神户、大阪、姬路，于11日下午离开。短短十余日，但感受颇深，可谓一言难尽，容见面后详叙。

我们是14日回到太原的，这几天主要忙出国回来的总结，写消息，结算国内国外费用，还需将外币再换成人民币，手续麻烦复杂。明天还要到省外办结算国内部分，这几天另外考虑的一大问题是我要在29日下乡扶贫一年，走之前要协助李晓林办两件事：一是将山西书法学校的牌子正式亮出来，争取在下月10日左右开始先办提高班，设想中还可办全国短训班和函授班，此事有刘锁祥与高智参与；二是由冯俊田负责协会成立服务部，经营文房四宝、招牌、图之有偿服务等。此事小冯近日正在积极作开业前准备，想在下月初正式开业，这些都和老兄所想不谋而合。此后，咱兄弟还要携手合作，以期共同发展。

我曾应《书法导报》之约，免费刊登润格，当时收到的通知中曾谈到，如个人想刊登要收费，不知标准如何。老兄可给导报总编王荣生去函谈，他最近给我来信让帮他在山西订该报，或给该报赵鉴铖、李义兴二同志去信亦可，就说我向其介绍的。

近来事务繁冗，无暇安静，未能马上复函，请谅！寄去名片是这次赴日前所印，内中有书协秘书长一职，实质是副秘书长，只为对日宣传用，故予说明。附上我在导报的润格，请酌用。匆匆草此。

顺颂艺祺！

弟 树苌 顿首
1992年11月26日

田树苌致李刚信件之三

步岩：

两次来信均已收悉，勿虑。因我29日匆匆赴忻州去校对《通讯》四期文稿，第一封信未能及时作答。寄来的几方印拓很是精彩，灵秀洞达，很有点韩天衡等人的南派风韵。因我是打算下一期的《通讯》上用，用哪方也暂不能定，边款也不能定，等决定后再函告吧。

第二次寄来的作品收到了，写错的那幅已与老冯换出，由我保管。

储蓄展作品两件都交老冯了，由人家们去评选好了。两件各有千秋，给我刻的印很满意，洒脱自然，别有天趣，此种刀法格局在我省尚不多见。

你县拟成立书协，很好。注意事项是先要草拟章程、开会人数、未来班底的人选、开会地点、经费、开幕闭幕词、工作总结、开会日程安排，要否有特邀代表、来宾……临汾书协今天到7日成立地区书协，你也可以向樊习一同志发信，向他求教，或就此到晋中或来省城具体了解落实一下会议的筹备事宜。

储蓄展览通知在7月15日截稿，只要别误了评选，稍迟几日也无妨。

上月24日应孝义总工会之请，我陪徐老师到孝义走了3

天,去是坐吉普,曾从介休城穿过,回来坐火车(因路不太好走),惜未能在介休停留,容以后再碰机会。

再叙。

即颂书祺

田树芨

2002年7月4日

田树苌致李刚信件之四

步岩:

　　来函悉。我27日赴夏县参加武警专科学校书画协会成立会,经祁县小住二日,昨晚返并。行前与朝瑞通了电话,单项四名入选,除贾、殷外,你入选的是行书,另一名是太原古交一叫刘正成者。人名吾也不确,也没晤面过。这次入选,意义也很重大,但我能有此殊遇,亦证我们近年之努力,有成功,但还需继续努力,让我们共勉。

　　金来去冬今春曾提过去大同开会事,后因今年经费紧张,此举已取消。前些时见到富盛也是如此说。

　　我们已在上月12日搬到轻工厅四楼,在上肖墙10号。上月24日,罗小花已将你裱的几件东西交我,我带回家了。"杏花杯"送作品了吗?

　　再叙。祝夏祺!

树苌

2003年7月3日

田树苌致李刚信件之五

济之兄如晤：

　　惠札收悉，协会喊叫出作品集，前后已十余载，然始终是光打雷不下雨，内中原因一言难述。吾兄大作因在登记人手，尚未拜读。但编辑过程中遇到问题，我会随时与兄联系的。这次出集子系宣传部统领出资，应能兑现。书法润格事，愚以为确应灵活变化，不能拘泥古板，故拙作以四尺对开为基数，每件300元，然后随作品形式、大小而浮动，不知老兄以为如何？如低于此则不可考虑。奉上近作两件，请兄以此作探路之砖，望兄酌处之。附简介可转赠李焰与仲(中)明。

　　新年佳胜！
　　并颂。

树苌 顿首
1月10日

田树苌致李刚信件之六

步岩：

　　来信早已收悉，近来一直忙第四期的编辑工作，到昨天才全部送印刷厂。这期文图全部说傅山，7月中下旬可望印出。你如有印拓的（此三字划去）篆刻近作印拓可随时寄我，以便届时选用。见到《会计之友》上有你四方印，很好，但趣味不是很足。

　　送全国的作品早在月初2日就送走了，我也忝列其中，能否入选，不去想他，处之泰然，无非是没选上，再继续努力。

　　山西的情况还是如此，保守势力很厉害，现在只能自己闯。省城诸中年并联合各地区数位书家，可能在6月中旬办个中年小联展，纯系民间性质。地点迎泽公园，到时你如能来，不妨鉴定一番。

　　我最近写《张黑女》，写米南宫，写《峄山碑》，家里备一摊，单位备一摊。我们体会，只有各种体都掺合起来写字才会超绝浑融，久经玩索。你如行草不见长，可暂放一段，写写隶、魏、篆。我最近时间安排得较好，每天抽业余时间写写字，画几笔，谈谈诗，还看美学理论书，要把自己充实起来，在艺术的领域里可多涉猎几门。

我一同学的父亲叫陈恩贤,60年代初期,在介纺搞筹建,后因100元账目不清被开除公职,以后生活很苦。此老先生1978年已去世,最近他家属要求落实知识分子政策(他是老大学生),据家里人说已和你们厂里领导谈了,并有文字申诉,烦你抽暇给他们了解一下,如能和领导说上话,也可敲敲边鼓,促成解决,并能将情况告我。

再写!

此颂书祺!

田树苌

5月29日

田树苌致李刚信件之七

济之兄如晤：

久疏通问候，请谅。省五二三书展未见介休诸君赴并，想一定很忙。老兄大字隶书赞之者多，也有持微词者。其实好坏自己最清楚，惟不懈努力而已。华北二届书展6月20日在运城巡展，我去陪其他省客人。上月底，去沈阳一趟，顺便到鞍山、大连逗留数日，尔后取道津、京返并。全国五届书展情况一言难述，日后晤面再详叙。我的拙作可能落选，在我意料中，故闻悉后泰然处之。只是后来听河北陶然、天津顾志新和王朝瑞说评选时我的作品怎么也找不着。到沈阳，聂成文也如是解释。如此看来，天知道还有谁的作品根本就没见着评委，内中种种不一而足。本月20日，我又带人到张家口出席华北书展在冀巡展活动，大同殷、胡二兄也去了，前两天才回到太原。8月20日，华北二届书展到内蒙乌海展出，并安排有笔会与参观，不知老兄与李焰、仲明诸君有去意否？如去，请速通知我，以便统一安排。余不另。

颂暑祺！

弟 树苌
7月31日

临之足下勋鉴：

今疏通履请谅，省五三三字展书见寄诗界妙茶拉二字张妣老见大字果然之步多如有墟，像所以怅不慊如月之最清楚。

三届全展有廿日至廿日在郑州开……其他书家尺人，青岛中吉沈乃一齿收后之大连届岛日尔後取已津东、全国五届已后请况一二难述曰、逗莱鸣西再详叙我的拙作不能展选故闭塞后素无变

左我意耕中

只是后来能见此魔光天津愿去新和丕尔瑞说评选时我的作品走色并不着到他场所如久也如是解释此番来天知道还有谁的忽视东我没见着评委中种、不而是东月节外别人到你家忙带寿北之长在蔓延成徐年功大同般胡三灵也长了新西五才回到太原、月廿日北三届之长到内蒙乌海长方兰马有些学与学院不知老兄与本于锦州许男有去意否如志清速便径一写瓶祖不多颂安
弟柳老卅

田树苌致李刚信件之八

步岩：

　　经我们几个两次评选，你和介休那两位作者作品均已入选，谨表示祝贺。

　　篆刻我送张颔老师鉴定，他对你的作品赞赏之余，亦提出了一些意见。我将所有四印拓寄出，你保存作留念。你另将张老首肯的重拓一份，径寄青年社书展办公室，或直接给宋富盛亦可，我近日正审定通讯的文字稿，印稿尽快寄来，以便装裱。不赘！

　　顺颂书祺！

田树苌

9月20日

田树苌致李刚信件之九

步岩弟,你好唯念!

分别返并后,于9日参加党校学习,直到上月底才结束。来信是月初阅悉的,碰巧关于会员待遇的通知冯老借给赵宝琴用,直到前天才送回来。我托人给复印,昨天印妥,今寄上,请收。关于给李焰寄表一事,小事一桩,不必和他人商量。李焰应列入全国会员的行列了,连这点待遇都不能享受,岂不怪哉。

浙江那个表我还没写,想近日写写寄走,因我看到最近他们又陆续给咱省几人寄信件,如徐文达、田际康、刘永德、王留鳌等这几位都是后补的。星期天,谢启源到我家,谈起此事,他说有的是他给推荐的,我想在我寄材料的同时,再推荐几位,包括你在内。

前些日,我临《圣教》,最近又想改弦更张,总是朝三暮四的,也许这个优点也未可知。

余再叙。

顺颂书祺!

至今未接到上海通知,不知情由。

树苌

10月11日

谷海林致李刚信件

谷海林，潞安矿务局文委、老干处人员。

李刚先生大鑑(鉴)：

　　来信收悉，随信所寄墨宝除反复欣尝(赏)外也当面呈送冯慧林主席(冯于今年初调任局工会主席)，在此我们一并向你表示深深的谢意。

　　(谈)及这里的情况可以说大同小异，天是一个天，地是一个地，大环境决定小环境。潞安也不例外，形势相当严峻。据说比起其他兄弟单位来潞安还算不错的呢。

　　说到书法今年我们倒是搞了两次活动，同时于9月、10月潞安和焦作矿务局搞了一次书法联展，各家50件作品，可以说还比较成功，上下反映也好。

　　以后咱们加强联系，欢迎你和李焰先生有机会到潞安来跑跑。

　　即(颂)

艺祺

谷海林
10月26日

殷宪致李刚信件

殷宪，1943年1月生，山西太原人，1968年毕业于山西大学中文专业，一级美术师、中国书协会员、中华诗词协会会员、四届中国书协学术委员、中国魏晋南北朝学会顾问、《北朝研究》主编。

李刚老弟：

    直到今天才回信，实在不像话了。省书代会后，又是一年多没有见面了，在这段时间里，我是家事、国事、天下事凑在一起，深感心力难支。家母前年谢世你是知道的，去年这个时候，我出于孝道，接家父来同伺奉了半年，谁料刚刚送回去不到两个月，就在今年春节前随老母去了，岂不悲哉？工作呢，改任副秘书长之后，更是忙上加忙，加班不断。年来自觉精力大不如前，常想弃政从文，何奈凡心不尽，决心总下不了。此又一大困也。

    写字倒还不敢稍息。去年全国书展前，怕行书落榜，心生一计，来了点变体小楷，评者以为得法于钟元常，我也姑且听之，

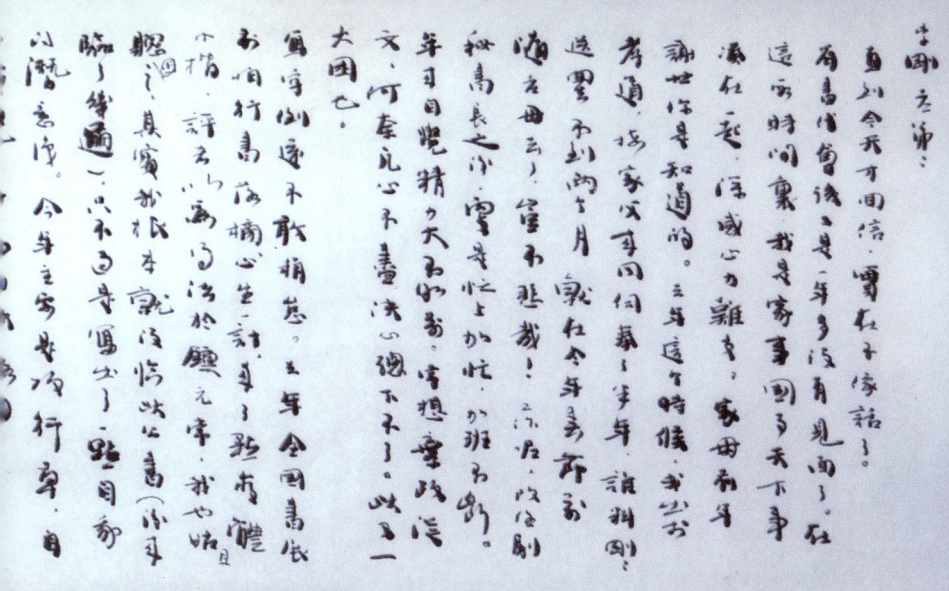

  其实我根本就没临此公书(后来临了几遍),只不过是写出了点自我的潜意识。今年主要是攻行草,自我感觉良好,四届欲露面。

  你这二年的突飞猛进,我一直关注着,期待着。今又知新调工作可心,定是鱼得水,虎添翼,何愁锥之出囊耶!关于你年初问及之事,想已落实。其实当时我已接到回函,直到今天才作答,实在太不负责任了。不过对此等事不必看得过重。有最近全国文联这一本就可以了。

  现在又是大同的黄金季节,如能出来,可得一聚。去年我等四人书画展不知何故邀而未到,据说年内省要开理事会,想可团聚。你那里的李焰字很好,我很想一会,请代为致候。书不尽言,言不尽意,就此带住。

  谨颂夏祺!

  弟妹处不另。金来向你问好!

殷宪 顿首
7月7日

鲁风致李刚信件

鲁风，原名杨宋森，山东鄄城人，中国美协会员、美协贵州分会副主席、国家一级画师、贵州花鸟画研究会会长。

李刚同志：

汇款及来信收到。因老外婆终因抢救无效而去世，住院、后事忙了二十来天，所托之事未能及时办理。

现将两幅作品（塘趣、新枝）及三本画集寄上（其中一幅尚未付款），请查收。

我去了一趟山东，山东把四尺三开到四尺对开的作品售价抬到 2000 元左右，向我定制作品也达到 1000 元一幅了。因与山西交往少，仍保持目前价格吧，你清楚就行了。

握手！

鲁风
1995 年 11 月 17 日

贵州国画院

李树刚同志：

汇款及来信均到。因老外婆经用赡救无效而去世，伤悲、后事拉了二十来天。所托之事未能及时办理。

现寄二幅作品（横幅、斗枝）及三本画集寄上。（其中一幅尚未付裱）乞查收。

我去了一趟山东，山东托的尺寸开列的尺对开向外作品售价均到2000元左右。向我定制作价又卡到1000元一幅了。因分山西交往少，仍保持旧友价格吧。你看甚么行？

　　　　　　　　　　　　　　致礼
　　握手　　　　　　　　　　　鲁风 90.11.17

91年十一届花鸟画邀请由山西主办，届时可能去山西一趟。

裴玉林致李刚信件之一

李刚仁兄如握：

　　善翰倾收，拜读之余，颇感厚意，因久绝鸿音，不识仁兄近况，知仁兄亦习丹青，自慰多一知音矣！

　　仁兄金石书法俱佳，在笔墨上自有功底，学花鸟画必出手超俗，吴缶老亦是30岁后才步入画坛，终成一代大师，如不厌弃，可赐近作予我，共习付之。

　　郝治庸一片热肠，于文字上褒赞过誉，惭愧之甚也。愚天性懦弱，凡事不与人相悖，既无个性，成天唯以画艺自慰，看书打发时光，倏忽已届知命之年，唯求自安！

　　仁兄所治小印，愚颇喜欢，俟机为愚捎来，以早使拙作生辉，所幸！所幸！

　　近二儿子学校毕业，面临分配，颇劳神思，目前社会风气若此，寸步难行，什么事均需关系来办，讨厌极了。

　　今年的全国花鸟邀展在山东举办，我送了一幅，届时如得暇，即想前往。

　　别不赘叙，盼多联系！

　　此颂
　　书安

　　　　　　　　　　　　　　　　　　玉林
　　　　　　　　　　　　　　　1992年4月11日

裴玉林致李刚信件之二

李刚老弟如面：

　　现将画作六幅依弟之要求寄上，请查收。此六幅中，两对对开的，牡丹为好，一对三开的以葡萄为佳（小葡萄甚佳），谨此说明！根据愚兄的画的情况，日后应逐步提高笔润为妥，让原先买画者有心里平衡之感，请考虑。另，就实际而论，亦应如此才对，与北京方面相平衡。

　　日本已发来邀展意向书，正在谈条件，如果可以，明年秋收去办展！

　　别不赘！

愚兄玉林

1993年12月16日

外京画店

李刚老师如面：

现将尊作六幅装帧之后寄上，请查收。此六幅中，两张荷花画、牡丹画，一张兰花均加以简单装缘，（以简约轻便）。

请速缘师！根据展览的展柜宽度，如果超过宽度会困难重重。让原作者画在有心里平衡之感。请考虑。另，就最底部位在最后加上毛毡布，使其平行和平衡。

日本已当年退展复位到里：子如信息外，如果可以、所以秋好寄到底！

刻不缓！

思之五林
12/16,

裴玉林致李刚信件之三

济之弟：

  你走后，我即与鲁风先生用电话联系了，详情如次：1.朋友收藏者，题正款，四尺三开，每幅300元，但不得超过五幅，先寄钱去，他再寄画过来；2.如不题上款，即有倒卖之嫌，四尺三开，每幅500元，不得超过三幅。

  我已与他说明，是我的好朋友收藏。

  我的意思你速与你的弟兄们联系，尽快凑起，起码900元寄去，因我再三说明你们特喜欢他的画，并说明白咱们的关系，他才答应的。

  地址：贵州贵阳市外环东路35号

  贵州国画院 鲁风先生 550002

  宅电：(0851)5810035

  盼念 即颂

冬祺
玉林
1994年1月15日

裴玉林致李刚信件之四

李刚仁兄如晤：

　　刚刚从四川回来，看见你的留言，知你前来寒舍，恰逢我外出，未能款待，心中深感歉意。

　　已有数年未能见面了，前两年曾给你去过信（收到你为我刻的章后），也没有收到回信，所以，就再没给你去信，不知你近况如何？

　　我自去年以来，外面的活动较多，因为全国花鸟画的邀展、笔会、研讨会较为频繁。今年又应邀为天安门作藏品画、五台山笔会等等，在家的时候较少。虽然在全国各地结交了不少画友，获益不少，然而要形成自己的画面风格，尚需一个时期，颇感困难。再说，当前进入商品社会市场经济，咱们苦苦写画了半生，其商品价值反而不如一个油漆工，中国文人的清高受到了极大的嘲弄。务须把书画作品引入市场变成商品，是当今头脑清醒的文人正道。这一年，我在外受到这方面的影响不小，鉴于目前国人的经济收入和文化修养，要做到这一步是很困难，但我们自己必须清楚地认识，不要再如以前把自己的劳动成果不当回事了，随手乱抛，不知吾兄以为如何？

感激你为我带来珍贵的礼品,实在受之有愧。

即颂

书祺!

玉林

1995年9月6日匆

裴玉林致李刚信件之五

李刚老弟如面:近好!

  从 9 月份起,加拿大一艺术中心即来函,来电意欲邀我前去办展,这一段一直在谈条件,准备作品,加之今年我的几个侄儿、侄女高考、中考,及朋友的孩子考艺校等。事情委实的多,搞得我晕头转向的,你说要的两幅画就一直拖下来了,亦未再得你的信息,不知还要不?或许你生气了?千万谅解。如还要即寄。另有我近一报载小文,顺便寄上,可给诸收藏友一阅。

愚兄 玉林
1995 年 7 月 19 日

裴玉林致李刚信件之六

李刚弟如晤：

　　来信收悉，我刚刚从北京回来，今年国庆天安门邀请全国各地画家代表8人（都是给天安门画过画的），于国庆期间参加庆典活动，所去画家的画都悬挂在天安门城楼。此次获此殊荣实出意外，可能是画受其热爱的缘故吧！

　　此次去京，到荣宝斋，画作又卖出一幅，一万元售出。荣宝斋决定为我出画集，要我月内把所有材料拿去。所以回来后十分紧张，月内怕是没有时间了，你所说的画作，须到11月份才能完成，请予理解。切切！

　　怕你着急，故先告知。

　　致
　　礼

裴玉林
1995年10月7日匆匆

裴玉林致李刚信件之七

李刚吾弟如面：

  你好，寄来书作两帧及大札收到，勿念。书作还差几人的，其中有温齐峻、郝忠礼、王希斌、李东州及不书上款的，望你来时定带上。关于你信中所说的事项均悉，现寄上小梅花、小葡萄给你，详情见面后再议吧！

  你作经纪人还是可以的，成绩极大，早能打开局面，效益会可观的。前几天，介休纺织厂工会有人在临汾通过熟人打听到我的画价，我想可能是你宣传的结果（我告诉每方尺800元），未深谈，话很好，还是面叙吧！

此颂
时祺

玉林
11月29日

中国煤矿书协致李刚信件

张铁甲，字克柔，中国煤矿书协副秘书长。

李刚兄：

  您好

  第二届煤矿艺术节将于金秋十月在北京隆重举行，书法征集活动8月10日前截稿在即，请您接到此函后，勿忘寄来大作。

  您是煤矿书法艺术耕耘者的佼佼者，成绩显著。我相信，有您的参与，定会为本届艺术节增添新的光彩。

  梁东主席附单问好！

  祝君万事如意，书艺常新

煤矿书协（铁甲）顿首
1999年7月8日

卞葆彤致李刚信件

卞葆彤，1955年生于山东博兴，曾任博兴县人大副主任，中国书法家协会创作委员会委员、山东省书协理事。

济之仁兄大鉴：

  大函收悉，非常高兴。弟所联系赵玉林先生卖画事，已有点希望，但他们的要求是1000元以下，800元最佳。能此，弟可销20幅没问题。折价15000元，兄可购定。

  兄言为志红书画社提供作品一事，非常好。望兄尽量帮助，你弟妹办画店已一年有半，在当地已有名气，占领了市场，上至中石先生，对此非常关心，为画店亲自起号为"集文馆"。近一年多，先生不管病得怎样，提供作品已十余幅，为画店的地位确立起了关键性作用。仁兄若有此意，真乃小弟之大幸，望兄来信时把书画家及仁兄的情况说明，咱们再继续商定。

  说至此吧！顺祝合家大安。

小弟葆彤上
3月6日

绍总致李刚信件

李刚兄：

　　别来无恙，与兄通信忽有诗思，信手写来，意在引玉，暂录于下，万望斧正。

　　忆昨锦珠邀，青城同攀跻。
　　广陵重聚首，相濡若棠棣。
　　人生能几何，秉正寡遇际。
　　聊此毛椎情，坎坷更磨砺。

　　照片三张除"八怪纪念馆"一张时值天阴日暮景暗者欠佳外，余二张均摄于光天化日之下，效果蛮好，今寄去请哂纳。

　　另，兄托集报头事，回徐已着手进行，区域所限，收亦不多，拟分期寄奉，愿经常读到兄之诗书丹青大作为盼！

　　专此顺颂
　　冬祺

　　　　　　　　　　　　　　　　　　绍　总
　　　　　　　　　　　　　　　　　1997年12月8日

蔡正雅致李刚信件之一

济之兄：

　　来信早已收到，因俗冗鱼鹿，迟复为歉！

　　感谢关心，关于册页一事，本人临时制作了一部分，待后寄来试之。

　　看了老兄带醉写的信，遥想老兄弟带酒临风，援如椽之笔，临西蜀之纨，情与才具，兴与意会，别有一番风情啊！

　　成都别后乐山又见，我当有几句俚语，现录下寄上，以博一粲粲：

　　同道唯君最超尘，论书坐榻夜来深。

　　一天星散归仰处，大佛脚边又悟真。

　　春节即将来临，先向您拜个早年，祝创作丰收，全家欢乐，专此问候，不另。

　　今生有缘幸识君，谈书论画皆有情。

　　不怕星散各归处，鸿来雁来也传心。

正雅

1月24日

蔡正雅致李刚信件之二

李刚兄：

　　近好！

　　很早就收到你的信，作复为迟，请谅。

　　这次全煤四届书展您一定准备了上乘之作，祝愿您成功！

　　因杂务太多，您提供联系的朋友都未去联系。我近来将自己历年诗词重新整理筛选了一部分，自费出版了一个诗草，质量一般，工本费4元／册。到时拿一本给您消遣，如能推销更好，请回信。

　　顺颂

　　秋安！

蔡正雅
8月19日

梁石致李刚信件

李刚兄：

　　您好。

　　惠寄楹联墨宝一副收到。谢谢您的支持,这部书法集想以每位书家独特的书艺展示吾代书法高水平。书法像其他姊妹艺术一样必须有个性特色才有生命力。我想把这部书法集编好。

　　大同殷宪先生与我有联系,他的书法也有独到之处。近日我约他书一副联墨。山西拟邀请十几位书家入选。您近年臻力于丹青,这(固然好)不过书法已有一定建树,不可不顾也! 今年全国书法展览与赛事可不少,愿您有新的成功! 以后多联系。

　　随信寄去《书画对联集锦》一册,也许对您有些用处,请哂纳。

　　不尽!

　　祝

　　书画臻美。

梁石顿首

1999 年 5 月 4 日

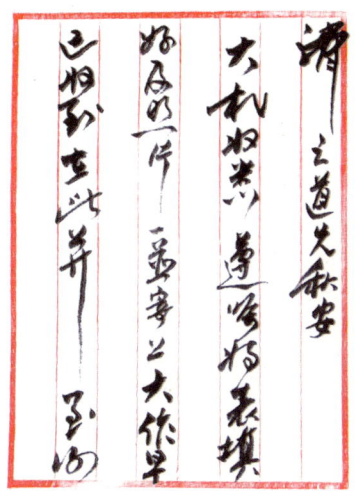 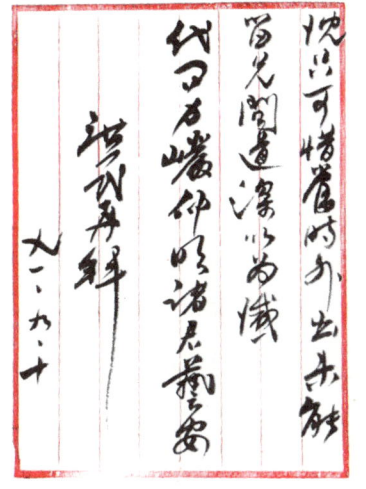

李庶民致李刚信件

李庶民，1945年生于济南，中国书协学术、刻字委员会委员，晋中书协主席。

济之道兄秋安：

    大札收悉，遵嘱将表填好，及照片一并寄上。大作早已收到，在此并致谢忱。只可惜当时外出，未能留兄问道，深以为憾。

    代问力岩、仲明诸君艺安！

庶民再拜
1991年9月10日

李寿万致李刚信件

李寿万，1944年生，河南伊川人，中国书协会员、中国书画函授大学教授、河南炎黄书画院副院长。

李先生台鉴：

经研究去函求你牡丹诗书法墨宝一件。篇幅以四尺、三尺整片或四尺半截之斗方为宜。竖写。上款请题："为大富贵百米长卷图题"。稿成直寄：郑州黄河游览区碑林李寿万。稿经采用，由我负责汇稿费给你。若有异意，原稿退还。

谨此表达

谢谢合作！

李寿万（主任）

1997年8月9日

宋增跃致李刚信件

宋增跃,常署兰平,灵石人,山西纺校美术教师。

济之吾兄文席：

久难晤面,甚为盼念。弟自美院归来,每想拜访足下,无奈庶务之扰较前尤甚。年前朝平兄已将足下家事略告小弟。原想春节后赴介休,又因力群老催弟有事相商,中辍。

今拜读大函,实在歉疚万分。兄之于我,可在难中相助,已五中感激。乞恕小弟不恭之罪,值此兄有难之际,本当多以钱钞相助,以解燃眉,惜弟之旧债未清,今又得集资买房,故先奉上500元。倘忽他日能稍宽松,再作照应权宜。兄来榆次时,忽(或)弟去贵府,详情再禀。

此复艺祺！

兰平 拜
1998 年

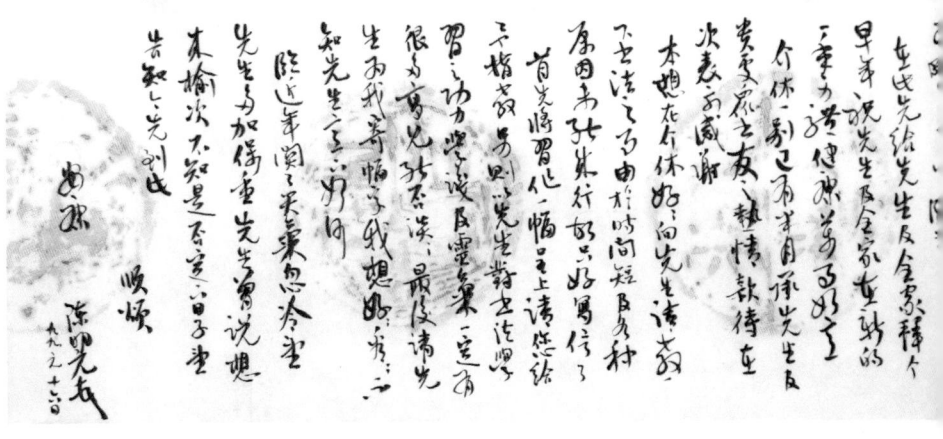

陈明元致李刚信件

陈明元,字公哲,1961年5月生,中国书协会员、晋中市书协副主席。

李刚先生台鉴:

在此先给先生及全家拜个早年,祝先生及全家在新的一年身体健康,万事如意!

介休一别已有半月,承先生及贵处众书友之热情款待,在此表示感谢!

本想在介休好好向先生请教一下书法之事,由于时间短及各种原因,未能成行,故只好写信了。

首先将习作一幅呈上,请您给予指教,另则以先生对书法学习之功力、学识及灵气,一定有很多高见,能否谈谈?最后,请先生为我寄幅字,我想好好看看,不知先生意下如何!

临近年关了,天气忽冷,望先生多加保重。先生曾说想来榆次,不知是否定下日子,望告知,今先到此。

顺颂安康!

陈明元 顿首
1999年1月16日

武磊致李刚信件

　　武磊，字固之，号梅香子，印堂后人，别署瘦竹斋主。1962年12月生，山西武乡人，中国书协会员、山西省青年书协副主席。

李刚兄：

　　过年好，近来可忙？过年回去见到长钢一朋友谈起您。

　　去信有一事相商，不知意下如何。

　　经与武乡有关领导相商同意，由我们几个人自筹一点资金，在武乡搞一次"武乡在晋书画家作品展"，时间商定在5月1日。每人三幅作品，估计15人左右，有韩志鸿、赵邯平、籍红卫、魏书文、武垒、张茂生等15人。每人三幅作品，其中两幅（四尺以下）四尺对开，另一幅稍大些，可书，可画，届时装裱展赛后，有稿酬一些表达心意，并归还一幅自己满意的装裱好的作品。届时展览开幕将邀请您回武乡参加，一切费用由我们承担，并可回武乡与有关乡亲一叙乡情。如蒙允，请老兄将三幅作品在三月底前寄我处，山西省委党校（太原师范街152号）武垒（收）（030006）。电话：（0351）7024948——2015（办）（0351）7024948——6019（宅）128—2169066（手机）。

如兄有其他建议和想法可来信一叙。

拜托老兄

颂顺

大安！

家里人好！兔年吉祥！

武磊

1999 年 2 月 28 日

宋树德致李刚信件

宋树德,1942年生,山东枣庄人,中国书协会员、中国煤炭书协理事、山西省诗词协会会员。

李刚道兄:

接到您的来信非常非常的高兴,因为我已退休,信是别人捎来的,所以给你回信晚了点,请谅解。

大娘的谢世深表哀痛,相隔不久两位老人先后过世,这对您来讲真是最大的不幸,这对您的打击是够人的了,不过不幸过后仍有大事,孩子已成长成人均有着落,再过两年你将轻轻松松,毫无后顾之忧,高高兴兴地玩个痛快!好光景还在后头。

人活的就是个精神,只要精神不老,乃青春常在。感谢您对我的夸讲和鼓励,对于你我来讲既不是高官又不是大款,想出人头地实是太难,谁叫咱喜欢这行档来着,那就以此乐,消磨光阴,我曾诌诗一首,后两句写的是"只求耕耘不求获,不知何处是前程!"就是这种心志。

扬州回来写了几首诗,原因是1994年晋煤杯后梁东主席、蔡正雅兄对我写的歪诗提出了宝贵的意见。另外也想,作为一个书家没有点文采确实也说不下去,这就迫使我看了不少有关诗词这方面的书籍,起码对诗词有了些了解,像我这年纪学东西真是难啊！有诗为证"字到用时无拣处,千修万改不成诗,书翻烂碎心难死,老去方知炼句迟。"

"疲西湖面泛清波,柳岸长堤一路歌,吐翠摇红逢细雨,酒酣入梦赏琼荷。"《游瘦西湖》

"清漪觅句别样奇,玉翠琅玕弄舞姿。幽洞映池观朗月,寒泉泄壁溅红枝,画轩紫阁临花径,琼榭兰廊绕碧池。自古扬州迷墨客,个园处处皆入诗。"《游个园一首》

还有八首不写了,让你见笑了,望斧正！我的字狂怪火气,您对我的指正,我铭刻在心,我还认为我火的不够,如果要火的过了头,可能就会开始降温了。我现在开始降温了,开始返回来写二王,实实在在地说,我写二王还能上手。我想走文人书画的路子,追求修养、格调、自然,不为创作而创作去,有意去追求笔法、墨色,搞新花招！可是现在我还做不到,但是我会这样做的！

最近又刻了些印,寄两方让你给指指缺点,好弟兄就直言不讳。

你给我刻的印,汉印十足地道,可是我把这两方印与你给启毫写的字上的你的印对照,我的感觉是：我叫李刚刻印是要李刚的印,不是想要李刚刻的汉印,李刚给自己刻的乃是李刚的印也。你写给我的信印了三方小印,这三方小印也是李刚的印,我想要的就是李刚的印。

前年回老家山东去拜见从台湾回来的叔叔,闲聊中,他说原来宋家各有各的堂号,我就问起我家的堂号,他说：你家的堂号叫"道生堂",出自论语,"君子务本,本立而道生"这一下使我铭记在心。我乃道生堂主也！故烦劳你把穿椎那方印磨了,给我刻方"道生堂"朱文,古玺印！李刚的朱文,古玺印！那多有意思。

跟你有说不完的话！不说了！请代问候李焰、中明兄,祝您兔年大吉大幸！

回信地址请写西山矿务局建筑工程处供应科孙秀丽转。邮编：030053

树德
1月11日

黄祥杰致李刚信件

黄祥杰，笔名黄白雨，1968年生，福建尤溪县人，中国书协会员，北京百步楼文化发展公司鉴定顾问。

李刚兄：

  您好。

  来信及大作收到已一月有余，年后诸事纷（涌），且又要忙于准备七届书展作品，所以回信拖至近日，甚歉！甚歉！

  拜读大作，甚为快慰。字中可见此人秉性，浑厚、质朴而又富有意趣，非一般俗作可相比。然以弟愚见，兄之线条似乎过于破碎，显得弹性不足。另外，老兄正值壮年，何故中流露如此苍老气象？

  兄提出交换作品之意见，甚好，今拙作奉上，请多指教。

  匆匆即此。

  敬颂

  大安！

小弟：黄祥杰正
4月5日

梁海福致李刚信件

梁海福,1958年7月生,文水人,山西画院专职画家,二级美术师。

李刚兄:

您好。

本应早将画寄去,但有意思让您顺便来,在一堆里挑选。今回来文亮告知现寄两幅拙作,请赐教。没提指教上款,留以您挑选的余地,不论那(哪)幅都有无字求教之意。

梁海福

4月28日

李文亮致李刚信件

李刚老兄如晤：

  今寄上拙作二幅，其中青花莲子为兄专作，画小，宜装镜框，算用心之作，不知适意否？紫藤屏条，拟老缶笔意制成，唯款织、铃印有失误之处，然即此奉上，见笑！此二幅拙作，可用白绫素裱，小画制片，屏条制轴，即是，果素雅大方，此建议供考。

  因候海福之归，故迟迟寄上，请涵！

  即颂 春祺

文亮
4月30日

李刚老兄 大鉴：

　　今寄上拙作二幅，其中有花鸟是为
兄所作。画心、定装镜框，另同心之作，不
知近亲否？紫藤屏条，拟寄去笔意裂成，
□性敷陈，钤印有失误之处，然所此寄上，
见笑！此二幅拙作，不用何溪素禄，
山画裂心、屏条裂轴，即佳，果素雅大方，此
建议供考。

　　　 随复函稿之奶，故忘之寄上，顺心，

　　　　　　即颂

　　　　　　　　　　　春祺　×× 4.3.

贾起家致李刚信件

贾起家，1953年生于夏县，中国书协理事，二级美术师。

李刚道兄如晤：

很久未晤，甚念！

今寄去《山西中青年四十人书展》通知，李焰同志的望速转。接信后，兄意如何，请速来函告知，有关事宜等后再谈，别不多叙。

顺祝冬安！

贾起家　顿首

11月19日

李刚道兄如晤：

很久未晤，甚念。

今寄去《山西文库》二道

知李炳日去山西走一趟，接信深思之意

如何，请速来函告知，看是事宜抒

深再谈。别无为叙，顺祝

安

贾起香书

十月十日

印 章

编者按： 李刚篆刻擅汉印，功力深湛，但所刻无多，一生所刻不过数百方，而且大多自用，此集选入皆其精品佳作，而未收早年学步时面目芜杂的探索之作。

李刚达兴

济 之

佛 像

蜀籍京生并州霜客

上党武乡南亭李氏

岁次丁亥年菊月济之於芥斋

济之五十后作

肖形龙

上党武乡南亭人氏

墨趣

芥斋短札

编者按：李刚老师读到我在《书法》上发表的部分《书林缀叶》后，动了记事的念头，这批小短文是随后写就的。我为其修饰了一些措辞，免去一些人寻衅的念头，他生前就部分同意了。

芥斋短札

● 善书者多不屑于撰写理论文字,究其因:一是多因临帖上瘾,无暇顾及之;二是自信,理论来自实践,自己写出来的字即是理论,所谓实践胜于理论是也。

● 书法初兴,风气尚纯正,入选展览或大赛,只要你的水平到位,可言无虞。如今却另当别论,个中原因之多,人人皆知,最终问题出于投稿者中水平能力相当者之间之争夺。当然水平太劣者也难入选,因评委尚顾及自己的声誉及形象,苦者乃可牛可杀之临界作者耳!

● 为投评委之所好,追风吃屁之作日众,不于传统之基础上吃苦,而只模仿获奖作皮毛,竟也能瞒过评委。电影电视中有饰演领袖人物之特型演员,怎料书法界也有特型作者。

● 《书法杂志》2006 年第 5 期所刊河南胡秋萍展览作品行书对联上联"易"经之"易"写为"昜",而左侧隶书中堂"扬州"之"扬"写为"昜",岂不谬哉!诚然,历代碑贴及古人书作中有不少如是写者,但此乃古人明显之误写,而今人为何执意跟着一错再错?此将"易"作"昜"之写法于展览中比比皆是,并非唯胡女士一人之为也!而反将"扬"当为"昜"却是首次发现。余中学时就知道有一"锡茶壶""錫茶壶"典故,看似相像之字,多一横画与少一横画,其字意大异也!我等书人学习传统,一再告诫要"取其精华,去其糟粕",而为何明知古人书写谬误,却不于再创作中纠正呢?

●吾邑老城中心原有一裁衣店,裁衣服小作坊也,铺面立一招牌"当麵裁剪",意即不宰客也。书写者乃民间写家,但懂得繁体字,反倒将其意思改为"先将面粉(且不论白面、高粱面或玉米面)送到典铺后当了再裁剪衣服"。书写者不知先有"面"而后有"麵","面"乃"脸面"之"面","麵"乃可食之"面"也,只可惜当时未拍照,好送白谦慎先生作一王小二民间书法之小小笑资。

●吾邑书家赵姓者,年长余近十岁,吾初学书时的崇拜者也。其一生勤奋,数十年笔耕不辍,然也不免出错,数年前在其坐堂之书画店见有一幅字中将茶壶之"壶"错写为"壸"。余当即指道此字为"壸"(音"捆",皇宫之小路)非"壶"也!赵师大为惊讶,初不信,旋查字典,余道勿用查,余即字典也,仍弗信,一查果然真错,惭愧曰:吾如此写一辈子也!

●乡邑左治邦老人因历史问题受窘于张兰乡穆家堡村,其一手魏碑行书,铮铮铁骨,且又不失典雅。当年余初涉书事,只感觉一"好"字。稍后数次欲与文化馆馆长刘世荣兄结伴前往拜访,而因种种原因终未成行,未料几年后左老去世,更是一生惋惜,懊悔不已,与左老未谋一面,终为憾事。后追访其后人,方知左老早年在旧省政府谋事任一文职官员,若置之今日,也并非甚么大不了之事。村里人谈及左老曾在其办公室内狠狠扇一日本鬼子大耳光,当时被传为美谈。余于是在脑海中极力想象当时左老狠揍日本鬼子时种种景象,不由又联想到他老人家那充满着阳刚之气的刚硬魏碑书体,似这等有民族气节之中国文人,只因错投门户,就困顿于贫瘠之地,终了其一生,其书艺再精湛也未能赶上当今的书法盛世,怎不令人为之扼腕!

●吾父为正儿八经1938年参加革命之老干部,只上过两年冬学(即每年冬闲时),后仅凭自学,写得一手好钢笔字,此天资也。一日翻看老人遗留工作笔记,皆担任领导时所记诸多杂事,密密麻麻,连行带草,好多草字皆合草法,余竟不敢想象。余初参加工作即钳工,得闲临写碑帖,父亲便认为此乃不务正业,再加脾气暴烈,曾不由分说抓起碑帖狠狠摔至地上。又为省纸墨,余用角铁自制能嵌放两块大方砖之支架,夏日在院内蘸清水在方砖上练字,随写随干,父亲又一气之下拎起摔于地下,所焊接之钢筋棍支脚也被摔断。如此之下,余非但未停止习字,反而产生逆反心理,更加勤奋,及后来字逐渐练得有了些模样,并连入省和国家级书展,并有获奖。至此,家父方改变对我学书的态度,逢有客来访,必先取我之作品及证书显摆。至今每忆及此事,余非但不怨恨吾父,倒是对他老人家仍存感激之情,是父亲给我反动力,使我三十年来学书之路没有停步,一直走下来。

●学书之人,聪慧者懒得吃苦,愚钝者难得开窍,成功者皆为既聪慧又肯吃苦者,愚钝却肯吃苦者,且路子又正,虽难成大器,也可写成一手漂亮的字。最可悲者乃偷懒取巧之聪慧人,因其连最起码楷书这一关都过不了,即便行书草书写得花里胡哨,线条如棉絮面条,犹如无根基之厦,随时便会坍塌。

●习书者须似孙行者,练就一双火眼金睛,初看任何一件作品一眼即可辨其优劣，识其雅俗。现今假大空者太多，最易令初学书法且急于成名者上当，极力模仿之。有一所谓"草书大家"名气炽热，乍眼看去气势夺人，细品之却毫无传统之功底，大圈小圈令观者眼花缭乱，跌东倒西使观者不由得也随之摇晃。似这等劣书，倒有众多追慕者争相效仿，其何故也？一是此等字无甚难处，易学。二是邀宠，易入选或获奖。而学二王、斯、素、黄山谷难也。

●见报上有学当今某草书者杨某，所刊作品令人生恶，余向其发一短信，曰"君字学×俗，焉如直师古，世间多才子，惜为浮名误——读报上展品有感，忠言苦药一剂奉君，谀美之辞如香汤慎服"云云。吾与杨君从不相识，心想杨君定会复信，会责问于我："尔乃何许人也？"然终无回音。愚以为今人字未尝不可学，但也是离魏晋风格最近者，离传统经典越远者越不可盲目追仿，吾此举并非好为人师，而是余初学时，无人指引，盲目模仿，学过不少社会上标语上的字，走过好多弯路，故不忍心让他人也重蹈覆辙，天下书友皆兄弟。

●今之收藏书画者大致分为内外行两类。外行者，即不懂书画或略通一二者，更难谈及有亲手实践经验者。这类收藏者，以耳代目，只冲名气，不管书画质量之高低。只要名气大者即肯斥资收之，故所收藏书画中精品与垃圾皆有之。内行者，自身便是书画家，最起码也有丰富实践之经验，眼力极高。他们首求书画之质量，即使真大家，若应酬敷衍之作品也不会轻易收入囊中。现代科技之发达，纸质印章皆可作旧，以达乱真之程度，外行以此为据，极易上当，而内行者可从作品之神韵风格及笔触判断其真伪,看书画之全貌便可定夺。内外行之差异在乎数十年之实践功夫也。

●时有藏者持旧物(多为瓷器、旧书籍)之上所附篆书印章或单体印章之拓字来求辨识者,多为非专业作者所为,断定其字为不识篆书之工人臆造之字,怪诞若天书,只猜得极少之数。

●学书者须多写多读。多写即多临摹古典之优秀碑帖,多读即多读所临之碑帖之外,更须用心品之。如此方可提高自己之笔力及眼力。"艺无止境"即所谓"海到无边天是岸",而不断提高自己的艺术水准,所谓"山登极顶我为峰"是也。若能练就一双火眼金睛,便可识得任何一幅书作之优劣,更不会再迷信所谓的名家、大家。今之学书者取法乎上,而直溯魏晋者,且备天赋又勤者,终成气候,而取法乎中或下者,直取近人今人,即使天分极高也将枉然。所谓名家、大家有真伪之别,伪者多为地位高且名气大者,最具迷惑之力,若担当国家及省级评委者更成学书者模仿之目标,取此捷径唯得益一时,却断送一生,最可悲也。

●"文化大革命"期间,余辍学在家,好逛街。某日上午在西街见一中年男子手持小钢刀于钢笔上刻字,嘎嘎有声,甚好奇,便凑近观之,整整一日。终被发觉,其技已默记在心,后攀谈知其姓郭名中兴,洪洞人氏。归,余请人打制小钢刀,自配金银粉涂料,觅得废钢笔杆试刻。正值"复课闹革命",学校恢复正常,余即用同学之钢笔练刀,因有刻印之根底,似无师自通也。

●1969年秋余曾回老家(武乡)一趟,又住长钢表姐家数日。表姐家生活困难,常向邻居借钱,余便上街刻字赚钱,竟也获利颇丰,最多时半天赚六元多,少不下四元。表姐夫当时之薪水即使早出晚归也只一元多点,家母与舅父惊吓之余,命我就此打住,可惜只十天左右之江湖营生,不再也。

●家母乃1939年老党员也,"文化大革命"后期稍稳定,时任街道支书(补贴制干部,每月20元工资),时我亦参加工作,为纱厂钳工。某日郭中兴找我,为打制篆刻刀有求于我,记得那日下午吾全家正在院内(老城四合院)用晚餐,家母以领导口气教训郭,"抓革命、促生产""老老实实种地""不要流窜"等革命话语充斥于耳,令吾十分难堪。随后我将数把刻刀按郭告之车站旅店送去,谁料该店服务员说此人已被派出所收容,并问与尔甚关系。吓得我落荒而逃,自此再未见到郭。再后来,纱厂因斗殴一张姓工人亦被收容,放出后与我聊天时说:"老郭说你是他唯一教过并刻得好的徒弟,只可惜是干部子弟,舍不得干咱这一行。"吾闻之不胜感慨,遗憾的是当时未问及其家住何处,亦无法联系,若现今仍健在,亦八十高龄矣。

某日早乘汽车由长钢至长治市,次日方可换车回武乡,中午闲来无事,余便于大街旁招揽刻字生意,两三小时光景竟收得六元之多,尚有纪念章、粮票等,此乃赚钱最多之一次,也是最后一次。候车室内遇同为刻字者,一河南中年男子,他说:"你在派出所门口刻字无人干涉,我的刻刀及颜料全被没收,幸亏我尚有预备之用。"我想可能是自己尚为毛头小玩童之故。吾与河南人相谈甚洽,并互赠颜料,相约数日后长治赶集十天。每日最少可赚十元,一百多元相当于当时县长之工资矣!

次日回曹村舅父家,家母与舅父口气硬,绝不许我赴长治刻字,而令我与表弟给公社粮站打沙子挖土方。每日擦黑出工至晚方歇,累得腰酸背疼,每天才六角钱,直令吾懊恼不已,自此顿悟,手艺与苦力之价值大异也!

●古因诗垂名者多矣,亦有因诗而杀身者,而黄鹤楼乃因崔颢诗存楼,该楼因建长江大桥而被拆(非崔咏之唐代黄鹤楼)。1980年后因其名声显赫之甚,政府又不得不拨专款重建。

●时人不知"适""厂"乃最早即有之简化字。而此字是简化时侵占用之。"适"读作"kuo(阔)",春秋时有南宫适,唐代有德宗李适。"厂"读作"an",即现今之"庵"字,清末明初之金石篆刻家王福厂,近现代画家于非厂即用此字。从事书画者不可不知。

"婚"字原本无女部,乃黄昏之"昏",意即娶媳在黄昏之时,拜堂之后即入洞房,花烛之夜是也。现今非得赶在中午之前,古风无存矣。平遥仍沿旧时之习俗。

"婿"字原本为"土"部,乃母系社会将捕获之俘虏作为奴隶使之农耕种田,后又为繁衍后代,将其中之男子招赘为婿,后改为"女"部也。读早年版本《通鉴纪事本末》时遇此类字也。

●或言"媳"字,乃繁衍生息之意,与存款于银行生利息有异曲同工之妙也。

●"汨""汩"两字之右,一肥一瘦便是两字,瘦者读作"mi"

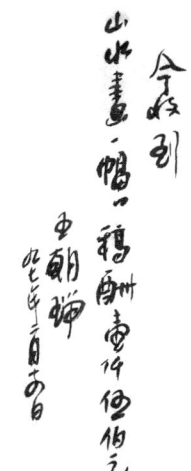

(密),肥者读作"gu"(骨),极易混淆,不是读错就是写错。

　　80年代初余刻印兴致正浓,曾取"桃李不言,下自成蹊"句中之"李不言"镌刻一印(拟用此为字)。其时所书作品皆钤之,不久省书协举办省重点作者学习班,设址于省军区招待所,与会学员将所带习作挂满会议厅墙壁之上。古文字学家张颔老师应邀前来指导评点,站立余之行书条幅前仔细看钤之印章后,随口言道:"李不言乃哑巴作者也!"大家不禁哑然失笑。此时余方记起有一画家名韩不言,乃真哑巴也,后遂不敢再用此印。张老评点作品不言及书之水平如何,尤其评篆刻唯指其篆字之谬误。早年余初学篆刻时树苌兄携余习作印蜕向张老请教,其中有"洒"字,张老指出"洒"字不可以杜撰简化字,应先知其繁体字如何写,方可知此字篆书如何写。张老于印蜕旁边批注甚详,如一剂绝好药方。

　　●张颔老应请所题之牌匾书体多为大篆。介休火车站之"介休站"弗能用也,遂请张老为行或楷书之体,其谦称"不擅也",坚辞。后有好事者将张老信封之"介休站"三字放大矗立于车站之顶,对此张老亦无可奈何也。

　　●张晋先生擅魏碑、行书,亦偶作小篆,皆从传统中来,笔笔合法,娟秀婀娜,唯其所书线条纤弱,又欠灵动,不属浑厚质朴一路,人如其字,温文而雅,循规守矩,一谦谦之君子也。70年代末因与先生家相近,晚饭后常去府上讨教,其极讲礼数,令其子呼我为叔,其实其长子只小我两三岁,次子与我同庚矣。无独有偶,郭老大顺先生亦然,其子尚长吾一岁,也令其子女叔辈之称呼,怎不令余老也。

●80年代末,县政协办公室主任罗风谦先生约余去洪山陶瓷厂定制生肖茶盘,途经洪山水利管理区小憩,主任乃续中元先生,亦政协委员也,谈话间请吾书写

李步岩印

"源神庙"牌匾。其时无大笔,余遂用一烂抹布代笔,团在手中,饱蘸墨汁,在铺好之报纸上一挥而就,细视之尚不丑,便使中号羊毫落款,并画一印章,此三字后被制成蓝底金字悬挂于源神庙门。

●早数年前吾单位生活小区某楼同一单元内,两户人家一娶一嫁于同一日,为大门张贴喜联不免争执,而各不相让,托人求救于吾,余随即撰一娶媳上联与一嫁女下联,横披乃脱口而曰:"巧遇双喜。"于是此难题迎刃而解,娶嫁双方皆大欢喜。事后双方不免携烟酒喜钞前来再三言谢。

●1934年,省城北郊某村致富,欲创建全国第一楹联村,即将全村118户人家家门均镌刻大理石楹联。此乃大工程也,委托省书协向全国征集楹联,每户之楹联乃依据各家之不同境况而编撰,再向108位书家分寄以求墨宝。凑巧之极,吾分得一联为肖衷研老先生所撰之"高贵八秩齐眉,膝下一枝独秀",时家父八十有一,家母也近耄耋,而我也为独生子,虽不秀却也不蠢,故心顺笔畅,书就一幅魏体楷书,甚惬意。事后不禁常独自思之,百余书家,为何偏偏分与我之联与吾家之境如此睦合?天下真有此等巧事乎?

●"酵"本应读为jiao(叫),与"教"等同意,而时人少有如是

读者,而误读为"孝",如发酵、酵母等皆读为"发孝、孝母",所谓认字识半也。或有人说此乃方言之读法。错也!君不见有不识字之老妪也尝呼:"此面发之时久,已老酵哉!"可证上古的口头语传承下来,即令文盲也可读之无误,相反之,识字者却往往读错矣!

●晋中一带方言有"圪揽"一词,"杆"之意也。近听著名作家讲课,又知尚有"窟窿",乃"孔"之意。初读"说文解字",每字皆用反切拼音,"圪揽"若以反切拼之,恰巧乃"杆"字之音也。又"窟窿"乃"孔"字之音也。现早有拼音字母之应用,反切仅限于小篆音韵学专用。"窟窿"一词之口头语、书面语用之于全国之范围,而"圪揽"未被推广,仅限山西部分地区。

●早时某日,克强兄宴请几友于广东酒家,记有碳素厂老板祝鸿图偕夫人。席间询其夫人贵姓,答之曰"盖",余随曰"葛"也。祝夫人说至今尚无一人读对我姓者,都念作"概",余答曾背诵过百家姓,故知其应读"葛"也,如仇、解、区、万诸姓皆应另有专读之音。在座者或有问曰:"那么,盖叫天应该读'葛'叫天了!"余答之曰:"盖叫天乃戏剧大师张英杰之艺名,'盖'者,盖帽,超群之意,与姓绝无关系也。"后电视剧已将影人盖丽丽、盖克者之姓皆改读为"概",不知何故!

●自上而下,顺线一点一点切刻,明清两代浙派多用之法,谓之切刀法也,而余刻印章运刀之法却与皖派诸家及近人白石老人之冲刀法睦合,遂一直喜用冲刀之法刻印。虽偶亦用切刀,却总因不似冲刀法顺畅痛快,故每每印刻途中常由切而改为冲,以求一印之刻就,此乃余之性格使然。

●今人起名，耽于迷信者请人测字，讲究生辰八字，笔画多少，此乃自古卜卦者为谋生计而荧惑人之套路也。其实名乃人之一代号，与其人之命运前程毫无干系。余为人起名，首将其姓当作珍贵资源，与名连读，即一词也，如：史可鉴（古有史可法）、马知行（当代有作家马识途）、师古贤、白羽洁、田埂、余者吾、王维诗、唐德盛等皆受古今众多佳名之启示。某年央视春节晚会曾以"金山林里马知途"上联征得下联"碧野田间牛得草"，皆为作家、诗人、演员人名，真乃绝妙。若强求生辰八字与笔画多少，焉能有此佳话？近现代沈姓者用姓起名者最多亦最佳，如沈重、沈浮、沈醉、沈雁、沈冰等，因沈与沉通假，虽读作"沈"，却可当作沉字来用，故更显雅致。似柳成荫、杨树林、车行通、曲直、李白、成功、白鸽、白云、白雪、陈述、杜鹃、朱红、原野、杨柳、牛奔、路平等更为直白明了。

●徐老培芝先生20年代毕业于山西大学，五台籍人，原任阎锡山旧政府少将衔文职官员，新中国成立后曾任矿中中学教员，学识渊博，好词翰，衣着极简朴，伏天也蹬一双解放牌胶靴，常光顾新华书店，以买书读书为乐。余经李焰兄介绍与徐老认识，并请其起字，为"济之"，取"刚柔相济"之意，此后写字便以济之落款。同时还为李焰兄起"虚中"，为韩中明兄起"公生"，皆与名相扣也。

●殷字于殷勤处读作"yin"，若殷红即应读作"yan"。某次看电视见一演职员表中有一"殷红"者，盖其不知此，反将其姓改矣。笑星李嘉存在一节目中朗诵诗歌，将"怨艾"读作"怨艾(ai)"，岂不知在此应读作"yi"也。我国多音字多矣，常有高学历知识分子读错者。

●我国重大节日如春节、元宵、元旦、国庆,要挂灯笼、张贴对联以示庆贺,常见将欢度写作欢渡。

●燕姓者应读平声,华姓者应读作去声,而未见有读正确者。

●吾最忌索字者,两种方式:其一乃托人求字者,欲揩油也;其二乃酒席间(尚未见本人摆席)偶遇,以酒壮胆,张嘴索字,令人生恶也。

●偶然翻阅《历史简明辞典》,方知杜牧诗"牧童遥指杏花村"乃指安徽省贵池县境内之"杏花村"也,全国竟有八百余名"杏花村"者。再者,古之杜牧诗中牧童所骑皆为水牛也,非吾北方之旱牛也。汾阳杏花村汾酒借用此诗的历史悠久,"汾酒"已成国际品牌,谁能撼之?无独有偶,平遥牛肉最早为介休张兰张姓老汉腌制最佳,可惜其时无品牌与扩展经营之意识,终被精明之平遥人占用,冠之于平遥,还有"张兰之牛肉平遥人做"之说,惜哉!惜哉!

●史无信史,尽信书不如无书,况乎论传之史哉。介子推被讹传为晋文公所焚烧,死于介休绵山。据延龄师言,此乃唐诗圣杜甫之廿三世祖杜预批点史书之误,故千百年之大谬。2002年余应邀参加曲沃文化局笔会,曾就此询问当地之百姓,告之有言死于翼城,亦有死于万荣者,却从未将介子推当作何等人物景仰,何地已无关紧要。而生硬将介子推追崇为大贤,何也?当今话即"巴结领导",子推割股奉君,若奉母当可得一孝名,况当时之条件无有麻药,怎能下刀?也无良药,又怎能愈合刀口?再者只因封官未得,便一气之下负母远遁,做一名普通基层干部便不能为国效力乎?此乃不忠也。老母本可长寿,却被这厮强硬背了上山,被活活烧死?此乃不孝也!如此不忠不孝之人反倒被后人尊崇为贤人,荒诞之极矣!知锡堂兄也是此论,殊不知世间尚有有识之士也。

●郭老大顺师曾言有一上联至今无人以对也,即"东内封西内封东西两内封",指城南两村名,余绞尽脑汁时时思忖、搜寻介邑村名以试对之。某日随政协赴洪山视察,路经北两水村,灵感忽至,即作"南两水北两水南北二两水"。"两水"之"两虽"为数量词,但在此即指村名,可权当名词!大顺师言道:"然也!"

●又郭老大顺师言道尚有一联以介休村名撰之:"张兰南门外,东西北里村",至今尚无人对出。

●多年前,省电视台新闻简讯栏目右下角有"简讯"二字,为本省名书家所出。字本尚可一观,可惜将"讯"字错写为"訊",本应"卂"从言,"卂"之"十"指树,"乙"指飞鸟,既象形又会意,指飞鸟迅疾飞越树顶之意也,若从"凡"便毫无道理可言。余去信善意纠正之,不几日再观之又改美术字矣。无独有偶,去岁"中国书法通讯报"创刊一周年,刊出众多大名家(全国书协副主席、国展评委)之贺词,下款中"有通讯"二字者竟也有十之七八错为"訊"。余就此撰《谁来评判评委的错字?》一短文投诸书法报社,竟如石沉大海,终无消息也。

●人之错,孰能免之,又如人之脸面,偶有污点被人指出,迅擦之本是好事,却有人讳疾忌医,对于纠正其错者耿耿于怀、怀恨在心,于是乎再未有不识相者自讨无趣。

●余素不喜傅山之草书,省书协曾命各理事写傅山草书之论文,余坚拒之。何也?傅山草书气势有磅礴无疑,品之却做字太甚,缠绵绕圈,剑拔弩张,又极尽妩媚之态,与其所倡"四宁四毋"之"宁丑勿媚"之主张大相径庭。因其名声显赫,求书者甚多,傅山应酬不及,其质量可想而知。尤其晚年代笔者其子傅眉及弟子之书艺更有所不及,真乃鱼目混珠也。今人学傅山草书者更将其弊病发挥到极致。近日顿悟出一道理,原来恶傅山草书之由却源自今人学傅山草书之泛滥成害也。殊不知虽有"爱屋及乌",亦有"恶屋及乌"。傅青主草书受后人踊跃践踏,岂不冤哉。

●傅青主之小楷书质朴典雅,真神品也,其草书与之相照,然世人不识。而学其草书者趋之若鹜,若如此倒不如直师二王、王觉斯、黄山谷也。

●王铎即觉斯,降清之贰臣也,虽气节不洁,然难掩其煌煌之书名。余宁可学王铎草书亦不学傅山之草书也,又黄山谷草书余更爱之。

●观电视体育节目,刘翔110米栏破记录夺金牌,忽顿生奇想,若能发明一台囊括浩瀚之数据,微秒之差亦可通过高科技电子显示器来判定的高科技书法作品评选机,可命名为"神目牌",将所有投搞作品统统输入机中,件件皆通过此装置,将每件作品之章法笔力、神韵、墨色变化、层次感及错别字等逐一细微分析并打分,最终以分数高低排出名次,以决定作品应获奖项、等级与入选作者,既可免去遗珠之憾,又令所有落选者心服口服。曾记得某次国展有一江苏作者之一副篆书对联,评选时某评委指出其中一字有误,被无情拿下,落选无疑,然事后经查该字确有出处,乃评委孤陋寡闻,铸此冤案。此件作品如用"神目牌"评选机检测,评委疑其字,一按键该机将会立即发出:"此字出自×××,无误"之指令。若能此,岂能出错!诚然此乃本人之幻想,又源自当今评选机制不纯也!

●贾起家为吾省实力派书家,传统功力深厚,宗二王家法,四届全国书展落选,被收入河北"墨海遗珠"一集。其后起家于夏县主办"卫门书派研讨会",该会邀请众多全国名家参与。五届书展其作品与四届书展落选之作面貌依旧,却获"全国奖"。

●四届书展落选者名家多矣,有当时之名家,如:方绍武、故介文、柴建方、胡寄樵、包中庆、白砥、穆棣、苏金海、田树苌、马奉信、陆家衡、侯开嘉、黎伏生、张寒月、林健等。亦有后来崛起的当今走红的名家,如曾翔、张旭光、刘洪彪、尹旭、吴善璋、王金泉、洪厚甜、金伯兴等。余最佩服王金泉、张旭光二位书家,其天赋之高、用功之苦,视其作品便可知也。当时王所书魏碑书体之对联,已有一定之功底,却无灵动之感,而张书非隶非行之唐诗条屏,无论字之结构,还是手法之经营更显幼稚滑稽。少数字一组组而结伴,若给每组之下方填写几克几克,不啻好大一幅药方乎?孰料,今非昔比,十余年后,今日之王、张脱凡胎,去俗骨,俨然一俊朗拔峭之儒雅之士也。

●"纤"原两读音字,纤夫、拉纤等读"qian",与"欠"同音,纤维、纤弱等读"xian",与"先"同音,而今人尽将其读作"千"。读错尚无大碍,若书家书之将"纤夫"之"纤"作繁体作"纖",那将大错矣。

●人喻螃蟹之行走为"横行霸道"。某日观央视动物世界之栏目,方知海底尚有一"海绵蟹"却与同类大异,而直走也。

●人称介休人"閆"、"杨"不分,"陈"、"成"不分,然岂止此也?不分者多矣。如:仅百家姓中就有詹张、廉梁、谭唐、潘庞、兰郎、万王、文翁、蔡柴、郑甄等,更有读声皆作入声者,如"徐向前"读作"许向前","吴作人"读作"武作人","姜"读作"蒋","姜太公"读作"蒋太公"。如是读法,招致诸多麻烦,须经再三询问方可明白。

●晋中多县,北部祁县、平遥、介休、灵石,包括孝义,发音无从"f"之声母,皆从"h"发出,"风"作"红","福"作"胡","发"作"花","饭"作"换"。太谷与祁县接壤,汾阳与孝义毗邻,都有"f"音字,岂不怪哉?

附 录

悼念文章

编者按：李刚去世，业界乃至艺术界悼念有各种纪念文章发表《介休报》《汾西文艺》及《绵山文艺》多有收入，亲友与学生也写了一些纪念文章存念，两年后其所授最小的学生张弘（时在介中）仍于报刊发表《兰赋》，以兰喻师，寄其怀念，集中所收仅为纪念文章中的一小部分。

殷宪 | 哭李刚兄弟

今日凌晨,打开李刚弟的博客,方知其人已于2008年12月15日因病去世,这是我们分别十来年匆匆一会后的第27天。事情来得竟是如此突然,这让我彻夜辗转难眠,竟日心绪难平。

年纪57,一生在企业,工资1600,这与他的才情、人品、书品,与他书法篆刻的非凡成就形成的反差,在世俗的眼中是怎样的正常,怎样的不足为奇。世俗本来如此。

他就这样走了,走到他不该去的地方。

1983年春,我们在省军分区招待所的通铺上睡觉、聊天,品评书道、人道;80年代中期,我的"桃花源联"入选书刻园林,书联的是他而不是我;八九十年代,我们一起参加数次国展,一并在"书苑撷英"书赛、"杏花杯"书赛中获奖……

李刚弟至少三次来大同,一次到我的太原老家,而我到介休只有两次,还有一次没见到人。出人意外的是,我11月18日在从清徐到交城的路上突然作出决定,半小时后赶到介休吃饭,与阔别十多年的李刚弟相会,更出乎意料的是,这竟是一次生死之别,一切都在冥冥之中。李刚,我的好兄弟!

哭李刚吾弟

引首南天啸,上苍胡不公。

彼将增岁月,此特毁钟镛。

命薄缘才厚,名微必后鸿。

寂零冬已甚,日暮管弦终!

　　已是十余年未见李刚弟,2007年邀他为我书展助兴,有恙未至。2008年11月18日余赴运城经介休得与其相会,君立寒冬中待车,并召介休诸友共饮,不意匆匆一会竟是永诀。

廿六年情重,驱车访介绵。

感君迎客意,入九砭肌寒。

宾主三杯酒,死生一席谈。

先行应待我,莫立市衢间。

乘风归去
——怀念李刚

葛　平

"葛平先生，您不想看看我们三人的书展吗？或许对您的诗歌创作多少还有点那个哩！明天就要撤了。李刚敬邀。"

"李刚书家您好！我现在北戴河呢，很遗憾，无法欣赏到你们三位的作品了，仍要谢谢你的盛邀。我在大海边，遥祝书展圆满成功！葛平。"

"哈哈！这么远也能通话？送你一本作品集，也等于看了，好吗？"

"那就先谢啦，远在千里之外，收到家乡朋友的短信，很是亲切。我也将海风海浪遥寄你，但愿能为书展增添一丝情趣。"

"还有一句最关键的话没放进去，那就是：祝你玩儿得愉快！上月在电业局宿舍附近遇到令尊大人，老人家身体很硬朗，祝福你啦！"

"李刚兄，谢谢你的祝福，祝你开心！"

"昨晚拜读了你感恩'毛主席'对你文学之旅帮助的文章，我也同样感动。毛守仁啊，大大的好人！"

"哈哈！'毛主席'，毛老师的确是一位好老师，文章也只是真诚表达，能够感动你，我很开心啊。"

这是摘自我2008年8月23日日记中的一段短信对话,绅士、幽默、宽厚、洒脱的李刚,就这样鲜活地呈现在了我们的眼前。然而,这成了我与李刚兄最后的交流。

熟悉李刚兄,是20世纪90年代。做电视主持人的我,要做一期专题"汾西书坛三杰"。采访中,李刚兄的放松自如给我留下了很深的印象,我们合作很愉快。在以后的一些艺术活动中,进一步领略了李刚兄的幽默。有时走在大街上,背后会突然传来一声:"葛平先生!"不用回头,也知道是李刚兄,因为介休很少有人这样称呼我。每年的政协会议上,因我与李刚兄是同组的委员,只要与他坐在一起,就不会无聊了,他会用各地方言,讲一些幽默的故事,或是有趣的笑话,他的幽默与放松,总能感染在场的很多人,与他在一起,非常轻松愉快。他是一位制造快乐的能手。

李刚兄的书法与篆刻,常常是人们津津乐道的,除了喜欢他的书法,我更欣赏与敬佩的是他的人生态度,他的那种淡定与从容。如果没有那份从容,也不会成就他大气洒脱的书法艺术了。腕力需要练,心力需要的是养,所谓功夫在诗外,可见李刚兄是深谙其道的。其实,许多艺术最后拼的就是境界,从容需要的是一种境界,它来自内心的那份自信。只有忘却结果,尊重自己内心兴趣的人,才会拥有那份从容。所以,李刚兄的书法,便心到手到,洒脱飘逸起来。

谁曾想,答应我的作品集,还没来得及送我,他已乘风归去了。而他走的日子,恰恰是我的生日。一个人的出生之日,却成了另一个人的祭日,今年的12月15日真的很寒冷!

我想,李刚兄一定不喜欢悲悲切切的送行,那么,就让我以李刚式的洒脱与他告别吧:"李刚兄,在那个世界你不会孤独的,去与'二王'对饮论书吧。别忘了,你还欠我一本书法作品集啊。"

2008 年 12 月 18 日于西窗

(葛平,诗人,中国作协会员,介休作协副主席)

潇洒李刚行书而去

毛守仁

白昼极短的那个日子里,风清日朗的一个上午,李刚绝尘而去,走得潇潇洒洒,一如他挥洒自如的行书。这个词此时不再是字体,而是一种行态,行走的步态,行走的神韵。人与字神形合一。

潇洒李刚,字写得洒脱,80年代即登上国家级书坛。人活得洒脱,总是挂着笑容,嘴巴一撇,笑得无拘无束、自信洋溢。身居汾绵山脚下,汾西一隅,却无论高官大僚在场,抑或风流云集,他也蘸墨挥毫、扬扬洒洒、笔走自如。

他笑容里有氤氲,不管是际遇中的坎坷,还是朋友的磕磕碰碰,都在笑声中升华。

他笑对人生,心脏有了故障,该搭桥搭桥,却绝不影响人生姿态、生活情趣,酒盅照样端,只是用笑话代替酒量;烟照样抽,盘旋袅袅,不绝如缕;字照样写,还配上了山水丹青;话照样俏皮,东西南北的方言,照样惟妙惟肖。只是不再打乒乓球了,这是无奈的放弃。

潇洒李刚,字有天籁,可听,浩浩乎如凭虚御风,而不知其所止;人有天籁,可交,飘飘乎如遗世独立,倜傥气自在,绝不蝇营狗苟、钻营奔进。

我以"潇洒李刚"为横披,为其挽一联——
洒酒论英杰不论官职不论金钱只论才气;
挥毫写长卷只写境界只写兴味不写媚俗。
又吟《临江仙》一首,为其送行。
相交一杯淡酒,相离哀乐低徊。
耳顺尚欠两年时,砚池若有意,残墨是泪垂。
记得曾刻居士,又摹山水依依
心上搭桥在,到得故乡归。

(毛守仁,中国作协会员,介休作协主席,赵树理文学奖获得者)

你在天堂还好吗？
——深切怀念李刚先生

张 驰

李哥,你走了,你真的走了吗?

得到噩耗的时候,我正在北京的社稷坛与友人漫步。我不相信这是真的。你那样乐观,走到哪里就把笑声带到哪里,走到哪里就把艺术带到哪里,你又正当英年,你怎么会走呢!直到老婆扔下一句"你自己联系继文核实吧"后挂掉了电话,我才知道你是走了。刺骨的寒风,挟着无限的悲凉涌上心头。西望绵山,一片迷茫?

20多年前到纺织厂宿舍去拜访你的情景至今仍清晰。那时我满怀一个青年书法爱好者的勇气和热情,但不得门径,你侃侃而谈,述及自己在钢笔上刻字的经历,谈到自己学习欧体的经验,讲了自己创作的体会,对我提出忠告。拘谨在你的诙谐面前很快烟消,我如沐春风信心大增。下了点工夫,也收到点成效。可惜我后来不能持之以恒,在书法技法和书法美学的更高层面上难于领悟,加上心有旁骛,终于没有进入书法艺术的圈子,实在有愧于你。但我们却成了要好的朋友。从南街到西关到洗煤厂,你所在的地方总是我最常去、最愿意去的。偶有涂鸦,自己总不满意,你却青眼相加,让我孤独的心灵倍感温暖和亲切。

　　李哥，你的成就和书艺，在当代介休独领风骚，在全国也产生了影响，我在遥远的广东与圈内人话及，竟也找到了你的知音！但是在物欲横流的今天，你的价值没有得到恰当的体现。你对朋友是随和的，有次小聚，我戏写了首小诗赠你："介郡多名士，斯人钟秀灵。有才拱北斗，无禄长南亭。语罢城中笑，书成海外馨。何时一快意，赠我换鹅经？"本是借你自称"南亭亭长"开玩笑，你却十分认真，第三天就给我电话，说已经准备好了送我的作品，闲时去取。但你在权势和一些怀有特别心理的人面前，经常体现出一个传统文人的耿介和孤傲，体现出一个艺术家的骨气。有些人认为，大笔一挥，举手之劳，何必吝啬？他们不愿意承认那是很大的才力和极大的心血的结晶。我自己对此深有感触，也是你的坚定支持者！我知道，你在意的不是钱，在意的是对艺术的尊重，是对辛苦劳动的承认。堂堂正正，取之有道，正是君子行为！如今你不用再在意那些闲言微词了，远在他乡的我，却少了知音，不觉潸然。

　　你喜欢酒，没海量但有豪胆，我也偏好此道。我们有多次雅聚，但从未讲究，几碟小菜，一瓶绵山白，三五好友，谈笑风生，其乐融融。后来我也经历过一些较大的场面，豪庭雅座，美酒佳肴，但往往找不到旧时的那种感觉。原来，融洽的氛围和你的幽默，才是最好的下酒菜！人天相隔，你是否也有这样的感慨？

　　李哥，原谅我因为路途遥远俗务缠身没有为你送终，但我心里有你。春节回来办事，继文请客在老爷庙小聚，中明兄赠我《文房有约三人行》，打开扉页，首先见你，笑貌音容，宛然如在眼前。人天相隔,顿觉酸楚。念及短短几年,吕增禄、解京石等师友相继辞世,令人不胜唏嘘。看起来,"名""利"二字,在鲜活的生命面前真是微不足道。古人秉烛夜游,及时行乐,那种人生境界,确实不是我辈可及的。

李哥,天堂里有纸和笔吗?天堂里当然有酒,你在那里过得很好吧?没有了人世间的权势、金钱、利益,你的生活一定很逍遥!特别是因为你在尘世间有很多的朋友,这些朋友经常谈论你纪念你,而被人牵念永远是一种幸福。

短文草就,意犹未尽,凑成俚句,兼怀吕增禄、解京石两位老师:

风云际会玄神楼,访戴心情忆旧游。

瑞雪初临霜月满,新诗漫就菊花幽。

法书几笔争青眼,薄酒三巡醉白头。

窗外木棉红欲滴,珠江渌水恨悠悠。

己丑元宵节于顺德吟风斋

(张驰,原为矿中教师,现为中华诗词网站长)

翰墨千秋
——回忆我的老师

郝继文

李刚老师因心脏病突发去世已近一年了,其生前曾任政协介休县委员会第七、第八届委员,政协介休市委第一至第五届委员,中国书协会员,山西省书协理事,介休市书协主席。李老师1989年11月加入中国民主建国会,是介休最早的民建会员,曾任民建介休支部副主委。

李刚老师的籍贯是革命老区山西武乡,他的父母亲都是老革命,父亲叫李梦松,离休前好像是介休县经委的副主任,母亲在办事处工作过,父母亲皆享高寿。李刚曾为其父举行八十寿诞庆典,介休书坛名流毕至,各书一"寿"字张于壁间,非常有创意。其父去世前两年病瘫在床,全是李刚伺候屎尿饮食,我们当时去拜访李老师常能碰到他为老爷子处理屎尿,孝道尽得非常到位。

江湖营生

李刚老师生于1951年7月,新中国成立后两年诞生。读到高中(介休一中),"文化大革命"中辍学。1970年7月于介休纺织厂参加工作。李刚老师和我相处多年,攀谈中告诉我不少趣事,比如其上学时调皮捣蛋,好起哄,和老师开玩笑,当面叫老师名字,和老师称兄道弟,已显露其幽默的本领。又如"文化大革命"期间,他有一次沿街闲逛,在西街看到一中年男子持小钢刀于钢笔上刻字,凑过去看了整整一天,和人家套近乎,把钢笔刻字的办法学到了心里。随后他请人打制小钢刀一把,配金银粉涂料,用废钢笔勤加练习,后来复课后给同学们刻了不少名字。1969年秋回老家时,他看到表姐家向邻居借钱度日,就用这个技艺上街摆摊刻字,最多时半天赚6元多,少时也不下4元,表姐夫当时的工资大概也就每天1元多点,这份钱便显得来得太快,吓得母亲、舅父严厉禁止,这项生意干了一共十来天。

这个故事还不算完,那位刻钢笔的中年男子叫郭中兴,洪洞人,他在"文化大革命"后期有一次居然找到了已在纺织厂当钳工的李刚,想请其帮忙打把刻刀,被李刚的母亲数落教训:"抓革命,促生产!""老老实实种地!""不要流窜,谢绝往来!"李刚却觉得应该帮忙,刻刀弄好后按郭中兴所告地址送到车站旅店,结果该店服务员说此人已被派出所收容,吓得李刚落荒而逃。

刻钢笔的营生后来还做过。也是回武乡老家时,李刚在长治倒车,竟在长治派出所门口揽生意,两三小时收得6元钱,尚有粮票、纪念章等。上车前碰到同为刻字营生的河南人说自己的颜料、刀子全被派出所没收了，看到李刚在派出所门前刻字居然没事，感到很惊讶。两人还约定到长治赶集，计划干个十来天，赚个百八十块。这个收入相当于当时县长的工资，结果李刚到舅父家后得到长辈的严禁，并令其与表弟给公社粮站打沙子挖土方，每天6角钱，擦黑出工至晚方歇。这些故事由李刚老师自述，有文字留存，曾在《新阳文艺》有少数发表。

书法大家

　　李刚老师的书法爱好初是出于天性，没有什么功利目的，后来还常慨叹靠这也能赚钱。根据他的回忆，其父应该有些书法方面的天赋，工作笔记写得连行带草。李刚参加工作后，常临写碑帖，其父都以为不务正业，曾捣毁工具、撕碎碑帖来禁止，但还是没能阻止，一直到取得成绩才改变了父亲的态度。

　　书法学习中除认真临帖参悟外，交流探讨是必不可少的途径，李刚老师最初交往的范围是介休那个时候的名人，如张晋、郭大顺、左治邦，城里乡村的都有。

　　书法艺术的复兴是随着改革开放的春风放开脚步的。1978年上海《书法》杂志创刊，1980年，中国书协成立，标志着这门艺术进入良性发展的轨道。李刚老师也是从80年代初把书法名正言顺地作为事业来做的。开始背起笔砚往省、地跑，与太原吴连城、徐文达等先生多所请益。回来后勤加锻炼，那时候纸张缺乏，曾用角铁自制能嵌放两块方砖的支架，蘸清水在上面练习，寒暑不断，书艺日进。1982年起参加山西省书法展，1984年参加中日书法联展，1985年获全国兰亭书法大赛优秀奖，1986年成为晋中地区首位入选国展的作者，岁末，作品又入选"全国第二届中青展"。1987年其作品入选《书法》杂志纪念创刊10周年举办的"书苑撷英"大型活动，一举成名，奠定了其在山西书坛的地位，是年加入中国书协。

随着李刚老师的名声鹊起，汾局洗煤厂看中了他的文艺才干，把他调入洗煤厂工会。基本上没什么具体任务，可以专心致志去写呀刻呀。1990年，介休文化馆举办过一次书法大赛，盛况空前。李刚老师任评委，穿着大风衣，现场作书意气风发，省城来的同道皆恭敬有加。随后的几年间，除了专心艺事外，李刚身边聚集了不少爱好书法的中青年，如现任晋中组织部常务副部长段燕翔、操持中华诗词网的著名诗人张驰、远走深圳的俞韫杰，以及卫晓峰、张滢、闫德华、梁利民等。我亦忝列其间，当时年龄最小，时间最充足，所以跑得比较勤。李刚老师每主动请客都要亲自通知。那时候并非家家有电话，所以得骑了车子去上门嘱咐。我还记得有一次，他来时正值我家烟道堵塞，满屋子污烟瘴气，熏得我满脸污垢，我俩相视大笑。其实那时候请客无非也就几道家常菜肴，但由于攀谈愉悦，大家都盼着相聚。

1996年李刚老师与李焰、韩中明、郭守信在汾局医院大会议厅推出四人联展,一人十四五幅作品,展标是自己画的,引起介休书坛的轰动。1999年与九洲公司合作,组织介休首届少儿书法展,从此李刚老师也投身书法培训,介休少儿书法培训从那时起开始兴旺。2002年介休书法协会成立,李刚老师当选书协主席。2003年与介休市水务局合作,主办"水文化"杯书画展,遍邀省内名家。2003年晋中书协换届,李刚当选晋中书协副主席。在其领导下,介休书协加强了与各兄弟县市的艺术交流,增加了艺术活动的频次,新一代的书法艺术人才纷纷涌现。2007年李刚签约北京琉璃厂藏宝斋、北京博雅艺术中心。2008年10月,由汾矿集团出资推出《李刚书法作品集》,收入数十幅李刚书法精品,至此李刚老师的艺术已炉火纯青,所作华滋浑厚,得魏体骨力体势,大气磅礴,极具感染力。

　　李刚老师的女儿是北师大的研究生,毕业后在北京某出版社工作。所以自2007年左右,李刚老师每年在北京要呆半年,自戏成为"候鸟"了。与北京一些名家及艺术圈很熟,受风气影响,艺术风格是有变化的,并预备全面转型。为了能避开冬季烧暖气的麻烦,在汾局棚户区购置了新房,装潢一新。我后来去新房看过,画案硕大,书橱满墙,整洁干净,可以想象李刚老师踌躇满志的样子。马上就要入住,就差装防盗门了,接了安装公司电话,骑车赶过去的时候摔了一跤,心脏病发作猝死于途中。

民建会员

我查了一下民建介休支部的档案，李刚老师加入民建的批复时间为1989年11月28日，是民建山西省委直接发展的会员。介绍人一位为田军，另一位为韩传□（末一字不辨）。介绍人意见栏填的是"该同志在书法界很有名望，并热心于政协活动……"随后函告时任介休市工商联主席郭友清，建议联络做好民建在介休的工作。1989年就是李刚老师在书法界声名鹊起的那一段日子。

民建介休支部是在郭友清、李刚二人的努力下，逐步发展的，随后有李智、郝锦荣、杨卫华等陆续加入。直至2000年成立介休支部（省民建批准成立时间为1999年10月26日），李刚老师任支部副主委。由于李刚老师的影响，陆续又有数人加入民建，后来都逐步成为支部的骨干会员。如现供职汾矿集团高阳矿的魏永轩，酷爱读书，当时与李刚老师同在汾局洗煤厂工作。李刚老师管理图书室，所以常常与其谋面，李刚老师看准永轩的人品，遂介绍他加入组织。永轩现为民建晋中市委理论骨干，撰稿屡屡获奖。原山西印染厂设计室主任解京石，其在国画、油画多个方面造诣深湛，也是经李刚介绍加入民建的，加入民建组织后为民建赢得了良好的声望，惜解先生也英年病故。又如汾局设计院的两位工程师温树荣、陈绪生亦为李刚老师介绍入会，在随后的政协会议活动中，参政议政的水准多为人所称道。

我参加工作初在义棠水文站。谈不上什么政治觉悟，没有递交过入党申请，李刚老师建议加入民建组织。我历来相信他的话，便填表履行手续，2001年加入民建。实际当时也不知道民建是干啥的，加入以后，通过支部组织学习才明白民建原来本应该多发展经济界的人士才对，我们搞艺术的多少有些错位。况且我也没有李刚老师那样的声望，十分惭愧。为了不负李刚老师的推介，当然更是为民建的发展做贡献，我对各项工作还是尽了十分的努力的。2007年介休支部换届，我被选举为新的主委，从李智先生手中接过担子。当时李刚老师在北京女儿家，没能参加。选举前后我向老师多次通电话汇报情况，他在那边半开玩笑说："只要你当主委，我就放心，其他的就不过问了！"

李刚老师为民建组织在介休的发展及队伍建设和各个方面的工作中贡献卓著，曾多次被评为晋中优秀会员。李刚老师担任政协委员期间，履行参政议政的职能，非常积极踊跃。政协介休市委员会五届一次会议召开前，委员改选，李刚老师年龄略超过当时标准，特因社会影响不同经研究留任。

2008年12月15日，李刚老师因病医治无效，与世长辞，终年58岁。悼词是我写的，送行的队伍中有李焰巨笔书写的一大幅横匾——翰墨人生。收到省书协、晋中书协、民建晋中市委、介休市政协挽联挽词数十幅。《介休报》《汾矿文艺》《介休贴吧》等以各种形式悼念的内容一直持续到今天。

（郝继文，介休市政协副主席、民建晋中市委副主委、介休支部主委。此文2009年发表于晋中政协文史资料委员会《难忘的岁月》）

李刚生平简介

李刚先生生于1951年7月,山西武乡人。字步岩、不言、济之。自号南亭村长、芥斋。1970年7月于介休纺织厂参加工作,1980年1月任纺织厂机电车间的劳资员;1988年1月调汾局洗煤厂工会。生前为介休市书法家协会主席、汾矿集团书法家协会副主席、晋中市书法家协会副主席、山西省书法家协会理事、中国书协会员。历任政协介休县委员会第七届、第八届委员,政协介休市委第一至第五届委员。1989年11月加入中国民主建国会,是介休市最早的民建会员,曾任民建介休支部副主任委员。

李刚先生青年时期即有翰墨金石之好,参加工作后,工作闲暇时便临习碑帖不辍,又特别喜欢刻印,曾以机床凿玉石为乐趣。学书初学柳公权、欧阳询,继则遍临法帖,求师访友,与乡里名流多有交往,甚得省城名家期许。所创作书法作品从1982年起参加山西省历届省展,1984年参加"中日书法联展(太原)",1985年获"全国兰亭书法大赛"优秀奖,1986年、1987年是他创作的第一个高峰期,1986年获"西安长安杯书法"优秀奖,草书鲁迅诗发表于《书法报》,篆刻"蜀籍并州霜客"同年发表,岁末书法作品又入选"全国第二届中青年书法篆刻展",成为晋中区首位入选国展的书法家。1987年,其书法作品入选

"全国第三届书法篆刻展",入选"中外草书展"、"上海、香港当代书家作品展"、"温哥华祖国当代书画家作品展"等,尤以入选《书法》杂志纪念创刊十周年举办的当代海内外"书苑撷英"大型活动一举成名,奠定了其在山西书坛的地位,是年加入中国书法家协会。

调入洗煤厂工会后,李刚先生开始致力于书法的社会普及,对本职工作也尽心尽力,为推动和发展厂文化建设和精神文明建设不遗余力,做出了积极贡献,在他的影响和指导下,洗煤厂书法队伍不断发展壮大。

90年代初,书友常聚会于李刚先生居室谈艺,书坛后学青年多被其奖掖影响。业余时间李刚先生又从事书法培训,学员也在各级展赛中多有收获。1996年与李焰、韩中明、郭守信推出"四人书画联展",1999年与九州公司合作,组织"首届介休市少儿书法展",2002年介休市书协成立,任介休市书协主席,2003年主办"'水文化'杯书画展"。2003年10月,晋中书协换届,经选举成为晋中书协副主席。介休市书协成立以来,在李刚先生的领导下,邀请各地名家来介讲学,外出交流,加强了与兄弟市县书协的联系。这一期间,李刚先生的书艺开始转型,各体互融,多得骨力体势,所作浑厚华滋,炉火纯青。参加的较重要的展览有与台湾的联展,迎奥运山西名家书法展等。2007年签约北京琉璃厂藏宝斋、北京博艺雅苑艺术中心,并成为《美术市场》画廊的签约书家。

2008年10月,由汾矿集团出资推出《李刚书法作品集》。2008年12月15日,因病医治无效于汾局医院与世长辞,终年58岁。

书山独往

魏永轩 著

山西出版传媒集团
山西人民出版社

图书在版编目（CIP）数据

书山独往 / 魏永轩著. -- 太原：山西人民出版社，2015.9

（介休当代艺文丛稿 / 郝继文主编）

ISBN 978-7-203-09190-5

Ⅰ.①书… Ⅱ.①魏… Ⅲ.①杂文集－中国－当代 Ⅳ.①I267.1

中国版本图书馆CIP数据核字(2015)第232443号

书山独往

主　　编：	魏永轩
责任编辑：	武　静
出 版 者：	山西出版传媒集团·山西人民出版社
地　　址：	太原市建设南路21号
邮　　编：	030012
发行营销：	0351—4922220　4955996　4956039　4922127（传真）
天猫官网：	http://sxrmcbs.tmall.com　电话：0351-4922159
E－mail：	sxskcb@163.com　发行部
	sxskcb@126.com　总编室
网　　址：	www.sxskcb.com
经 销 者：	山西出版传媒集团·山西人民出版社
承 印 者：	山西基因印刷服务有限公司
开　　本：	889mm×1194mm　1/32
印　　张：	16.625
字　　数：	500千字
印　　数：	1-2000套
版　　次：	2015年11月　第1版
版　　次：	2015年11月　第1次印刷
书　　号：	ISBN 978-7-203-09190-5
定　　价：	82.00元（全5册）

如有印装质量问题请与本社联系调换

吴定元 | 总序

文史资料工作是人民政协独具特色的经常性、基础性的工作。它在介休政协发展历程中，围绕"存史、资政、团结、育人"的社会功能，积极工作，勇于探索，取得了丰硕成果，为社会文化建设，以及统一战线和政协事业发展贡献了力量。截至今天，《介休文史资料》已印行十二辑，颇受社会各界好评。近年来，不断进行突破，研求新的形式，分别编印了《介休政协志》和《介休历史文化丛书》，参加了《介休琉璃》的组稿与编辑，并交由山西人民出版社正式出版发行；配合著名人类学家乔健（介休籍）的讲学、调研，将中国人类学家对介休的研究成果合辑为《维护文化遗产，发展城市文化》论文集；由张志东同志勘拣材料、采访，与乔健先生多次沟通，撰成5万余字的《著名人类学家乔健》书稿，比云南人民出版社出版的《乔健口述史》早了一年，而且资料取舍自有其独特的价值。这些书稿的辑成对介休三贤文化研究、介休历史文化名城复兴以及介休区域人文的自觉建设与发展发挥了巨大的作用。

2014年以来，介休市委、市政府、市政协主动适应文化建设的需求，文史工作更加艰巨和全面。反映介休洪山窑的《介休陶瓷》正在组稿制作中，与中山大学、复旦大学、四川大学、厦门大学的文化合作研究成果也基本完成初稿；介休景点楹联经由中华诗词网、中国书法家网全球征稿，所评审选用的稿件也将选编成印。同时，《介休近代艺文丛稿》《介休当代艺文丛稿》的出版印行，也是颇有意义的。

介休有文字记载的历史约为2600余年，自北宋到当代，人才辈出，文艺鼎盛，而市志所传，限于体例，空列虚名，研究者往往无从着手；各种机构、个人的吉光片羽之藏，因条件局限，保护不得法，发扬更难。这次的编选首先是一次对文化遗产的抢救。我们充分发挥协调作用，取得市史志办、市文化局、市报社、市博物馆、市档案馆各部门的积极配合与支持，分拣资料，拍成图片，得上百种各类存稿，其中不乏如《桐柏生诗钞》这样的手抄孤本，又积极组织通于文史的学者、教师及各类研究者十余人参与了整理、标点、校对等各项工作，历时近两年而璧成此十数册。丛稿经历了同样的艰辛，取精用宏，更增加了组稿的难度，审编人员可谓呕心沥血。其中《李刚文献集》是已故书法名家李刚先生的作品与文章合集，并汇编了一些往来信函及其逝世后的纪念性文章。李刚生前名重全晋，所交皆一时俊彦，稿件编选时呈送山西书坛名家，均赞誉有加。

这套丛书是新时期文史工作的一个探索，而对于本土文献资料的保护和利用仅仅是掀开一角，其研究与传承仍有待于全社会的参与与支持，这应该是一个互动的过程。文史知识对增强本土文化的凝聚力，把握发展的内动力，提高人民生活的自豪感及幸福指数，功效莫大。如何将我们的文史工作进一步落到实处，利用好各种现代技术手段，提高工作效率，力求详实、新颖,将保存与传播相结合,完成一项项文化工程,形成城市的软实力,实现我们的梦想,是摆在我们面前的一个课题,任重道远,期待我们一步步践行。

(吴定元,介休市政协主席。)

序 介子平

父一辈,子一辈,我家与魏永轩先生家算是世交。永轩小我若干岁,却与我同好,故引为同道。亦舒说:"很多时候,因为没有选择的缘故,人们往往走对了路。"我等走的路对与不对,姑且不论,但选择却是自觉自愿。

此选择与职业无关,不为生存,兴趣使然,此兴趣不过慰藉心灵的一种方式。一刻不亲书册,此心未免旁骛,盖读书即所谓慰藉者也。永轩读书之余,兼及写作,孜孜搜讨,欲罢不能,且写出了面貌,后与职业合二为一,真一幸事。前些年,其为单位修志,已然中坚,这是我从其他朋友处得到的消息。易中天说:"在中国,几乎所有成材的,都是一定程度上的中国教育的叛逆者。"永轩大概也属此类。

选择了这条道,便意味着选择了艰辛与孤持,群行群止、人云亦云者以为迂腐冥顽、食古不化、所不屑者也。"自学不外乎从前人留下的遗迹中去讨生活",这也是沈尹默此话的另一重含义。此路走下去,需有理想主义的精神支撑,多数人就此退缩,中途转向。董桥说:"做了一辈子的文字工作,深深觉得做得好是性情带出来的,做不好也是性情拖垮的,没有一份天生的文字因缘,硬教硬学都枉然,不如留满脸的功名利禄实际得多。"关键不在努力,在方向,既无文字因缘,何须再行坚持。

编修《四库全书》时，乾隆下谕旨征天下奇书，其标准为："其一人而收藏百种以上者，可称为藏书之家。"永轩藏书，岂止百千，早已满坑满谷，汗牛充栋，此也读书人之通病。所藏图书之多寡，囿于藏家之财力，却都记录了读书人的阅读历程。永轩当年逛书店甚勤，家苟温饱，余财皆投放于此，以致工作人员皆熟稔，此也读书人之一项外在标准。书店之外，图书馆借阅也勤，如此一来，余时便都埋没在了书本里。

书中某文还提及了我，竟称我为学长，实不敢当，年齿的确"长"，仁德无以"学"。称我蒙师，便更不敢当了，"人之患在好为人师"。只是当年永轩写诗时，予我过目，虽直言了一些感受，实则欣赏的成分多，青春即诗，无须修改。另有所问，别无所答，只是告之读书读书再读书。我知多躁者必无此沉潜之识，多言者必无此笃实之心，永轩寡言而好静，矜持而内敛，具备文质，果不其然。愧无媚骨难谐俗，赖有痴肠解读书，读书塑造性格，性格决定命运，成为如今这般模样，读书至关重要。二三十年下来，累积读过许多书。王尔德说："读得太多而没时间欣赏，写得太多而没时间思想。"淡泊之士存淡泊之守，镇定之士有镇定之操，我看永轩决非凡士，具备把握此般节奏之能力。好文字皆由衷之声，肺腑之言，无穷写意何在异见异闻，不尽流情何在长篇短篇。

同时，我们还是博友，博客中互为好友。闲暇时登陆浏览，见其涉猎广泛，时而拳术，时而文房。其实，非功利的读书，从来不设局限，广度即襟度，风度实深度，江山之外，第见风帆沙鸟、云烟竹树而已。随缘而行，风为方向。

花已离枝,枇杷正黄,来不及道再见,便不再年轻。此次结集,姑作对既往岁月的结绳记事,对先前文字的告一段落。集子名曰《书山独往》,意味深长,恰如其分,"书山"乃状态,"独往"则心态,集中多数文章与读书关联。嘱我为序,乐见其成,欣然命笔,有感而发。

是为序。

甲午仲秋

(介子平,男,1964年生人。供职于山西出版传媒集团,兼任《编辑之友》杂志社副主编。副编审。1984年至1986年,曾在介休图书馆工作。)

抱書樓雲

抱書樓雲一聯
一室書青
以養樓雲
脏三策抱書
甲申夏
耆為

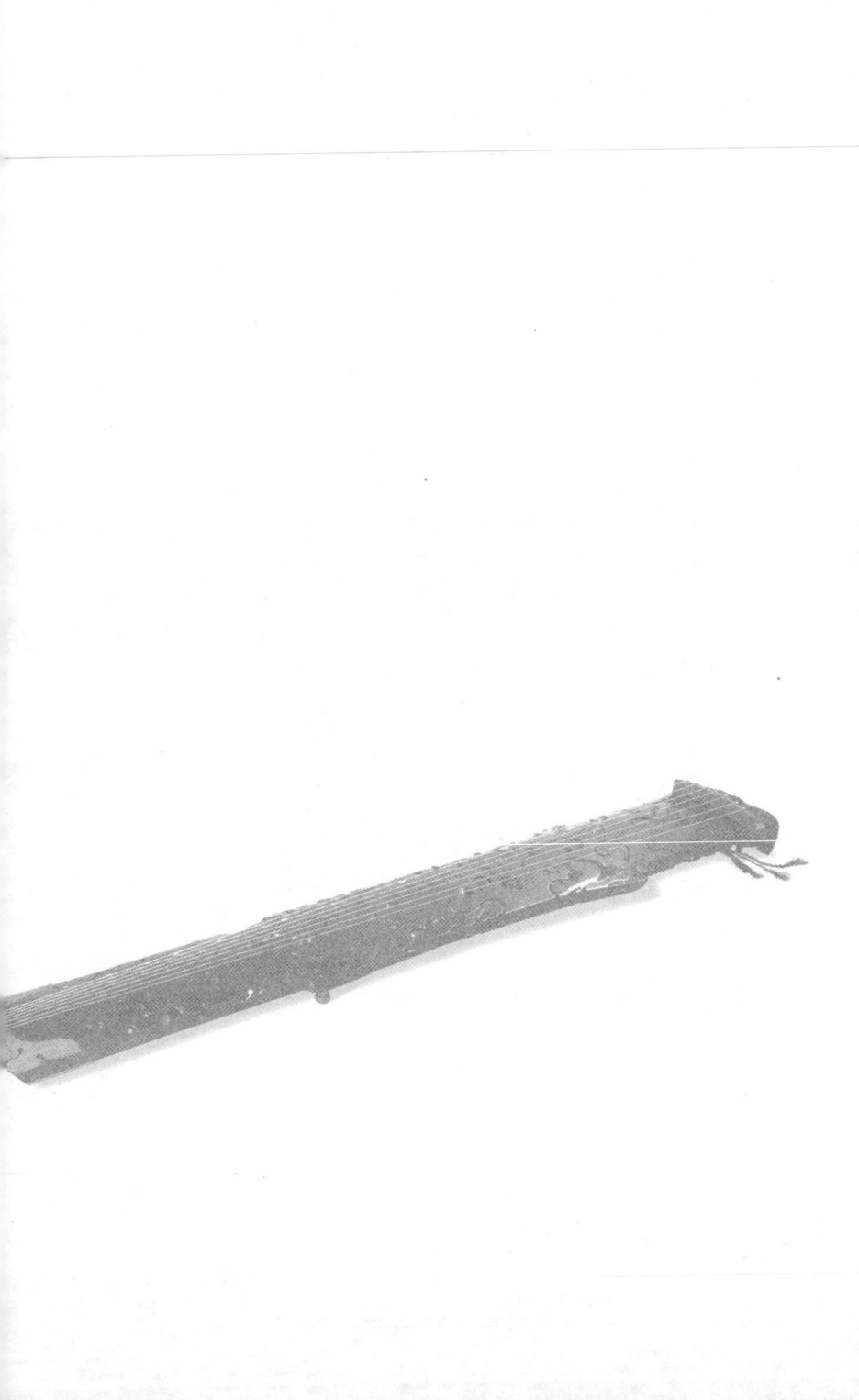

目 录
CONTENTS

抱书栖云斋	1
我的书目	3
阅读,我洞察生命的重要方式	7
我30年的阅读经历	9
书海藏身乐陶陶	12
闲话藏书	16
藏书瘦身	18
我与图书馆	20
一张金卡	24
消夏之夜的品读	26
书院史话	27
"世界读书日"之我爱读书	30

追步文化的精神之旅	36
梦寐《百科》	44
一瓣心香觅书忙	46
介之学长	49
怀念济之先生	54
我与连环画的故事	58
一片师恩在赠书	61
活到老 学到老	62
万古云霄一羽毛	66
事理看破胆气壮 文章得意心花开	80
博文短札（八篇）	87
也在人生边上	94
关于孔子像的文化断想	96
我们这一代	99
我的文化底色	105
文心独往（代跋）	108

抱书栖云斋

继文所著《祈庐——书法笔记》中有一篇《介休书家的斋名与闲章》,记载了张颌先生的作庐、师延龄先生的双桐庐、李刚老师的两味斋和芥斋、李焰老师的饮绿斋、韩中明老师的陶斋、俞蕴杰的两勿庐、晋平的苔花书屋、范有根的师竹堂、宋力青的云斋等。我虽非介休书家,也无几枚闲章,但爱书有自。

我给书房起了个"抱书栖云斋"的雅名,好友继文请运城书法家协会主席仇官有先生题写出来,颇得了一些赞誉。"抱书栖云"得自绵山云峰寺的"抱腹栖云"。为了多一点雅趣,给斋名增加一点意味,我以"书海一页,云霄一羽,抱书栖云,以养胆气"十六字做了斋名的题释。

古来名人的书斋雅名,或寓居景物,或崇尚逸情,或抒怀言志,或展示个性,或光耀文物,或炫耀恩宠,或蕴涵诗意,或暗藏玄机,不一而足。给我印象深刻的有杜甫的浣花草堂、赵孟頫的松雪斋、徐渭的青藤书屋、蒲松龄的聊斋、纪晓岚的阅微草堂、毛泽东的菊香书屋、张大千的大风堂、梅兰芳的缀玉轩等。

书斋的建筑、形制非常讲究。古民居中,最富盛名的书斋有江苏扬州黄宅书斋、常州两当轩、浙江杭州吴斋书斋、宁波天一阁、南浔嘉业堂、余姚五桂楼、瑞安玉海楼,安徽西递乡村书斋等。它们或与住宅接体,配以假山叠石,或饰以蛤蜊格长窗,或带有精致庭院,或本身就是一座幽静的园林,或幽深曲折,如桃园画境。今天的书斋,难以再现过去书斋的"明、静、雅、序"了。书斋的陈设,也少有过去的笔墨纸砚、书香剑影、棋盘茶盏、青灯黄卷了,多的是电脑之类的现代物件。

书斋与书院相比,是私人化的领地,自然不会有很多的街、门、塔、碑,但题咏楹联自然不可或缺。潘天寿有:"种菽粟于砚田,收成有日;怀奇珍于文席,待聘以时。"邓石如有:"沧海日,赤城霞,峨眉雪,巫峡云,洞庭月,彭蠡烟,潇湘雨,武夷峰,庐山瀑布,合宇宙奇观绘吾斋壁;少陵诗,摩诘画,左传文,马迁史,薛涛笺,右军帖,南华经,相如赋,屈子离骚,汇古今绝艺置我轩窗。"郑板桥有:"二三星斗胸前落,十万峰峦脚下青。"小小书斋,抱书栖云,自撰楹联云:"书海长空一页一羽;抱书栖云云卷云舒。"

老一辈革命家陈云总结读书经验,讲"多读书以养胆气",我颇有同感。读书培养不出胆气等于白读,甚至不如不读。读书无胆,看不破书山内外人情冷暖。读书无胆,哪里会有完美的人格?读书无胆,又哪里会有浸透骨节的书香?

我的书目

给藏书做书目，是一件极费工夫的事情。我用了差不多一年的工夫，才给自己的藏书做了一个书目，取名《抱书栖云斋书目》。这算了了一桩心事，也算对自己藏书的面貌有了一个总的把握。

以做完书目为止，被我纳入《抱书栖云斋书目》的藏书，共有4000册之多，总价计13万多元。这对于一个工薪阶层来说，是一个不小的藏书量，也是一笔不小的财富。

这4000册藏书，对于有资财、爱藏书的大藏书家来说或许不算什么，可对于我这个月收入不多的普通读者来说，确是我30年所藏。

这4000册藏书，是我人生成长的见证者。20多年前，我刚参加工作的时候，在介休选煤厂当工人，自比为"运书队长"，因为每天上下班，我怀中所藏都是书。现在，虽然自己早已离开工人岗位，但上下班所携带的基本还是书。几乎每次搬家、每次工作变动时，最累人的事就是这些书的倒腾和搬运工作。

为了这次整理书目，我在家中整个一面书墙面前，踩着高凳，上上下下总有数百次之多。拿出来，放进去，很费了一番工夫。当然，说起这些书的来历，有的源于我天南地北的游历，北京、上海、西安、广州、深圳、海南、湖北、山东、陕西、浙江、云南

等，几乎每走一地，我总是满载而归。先是自己背，后来是托运和邮寄。有的源于我网上的多次冲浪，凡有中意的，只要囊中不太羞涩，总是一网打尽。当然更多的是从常去的太原和栖居的介休书店所得。有些书，真是不远千里才上了我的书架。其间的书情、书事，我在撰写《消夏之夜的品读》《梦寐百科》《梓园书店》《为书店起名》《一张金卡》《书院史话》《一瓣心香觅书忙》《我和连环画的故事》《我的三十年阅读经历》《我与图书馆》《抱书栖云斋》《藏书瘦身》《书海藏身乐陶陶》等文章时，略提到了一些，但都是冰山一角。

这4000册藏书，可以说每一册都有她特有的体温和信息，都有她特有的生命的律动。每每把玩这些书籍，看它们不同的外观、封面、护封、书脊、勒口、封套、腰封、书签、书顶、书口等，心中常常会涌起一些波澜。尤其是面对那装帧设计精美的图书，犹如面对一个顾盼多情的美丽女子，怎么品，怎么有味儿。

其实，早在2004年，我就以笔名"雪农"为名，做过一个粗浅的书目。但我只是统计了书名、编著、作者、出版社、出版年月、定价和印刷次数，没有录入更多的信息，更不用说书的摘要了。至于所藏图书的阅读心得和批注之类，根本就没有涉及。因为，书柜里实在没有地方，不可能分门别类上架，有的只好录入后，被乱塞进书墙的犄角旮旯里了事。

11世纪,我国就有目录之学。很多学术大家都非常善于利用书目,增进学识。古今藏书家对书目都很重视,或亲自编订,或按图索骥,或做各类有益于收藏的研究。我之所藏,源于对各类知识的强烈兴趣以及泛滥而为的阅读。这4000多册藏书,见证了我青春的激情,见证了我人生的努力,见证了我甘于淡泊的心境,也见证了我对美丽中国的向往。在我的藏书里,《鲁迅全集》《陈寅恪集》《莎士比亚全集》《管锥编》《锦灰堆》《简明大不列颠百科》《战略与管理》算是重量级的一部分;傅雷、周汝昌、季羡林、钱学森、李叔同、林徽因、孙犁、汪曾祺、周有兴、张充和等名家的著作算是心爱的一部分;有关城市文化、民间文化、大学文化、人体文化等是我藏书的重点。近年来,我又陆续收集了近百本关于书的书,其中书评、书话以及有关书斋、书院、图书馆、藏书家的书,让我对古今图书以及与书有关的人物、故事的流变充满兴趣。

说来有趣,买的书多了,有时候也忘记自己到底有没有,只要觉得好,买了又买。这次整理书目,就发现自己重复购买的书竟有成百本,悉数拿到大哥家的书橱里去了。

当然,像《傅雷家书》《最后的闺秀》《古书之美》《心经》《桃花流水杳然去》等是可以多买几本,送给好友们共享的。

我的藏书里有一部分是老师、朋友们赠送的,但不多,更多的是自己省吃俭用从各地的书店搜寻而来的。还有一部分藏书，来自于特价书市和地摊，是自己捡漏所得。另外，这次没有统计的，还有两次开书店留下的几百本书和几百本《新华文摘》《读书》等杂志。

藏书不是目的，关键是学以致用。想想自己工作20多年来，能改变人生的命运，全凭阅读、写作和思考。藏书，已经成了我终生不渝的爱好。隔三差五去书店转转，去网上浏览图书的信息，已经成了我重要的生活方式。每天的阅读，已经成为我生命的重要组成部分。每天的呼吸吐纳，我都离不开阅读的负离子。之所以能完成一些周围人看来近乎不可能完成的写作任务，全赖平常看似无用的广泛阅读和思考。

《抱书栖云斋书目》，集30年藏书所得，因此30年书市的市场风情、价格走势、版本流变以及学术进步、人物春秋、国内外图书交流、出版社改革等，从我这区区4000册图书中可见一斑。

我的第一本藏书是吉林人民出版社1984年出版的丁国成的《古今诗坛》，到目前为止最后的一本收藏是国际文化出版公司2013年2月出版的英国理查德·伊文思的《邓小平传》。看来，诗人与政治的激情在自己的心中依然燃烧。

我的《抱书栖云斋书目》会丰富下去，与众多爱书者的交往也会持续下去。相信以后我的藏书经历会更加丰富，我的人生阅历也会更加精彩。

书山独往
ShuShanDuWang

阅读,我洞察生命的重要方式

阅读,是我洞察生命的重要方式。从30多年前以阅读汹涌而起的新学科起家,为了寻求生命的真知,我如饥似渴地扑入一个又一个知识的苑囿,系统或混沌、全息或残缺、深入或边缘地阅读了大量图书。在多媒体阅读已然超越纸质阅读的今天,我更像一个阅读的保守派,始终坚守着纸质阅读的习惯。

阅读,是我洞察生命的重要方式。不管是在晨曦微露的清晨,还是在风和日丽的午后,亦或是在夜深人静的午夜,一卷或人文或科技的书册在手,我都会在品读书卷内容的过程中,品察各种生命的形式。不管是在琅琅书声的校园,还是在静享书之趣味的图书馆,亦或是在书店徜徉,一卷或文字或图画的书册在

07

手,我都会在图文并茂的欣赏中,体察各种生命的价值。不管是在奔忙的公交车上,还是在江河湖海上行进中,亦或是在万里长空的遨游过程中,一卷或古典或现代的书册在手,我都会在神游万古、思接千载的对接中,深度审视生命的大千与唯一。

我30年的阅读经历

阅读是一种经历。30年前,我的阅读仅限于语文课本和语文报;30年后,我的阅读已经通过网络无限地扩大了视野和范围,可以说,除非是受阅读能力、时间和眼界的限制,凡是心中所想,想读什么就有什么。

30年间,阅读改变了一切,阅读让我重新审视和体味山水人情的风貌,阅读让我重新定位和思考。

阅读是一种享受。阅读让我享受春日正午的明媚阳光,阅读让我享受夏日清晨的鸟语花香,阅读让我享受秋日午后的神清气爽,阅读让我享受冬日夜晚的安逸宁静;阅读让我享受乡村的淳朴清新,阅读让我享受城市的浪漫情怀;阅读让我享受高原的云淡天高,阅读让我享受海滨的碧水银沙;阅读让我享受极地的真情超越,阅读让我享受大洋的超凡气度;阅读让我享受高空的蔚蓝浩瀚,阅读让我享受海底的五彩斑斓。

阅读是一种姿态。或坐或卧或站或踱,阅读如坐春风,阅读浮想万里,阅读望断天涯,阅读闲庭信步。阅读的姿态总是一种静,总是一种思,总是一种人生的运筹。阅读的姿态总是

一种开放与包容。阅读让世界走进我的胸怀,也让我走进世界的胸怀。

阅读是一种机缘。因阅读,我曾领略过很多书店的风景;因阅读,我曾结识了很多爱书读书的朋友;因阅读,我曾走进过无数的书市;因阅读,我曾跨进一个又一个阅览室;因阅读,我曾拜访一位又一位书家;因阅读,我曾拿起笔参与书的编辑与设计;因阅读,我曾彻夜无眠,为了追索一种独有的人文情怀。

阅读是一种彻悟。阅读让我走出人生的低谷,踏上人生的巅峰;阅读让我反思社会的既往,瞻顾世界的未来;阅读让我完成对与生俱来的种种彻悟,悟透人世的沧桑,回归一种简约而不简单的生活境界。

阅读是一种提升。阅读让我从狭隘提升到博大,从狭小提升到开阔;阅读让我从作茧自缚提升到开放的心态,从历史的拘囿中提升出不拘一格的胸襟。阅读的提升是一种精神境界的提升,是一种品格的提升。

阅读是一种沉醉。阅读让我沉醉在一段竹简和石刻上流连往返,阅读让我沉醉在一曲古筝和萧音中不舍离去,阅读让我沉醉在一纸剪影和墨竹里久久驻足,阅读让我沉醉在一局对弈与搏杀里品茗自娱。这一种阅读,是一种心的沉醉,是一种精神的沉醉,是一种忘我的寄托。

阅读是一种进入。阅读让我进入一座又一座智慧的园林,大成智慧的学说让我架起一座又一座定性、定量智慧的桥梁,让我与高端的学说心血融会,让我进入世俗的生活而不坠青云的高远,让我在雅俗的两端开辟属于创造的息壤。

阅读是一种锻造。阅读锻造人的刚健与清芬,阅读锻造人的厚德与忠诚,阅读锻造人的风骨与气度,阅读锻造人的胆略与气魄。阅读的锻造就是对人的性格和民族性格的锻造。阅读的锻造就是对文化的血脉与气脉的锻造。中华文化正是在阅读的锻造中走向伟大的复兴。

30年阅读经历,让我即使处于大山之中依然与世界紧紧相依,让我即使身在煤海依然与大海与星空紧紧相依。

书山独往
ShuShanDuWang

书海藏身乐陶陶

第17个世界读书日就要到了。我这个爱书人,该做些什么呢?正好介休选煤厂要搞世界读书日活动,说要到我家来看我的藏书,并做有关的节目。于是我开始整理自己的书目。这可真是件颇费工夫的事情,我需要把家里的藏书逐一过目,并按所设计的书目表格逐一录入,顺手计算一下藏书的数量和价值。

我住的家仅有86平方米,两卧一厅。女儿和老丈人共居一室,一组墙柜放着家里四季的衣被,一张写字台,两张单人床,这个房间的角柜最底下一层放着我的书和杂志,孩子的书和杂志只好堆放在地板上和窗台上。我和爱人共居一室,一组墙柜全是我的藏书,还有一张床,一架孩子曾经弹过的钢琴,而我的床头柜上摆着近期阅读的一摞书。由于书实在是放不下,客厅窗户下的一组墙柜,我也占据了一格。余下的书,只好放在了阳台和地下室的三只铁皮文件柜里。至于陆续积攒下来的剪报,只好堆放在地下室的角落里了。这两年为了给新买的书腾些空间,只好把部分不太重要的藏书转到大哥的书柜里。这还不算存放在办公室的一部分书籍呢。

20多年了吧,我仍然保持着每隔一周到半个月的时间去逛书店的习惯。对我来讲,逛书店的乐趣就像一个将军去阅兵时的感觉。在书阵林立的兵营前,我穿梭着,检阅着,感受着每个士兵的呼吸,感受着时代的脉搏。而且,几乎每一次,都要精中选优,选几个特种兵回去,以充实自己的兵阵和武库。

如今的时代已经不是"四大发明"的时代,航天技术和卫星通讯已经完全覆盖了地球的各个角落。面对网络和电子书,面对博客和微博,喜欢阅读的我并未体会到网上冲浪的乐趣。我甚至觉得自己已经无形中被列入了最后一代酷爱阅读纸质图书的极少数人群。面对纸质图书受冲击的现状,我开始怀疑自己多年的藏书到底还有多少存在的价值。但转而一想,即使全世界的图书浓缩到一张不大的芯片上,也代替不了自己生命的过程。在自己的生命过程中,查书、购书、看书、整理书、写作、畅谈阅读心得、以书会友已经成了独有的生活方式。书香已经成为我生命中不可或缺的灵魂之香。面对经典美文,开合书卷的瞬间袅袅升起的已是自己的缕缕心魂。

在资讯发达的今天,我坚信纸质图书不会消失,但时代会对纸质图书的写作、选题、编辑、装帧、出版、发行、营销提出更高的要求。或许正是由于电子出版物的盛行,纸质图书正面临一次革命,她会变得更美、更简净、更耐人寻味。当然,这只是我的一厢情愿。或许,媚俗的东西也会换上绚丽的包装大肆污染受众。

阅读的质量高低,阅读的境界如何,是对阅读者的最好检阅。高尚的阅读者阅读经典,低俗的阅读者青睐垃圾。当然,阅读者的素质也有一个长期的熏陶和提升过程。一个长期浸淫于经典书籍中的人自然人格高迈、品德醇厚、才华出众,一个被垃圾读物长期占有的人自然形貌猥琐、举止粗俗、才能低略。作为

书山独往
ShuShanDuWang

一个普通阅读者,不断寻找经典、阅读经典的过程,就是走向自信、走向崇高、走向成功的过程。尽管我们不能以简单的方式界定读书与成功的关系,但多读书可以养胆气,多读书可以增加智慧,多读书可以培养远见,多读书可以调适生活,多读书可以提高人生品质,确是不争的事实。

其实,我的书不算多,比起真正的藏书家来说,仅仅是九牛一毛。只不过在我们这个企业里,包括小县城里,我是为数不多酷爱读书的人之一,而且只要条件允许,买书从不吝啬。近几年,企业效益好些,工资高了,自然买的书也就多了起来。大略算一算,每年总要买四五千块钱的书吧。对于一个普通家庭来说,这确实是一笔不小的开支。日积月累,书的空间问题,的确成了我们家的一桩大事。为此,我和妻子设想,要给我的这些藏书再买一套居室才好,哪怕只有四五十平米,让我这个爱书人真正有一个书房,有一张大大的写字台,那种坐拥书城的感觉一定像一个帝王君临天下。

多年的藏书、读书经历,让我对一切与书有关的东西都兴味盎然。于是,买了一系列关于书、书房、书架、书店、图书馆、藏书票、藏书家的书,这些"书之书",让我从书的历史、书的形态、书的版本、书的构成、书的流转等多个角度看到了时代的变迁,也看到了国内外藏书人、读书人的种种生活状态,其中更有很多美妙动人的故事让我对书有一种难以割舍的情怀。

书海藏身,闹市取静。世界的繁华,社会的喧嚣,人生的悲欢,总挡不住书对我的诱惑。恋爱的时候,见到一个女子就像打开一本书。工作的时候,遇到一个问题就像打开一本书。旅游的时候,走过一个景点就像打开一本书。现如今,在这个世界上生活着,身边的一切都像一本本书一样摊开着,等着我艺海拾贝,有选择性地拾取其中的精品。我每天除了维系生命、亲情以及所关爱的一切,基本都在与书为伴、与书为友中度过。书成了我生命的主要依托,也逐渐成就了我生命的底色,使本来苍白的我渐渐有了生命的温度和亮色。真要感谢书对我生命的馈赠,是书让我睁开双眼,看到了天地、两极、海洋和深不可测的内心世界,看到了生物世界的宏观、中观、微观和众生相契,看到了不同发肤种类的人群,不同色彩的河流、地域和古往今来的迁徙,看到了不同制度、不同社会条件下的城市、乡村和生息繁衍的住民,看到了战争、和平、地震、海啸和无数生灵的卑微。书让我懂得人生如蚁,更懂得大爱和悲悯。书让我懂得藏身书海,更要时刻状如赤子,关注民瘼,必要时挺身而出。当然,我更喜欢与书为伴,青灯黄卷,平静、简约、雍容、睿智地度过自己简单的一生。

闲话藏书

藏书是我最大的业余爱好。时间长了，我对藏书有一些认识和体会，借茶余饭后的机会介绍给大家。

藏书自古有之，无论官藏还是私藏，都为保存文化资源，延续民族血脉，起到了十分重要的作用。官藏的历史，自不必说，与国家兴替有着密切的关系，而且利用官藏，成就了老子、司马迁、司马光等历史文化巨人。私藏则更多地与藏书家的个人境遇有关。有一部《中国著名藏书家传略》就给我们展示了60多位民间藏书家的生平活动、学术思想、藏书事迹、藏书思想和成就，以及藏书流传，他们对民族文化所做出的独特贡献已彪炳史册。这些民间藏书家，为了藏书，家徒四壁，舍弃祖宅、放弃官位都在所不惜，这对于古人或今人来说都是十

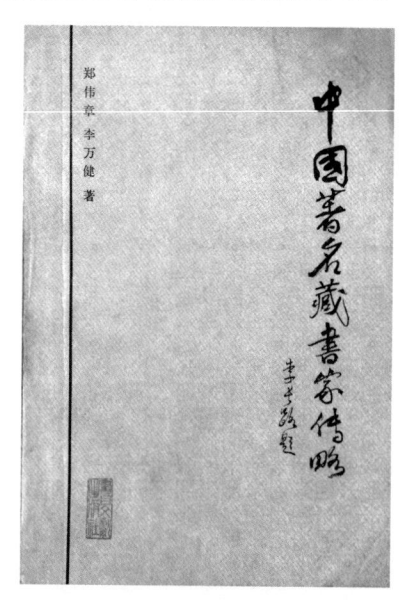

分难能可贵的。

  藏书者都有一个从不自觉到自觉的过程。我对藏书的了解也是从读这部《中国著名藏书家传略》开始的。在藏书市场上，收藏古书，不一定每个藏书人都需要，新文学和旧书收藏也不是每个藏书人的所向。只要有明确的藏书意识，都可以参与收藏。2002年4月，山西省十大藏书家评选结果揭晓，太原重机学院教授王荣祥、运城高等专科学校的景克宁教授等10人在省图书馆得到隆重表彰。这对于有志藏书的广大藏书人来说无疑是一个很大的鼓舞。

  打开百科全书，有关图书馆的条目，可以很清楚地告诉我们，公共图书馆的出现，一步步实现了"还书于民"的理想。广大公众，可以在图书馆，甚至在因特网上享受更加广泛的文化资源。但对于"术业有专攻"的人来说，自己藏一部分书还是十分必要的。当然，藏书也讲究眼界要宽，心胸要阔，而且，更为重要的，藏书还是为了阅读和利用，特别是研究性的利用。我省藏书状元王荣祥教授就是榜样，他家藏有24000余册专业图书，利用这些积累，他荣获一项国家科技进步奖、四项省部级科技进步奖。

  当代藏书家陆昕有8条藏书经验介绍给大家，以资广大藏书爱好者共勉：一是不攀比；二是力所能及；三是冷静从事；四是精品不忌杂；五是莫遗憾，好书买不尽；六是专项藏书，切记浅尝辄止；七是多读书话，广交书友；八是最好能利用。

书山独往
ShuShanDuWang

藏书瘦身

读书是我的最大爱好。读的书多了,自然藏书也增加了许多。记得前几年居无定所的时候,每每搬家,最牵心也最难办的就是我的藏书。最后一次往华苑小区搬家,装书竟用了几十个编织袋。当这些20余年积攒的藏书进入新的墙体书柜,几乎摆满整整一堵墙的时候,我着实自得了一番。

藏书人因种种原因卖书的很多,我是因开梓园书店回笼资金而卖了自己1/3的藏书。当然,整理这些要卖的书的时候,内心也很复杂,真是有一种说不出的难舍难分。只是为了更好地办自己的书店,我采取了藏书瘦身的方略,把一些对自己用处不大,而可能对社会有益的书拿出来,也算是以书会友、广接书缘的一个善举吧。

我的这批近千册藏书,以低廉的价格很快被爱书、淘书的朋友们"洗劫"而去,我家里的书架确实也通透、疏阔了许多。回想这许多年读书、藏书、购书、卖书的经历,书之聚散确实有很多书缘、人缘在里面。

我家里的《鲁迅全集》是朋友转让给我的,《莎士比亚全集》是省吃俭用来的,《大不列颠简明百科全书》是由朋友帮忙在太原古籍书店以较低的价格买到的,《约翰克里斯朵夫》是逝去好友的赠品。近几年,我费力搜求的有关城市文化、民间文化以及大学讲坛的书,确实让我在人格休养、学术视野和百科情怀上大大得到了满足。

现在互联网又让我打开了一个又一个图书馆的书库,很多难得的电子书让我初步领略到了知识经济的益处,也对现代与传统的阅读方式有了一个切实的比较。说实话,我更喜欢一卷在手、坐拥书城的感觉,更喜欢青灯黄卷、书香剑影的意境。

藏书瘦身,对我来说是生命中一次理性的割舍,也是一次情感的超越,更是一次智慧的检阅。人瘦身,最重要的是实现健康体魄、健康人格以及健康生活的完美结合。藏书瘦身,让我更好地调整自己的知识结构,更好地把握人生所向,也集中精力更好地选择事业的突破点。

书山独往
ShuShanDuWang

我与图书馆

每到一地,看它的书店,就可以基本断定它当下的文化水准;每到一地,看它的图书馆,就可以基本断定它历史的文脉。自从我与书结下不解之缘后,图书馆就成为我生命中不可或缺的音韵。

虽然,我不可能拥有一座属于自己的图书馆,但我已拥有了属于自己的书斋和自己喜欢的数千册藏书。我的书斋叫"抱书栖云斋",源于绵山云峰寺那一块"抱腹栖云"的匾额。我的藏书中关于图书馆的,有中国城市出版社2005年7月出版的《中国图书馆[百年]系列丛书》之《百年文萃——空谷足音》和《百年建筑——天人合一 馆人合一》。很遗憾没有收集到该系列的《百年大势》《百年情怀》和《百年人物》,但就这两册已让我感觉到了巍巍乎高哉的图书馆文化远较个人藏书的博大。发展公益藏书事业,善莫大焉!

我早年读书就是从在图

书馆阅读开始的。当年,介子平从省图书学校毕业被分配到介休图书馆工作,经父亲引见,我拜其为学长,开始在他指导下自由出入书库,选择自己喜爱的图书阅读。当然,在那个阶段,初入书海又智力中常的我,还不太理解学长的深意,饥不择食地看了很多关于诗词、小说、神话、哲学、艺坚持不懈的精神,把当时的目录卡片翻了个遍,还整理出一些要读的书目。其中就有图书馆学的一些书籍。我就是在朦胧中接触到关于图书馆的一些知识的。而且,从那时起,就坚定了图书馆自学这条路,甚至不惜放弃高考。当时觉得高考限制人的发展,却也因此付出了沉重的代价。

高考未果,后来我上了西山技校。当得知西山有一个较大的图书馆时,我兴奋不已。但要办借书证,必须要有学校的介绍信。不知为什么,当时学校好像不人鼓励学生在校外乱读书,好像是怕学坏。强烈的求知欲,让我斗胆给校长写了一封信。没想到校长看我言辞恳切,让学校办公室秘书找到我,特别给我开了一个介绍信,从此我开始步入人生的第二个图书馆,大量阅读了改革开放后一些介绍新思潮的书和一些西方哲学经典书籍。记得最清楚的是黑格尔的《小逻辑》,只可惜当时读不太懂。之后,借着在西山上学的机会,我除了逛书店、买一些特价书之外,还奔入了省图书馆。由于不懂省图书馆的规矩,我几次进去,都没有去办借书证,只是流连又流连,而后满腹幽怨地离开。当时在太原买的特价书,至今还记忆犹新的是马克思的传记三部曲《青年马克思》《盗火》(上下)和《生命的顶峰》,其中马克思、燕妮的一些关于读书的对白和马克思在大英博物馆读书及撰写伟大的《资本论》的情形让我铭记在心,并鼓励我在求知的道路上孜孜以求,乐此不彼。

我1990年参加工作,1993年前后,介休选煤厂团委要创办一个图书阅览室,缺一个兼职的图书管理员。我有幸被厂团委选中,开始在三班倒的工作之余义务给大家提供阅览服务,用现在的话讲是做了几年图书阅览室的"青年志愿者",在为大家服务的同时,也为自己博览群书创造了条件。我曾写过一篇《消夏之夜的品读》就记载了这一段经历。

做一个图书管理员,好像成了我一个特别想从事的职业。至2005年,汾西矿业50年大庆,我与其他两位笔友帮着完成《热爱与执著》的长篇报告文学创作之后,领导征求我对于以后工作的意见时,我依然痴心不改地想做一个图书管理员。就是到今天,我依然有这种冲动。我真想坐拥书城,尽享王者之风。

有一次到北京出差,我利用难得的工作间隙,直奔紫竹院湖畔的国家图书馆,步入文津阁,好好徜徉了一番,还买了不少学术类图书。只是由于时间关系,我没有如愿以偿地听一听学术讲座。

从县城到省城再到首都,我见识了从小到大的图书馆,浓郁的书香,让我闻到了中华文化的芬芳。如今想来,这些阅历,对一个普普通通的阅读爱好者来说,真是一种难得的体验和珍贵的回忆。

书山独往
ShuShanDuWang

一张金卡

由于没有一座像样的公共图书馆,我的读书欲求一直没有得到很好的满足。每当把手头仅有的百八十元钱一空如洗地变为三五册精美的书藏时,回头望书店的尽头,总有一种无法言说的遗憾。

为了满足日益强烈的阅读渴望,我毫不犹豫地购买了一张200元市新华书店的金卡。据书店人士讲,我是本市第一个拥有金卡的读者。在享受八五折购书优惠和免费就座阅读所有架上图书的超值服务当中,我颇受到书店员工的尊重和礼遇,也切实感到开放的文化环境对提高城市公民文明素养的重要性。每当我在埋头阅读或作笔记之余,环顾身边或坐或站或搜寻移动的人群,我不仅有一种坐拥书城的感觉,更有一种志在必成的激情。

一张金卡,让我以"事缓则圆"的从容一睹为快,让我在字里行间的跳跃中,把所需一一拣出,就是家中藏书的那密不透风的一堵墙,也因一张金卡而变得通透起来。对于求知欲很强的我来说,一张金卡比一根金条还重要。

在书海中漂泊多年,我最渴望的就是那么一种生活,自己需要什么书就能够有什么书。这样自己就可以如愿以偿,依靠庞大的知识资源,进行自由的创造。一张金卡,部分地满足了我的这一渴望。

　　过去留连书店的碎影,现在可以坐在书店静读。缓缓流动的生活当中,充满着无穷的诱惑,没有一定的定力,即使一张金卡也无法让人在喧嚣中静读。当然,爱书而不被书奴役,读书而能在书外行事,才算是达到了读书的高境界。

书山独往
ShuShanDuWang

消夏之夜的品读

　　乐声、人声、喷珠溅玉之声在绿树婆娑中编织喧闹,明月、池水、柔和的灯盏在芳草青青中结构宁静。

　　花园一角的阅览室也不冷落,尽管雅室不大,桌椅不多,但博览的气息十分浓郁。

　　消夏之夜读点什么,给人的也都是一种清凉的慰藉。北极探险,南极考察,危峰急流,风光无限;恐龙蛋不亚于彗星的残片,根系微雕更胜过自然、人文的景观;沧桑感悟抵不上年少儿童的一灿微笑。阅读,掩饰不住对生命的惊奇和对超越极限的勃勃向往。偶或一对情侣依依而来,款款而去,更凭添了消夏之夜阅览室的妩媚。静守,能点缀消夏的一角,能迎来一群群读者,能品味妩媚,能在翻动的页码声中与更新的万象对接神韵,也就算是从容豁达了。

书院史话

提起书院,大家会想到"林宗书院",而且有人论证说山西第一个书院在介休。《山西书院史话》一书介绍,春秋战国时期,孔子传人卜子夏"西河讲学",开了山西私学之先河,后来才有东汉第一名士郭林宗的私学。但私学与书院有很大区别。简单点讲:私学只是个体的教学行为,书院则本质上是一个教育机构,有一系列的组织行为。书院一般由私人创立,但后来大都与官学合并,包括有藏书、读书、讲学、著书、刻书、祭祀等活动。按中国历史上记载,真正的书院萌芽于唐末五代,历经宋、元、明、清四代,到光绪二十七年(1901),由清政府下令彻底废除,绵延一千余年。

中国古代书院遍布全国各地,数量达7000余所。据统计,目前至少有400余所古代书院以学校、图书

馆、博物馆的形式留存。有专家说,书院是中国文化遗产和自然遗产结合最为完美的地方。北宋四大书院——白鹿书院、石鼓书院、应天书院、岳麓书院,无不风致幽雅、庄重古朴。

中国最早的官办书院是唐"开元盛世"时代的丽正书院。山西的第一所书院则在建于与北宋同期的辽代的应州(今山西应县)龙首书院,创始人为辽朝的邢抱朴。据记载,宋金时期,山西有长治的雄山书院、平定的冠山书院等。

到了元代,由于元朝的保护政策,山西书院除恢复旧有外,又在蒲州、黎城、夏县、临汾、陵川、榆次、汾阳等地新建书院14所。其中汾阳的卜山书院曾得到元帝御赐匾额嘉奖。

明中期,山西大小新旧书院发展到近60所,其中,万历十八年介休建有"绵山书院",万历四十二年介休修复"景贤书院"和"三贤书院"。晋中一带和太原地区因书院众多而成为山西的文化、教育中心。

到了清朝,山西全省有记载的书院约有142所,文化之繁荣可想而知。而且,与明代的山西书院相比,办学条件得到进一步改善,教学管理、考评形成制度,学术交流颇为开放,考据学大师戴震曾受聘山西。嘉庆、道光以后,特别是鸦片战争以后,山西书院也随大势而去,日暮途穷,直到光绪二十七年八月所有书院一律改为"学堂"。

书院结束了它漫长的传习文化的历史,留下一抹晚霞,在跨入20世纪门槛之后,进入了历史的典籍和悠远的记忆。

回溯书院千年历史,许多著名的书院之所以青史留名,主要是有一批学术大师驻足其间,会讲理学经典成为中华书院史上一幕幕动人的文化景观。正如今天的大学拥有大师一样,朱熹给岳麓书院带来了千年的荣耀,王守仁给阳明书院带来了文化的尊严,康有为给万木草堂注入了灵魂,傅山为三立书院平添了殊荣。

我们后人纪念郭林宗,不也是要追寻他文化的精魂吗?!

书山独往
ShuShanDuWang

"世界读书日"之我爱读书
——接受汾西矿业电视台《走近》栏目主持人书面采访

问:你是什么时候、怎么喜欢上读书的?

答:20世纪80年代,改革开放的中国掀起一个全民读书热。受时代风潮的影响,刚上高中的我开始喜欢读书。当时介子平在介休图书馆工作,我深受其益。介子平从省图书学校毕业,学识丰富,能诗善画,他特许我进入书库,在书海遨游,为我开启了知识之门。所以,我一直尊称介子平为"学长"。

问:读书对于你,意味着什么?

答:读书已经成为我的一种生活方式,成为我生命的重要组成部分。每天没有一卷在手,就好像缺了点什么。30多年来,我每天都要读书,而且不是读一点。有时候,同一天要打开五六本不同门类的书,交叉阅读,或者叫跨界阅读。

问:在读书的历程中,曾经表现出了怎么样的痴迷?

答:最为痴迷的时候,一天能囫囵吞枣地读300到400页。

问:每当读到一本好书,尤其是读到你心仪已久的书,那是怎么样的心情?

答:那就好像遇到一位知音,书中所写,正是心中所想,那真是一种非常美好的感觉。

问:你看的书,都是怎么来的?

答:一是买。30多年来,我买了总价13万的书,大约有4000册。一开始是省吃俭用地买,记得在太原上技校的时候,父母每月给我60块钱生活费,我就要用30块钱买书,有时候还要向老师和太原的亲戚借点钱来买书。后来参加工作了,条件好些了,买书也就成为三天两头的事儿。只要囊中不空,往往不计其余。

二是借。读书人没有不借书的。古来就有书非借不能读的说法。从图书馆借,从老师或同学家里借,早期读书,确实借阅

了不少,如尼克松的《领导者》、托夫勒的《第三次浪潮》和温元凯《改革的曙光》等,记忆非常深刻。

三是抄。上高中的时候,在矿中校长林可彬家里我见到一本《当代新学科手册》,有630页,我几乎抄了一遍。书中涉及114门新学科,成为我日后广泛阅读的入门书和工具书。

四是换。交换书是一个很好的方式,但我们这里还没有形成一个氛围和机制,所以交换书很少。

五是赠。我的老师、朋友,包括一些领导,确实赠送了我一部分书。上高中的时候,我借读过代课老师的一套中国文化书院的中外比较文化教学丛书。时隔多年,有一位张人俊老师把他的这套书送给了我。后来,我写过一篇文章《一片师恩在赠

书》,就是讲述这件事。

问:你都读些什么书?

答:说来话长,自从抄了一遍《当代新学科手册》之后,我便走上了一条杂学百科的自学之路。后来,遇上钱学森先生介绍他科学技术体系的一张图,更让我在自然科学、社会科学、数学科学、系统科学、思维科学、人体科学、地理科学、军事科学、行为科学、建筑科学、文艺理论这十一大知识门类里明确方向,冲海踏浪。

问:什么是好书呢?

答:著名作家冰心说:"我读书奉行九个字:读书好,好读书,读好书。"我读书的范围很广,心目中的好书,一是公认的经典,二是大家小书,也就是一些学术大家写的一些深入浅出的书。而编著的书,看得越来越少。

问:在选择书的过程中,有没有什么侧重?

答:好书很多。我选择的重点主要是具有人文底蕴的上述各大门类书籍。

问:能给我们说说你的藏书经历吗?

答:30多年藏书经历,伴随着自己成长的每一步。除了太原的尔雅、古籍书店、省新华书店总店以及本地的书店之外,每走一地,我都留下自己的购书、藏书经历。上海、北京、西安、广州、深圳、海南、湖北沙洋、青岛、洛阳、杭州等,几乎每走一地,总是满载而归,先是自己背,后来是邮寄和托运。现在则部分选择网购,比如近期从网上买了几本郑逸梅先生的书,确实很好。

随着藏书的增加和阅读深度、广度的拓展，有一些原来读过的书，或者对自己用处不大的书，赠给朋友或捐给需要的地方，是自然而然的事情。我将之比为"藏书瘦身"。当然，原本心爱的书从手中流出，心情也很复杂。但有一种赠书，另当别论，那就是一些好书，自己多买几本，送给自己的好友，大家分享一些阅读的快乐，则是一件十分风雅的事儿。比方说《傅雷家书》《最后的闺秀》《古书之美》那样的书。

问：随着时代的发展，阅读的方式也多种多样，通过电子书、智能手机、平板电脑，一样可以实现阅读，对于这些方式的出现，你们持什么样的态度？

答：阅读方式的变革并不影响阅读，但影响阅读的深度和阅读的质量。宁静可以致远。一卷在手，青灯明月，往往会带来很多对人生的思索和对生命的回味。电子阅读，则往往静不下来，阅读快、体悟少，一翻而过，只是消磨时间而已。

问："多读书，也许改变不了世界，但是一定可以改变自己。"你们认同这句话吗？

答：是的。读书可以改变一个人的气质，甚至影响一个人的一生。我如果不是坚持读书，不会从一个选煤工人走到今天集团公司秘书的岗位，也不会成为一名政协委员，更不会在这里

书山独往
ShuShanDuWang

和大家一起畅谈读书的体会和感悟。读书开阔了我的眼界,培养了我对世界的好奇心和判断力。2012年"世界读书日"的主题是"阅读,让我们的世界更丰富"。确实是这样。书读得多了,心的格局也大了,或许也有机会为社会多做一些有意义的事情。

问:2011年,全国国民阅读调查显示,我国18至70周岁国民人均阅读传统纸质图书4.35本。联合国教科文组织的一项调查更令人触目惊心:扣除教科书,我国每年阅读书籍人均不到1本,而俄罗斯是55本、美国21本、日本17本,因此有关部门呼吁:改变国人阅读"窘境"刻不容缓!

答:在这样一个技术不断加速发展的世界,人们感觉时间越来越少,能集中注意力的时间也越来越短。当下的读书风气和氛围不如20世纪80年代,尤其年轻人少读书、不读书是我们切实的所见、所感。面对这种现状,你们怎么看?

我想,每一项调查以及对调查的分析都不一定靠得住,但可以提醒我们全民阅读的差距。事实上,学习型社会正在形成,刚刚闭幕不久的"两会",就有一部分有识之士积极呼吁在国家层面推行"全民阅读计划"。其实,随着电视、网络的全球性覆盖,就连最边远地区的孩子们也有机会接触世界。现在的阅读现状好像令人堪忧,但我感觉只要加以引导,现在年轻人的阅读空间真是比任何一个时代都要大。关键不在阅读方式的变革,而在阅读质量和阅读品味的提升,在喧嚣的社会当中,宁静的阅读和体悟,尤其显得可贵。

阅读使人乐观向上,阅读使人进取,阅读使人达观自处。这是我多年阅读的体会,希望与大家共勉!希望大家多读书,读好书。读书,让我们对这个世界充满爱,让我们对一切美好的事物心怀憧憬。

书山独往
ShuShanDuWang

追步文化的精神之旅
——2013年,我的读书生活

2013年,《新华文摘》第13期选登了天津师范大学文学院张莉在《南方文坛》发表的《晚年孙犁:追步"最好的读书人"》,让我对晚年孙犁的书香气韵充满敬意。"与其拆烂污,不如岩穴独处"的孙犁,"文化大革命"期间,嗜读古籍,死里逃生,自我守持,他按照鲁迅所讲"最好的读书人"是"思索者"和现实社会的"观察者","用自己的眼睛去读世间这部大书",从而"使所读的书活起来"。做既有独立的思索和判断能力,又深具人文情怀的读书人,正是晚年孙犁所追求的目标,也应是我们后辈读书人的追求目标。

2013年,我一共读了70本书,回顾一年所读之书,最让我兴味盎然的是郑逸梅的《艺林散叶》。我手头的这本《艺林散

叶》,是介休博物馆老馆长师延龄老师所赠。我和师老师偶然相识后,师老师先是借我阅读《郑逸梅选集》(三卷本),见我特别喜欢其中的《艺林散叶》和《艺林散叶续编》,便把他所藏的《艺林散叶》单行本赠予我。一年里,我把这本书读了两遍,感觉4342条可做补白的文坛轶事,每一条都可拍一部电视短剧,比如说第1条:"沈尹默、褚保权夫妇书法相类似。郁达夫、王映霞夫妇亦然。"第298条:"辜鸿铭别属东西南北人,谓娶于东方(妻为日本人),生于南方(福建厦门),学于西方(留学西洋),居于北方。"第1231条:"方言学家赵元任,与杨步伟结婚,无仪式,仅请友人朱徵、胡适二人作证签名而已。"第4342条:"画家沈子丞善绘儿戏图。谢先鸥有百子图亦绘儿嬉。"你看这两相对比,多方关照,结合人物的生平事迹、时代背景、悲欢离合、志趣性情,不知能生出多少联想,不正可以拍些充满近代文人气息的电视剧,也可以借此传承一些国学精要吗?

文人风雅,只有风雅到骨子里、气质里,精致到工作里、生活里,才是真正的风雅。由于文化底色的苍白,现代的风雅之士真是稀少。所以能读到张允和《最后的闺秀》《合肥四姐妹》和《天涯晚笛》,真是一种难得的享受。

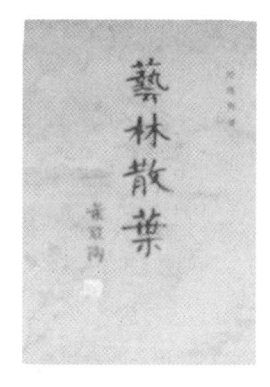

掩卷沉思,那随风而逝的风雅,不仅是几代人累积的文化积淀、艺术熏陶,更是人格养成和气韵集藏。顺着风雅的路子,我读到

了《温故：木心纪念专号》和木心的《文学回忆录》，从中可以感觉到木心"昨夜有人送我归来，前面的持火把，后面的吹笛"的独特风致。之后，再去读纪念南怀瑾文集《点灯的人》，一样可以感到人性的温暖。虽然张允和、木心、南怀瑾，生活各异，我们不能作简单的比较，但阅读这些书的过程中，都时刻令人感到中华文化迷人的魅力。

2013年，阅读的视野确实有不少拓展，这让我打开了史学巨子陈寅恪的《柳如是别传》。伴随着对陈寅恪的《柳如是别传》的慢慢阅读，我读了王东明所著《王国维家事》、徐迅的剧本《陈寅恪与柳如是》和阿尔娜古丽所著长篇小说《柳如是》，并观看了由吴琦、高厂执导，秦汉、万茜、冯绍峰、凌峰主演的电影《柳如是》，一脉相承的自然是陈寅恪所概括的"独立之人格，自由之思想"的千秋风骨。

《回忆张伯驹》《生是长穹一抹风——民国公子张伯驹》，从

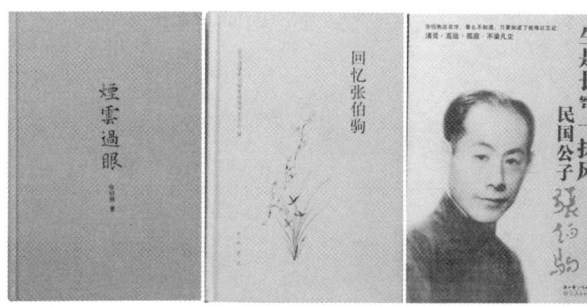

收藏大家的角度,反映了张伯驹一生跌宕起伏的风骨。中国文人的气质从柳如是、王国维、陈寅恪、张伯驹等人身上都有鲜明的折射,其人格的清芬足以烛照千古,泽被后人。

通过了解具有百年历史的西泠印社,而知西泠印社第七任社长饶宗颐;通过阅读严海建所著《饶宗颐传》,进而阅读《饶宗颐学艺记》、《文化之旅》和《文学与神明》,使我对其治学境遇的了解更进一层。饶宗颐在王国维二重证据法基础上所秉承的三重证据法(有字的考古资料、没字的考古资料和史书上之材料),使饶宗颐先生"业精六学,才备九能",其著述横跨敦煌学、甲骨学、词学、史学、目录学、楚辞学、考古学(含金石学)、书画等八大门类。这让我们这些追步文化的

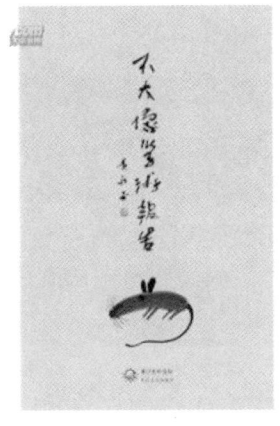

后学者顿生高山仰止之感。虽不能至,心向往之。

在《不太像学术报告》一书中,被誉为"一代鬼才"的黄永玉先生谈到读书时说:"我自己读书,我是故意不认真的,读得快乐就行了。不一定记住很多很多的事。有可能大家说大脑储藏有限,容量有限了。我很善于摆脱的。"他还说:"没有系统最大的好处就是自由。"其实,就是因为黄永玉阅读的"杂食性",使他不仅在版画、国画、油画、漫画、雕塑方面均有高深造诣,而且他的诗集《一路唱回故乡》曾一举夺得《诗刊》年度创作一等奖。以前曾看过黄永玉的《比我老的老头》一书,书中详细介绍了他与李可染、李苦禅、钱钟书等人的友情,非常有意思。家中所藏,还有黄永玉的《沿着塞纳河到翡冷翠》。他画的《阿诗玛》、生肖邮票《猴》都曾作为我电脑的桌面。第七届深圳读书月时,记者问黄永玉:"您认为人生中最重要的是什么?"黄永玉回答说:"我觉得是要读书,要有知识。"依靠自学走上艺术巅峰的黄永玉深感:"专门有专门的好,我的胃口复杂,不戒口,多种多样都能放到肚子里,我觉得这样很好。"黄永玉无疑是我这种依靠自学的后辈学习的标杆和榜样。

2013年,让我在知识的苑囿里顿感突破性升华的当推曲黎敏的《黄帝内经养生智慧》。后来,我特地购买了中华书局的《黄帝内经》放在案头慢慢来读,深为《黄帝内经》中所蕴涵的中华文化的养生智慧所吸引。想不到成书于秦汉、战国臻汉时期的《黄帝内经》还真是一本人生的百科全书,这是我多年的阅读生活中所未遇到的。

《黄帝内经》所给予我的阅读喜悦,不亚于当年阅读《傅雷家书》、阅读《爱因斯坦和他的生活》、阅读钱学森《创建系统学》所给我带来的喜悦。

同样,带给我阅读喜悦的还有河南嵩山禅武医研究院编的《嵩山论剑——少林禅武医探秘》,书中行性法师、释德建把少林绝学"心意把"解释为:"心"即心法;"意"即意气合一;

"把"即把握火候分寸。而让我最感兴趣的是"心意把"的起源,"心意把"又名"锄镢头",是少林寺僧人在田间劳作时受锄地、镢土、摇辘轳等的启发,悟出的一门上乘功法。可见,传统的农业文明对中华武术的影响至深至远。中华武学一定程度上就是劳动人民强身健体智慧的结晶,是中华文化的瑰宝之一。

我们出生于20世纪六七十年代的这一代人,从小因为看了《少林寺》《武林志》的电影,听了刘兰芳的评书《岳飞传》,看过一些武侠小说,都有一种"武术情结"。看了《嵩山论剑》,又激发起对武学书籍的阅读兴趣,于是把家中所藏《逝去的武林》打开,一个真实的武林让我从电影、小说中走出来,看到了中华武术黄金时代的最后一个见证者李仲轩先生口述的一个中国传

统武者的"功成无所用"的孤独、"我与日月同"的傲岸以及"仰天大笑听秽语，我辈岂是草木人""君不见清风朗月不用一钱买"的襟怀。随后，我看了一本《太极往事：晚清以来太极拳的传承系谱(修订本)》，对杨露禅以来的太极拳传承过程以及诸多太极拳名家有了一个整体的观照，也深为孙存周"平生之志，不在仕途，不务工商，不做打手，不图侠名，只为继绝学而已"而感动不已。

在此之后，我又有幸读到了张剑峰主编的《问道——寻访武林》，进一步解读了"叶问密码"，让我清楚地看到武术"刹那间的决断，来源于丰富的修养"，让我明白真正的隐者"他像一座山，不随时代沉浮"，让我信服"文武都可以载道"，"真正的武术，武中有道"，而且也懂得道家所讲"死而不亡者寿"的真正内涵。"功夫带给人类的，一是智慧，二是健康，三是快乐。"其实，任何书籍的阅读，任何文化的传承，任何艺术的熏陶，都只有带给我们智慧、健康和快乐，才可以说"学有所成"。

2013年,在我的阅读范围内,还有两本书不能不提,一本是周泽雄的《异议的魅力》。此书以新颖独特的视角阐幽发微,内容涉及财经、政治、文化、教育、慈善、学术、环保、娱乐等社会多方面的话题,引人深思。但正像周泽雄所讲的:"允许异议在最不适合异议存在的地方存在,彰显出高度的民主自信,也与追求自由、崇尚真理的精神同出一源。"另一本是熊培云的《这个社会会好吗》。这个社会,会好吗?既是疑问,也是期许。熊培云先生《在书里遇见灵魂》中说:一个真正的读书人,他的内心一定是

谦卑的,因为从他开始读书的那一刻起,他便已经开始在寻找书中光亮的东西。……好书的价值,在于通过它人们能够DIY一个属于自己的精神上的祖国,能够重组自己的意义世界。好书不仅能够让你与众不同,而且能让你保持独立的人格,不被时代的风潮所淹没。

是的,我读书,故我在;我智慧,故我在;我健康,故我在;我快乐,故我在。让我们在2014年世界读书日到来之际,拥抱书籍,拥抱地球。让我们赖以生存的这个地球,因我们的存在而生生不息。

2014年4月16日

书山独往
ShuShanDuWang

梦寐《百科》

我的读书生活是由一本《当代新学科手册》开始的。书中114门学科,在我这个当时的高一学生心中激起巨大的波澜。为什么不去百科林立的知识密林里自由寻觅自由飞翔,而要死死板板在旧有的文史哲数理化的课本中折磨自己呢? 我怀着极端的热情,把这本整整630页的书,一字不落地抄了一遍。从此,苦读十年,我走上了一条矢志自学的人生之路,在邃密百科中不断完成着自我锻造。

主动地,也是冲动地走上顽强的自学之路后,执意孤行的我在人生之路上经历了常人所无法想象的曲折坎坷。我在博览群书的过程中,也逐渐完成着社会人生的博览。在一种"盖天下非常之功,必待非常之人"的心理支撑下,我忍受着种种不堪,在手不释卷的孤独中走过了自己不成熟的青春期。后来,我购买到了多少年梦寐以求的《简明大不列颠百科全书》,在"没有围墙的大学"里,在"丰而不失一辞,约而不失一言"的条目里,我在大亨般的拥有中自由地徜徉,心中感到一种满足与宁静。

宁静可以致远,当然也包括对梦寐的悠远回味。拥有一套《百科》是五年前就有的愿望。由于财力和机缘的不足,一直未能如愿。未能如愿的事情总会有梦,在《四季里有一位陌生的姑娘》的诗中,我曾流露过这种渴望与情绪,在诗行里我营造了一位心目中圣洁的姑娘和细节:

绿色的长条椅上,

米黄色连衣裙的姑娘,

优美动人的曲线,

在胸前戛然而止,

柔软纯洁的寸指,

横托一部《大不列颠》。

横托一部《大不列颠》,开卷博览,掩卷遐思,这对于一个矢志不渝的文化青年来说是多么惬意的事情啊!在喜悦的拥有中,在宁静的世界里,我开始了创造的收获。

一瓣心香觅书忙

冰心老人讲:有了爱,就有了一切。一向人淡如菊的我,对书一往情深。20年来,我购书数千册,读书逾万,以书会友,留下许多绵绵书话。

今天应《汾西矿报》之邀为书话专栏撰文,书生意气自不必说,一瓣心香已是袅袅。觅书忙,觅书忙,为了得到一册心仪很久的英国作家毛姆的《月亮与六便士》,我书海寻珍二十年,其间有过为伊消得人憔悴的苦求,有过失之交臂的悔痛,有过永

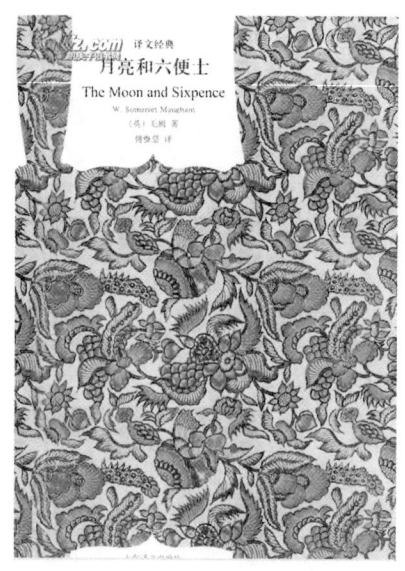

失我爱的绝望,有过蓦然回首的惊喜,有过拥抱真爱的彻夜通读。

《月亮与六便士》是一部以已故荷兰现代派著名画家高更为原型的艺术家传记。作家毛姆通过生动的笔触、细致的刻画、深刻的挖掘,为我们再现了一位为艺术而舍家献身的画家——里特里克兰德曲折而艰辛的一生。月亮代表一种艺术的理想,六便士代表一种现实的穷困生活。为了一个有价值的理想,里特里克兰德40岁时,抛下妻女到巴黎画画,以后又离开浮华与喧嚣的巴黎,南渡太平洋登上热带岛屿塔希提岛,在原始的生态环境里作画,由此获得了艺术的新生。

自从介子平学长给我介绍了这部名著以后,20年来,我为能得到一本《月亮与六便士》可谓煞费苦心。其间,在我生活最困难的时候,还真见过一本《月亮与六便士》,可当时"她"就是天上的月亮,我连"六便士"也拿不出,最后与"她"擦肩而过,痛失交臂。贫穷的日子,有很多艰难,但痛失《月亮与六便士》的经历让我永志难忘,唏嘘不已。后来,我为购买这本《月亮与六便士》,到太原的几个大书店寻找、查询自不必说,各地的小书摊、旧书摊、折价书市我也仔细搜寻,就是到了北京赶上冬季书市,我也找了个遍,一次次失望,以至最后差点陷入绝望。

网络对我来说,不是游戏的天堂,不是聊天的乐园,也不是彩铃的世界,只是我邃密穷科的书院,或者说学术连线的渊薮。网络极大地满足了我求知的渴望,也还原了我很多本真的梦想,使我很多接近绝望的希冀重又获得意外的惊喜。有一天,我真的喜出望外地在网上发现了我渴盼已久的《月亮与六便士》。

47

书山独往
ShuShanDuWang

真是"众里寻她千百度,蓦然回首,那人却在灯火阑珊处"!我顾不得睡意朦胧,深夜做了一次有长度又有深度的酣畅淋漓的阅读,就像拥抱着真爱度过一个美好的良宵。

介之学长

我一心向学已有多年,虽无什么成就,但在漫漫学路上所领略的书香和风景至今让我痴心不改。回望学路,在我求知欲望最为强烈的高中后期和进入社会的前期,我的两位学长在做人、为学方面给予我的指教至今仍影响着我的人生选择。

两位学长,一位是王介平,一位是安介生。从字表看,大家一定不难猜到,他们都出生、成长在我们的安居之所介休。是的,他们虽祖籍都不在介休,但介休都留在了他们生命的印记中。王介平,笔名介子平,现供职于山西出版传媒集团,是三晋闻名的文化学者和年画、连环画研究者,书法、美术评论家;安介生,现为复旦大学历史地理研究中心教授,师从复旦大学著名教授葛健雄,先后出版《山西移民史》《四海同根——移民与中国传统文化》(与葛健雄合著)等历史地理学专著。我与两位学长现虽来往不多,但他们学

业、著述上的成功一直为我所关注，我深为他们的成功而感到骄傲。

"虽不能至，心向往之"，在我为两位学长的成功而感到骄傲的同时，我至今仍孜孜以求，希望能在做人、为学上有所成就，哪怕是一点的成功，好不辜负两位学长当年对我的指教和希望。每当翻阅两位学长十五六年前给我的那些书信，我除了惴惴不安而外，更多的是对两位学长的牵念和怀想。两位学长都比我大四五岁，我至今不知道他们之间是否是同学或相识，但在我心目中，他们都是我做人的标杆、读书的楷模和治学的榜样。

我与介平的交往源于父辈之间的友谊和读书、作文上的需求。当时介平从省图书学校毕业，在介休图书馆从事图书管理工作，我则刚上汾西矿务局的高中。可能是由于作文上的一些障碍，或许还有一点点并不突出的爱好，父亲把我领到介平父亲的家，让介平辅导我的作文。当时在父辈眼中，介平的读书功夫和写作能力已非寻常。果真，当我每周把习作交给介平批改时，介平从字句、言辞、段落、结构、读书等各个方面给了我无微不至、详尽中肯的点评和教导，打开了我知识的天窗。由于我当时迷恋诗歌，介平根据我浅薄的基础，从诗学的格律、名诗的解读以及神话传说、民间歌谣、朦胧诗派、现代文化等诸多方面给我以文化启蒙,从此奠定了我对文学的终身爱好。跟介平的数年交往中,我目睹了他青灯黄卷的夜读,他阅读方法之独特,涉猎范围之广,研究之深,才艺之多,令我叹为观止,十分钦佩。在介平的文化启蒙下,在他为我打开的图书馆里,我阅读了古今典籍,特别是对朦胧诗情有独钟,至今,我仍能熟练地背诵舒婷、北岛、杨炼、顾城、江河的名句,而且这些名句对我的人生观、价值观的形成产生了一定影响。我对社会历史所特有的一种人文关怀,以及习惯从文化角度反思既往,也是在介平的引导下逐步养成的。所以,后来读介平的文化散文没有什么障碍,有的只是心心相通的激赏和渴望有所超越的激情,当然也产生过弟子不如师的汗颜。介平对我的关心还不止在高中阶段,后来我在太原读书时,每逢双休日,他的办公室往往成为我下榻的最好处所(因为有书读,有报看),甚至当我因买书出现亏空时,他还接济我度过许多艰难时日。不知从什么时候开始,在我的心目中,介平就以蒙师和兄长的身份出现了,而且始终没有动摇过。由于我后来入世的路、婚姻的路、文学的路充满崎岖,而且在无主题变奏的文化寻求中没有形成门类性、专业性的系统,不像他有良好的专业背景和从业环境,也没有他扎实的文学艺术方面的学养与基础,我一直没有像样的文章问世,更不用说专著和集子了。当我的生活日趋稳定,十数年已恍惚闪过,回首学路,虽无什么后悔之处,但与介平在文化成就上所形成的差距,确实让我倍感压力,与介平的沟通与交流就更多的是通过阅读而不是晤面了。我试着在他文集的字里行间寻找我们的差异,或许已经带有一些文化探寻的意味了。从对家世、学路、环境、性格、气度、爱好等多方面的比较中,我似乎看到了自己应该走的路在哪里,也慢慢地找到了由文化自卑到文化自信的理由,对自己以后与介平学长的交往姿态也相应做了由低位向平等的调整。我想,这也是介平学长所喜欢看到的。

高中后期,我幼稚地迷恋20世纪90年代100多种新学科而放弃高考。当时,正像马克思所言,人类的一切我都感兴趣。我给同窗好友安仲生远在复旦大学的哥哥介生去信,向他请教学习经验和历史学科的发展问题,介生回信给我讲了他学习语文、数学、英语的经验和当年历史学研究的现状以及青年历史学者的学术努力。后来,介生放假回来以至回太原、介休工作的几年里,我经常以看望同学的理由而与他接触,向他借阅一些复旦大学历史教科书,目睹了他在介休期间报考研究生的生活和学习境况,给我以很大启发。当时,我并不知道他报考什么学校,更不知道他的导师是葛健雄教授。事实上,自介生学长重返复旦后,我们就断了来往,很多年来我只知道他硕博连读,学的好像是人口经济专业,而不清楚其具体的学路,甚至在关注到葛健雄教授之后,都不知道他们的学术师承关系。直到因一次偶然的机会,在省图书批销中心购书时,我才意外地通过《山西移民史》的序——《家山何止大槐树》,约略了解了阔别十年的介生学长所走过的艰辛而卓著的治学之路,也才理解了当年复旦回信所述说的一切。及至又读到介生《四海同根——移民与中国传统文化》(与葛健雄合著)以及从网络进入复旦大学历史地理研究中心"禹贡"网站进一步了解介生的学术生活后,我更感觉当年与他的交往是多么难能可贵。

如果说,介平是我文化开蒙的学长,介生就是我文化研究的楷模,我与两位学长在介休的交往,虽然都不是很长,但他们只言片语中所给予我的人格上的影响一直在我心中激荡。如今,介平的《青灯》《消失的民艺——年画》《褪色的记忆——连环画》与介生的《山西移民史》《四海同根——移民与中国传统文化》常摆在我的案头,对我是一种莫大的鞭策。他们虽属殊路,但对于中华文化的共同关注和研究志趣,正激励着我继续自己的文化追求。

书山独往
ShuShanDuWang

怀念济之先生

　　心目中的李刚老师,我一直以"先生"尊之。济之,是李刚先生的名号。济之先生对我有恩,尊为"先生"一点也不为过。济之先生生前,我们接触不是很多,也没有当面请教过雅号"济之"的来历及原委,妄自揣测似有"达者兼济天下"之意,也正表明先生独具古来文人志士的风骨与气度。

　　心目中的济之先生,以书法闻名三晋内外,先生的履历及家世我略知一二。先生在书学上的造诣与成就,我因只是旁观不能上手,常有拜师学艺的心愿,而最终未能如愿,先生却突然被命运的"无常之手"牵去。爱女羽洁曾经有一段时间跟着济之先生习书隶书《张迁碑》,因小女年幼,对书法艺术总是领悟不透,怕"伤了孩子",只好放弃,至今想来,仍以为是一桩憾事。书事虽然无果,但我们父女二人对济之先生却是十二分地敬重。我在作为家长随孩子学书的过程中,亲眼目睹了济之先生教"书"的严谨与认真。几十个孩子的一笔一画,先生总是一丝不苟地圈点,对学生的服务总是那么周到细致,而且教学全过程因材施教,颇有古代书家精心授业之风,让我这旁观的家长也几近堂奥,仿佛也可以"捉笔习字"了,原来懂得一点的"永"字八法似乎活了许多。

　　济之先生对我有恩,略述几件事,深痛追悼之,以报先生的知遇之恩。

济之先生退养前曾代管介休选煤厂工会的阅览室。我每去借书,济之先生总是网开一面,以满足我求学的意趣,记得仅《郑板桥画竹选》我就借过不下两次。尽管我仅是一个艺术与美学的鉴赏爱好者,而不是一个琴棋书画艺术的实践者,济
之先生也总是不厌其烦,甚至指点一二,就郑板桥的人格风骨及诗书画艺为我指点迷津。

济之先生在我人生处于低谷的下岗时期,曾应我所求,给介休市人才市场的负责人写过一纸便条,请其帮助我寻找贴补家用的工作。当时,我刚刚购买煤厂的第一批商品房,一共四万六的房钱中有三万八就是借来的,我只能住着职工学校的地下室,吃着发霉的土豆艰难度日。正是有了济之先生危难之时的援手,人才市场先后将我介绍去质量技术监督局、盐业公司和三佳煤化公司打工,给了我再就业的机会。我也没有辜负济之先生的推荐,在三佳煤化从事经营计划工作的15个月期间,我基本做到了"全身而进,全身而退",给计划部上到部长、下到普通员工30多个职工留下了良好的印象,以致离开三佳煤化六七年后,计划部部长仍然托人打听我的下落,并有意再行聘用。济之先生地下有灵，也一定会会心一笑的，就像先生身前那比阳光还灿烂的开怀一笑。济之先生的笑，以其特有的豁达、幽默、纵通与横通而历历在目，让我时刻感到一种光芒的照耀，充满温暖与和煦。

济之先生知道我对书情有独钟，在我特意去平遥古城选了一方寿山石后，亲自为我精心篆刻了一方古雅的藏书印章"抱书栖云斋"，可见先生对我的厚爱与器重。济之先生的这枚藏书印章如今成为我的至爱。睹物思人，见印见心，青灯黄卷之下，夜深人静之时，每当我沉下心来默默哀悼济之先生的时候，更多的不是眼泪，而是无尽的思念和怀想。

济之先生是我加入中国民主建国会的介绍人和引路人，使我从年轻时就立下的"栖云之志"有了一个组织平台。在济之先生和民建同仁的提携和培养下，我成为晋中民建庆祝建会60周年的优秀会员和民建晋中市委理论研究委员会的理论研究骨干。每次参加民建介休支部和民建晋中市委的活动时，济之先生总是要我坐到他的身边，生怕略有腼腆的我被人忽略，于今想来，先生如此细微地关照，定是希望我继承民建先贤的优良传统，做一个德才兼备的民建会员。当民建同仁电话通知我济之先生突然离世的消息时，我站在矿区寒风凛冽的桥头，泪雨凝噎，一时不知如何是好。"济之"先生？！

送别济之先生的当日，天寒地冻，先生生前的社会各界的亲朋好友陆续抵达灵前，听着先生爱子一冉撕心裂肺、悲恸欲绝的祭文，一时号啕之声不绝于耳。时隔多日，在《汾西文艺》半年征稿之际，先生生前好友倡议，为先生特辟专栏，以寄托大家对先生的哀思。多日不忍提笔怀想先生的我,压住内心的悲痛,提笔写些性情文字,以感谢济之先生对我人生的引导。济之先生,请原谅我的默默,也正是因为多日的默想,我才深悟您的才思与寄托。值此清明寒食之际,请允许我以此文寄上我对您志士风骨与清芬人格的不尽哀思。

2009 年 3 月 19 日

书山独往
ShuShanDuWang

我与连环画的故事

"连环画"是上海一位叫丁铭的姑娘的网络用名,正像我用"雪农"读书一样。我们在网络相"识"纯属偶然。我与连环画相识缘于我的一篇9000余字的阅读《傅雷家书》的读后感《万古云霄一羽毛》,它在碧浪银沙网站的文学栏目"且听风吟"中发表后,连环画发来电子邮件协商要在她自己的网站"画儿书架"上转载该文。为了文责自负的缘故,我搜索追踪到了"画儿书架",并吃惊地在连环画的自述当中,了解到连环画是一位多年坐在轮椅上的姑娘,也了解到由于偶然的因素,她与网络结缘,并靠顽强的毅力创建了充满生命意识和高雅格调的"画儿书架",而且由于对著名翻译家、文艺批评家傅雷先生刚毅人格的敬仰,她收集了很多关于傅雷先生的纪念文章和珍贵图片。在与我联系的第一封电子邮件中,她毫无保留地把这些内容发给了我。

人的一生其实很难有几个心灵相契的朋友,由于对傅雷先生人格的共同敬仰,我与不曾谋面的连环画时有电子邮件的往来,对她和她的那些残疾人朋友的遭遇以及他们在上海的一些活动逐步有了进一步的了解,而且产生了一种虽说虚拟却很真实的牵挂。后来,我的在网上点击率近千的《万古云霄一羽毛》在"画儿书架"上如约转载。我甚感欣慰,也心存感激。我开办梓园书店前后,狠忙了两个月,一时与真实却又虚拟的连环画联系少了许多。等我渐渐恢复正常的生活节奏,并把我开书店的实情告诉连环画后,她以残缺之躯真心实意地为我的梓园书店叫好,这让我和妻子十分感动。

12月2日,连环画给我发来了一封特殊的电子邮件,她一方面告诉我她的自传体小说《颤抖的音符》就要出版了,一方面讲述了他们在上海东方电视台以及上海金茂大厦的一些活动,并配有她和母亲以及其他一些病友的照片。啊,我看着这些轮椅上的鲜活的面容和他们灿烂的笑脸,体悟着他们面对残酷的宿命所走过的辛酸历程,不由得落下了久违的热泪。

12月5日,也就是昨天,我给连环画推荐《傅聪,望七了》这本内涵丰富、艺术品位极高、又会为后续研究傅雷先生提供有价值的线索的图书。连环画还没有

看过,一时找不到,也买不到,但渴望早日读到这本书。于是,我与妻子决定给她邮寄一本过去,并询问她真实的姓名以及邮编和确切的地址。今天,她回了一封邮件表示感谢,我才知道她是上海杨浦区一个叫丁铭的姑娘。我们,包括我的孩子,决定明天就给一个叫丁铭,也就是叫连环画的姑娘寄一本书过去,希望她能喜欢。

书山独往
ShuShanDuWang

一片师恩在赠书

8月1日开完《汾西矿业志》编撰成员第18次会议。在文体中心门口,正好遇见王旭东老师和张人俊老师一同出来,我赶忙问好!尤其张老师是我高中文科阶段师恩很重的一位带课老师。问候间,提起高中文科阶段向张老师借阅《中外比较文化教学丛书》的旧事儿。没想到,张人俊老师不加犹豫地爽口说到:"如果你喜欢,这套丛书送与你,下午来拿!"依然是抑扬顿挫的灵石口音,依然是如坐春风的恩师情怀。

书痴如我,下午如约前往6层张老师的居所,十几本《中外比较文化教学丛书》尽入囊中。而且在与张老师海阔天空地亲切晤谈的两个多小时中,历史、文化、人生、教育以及弟子行踪、子女近况等一一涉及,不亦乐乎?!当我谈及自己近年关于城市文化、民间文化、大学文化、管理科学、红学等多有斩获时,张老师不顾体弱,爬上书柜顶层又找了两本20世纪80年代的《红楼学刊》和《红学与金学》专刊送给我。像张老师这样把心爱之书送与弟子的也真是不多,而且是如此慷慨!

回家后,我与女儿羽洁分享师恩,并将上述书籍整理入柜。

书山独往
ShuShanDuWang

活到老　学到老
——谨以此文纪念岳崇礼老师

我与岳崇礼老师仅有数面之缘。说起来,是一个意外的电话,让我结识了岳崇礼老师。喜欢学习的岳老师在《汾西文艺》上看到了我的一篇名为《介之学长》的小文,文中提到了远在复旦大学历史地理研究中心的安介生所著的《山西移民史》一书。岳老师想看看这本书,但一直没有找到。于是,他通过《汾西文艺》的编辑刘翠莲女士打听到了我的电话,要借这本书看看。我接电话时,对岳老师还不了解,但听说老人已年逾八旬,竟然有如此求知欲望,非常感动。岳老师听说我可以借书给他,连忙说等书准备好了,他亲自到我办公室来取。作为爱书人,又是晚辈,尽管初次打交道,我岂敢怠慢,赶忙对岳老师说:"您年事已高,我准备好书后,给您送过去。"隔日,按照岳老师提供的地址,我便把这本安介生的《山西移民史》送到了岳老师家里。岳老师和我一见如故,相谈甚欢,阅读、人生、社会、经济、政治、文化、企业等,我们有说不完的话题。我惊叹岳老师如此高龄,关心的竟然都是经国大事、前沿课题,当然也有企业发展、百姓民生。岳老师把我领进他俭朴的书房,让我只要喜欢的尽可拿走去看。在欣赏岳老师藏书的过程中,我选了一本心仪已久的介休籍考古学家、古文字学家、历史学家张颔先生的《张颔学术文集》。在后来的交谈中,我才知道,岳老师与介休新华书店读书有年、书法造诣甚高的郭大顺老人是同学。而且,岳老师竟是我中学同学梁坚的岳丈。这样,我们就更不见外,谈起了各自的家庭。我这才知道,岳老师老伴身体欠佳,近年岳老师以照顾老伴为主,轻易不再出门。显然,岳老师的身体要比老伴好得多。

隔了一段时间,岳老师给我打电话说,《山西移民史》已看完,自己行动不便,让儿媳代为交还。时隔不久,我读完《张颔学术文集》,去岳老师家还书。岳老师十分慷慨,说看你喜欢,送给你。我确实想要,但考虑到此书一定是岳老师所爱,岂能夺人所爱,便推说先留到您这儿,我以后需要了再来拿。岳老师说,你看还喜欢哪些书,可以随便看。于是,我选了唐汉著《中国汉字学批判》(上下册)。我一向读书散漫,翻阅了几十页,没有及时读完,便放到了书柜里。不想,这套《中国汉字学批判》竟成了岳老师的遗物。写这篇文字时,我怀着沉重的心情,翻开这套书,看到岳老师用红蓝圆珠笔和蓝色钢笔所画所写笔迹,有一种说不出的感动。是啊!这是一位多么可敬的老人!尽管我们仅有数面之缘,但相交甚深。

其实,说起岳老师,好多人都知道他毕业于北京地质学院,原先在汾西矿务局做地质工作,后来在技工学校从教多年,是一位德艺双馨的好教师。而且,岳老师常年坚持踢花毽,身体健朗。退休后,岳老师关心学校发展,每年学校职代会或老教师座谈会上,他总是建言献策,希望把学校办得更好。岳老师还曾为介休史志办,从地质角度考证"打开灵石口,空出晋阳湖",为介休历史文化建设提了诸多意见和建议。而且,听介休集报老人郝承绪老先生介绍,由于大学专攻地质的缘故,岳老师还是古地图的收藏者。此一说法,得到师延龄老师的证实。在一次拜访师延龄老师的过程中,师延龄老师说他曾送过岳老师一幅古地图。

岳老师去世的消息,我是事后听继文无意中提起才知道的,确实感到很突然。这样一位可敬的老人悄然逝去,我一时接受不了,总想写一篇文章来纪念我和岳老师短暂的交往,但一直无法动笔。后来,我在拜访郝承绪老先生的时候,承蒙郝承绪老先生厚爱送我一本他2004年编著印发的《古稀回首》。给这本书作序的竟然就是我念念不忘的岳老师。他们两位是挚友。岳老师在序中除了对学历不高的郝老数十年集报剪报和写作给予了充分肯定外,特别指出:"从老郝这么多的业余写作成果中,使我更进一步体会到自学成才的重要性。我认为重视学历不应迷信文凭。不管学历有多高,如果只会躺在文凭上吃老本,懒于继续学习,也不会有什么大出息。我们正处于信息时代,新情况、新问题不断涌现。'活到老,学到老'虽然是一句老生常谈,但它体现了终身教育的现代观念,确是至理名言,千万不要轻视它。岳崇礼。2002年11月6日。"岳老师对学历、文凭、能力和终身学习的认识是多么的透彻。岳老师与时代同步的开放心态,使他愈老弥坚,矢志向学,总是把目光和视野投向高远之处。

就在此文即将收笔之时,郝承绪老先生给我提供了一份资料——《山西日报·文化周刊》所刊登的李锐锋所撰写的《山西方言与山西文化》,而且这份复印件有岳老师和郝承绪老先生的两行字。岳老师写到:"郝承绪(复印5份)。"可见此件岳老师曾分赠数位老友。郝承绪老先生则写到:"这是2014年4月初,岳崇礼老师让其儿子给我专程送来的最后一份资料,岂料4月16日岳老师突然与世长辞。"由此可见,这两位八旬老人的友谊和他们活到老、学到老的可贵品质。

书山独往
ShuShanDuWang

万古云霄一羽毛
——读《傅雷家书》有感

互联网的意义说什么也不为过,他让我实现了已久的夙愿。我怀着一种崇敬的心情,在网上关于悼念傅雷的"青春祭奠"的纪念馆里,献上了两束海棠。我浏览了网上所有1437条"青春祭奠"的留言,深切地感受到了当代青年对这位人文英雄的怀念之情。我在网上留言两次,第一次写下了"德艺双馨,人格卓越,傅雷先生千古",第二次写下了"五十年前沟通中西文化,五十年后启迪艺术人生",以悼念这位为人坦荡、禀性刚毅、"文化大革命"之初饱受迫害,与夫人朱梅馥双双愤而辞世,悲壮地走完了一生的人格卓越的著名文学翻译家、文艺评论家。

傅雷(1908—1966年),一生译著宏富,译文以传神为特色,更兼行文流畅,用字丰富,工

于色彩变化。翻译作品34部，译作约五百万言。他的遗著有《世界美术名著二十讲》《傅雷家书》。《傅雷家书》一版再版，发行突破100万册，深受广大读者喜爱。我是在1987年开始阅读《傅雷家书》的，当时就被书中的父子情和艺术人格所吸引。"德艺双馨，人格卓越"成为我人生的座右铭。从1987年之后，我逐渐形成了一个习惯，每年都要读一遍《傅雷家书》，以从中汲取教育的经验、人文的气息和艺术的修养。《傅雷家书》到目前为止，一共有6个版本。1987以来，我共读过三个版本的《傅雷家书》。通过对《傅雷家书》的阅读，还提高了我对图书的版本意识，看到了一本有价值的书是怎样成型的，它浸透了儿子、亲友、知己者的无限哀思。1981年，《傅雷家书》出了它的第1版，那是一本很薄的小册子，不及15万字，只有200多页，白色的封面上，是傅雷先生的侧影，下方是一支沽白的羽毛管笔。这是

书山独往
ShuShanDuWang

由傅雷的好友、时任中央工艺美院的院长庞薰琹先生设计的。《傅雷家书》的出版受到了出人意料的欢迎,一版再版,成为不可多得的艺术修养读物和爱国主义的生动教材。1988年《傅雷家书》出了它的第3版,添加了更多有价值的东西,书的封面也由庞薰琹先生重新设计:蓝色的背景上一支洁白的羽毛管笔。1998年,《傅雷家书》出了它的第5版,字数比以前又增加了,达到27万字。这是一本很奇特的书,它总是不断地增加着新的内容,它每一次的再版,都意味着一次新生。2003年辽宁教育出版社出版了第6版《傅雷家书》,共收1954年至1966年间傅雷夫妇、傅雷父子家信200通,从一个独特的侧面反映了中国知识分子在新中国成立初十几年的心路历程。傅雷一家在新中国成立初17年的遭遇和心灵所受到的冲撞以及后来傅聪对中国社会赤子丹心的复杂情感都典型地反映了中国知识分子"爱国、有骨气"的特点。1987年以后的17年来,我买过两三个版本的《傅雷家书》,可以说《傅雷家书》给予我的影响是终生的,以致我给孩子取名"羽洁",也是受了《傅雷家书》封面装帧的影响,那蓝色大海背景上的一支羽管笔,让我深感艺术之美、人格之美。傅雷那"万古云霄一羽毛"的人格在我心目中已成为一座丰碑。

有记者曾问傅聪:"您认为这些家书中反映的最本质的思想是什么?"傅聪回答:"赤子之心。爸爸的信从头到尾贯穿的最本质的东西就是这个。看这些信,可以用这么一句话概括这个人:他一生没有一分钟度过的是行尸走肉的时光,他的脑永远在思想,他的心永远在感受。他是一个在中国最优秀的传统中植根非常深的知识分子(我说的是最优秀的传统,从屈原一直到现在的传统),同时又是五四的觉醒的一代。他接受西洋的东西决不是表面的、生活习惯上的小节的东西。……爸爸为什么对西方文化能有真正深刻的掌握和了解,就是因为他在中国文化中的根子扎得很深!我爸爸责己责人都非常严,是个非常严谨的人。这一方面是由于他有着东方文化的根,另一方面也可以说是从西方文化中来的,他的那种科学态度,很强的逻辑性,讲原则,这些都是西方文化的优点,他是接受了这些优点的。他在翻译《约翰·克利斯朵夫》这本书时说过,他受这本书影响很大。罗曼·罗兰作为一个欧洲人,有这么个理想,他希望能够把德国日耳曼民族和拉丁民族两个民族的文化取长补短,创造一个更灿烂的文化。我爸爸一辈子追求的就是希望在东方文化和西方文化间取长补短,融合创造出一种新的更灿烂的全人类的文化。"傅敏也在《傅雷家书》第五版后记中说,父亲"留下了洁白的纪念碑,留下了一颗蓄满大爱的心"。傅雷以"生岁不满百,常怀千岁忧"为座右铭,在阅读和体悟《傅雷家书》的深刻意蕴时,我深深感到了傅雷先生忧国忧民的高尚情怀。难怪杨绛先生在《忆傅雷》一文中也说"傅雷对国计民生念念不忘"。1959年10月1日,新中国成立10周年之日,傅雷对傅聪写道:"你如今每次登台都与国家面子有关;个人荣辱得失事小,国家荣辱得失事大!"这一点不仅体现在傅雷身上,也同样体现在与他相濡以沫的夫人朱梅馥身上。她在给儿子的家书中同样始终贯穿着爱国主义的炽热感情。1960年,朱梅馥对傅聪写道:"只要你在国外有成就,为祖国争光,立身处世,坚定不移,对他(傅雷)就是最大的安慰。"傅雷的人格,如果没有做人的坚韧,没有对祖国的赤子情怀,没有对艺术的精湛把握,没有对知识分子人生的透彻体验,没有强烈的道德责任感,没有他特殊的人生经历和他特有的人格特点,便体现不出他德艺双馨的卓越。傅雷在家书中一再明确告诉儿子:"第一做人,第二做艺术家""学问第一,艺术第一,真理第一,爱情第二""先为人,次为艺术家,再为音乐家,终为钢琴家"。可见,傅雷在人生追求上是如此注重人格操守。反复阅读和体悟《傅雷家书》,让我深感植根中华文化、深谙西方文明的傅雷始终把对自然、健康人格的确认和追求当作自己做人、教子的灵魂,当作他艺术人生的终极关怀。

为了提高儿子整个的人格修养,傅雷源源不断地把唐寅、黄宾虹的山水册页、《元朝散曲选》、《古诗源选读》、《唐五代宋词》、《世说新语》、《人间词话》、陈老莲《花鸟草虫册》、《敦煌壁画选》、《中国古典文学小史》、关汉卿《剧作选》、《宋人画册》、《麦积山石窟》、《中国古代雕塑集》寄给傅聪,以厚实傅聪的"古书底子"。傅雷说:"我常常缅怀两晋六朝的文采风流,认为是中国文化的一座高峰。"面对热情澎湃的天纵之才李白,反映民间疾苦的写实大诗人杜甫,气息超脱、写情不俗的白居易,傅雷评说:"有这种诗人灵魂的传统的民族,应该有气吞斗牛的表现才对。"1957年,傅雷要求傅聪:"平衡身心,平衡理智与感情,节制肉欲,节制感情,节制思想……修养是整个的,全面的;不仅在于音乐,特别在于做人——不是狭义的做人。"傅雷与傅聪、傅敏的父子情、朋友谊令我羡慕不已。傅雷对儿子讲:"精神饱满比什么都重要""中国人气质和中国人灵魂,在你我身上一样强"。做一个"德艺俱备,人格卓越"的艺术家,是傅雷对傅聪的最大期望。可以告慰傅雷先生在天之灵的是,傅聪在之后30多年的艺术发展中,不管国内家庭受到何种残酷对待,不管自己蒙受何种恶名,他都始终没有背弃祖国,忠实地践行了父亲的艺术信仰。傅聪的艺术人格与傅雷的一脉相承,体现了中华民族坦荡的魂魄。2002年,在一篇题为《傅聪自述》的文章里,傅聪说:"那(家书)里边真是一个大写的'人'字,父亲那么朴素,很简单,很平凡,可他有真正人的尊严。"

  傅雷的家书间接地体现了他独特人格形成的过程。傅雷的一生,生于艰难,死于危世。傅雷的祖父是上海南汇的当地大户,傅雷4岁时,父亲傅鹏因受土豪劣绅诬陷,被捕入狱。经多方营救,出狱后,郁闷离世,年仅24岁。傅雷之母也从此终生孀居。傅雷7岁时,他的母亲为傅雷请来私塾先生。寡母严教,傅雷从小就非常用功,做事认真,从不草率姑且。后来几经波折,傅雷考入上海大同附中。受时代风雷的影响,学生时代的傅雷参加了学生运动,校董下令逮捕他。寡母闻讯,当即赶来,强令傅雷回乡。慈母爱子心切,理所当然。难能可贵的是,她眼光远大,心胸开阔,竟变卖家产,送傅雷远行——自费法国留学。1927年—1931年,傅雷在巴黎大学文科学习,同时又到卢佛美术史学校听课。从此,奠定了他毕生致力于法国文学翻译和文艺鉴赏与评论的基础。难怪,傅雷说他24岁当家。他说:"我的性格坚韧,我的脆弱是在生活细节方面,可不在大问题上。""我从小到大,样样自己摸。"1961年10月5日,朱梅馥在写给爱子傅聪的信中,说过一段出自肺腑、感人至深的话:"他(傅雷)

一贯秉性乖戾,嫉恶如仇,是有根源的,当时你祖父受土豪劣绅的欺侮压迫,24岁上就郁闷而死,寡母孤儿(你祖母和你爸爸)悲惨凄凉的生活,修道院式的童年,真是不堪回首。到成年后,孤军奋斗,爱真理,恨一切不合理的旧传统和杀人不见血的旧礼教,为人正直不苟,对事业忠心耿耿。"正因为自己的苦难经历和艰难中所积累的丰富学识,傅雷才对爱子寄予了无限期望。令人非常感动的是,傅雷把对傅聪的培养不仅看作一己之事,而是常常放在中国艺术教育的发展的高度上来。傅雷给傅聪写信说:"你的将来,不光是一个演奏家,同时必须兼做教育家,所以你的思想、你的理智,更其需要训练,需要长时期的训练。我这个可怜的父亲,就在处处替你做这方面的准备,而且与其说是为你作准备,不如说是为中国音乐作准备更贴切。""不是说你应当时时刻刻想到自己了不起,而是说你应当从客观的角度重视自己:你的将来对中国音乐的前途有那么重大的关系,你每走一步,无形中都对整个民族的艺术有影响,所以你更应当战战兢兢,郑重将事!随时随地要准备牺牲目前的感情,为了更大的感情——对艺术对祖国的感情。"朱梅馥在耳闻目睹抗击长江淮河水患的干部英雄的艰苦的斗争,并且看了《保卫延安》这部抗战题材的长篇小说后,对爱子说:"幸运的孩子,你在中国可说是史无前例的天之骄子。一个人的机会、享受,是以千千万万人的代价换来的,那是多么宝贵。你得抓住时间,提高警惕,非苦修苦练,不足以报效国家,对得住同胞。看重自己就是看重国家。"当傅聪经过大赛前的刻苦训练,参加国际钢琴大赛为国争光后,傅雷深情地对儿子说:"东方升起了一颗星,这么光明,这么纯净,这么深邃:替新中国创造了一个辉煌的世界纪录。"1962年,傅雷给傅敏的信中说:"我生平总不能临事沉着,极容易激动,这是我的大缺点。幸而还能客观分析,周密思考。"也正如他的生前好友楼适夷所说:"傅雷的性格,确实是很孤傲的。"孤傲的傅雷,在1956年知识分子改造问题上表现出了对自己的清醒态度,他说:"以前对政府各种措施的批评,是站在纯客观的自由知识分子的立场上提出的,而不是把自己看作参加社会主义建设的一份子的立场上提出的。"而且对陈毅市长所说"知识分子只有在事实面前才肯低头"表示认同。面对淳朴而可爱的党员,傅雷很感动,把满腔的热情都献给了当时的政协社会工作。他实事求是,肯动脑筋,肯提意见,被誉为"模范组长"。然而,后来狂风大浪般的"反右派运动",把这位政治上力求上进的正直的自由知识分子推向了一种悲惨的命运。1960年8月5日,傅雷对远在法国的儿子说:"我素来对生死看得极淡,只是鞠躬尽瘁,活一天做一天工作,到有一天死神来叫我放下笔杆的时候才休息。"由于与世风不合,埋头书斋一心译著本来可以成就傅雷的后半生。无法预料的是,傅雷与夫人朱梅馥双双愤而辞世,留下两撮寒灰,让后世之人无限感慨。

我一直在问自己:中国知识分子典型的人格是什么?现代或当代中国知识分子典型人格中不变的东西是什么?结论是:万古云霄一羽毛。古来中国知识分子以"士"自居,"达则兼济天下,穷则独善其身"。万古云霄一羽毛是著名画家徐悲鸿为"武侯祠"题写的匾额,以纪念三国著名的军事家、政治家、战略家诸葛亮。在我看来,"万古云霄一羽毛"既是对诸葛亮历史功绩的概括,更是对他伟岸人格的概括。"万古云霄一羽毛",与鲁迅的"吾以吾血荐轩辕",与徐悲鸿的"人不可有傲气,但必须有傲骨",与傅雷的"德艺双馨,人格卓越",与钱钟书的"爱国爱民爱学问,轻名轻利轻私心",与季羡林的"爱国,有骨气",同是中华民族几千年有识之士,特别是人文知识分子的最重要的人格特征。在傅雷看来,人格比什么都重要。从中国知识分子的历史命运和当代命运方面考察,我深感,一个民族,一个国家,建立自然的健康的文化发展机制和自然的健康的人格评价机制是何其重要。这无论是对一个国家的知识分子,还是对每一个普通的公民,都是事关荣辱的大事。

  十余年阅读《傅雷家书》,对我很重要的一点是,从它的字里行间,时刻能感到傅雷先生在对中西文化的深刻比较中对伟大的中华民族的热爱。傅雷在1961年的家书中写到:"中华民族性从古以来不追求自我扩张,从来不把人看作高于一切,在哲学文艺方面的表现都反映出人在自然界中与万物占着一个比例较为恰当的地位,而非绝对统治万物、奴役万物的主宰。……中华民族多数是性情中正和平、淡泊朴实,比西方人容易满足。……我们的民族本来提倡智慧。智慧使人自然而然地醒悟,信仰反易使人入于偏执与热狂之途。……对中国知识分子拘束最大的倒是僵死的礼教,从南宋的理学(程子朱子)起一直到清朝末年,养成了规行矩步,整天反省,惟恐背礼越矩的迂腐头脑,也养成了口是心非的假道学、伪君子。其次是明清两代的科举制度,不仅束缚性灵,也使一部分有心胸有能力的人徘徊于功名利禄与真正修心养性、致知格物的矛盾中。……我们的社会进步迟缓,资本主义制度发展若断若续,封建时代的经济基础始终存在,封建时代的道德观、人生观、宇宙观以及一切上层建筑,到近百年中还有很大势力。"时隔40多年后,我读到傅雷先生的这段话,可以说依然令人醍醐灌顶。可见,德艺双馨的卓越人格和丰富学识具有多么强大的历史穿透力和冲击力。面对打开窗户后带来的形形色色的文化现象以及世界多元文化背景上的文化多样性,我们推崇"德才兼备、德艺双馨"的人格无疑具有十分重要的文化意义和建设意义。这一点,傅雷先生在书中阐述得很清楚,他说:"惟有不同种族的艺术家,在不损害一种特殊艺术完整性的条件下,能灌输一部分新的血液进去,世界的文化才能愈来愈丰富,愈来愈完满,愈来愈光辉灿烂。"中国著名社会学家费孝通讲世界文化要"各美其美,美人之美,美美与共,天下大同"也正是这个道理。傅聪就像傅雷20世纪布下的文化交流的种子,21世纪到来前后,傅聪带着自己特有的文化使命,往返于国内外。傅聪中国文化的"根",半个世纪后仍十分强烈。他对世界各种文化的理解与把握,对中国民间文化宝藏的看重,很有文化的启示意义。在2002年出版的《傅聪自述》中,傅聪说:"父亲给我做了一个活的榜样。学问并不是我有,学问也不是我父亲有,学问是无处不在的,它是几千年的积累,是人类共同的智慧。""我们祖国的文化实在是太伟大了,它包含的力量太大了"。在2003年另一次接受记者采访时,傅聪说:"我的根在中国文化里头,我对文化的渴望。超过任何其他东西,而这个文化在其他国家是没有的。""我们东方有一种特殊的东西,而且这个东西并不是故意加上去的,因为在美学上,我们东方比西方高。""我对中国的东西外国的东西都有兴趣,是没有区别的都爱。……由于文化都是通的,如果你有了这个文化的话,你就会看到另一个文化……就是要充分利用时间,浸入东西方文化。"1963年,傅雷给傅聪写到:"对自己的文化遗产彻底消化的人,文化遗产决不会变成包袱,反而养成一种无所不包的胸襟,既明白本民族的长处短处,也明白别的民族的长处短处,进一步会截长补短,吸收新鲜的养料。任何孤独都不怕,只怕文化的孤独,精神思想的孤独。""越研究西方文化,越感到中国文化之美,而且更适合我的个性。""一个民族的文化假如采取的渗透方式,它的力量就大而持久。个人对待新事物或外来的文化艺术采取'化'的态度,才可以达到融会贯通、彼为我用的境界,而不至于生搬硬套,削足适履。受也罢,与也罢,从'化'字出发,方能有真正的新文化。'化'不是没有斗争,不过并非表面化的短时期的猛烈的斗争,而是潜在的长期的比较缓和的斗争。谁能说'化'不包括'批判的接受'呢?。"由此可见,傅雷先生对无所不包的中国文化的热爱和钟情。进入21世纪,随着中外文化交流的广泛开展,更多的中国人会感到中华民族文化的独有魅力。一切爱国的知识分子更应该为中华民族的伟大复兴而自豪。

阅读《傅雷家书》,除了在做人和培养爱国情感以及对中华民族强烈认同方面具有独特的作用外,在提高艺术修养和鉴赏力方面也同样具有价值。在《傅雷家书》中,我们随处可见关于古代诗歌、音乐、美术、书法、汉代拓片、敦煌壁画、戏曲、戏剧和舞蹈以及电影、建筑、博物馆、艺术教育、家庭教育、文学翻译等知识琳琅满目,充满意蕴。《傅雷家书》中,我们不时可以读到傅雷对南北昆曲大家以及戏曲音乐、经典曲目长处、短处的鉴赏与批评。京剧艺术大师盖叫天的《粉墨春秋》、电影表演大师卓别林的《自传》《贝多芬传》以及法国艺术史家丹纳的《艺术哲学》让傅雷常常激赏不已。他告诫爱子:"一个有成就的艺术家,虽是得天独厚,但也是自己苦修苦练,研究出来的。"对于西方音乐大师,傅雷更是以罗曼·罗兰所塑造知识界的史诗性作品人物约翰·克利斯朵夫为榜样给傅聪指出:贝多芬意志顽强,心灵深广;莫扎特温柔妩媚,心灵纯净;舒伯特高远绝俗,不失人间性情;巴赫是一片海洋,萧邦具有"非人世"的气息;弗兰克"隐忍"与"舍弃";萧斯塔科维奇有一种深刻的信仰。难怪50年后,傅聪一脉相承对中西音乐与传统哲学有自己独到的见解:"中国文化都出以不知不觉的渗透。""莫扎特是贾宝玉加孙悟空。舒伯特的音乐接近陶渊明。德彪西是天人合一的美学境界。""情是很深的东西。""要有'本',要有'根'。"方正不是美的,美总是带点不规则性的。"

通过阅读《傅雷家书》,我所获得的美育修养是无比丰富的。反复的阅读,无形地提高了我各方面的知识和修养,提升了我为学、为人的姿态。其中,对我影响最大的是"艺术价值以及如何治学"。傅雷先生讲:"艺术品有无数有生命力的部分,构成一个一个有生命力的总体。""没有什么比完美的形式表达出诗意的灵感与洋溢的热情更崇高了。""一切伟大的艺术家必然兼有独特的个性和普遍的人间性。""真诚是第一把艺术的钥匙。真诚是需要从小长期培养的。""真理和艺术需要高度的原则性和永不妥协的良心。……艺术永远离不开道德——广义的道德,包括正直、刚强、斗争(和自己斗争以及和社会斗争)、毅力、意志、信仰……""能浑然天成,不着痕迹,才是真正的艺术。""凡是有利于艺术的,往往不利于生活;因为艺术家两脚踏在地上,头脑却在天上,这种姿态当然不能适应现实。""永远保持独立精神和独立思考,原是一切第一流艺术家的标记。"傅雷先生说:"思索才能真正给人以文化。""艺术家特别需要沉思默想。""惟有肉体的静止,精神的活动才圆满。""艺术最需要沉思默想、凝神壹志。""惟有冷静和客观,终能想出好的办法。""为学最重要的是'通',通才能不拘泥,不迂腐,不酸,不八股;'通'才能培养气节、胸襟、眼光;'通'才能成为'大',不大不博,便有坐井观天的危险。""假如一个人永远能开垦自己心中的园地,了解任何艺术品应该是没有任何问题的。"我由此想到:沉思默想,系统还原,科学求真,自然完美,应该是一种很好的治学方法。干什么都要有这样一个领悟、把握、溯源、归本、创造的过程。

在中国像傅雷这样的父亲真是很少。他不辞辛苦,自编教材,从小给予孩子道德教训;他教子做人,不厌其烦;他把儿子看作朋友;他把自己做人的基本作风悉数教给儿子;他在家书传递中,以自己可抵万金的赤子之心,启迪儿子的爱国情怀;他把离别中的良心发现和父性的觉醒都毫无保留地告诉儿子;他把自己经历的尖锐的痛苦,说给儿子以换取儿子博大的同情心;他赞扬儿子成功后的自我批评尤为可贵和难得。在儿子可能处于人生低潮的时候,他对儿子说:"人的一辈子都在高潮—

低潮中度过,要有极高的修养,方能廓然无累,真正地解脱。"他把自己的灵魂袒露给儿子——"我始终是中国儒家的门徒。"他在赛前总是在生活细节方面、演奏姿态方面、艺术哲学方面给孩子以最直接的指导;他在赛后给孩子以富于科学精神、坚持真理的点评;他在精神上永远与孩子在一起;他总是语重心长,给孩子讲心理卫生;他总是给孩子的未来,做一些生涯规划;他总是对孩子坦白,坦白,再坦白;他总是拿别的音乐家的父亲与自己相比;他甚至把给儿子起名的初衷和本意,都给儿子交代得清清楚楚:"'聪'的意思是'听觉灵敏''高度智慧','敏'的意思是'分辨力强''灵活',两个字放在一起'聪敏',就是常见的词,用以说智慧、灵敏,即'clever'的意思。"关于爱情、婚姻的话题在《傅雷家书》中占着一定的篇幅,至今读来仍觉感动。傅聪与弥拉组成了一个很有"当代性"的国际家庭,傅雷先生50多年前对"国际化家庭"的剖析具有超越时空的前瞻性,令我辈佩服不已。其中关于艺术家与感情生活、艺术家对终身伴侣的要求、如何更完美地享受人生、生活的艺术、夫妇完全是一种知己朋友关系、家政理财、艺术家对物质生活的控制、艺术与旅游以及密切亲情、平衡心理、保持健康的人格修养等方面的观点仍具有十分现实的意义。

写于 2004 年

事理看破胆气壮 文章得意心花开
——读叶永烈著《钱学森传》有感

钱学森先生是"两弹一星"元勋,一生发表专著7部,论文300余篇,主要学术贡献集中在应用力学、喷气推进与航天技术、工程控制论、物理力学、系统工程、系统科学、思维科学、人体科学、科学技术体系与马克思主义哲学等九大方面,是享誉世界的战略科学家。但他的智慧与才学远不止这些。

叶永烈所著《钱学森传》中介绍:钱学森先生"集大成,得智慧",首创"山水城市"的理念,为海内外城市规划及建筑专家所广泛认可;他提出的"创建农业型的知识密集产业——农业、林业、草业、海业和沙业"的设想,使我国沙业和草业发展取得了显著成绩。2008年1月,胡锦涛总书记在看望97岁高龄的钱学森时对他说:"前不久,我到内蒙古自治区鄂尔多斯市考察,看到那里沙产业发展得很好,沙生植物加工搞起来了,生态正在得到恢复,人民生活水平也有了明显提高。钱老,您的设想正在变成现实。"钱学森先生还关注"现代帝国主义研究",在1987年到1988年一年多的时间里,他先后50多次参加中央党校《现代帝国主义研究》"微型"学术讨论班,并结合自己在美国学习、工作、生活20年的经历,提出很多独立的见解和批评。他借鉴美国兰德公司的经验,助推成立中国航天科学技术咨询公司和中国航天系统工程公司,使中国航天事业走向市场。温家宝总理在参加完钱学森葬礼后深情地回忆说,他与钱老曾长谈如何建设中国的生态文明,探讨能否开发地球深处能源等问题。钱学森先生的智慧和才学,真是令人高山仰止。

钱学森的现代科学技术体系
（人类知识体系）

马克思主义哲学——人认识客观和主观世界的科学									哲学
性智 ←							→ 量智		桥梁
文艺活动	美学	建筑哲学	人学	军事哲学	地理哲学	认识论	系统论	数学哲学	唯物史观	自然辩证法	基础理论
	文艺理论	建筑科学	行为科学	军事科学	地理科学	思维科学	系统科学	数学科学	社会科学	自然科学	技术科学 应用技术
	文艺创作										前科学
实践经验知识库和哲学思维									
不成文的实践感受									

回想起来，我是20世纪90年代看到了钱学森先生的现代科学技术体系图，并由此图引导不断拓展我的阅读范围的。我沿着钱学森先生所建构的现代科学技术体系指引的方向，广泛涉猎了他所提到的诸多学科，直到今天都兴味盎然。

这一体系从横向上看有自然科学、社会科学、数学科学、系统科学、思维科学、人体科学、地理科学、军事科学、行为科学、建筑科学、文艺理论等11个科学技术部门。从纵向上看有三个层次：最高层次是马克思主义哲学，也就是辩证唯物主义；最下面的层次是现代科学技术的11个大部门；中间通过11架"桥梁"（自然辩证法、唯物史观、数学哲学、系统论、人

天观、认识论、军事哲学、人学、地理哲学、建筑哲学、美学）把马克思主义哲学与十一大科学技术部门连在一起。其中每一个科学技术部门又按照是直接改造客观世界还是比较间接地联系和改造客观世界的原则划分为基础科学、技术科学、工程技术三个层次（文艺理论的层次略有不同）。钱学森先生的科学世界不仅涉及横向上的11个科学大部门，也涉及暂时还不能进入这个科学体系的大量经验性知识，以及所有这些科学知识最后提炼上升到哲学层次的理论。研究者余华东指出，钱学森先生于20世纪80年代提出现代科学技术体系以后，借鉴北京大学

老哲学家熊十力教授把智慧分为"性智""量智"的观点,并对其加以唯物主义的解释与发挥,并最终提炼形成他的"大成智慧学"。

20世纪90年代以后,我陆续购买和阅读了钱学森先生的《关于思维科学》《论人体科学》《城市学与山水城市》《科学的艺术和艺术的科学》《创建系统学》《集大成得智慧》《智慧的钥匙》《钱学森讲学录——哲学、科学、艺术》等书籍,深受其广博学养的滋养,并接受了钱学森先生"从定性到定量综合集成方法"。随着工作生活的变化,我率性而为地阅读了大量关于人体文化、城市文化、大学文化、民俗文化、企业文化、园林文化、红楼文化等方面的书籍,并总是试图按照"从定性到定量综合集成方法",从整体上予以关照和把握。这些阅读和学习,确实极大地拓展了我的视野和学养,也给我后来的人生带来深刻的影响。

2005年,"为什么我们的学校总是培养不出杰出人才"这个"钱学森之问"一石激起千层浪,关于国家创新人才的培养问题一时成为社会各界关注的焦点。其实,早在1993年,钱学森先生就提出了"大成智慧教育"的设想。钱学森先生在给钱学敏的一封信中谈到"大成智慧硕士"及其教育设想:

"大成智慧硕士,具体讲:①熟悉科学技术的体系,熟悉马克思主义哲学;②理、工、文、艺结合,有智慧;③熟悉信息网络,善于用电子计算机处理知识。这样的人是全才。我们从西方文艺复兴时期的全才伟人,走到19世中叶的理、工、文、艺分家的专家教育,再走到20世纪40年代的理工结合加文、艺的教育体制,再走到今天的理工文(理、工加社科)结合的萌芽。到21世纪我们又回到像西方文艺复兴时期的全才了,但有一个不同:21世纪的全才并不否定专家,只是他,这位全才,大约只需一个星期的学习和锻炼就可以从一个专业转入另一个不同的专业。这是全与专的辩证统一。(大成智慧硕士教育),大致可以分为这几段教育:1.八年一贯制的初级教育,4岁到12岁,是打基础。2.接着的五年(高中加大学),12岁到17岁,是完成大成智慧的学习。3.后一年是'实习',学成一个行业的专家,写出毕业论文。这样的大成智慧硕士,可以从事任何一项工作,如不在行,弄一个星期就可以成为行家。以后如工作需要,改行也毫无困难。当然,他也可以再深造为博士,那主要是搞科学技术研究,开拓知识领域。这个大胆设想,您看如何?新一次的'文艺复兴'呵!"

这是钱学森先生结合自己在北京师大附小、北京师大附中、上海交大、美国麻省理工学院、加州理工学院等院校受教育和成长过程的亲身体验,吸收了思维科学以及一些科学工作者对教育心理学、脑科学研究和实验的成果和感悟,对未来教育方案的大胆设想,也是对未来中国教育的期许。

由于对新中国"两弹一星"事业的巨大贡献,1991年,中央授予钱学森"国家杰出科学家"荣誉称号。蒋英陪同丈夫钱学森出席了颁奖仪式。在授奖仪式临近结束时,钱学森发表了讲话。在表达了对中央的感谢之后,钱学森话锋一转,指着蒋英向大家介绍说:"蒋英和我的专业相差甚远——她是女高音歌唱家,而且是专门唱最深刻的德国古典艺术歌曲。正是她给我介绍了这些音乐艺术,这些艺术里所包含的诗情画意和对于人生的深刻的理解,使得我丰富了对世界的认识,学会了艺术的广阔思维方法。或者说,正因为我受到这些艺术方面的熏陶,所以我才能避免死心眼,避免机械唯物论,想问题能够更宽一点、活一点。"了解了这些,我们就不难理解钱学森先生大成智慧的奥秘所在了。

"宝剑锋从磨砺出,梅花香自苦寒来。"据《钱学森传》记载:钱学森有一篇博士论文《非线性弹性力学》,仅手稿就有800多页。他对学生范良藻说:"不流大汗,不受大累,仅凭一点小商小贩的小聪明,是做不出来的。"他对学生戴汝为说:"我在做空气动力学的时候,关于空气动力学方面的英文的、法文的、德文的、意大利文的文献我都念过。为了把它做好,我得这么念,而且还进行了分析(写了450页的笔记)。"由钱学森的老朋友,加州理工学院教授费兰克·E·马勃收集保管的钱学森离开美国后,散落在实验室、办公室的手稿就达15000余页、80磅之重。钱学森先生家中书柜将近50个,他亲手剪的报纸有629个牛皮纸袋,总共24500多份。另外,钱学森先生探讨各类学问的书信总共达7000多封。如此可见,钱学森先生的学术贡献除了源于他的天才、夫人的影响之外,更多的是他的勤奋。

"事理看破胆气壮,文章得意心花开。"这是钱学森先生最喜欢吟诵的一句诗,也正是他取得丰硕学术成果,提出很多学术创见的会心之言。英国兽医学家泰勒讲:"具有丰富知识和经验的人,比只有一种知识和经验的人更容易产生新的联想和独到的见解。"钱学森是战略科学家,也是大学问家,自然能够对他所关注的各类问题不断"产生新的联想和独到的见解"。钱学森先生说:"如果一个科学家的生命属于科学,就应把自己的生命过程使用得更有效,更精细,更有韧劲。"是啊,让我们在反复阅读和品味钱学森先生卓越人生和其著作的过程中,努力使自己的生命过程更加扎实、更加精细、更加坚韧,并力争活得更有意味,更加精彩,更加雍容。

写于 2009 年

博文短札(八篇)

性智与量智

智慧,堪称人类精神思维的高级形式。关于智慧的论述很多,真正对我有深刻影响的,是钱学森的"大成智慧学"。根据钱学森的介绍,性智与量智的概念来自哲学家熊十力。南京大学哲学系陈赟写的《熊十力对哲学与科学的区分及其文化蕴含》一文,介绍熊先生对于性智和量智的论述:

熊氏《答谢幼伟》一书集中谈论性智与量智,开始便云:"每以为东西学术之根本异处当于此中注意。"缠绕熊氏心怀的仍是东西文化问题,民族的危机使其更为迫切,熊氏一直在寻求一种解决之道。熊氏写道:"抗日战争前,友人欲与吾讨论中西文化,以为二者诚异,而苦于不可得一融通之道。吾时默而不言,因《量论》未作,此话无从说起。实则,中学以发明心地为一大事(心地谓性智),西学大概是量智的发展,如何使两方互相了解,而以涵养性智,立天下之大本,则量智皆成性智的妙用。"中学的终极目标在于亲证本体,与之合一,真实地把握自我与宇宙的真实。熊十力坚决主张,本体的亲证唯恃性智,不兼量智,性智是一种自向、内反,不能加以对象化的修养方式,它与本体,乃是自见自明;本体与它,乃是真实的呈现。量智则是一种认知方式,它指向客观化了的经验世界,以无限分析的态度把握分殊的具体。张东荪尝言:"西方人所求底是知识,而东方人所求底是修养。换言之,即西方人把学问当作知识,而东方人把学问当作修养。"熊十力以为这是见到了东西文化和哲学的根本不同处。量智活动如果脱离了性智,就会发生侵夺自然、物化自我的情况,西学任量智,致力于"支离破碎"成就了科学,但却不见本体,因而熊十力对西学颇有批评。

日本大地震

灾害意识在我的头脑中存在,一是源于现实生活中所感知的地震、极端天气等;二是曾读过一本写人类几十次大灾害的书。"3·11"日本大地震,是人类第一次面对地震、海啸、核辐射立体式灾难。中央电视台不时播报着日本大地震的最新动态,看着在大灾难面前人类的渺小和无助,深味报道中那具有代表性的一幕幕画面和一个个瞬间,城市和乡村的毁灭几乎不可避免。《生命与灾害》杂志2011年第二期吴慧雯的《全球地震活动越来越频繁了吗》一文介绍:据美国地震学联合研究会统计,全球6级以上的强震平均每年近200次,7级以上的地震平均每年近20次,8级以上的平均每年近3次。作者认为,目前全球地震的次数和强烈程度属正常范围,不是越来越频繁。只是因为近来的地震多发生在人口稠密的地区而被人们更加关注而已。充满地震和海啸的电影《2012》又成为人们议论的话题,但现实的残酷远较电影更为让人心痛。汶川、玉树、近日的日本,还有唐山大地震,让我痛感人的生命之宝贵。敬畏自然,更要善待生命。

简单生活

开卷读《书和画像——吴尔夫随笔》。吴尔夫(1882—1941年),英国小说家、评论家和散文家,数次受精神病困扰,多次企图自杀,最后在完成最后一部小说《幕间》后,纵身投入一条河流之中。看后,感到十分震惊。她的这本随笔集,写得行云流水,把现代派的一些文学现象及代表作家评析得十分到位。这本书属于"简单生活大师译丛",其选题为"简单些,再简单些",可见编者的意图。我历来喜欢"简约,不简单"的生活。除这套书外还有《沉思录》《瓦尔登湖》《一个孤独漫步者的遐想》《要生活的写意》《纯净集》和《思想录》,我都有所藏。简单的生活,来源于对简单生活方式的选择和对高尚生活品质的坚定追求。

朴老的问学之道

宗教出版社出版了一本倪强著的《赤子佛心赵朴初》,全书分赤子情怀、重振宗风、为法忘躯、高谊云情、悲心深愿、尊师重教、结缘五洲、老骥伏枥、思忆无尽等九个部分。近日粗读,对朴老一生的佛学历程、人生作为以及爱国情怀深感钦佩,朴老与各位高僧大德的交往以及所建立的深厚友谊体现了朴老的伟大。朴老对"学""学习""学问"这样解读:"学",不一定是读书;"读书"不包括"学习"的全部涵义,学了还要经常练习,这才可以叫做"学习"。"学"必须要问，不懂的事情，必须请教别人，不失时机地问，要不耻下问，这样才可以说这是在做"学问"。

朴老抄写《中庸》上的一段话以解释"学古鉴今"："博学之，审问之，慎思之，明辨之，笃行之。有弗学，思之弗得，弗措也；有弗辨，辨之弗明，弗措也；有弗行，行之弗笃，弗措也。人一能之，己百之；人十能之，己千之。果能此道矣，虽愚必明，虽柔必强。"意思是做事要广泛地学习，仔细地探究，谨慎地思考，明确地辨别，最后要切实地去实行。

以上是朴老的问学之道，朴老的书学也很好，书法界的朋友对此有公论。我早年在普陀山就见过朴老的题字"淡淡厅"，印象颇深。读这本《赤子佛心赵朴初》，还对星云法师提倡的台湾佛光山的十大性格有所了解，即人间的性格、大众的性格、文化的性格、教育的性格、国际的性格、慈善的性格、菩萨的性格、融合的性格、喜乐的性格和包容的性格。

自度不存师

林谷芬，台湾禅者、音乐家、文化评论人，台湾佛光大学艺术学研究所所长。著有《禅——两刃相交》《千峰映月》《如实生活如是禅》《谛观有情——中国音乐里的人文世界》《一个禅者眼里的男女》《茶与乐的对话》《生命之歌》。

读林谷芬《画禅》，读到《大悟不存师——元人达摩图》一篇，落脚两句"存师自然难自度，大悟必然不存师"，真是让我多年的拘囿豁然开朗。早年始终郁结的在师长面前的那一份拘谨

顿感可以释怀!"大悟不存师",我想,正确的理解应该是在感情上与师长息息相关,在学业上比师长更加精进,这样才能"棒下无生忍,临机不让师"。

"玩物成家"王世襄

平生佩服的人里,京城第一大玩家,王世襄先生是其中之一。王世襄先生把毕生明式家具所藏捐给上海博物馆,并由此带动江南明清家具产业。此前,曾翻阅王世襄先生所著的三部《锦灰堆》以及关于王世襄先生的传记《奇人王世襄》。近日,购得《京华忆往》一书,编者在装帧页上有两句:"玩物成家,奇人驾鹤西去;鸽哨空鸣,绝学余音如缕。"

岳南所著《傅斯年与陈寅恪》(第296页)记载王世襄先生年轻时曾遇到的一些挫折:"在李庄期间,梁思成推荐的燕大毕业生王世襄,赴重庆与傅斯年相见时,更是被傅氏看做上不了台面之人。傅氏当着梁思成的面横面冷对,一句'燕大毕业生没有资格到我们这里来,作了拒绝,并当场将其轰出门外,弄得推荐者梁思成灰头土脸,大失面子。"

就是这个被中国近现代学术史上举足轻重的人物傅斯年看不上眼的王世襄,后来竟"玩物成家",在明式家具、鸽子鸽哨、蟋蟀、百灵、大鹰、獾狗、美食、铜炉等收藏、研究方面都蔚然成家,集古今京城玩家之大成,"玩"出了人生的至高境界,让近年来物质遗产和非物质遗产保护大放光彩。王世襄先生所著的《锦灰堆》(三卷)、《锦灰二堆》(二卷)、《锦灰三堆》一版再版,王世襄先生"玩"出了人生的精彩。

中华文化全在一个"情"字

读完周汝昌先生汇校本《红楼梦》,合书之际,深为周汝昌先生汇校之功所折服,也深为先生对高鹗续写的后四十回的深恶痛绝所感染。曹雪芹所撰《红楼梦》,笔力醇厚,深思周纳,伏脉千里,一一对应,其创作成就无与伦比。周汝昌先生讲:整部《红楼梦》全在一个"情"字,中华文化全在一个"情"字。兴之艰难,衰之迅捷,人物命运之多舛,往往在时世变迁中发生,既在意料之中,也在意料之外。

心灵叙事

抛开繁杂的工作,把一切喧嚣的世务抛诸脑后,独自面对心灵的真实,虽说有些痛,但正如林语堂先生所说:"人生不过如此。"

翻阅20世纪和21世纪9年来人类的心灵史,尤其是有社会良知和公共意识的爱阅读者的心灵史,用"风云激荡"来形容一点也不为过。

近日,《参考消息》上刊登美国总统奥巴马近来翻阅的书中,放在案头第一本的,是书名叫作《世界是平的、热的和挤的》的书。不巧,我的案头正放着一本《世界又热又平又挤》。

《世界是平的》是一本热销的书,曾引出"世界是不平的"之类书籍的出版和发行。万事万物不过如此,矛盾的存在与解决也往往由此肇始。

《世界是热的》,好像没有这样一本书,但关于"地球变暖"的消息充斥于各种媒体的版面和页面,真是"环球同此凉热"。

《世界是挤的》,好像也没有这样一本书,但近期中央电视台所播放的一则广告片(一个人的面部原本是绿色的草地和森林,后来长出很多高楼大厦,再后来面部变形,这个人出现痛苦的表情)以形象的方式告诉我们:拥挤的世界没有好的结局。

也在人生边上

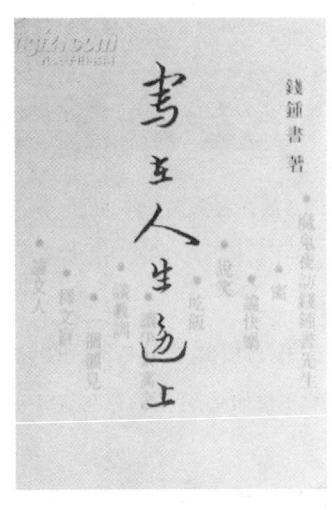

钱钟书有《写在人生边上》，杨绛有《走到人生边上》，我也在人生边上侧看自己的人生。

我喜欢清晨的宁静。出行早，车少，人少，小城和城边的乡村显得很亲近。如果下着细雨，那就更好，撑着一把伞，可以随意沿着小城的林荫道闻着槐花的清香缓步而行。可以想一点心事，也可以什么也不想。

深夜到来之前的夜晚，尤其是傍晚的市声、人声，对我来说过于喧嚣；深夜之后，对一天辛苦劳作的我来说，精神俱疲，也无力享受了。偶尔，深夜醒来，推开轩窗，仰望星空，但浩渺心事一起涌来，也许就无法入睡了。

我爱独处，也爱群居。热闹的公园、宴请、酒吧、晚会，很少能激发我的兴致。我只对公园里的古塔，酒吧里的静物，晚会上的轻音乐情有独钟，彷佛可以随时和塔尖进行一些精神的对话。因为塔尖与塔尖在群山中对望,静物与静物在色彩中对话,音乐与音乐在旋律中对语。

我喜欢城市,也喜欢乡村。因为城市有博物馆、图书馆、大学、书店,是现代文明的聚集高地;因为乡村有乡愁、诗意、风俗画、民间故事,是古老传统的厚载之地。

我喜欢在城乡之间穿梭,领略文明的演变、文化的传承以及相互之间生命气息的激荡。

智慧的老者,幼稚的儿童,在人生隧道的两端,一头是进口,一头是出口,在进出口的边上都可以见到灿烂的阳光。我喜欢与拥有阳光心态的老者和稚童相处,因为这会让我永葆赤子之心。

生而完美的人,这个世界上没有,但有很多追求完美的人,我算其中一个。完美的人格,允满风雅。完美的艺术,完美的科学,需要一个人终生的付出。我对那些近乎完美的创造艺术之美、科学之美的人物,总是充满崇敬之情。

如果我可以享受深夜的宁静,我愿意走到他们的门外,静立、聆听……

我喜欢泛滥而为的阅读,也喜欢攻其一点不及其余的精专。泛滥而为的阅读,让我看到海阔天空的世界,浏览大千世界的精彩,享受不拘一格、融会贯通的美妙;术业的专攻,让我看到一块残片、一片贝叶、一段故事,也可能蕴藏历史的玄机,哪怕一花一叶一粒微尘,也可能与南极北极的冷暖相契相关。

人生边上,或写或思,或起而前行,或坐看花开花落,或遥望云卷云舒,也就是较为自由、较为独立的事情了。

书山独往
ShuShanDuWang

关于孔子像的文化断想

天安门以东国家博物馆北门广场树起了一座身带佩剑的高大的孔子像,一石激起千层浪,各种激赏和抨击的声音通过网络、报纸、电视四散开来,中国文化未来走向的问题再度引起国内外有识之士的广泛关注。

探讨中国文化未来走向的问题,追根溯源离不开中国文化史。一部中国文化史包罗万象,从器物、制度、精神等层面反映了各个历史时期中国人的追求和想象。其中灿若星河的文化人物往往以其卓越的思想建树给后来的中国人留下取之不竭、用之不尽的宝贵财富,以至融入世世代代中国人的血脉和灵魂。孔子无疑是文化群英里的一个杰出代表。以孔子为代表的儒家学说,因其在中国历史上的统御作用,成为研究和推广中国文化的一个标志。我们从现在世界上90多个国家240多座孔学院就可以看出,孔子思想的代表性非同一般,我们无法抹杀它作为中国文化一张独特的名片的作用。相对于近现代以来中国社会所经历的种种文化坎坷来说,孔子像的树立无疑是中华民族走向伟大复兴、中华文化熠熠生辉的一个有力象征。

有一部分人士问:为什么要立一尊,而不是一组文化先师的群像呢?或许是倡议者的偶然,或许还有更多的考虑,我们不好妄自揣测。对于近年来的"国学热","叫好"的声音很多。面对近现代以来历经社会变迁所累积的信仰危机和各类社会人等所呈现的精神空虚,国学精华让有识之士为之一振,彷佛就此找到了拯救国人灵魂的一剂良方。但"国学热"并不仅仅是孔子的回归,包括诸子百家在内的文化群星以其特有的光芒闪耀在改革开放的山峰之上,为中国人扬眉吐气拉开了巨大的精神空间。

身带佩剑的孔子,儒雅与剑气合一的孔子,才是真正的孔子。我们对孔子的还原,是对其精神的还原,而不是对其现实命运的还原。鲁迅先生讲:中国文化的根底大抵在道教。我们从孔子问学于老子的历史经典中或可认真玩味其中的真谛。温文尔雅,剑气如虹,加上道家的"太极",再加上一个"和"字,一个"情"字,我想这就是中华文化的全部精髓。

过去,我们讲"正心、诚意、修身、养性、齐家、治国、平天下",完全是要培养和造就一个个治国安邦的国家栋梁之材。但随着近现代以来文化的交流和碰撞,更多的中国人在认清了"吃人"的礼教之后,前赴后继地选择了"自由之思想,独立之人格"的人生取向,不管这样的人生与过去的"中庸"思想指导下的人生有多么的不同,会经受怎样的磨砺。所幸,随着时代的进步和世界文化的多元融合,以及世界对战争状态的重新认知,包括中国人在内的世界各国人民逐步放弃了"一元独尊"的文化形态和思想体系,在不断扬弃和超越中从思想的争锋中解脱出来,开始更多地关注现实的生活。生活的艺术逐步取代了思想的争锋。正如日本教育家伊藤隆二所言:"慢慢地,悠闲地一边观赏着四处的风景,接触各地的风土人情,一边体验着跑过去的人所体验不到的人生的深邃乐趣,踏踏实实地寻找适合自己特点的生活方式。"越来越多的中国人开始独立、自由地选择自己的生活方式,不为所谓的意识形态所累,所以也就大可不必在孔子像或老子像的树立上大加议论了。我们一方面希望古代先哲们的思想永存在中国人的血液和灵魂里,一方面欢迎更多的文化人物雕塑遍布京城内外、城乡艺苑,让本来就充满文化气息的中国大地更加具有中华文化的神韵。

我们这一代

我们这一代,出生于20世纪的60年代末70年代初;懂事的时候,国家结束了"文化大革命",在艰难中走向开放。我们没有经历父辈所经过的积贫积弱、战火纷飞和解放欢歌,也没有留存共和国历次政治运动所带来的心理余悸。我们这一代,在一种特有的历史进程当中,成为当代历史的亲历者。

我们这一代,在20世纪80年代末90年代初,20岁左右,由于算是国企子弟的关系,通过各种方式进入父辈所在单位。人才市场或劳动力市场,是在我们基本实现就业后产生的。十五六年来,尽管我们的职业有所变动,但就业或再就业基本没有离开国家的关照。所以,我们对国家自有一份热爱。

我们这一代,从出生到步入社会,活动半径超出农耕社会许多,但基本上属于"离土不离乡"。我们大多数没有离开父母的单位,有的甚至"三代同堂"都在一个单位。我们的精神家园不再是田野,而是城市或工厂。

我们这一代,与革命家一同反思历史,与改革者一同迎接曙光,与时代的新人类一同体味时尚。经过30年改革开放的洗礼,在新的社会结构与阶层当中,我们这一代注定要在新中国最重要的战略机遇期担当重任。

我们这一代,或许有一些封建建构下的低徊,也深感资本

书山独往
ShuShanDuWang

力量的强大,但我们是与五四先驱者在文化上血脉相通的一代(五四一代优秀知识分子在纵横两轴上有多样化的世界文化背景和坚实的中国传统文化背景作支撑)。我们深知,忧患容易偏执极端,开放可能平和雍容。我们这一代,与生俱来有一种历史的责任,也有一种超越历史的洒脱。东方礼乐文化的汉唐气魄与浸透西方科技之光的世界情怀,将成就我们的未来。

我们这一代,对五四精神的继承与超越,与熔铸国魂一脉相承。我们这一代,更具理想主义和关注精神价值、道义问题的特征,更愿意成为社会、政治、文化的精英和技术管理的专家。

我们这一代,富有人的尊严,富有创造的活力,富有正直的感情,富有强健的体魄。我们这一代,深刻地懂得有"根"是多么重要。我们这一代,高举21世纪新文化的圣火,自信、坚强,不随潮流而动。

在我们这一代人的眼里,20世纪启蒙的20年代,动荡的30年代,战斗的40年代,解放的50年代,艰难的60年代,萧条的70年代,英雄的80年代,开放的90年代,有无数的故事与情节,可以揭示历史的必然和未来的远景。

在我们这一代出生前的50年，一场中国现代历史上最有名的青年运动——五四开启了中国现代意义上走向复兴的大门。在我们这一代出生后的80年，将迎来我们这个历劫不悔、精魂犹在的民族伟大的复兴。在我们这一代，不敢奢望能活到100岁，也不敢像百年梦想、百年激荡、百年激流等我们所尊敬的百岁老人那样去做百年辉煌的回忆。我们这一代，对历史的回忆与审视，愿意变得舒缓一些、柔和一些，就像在我们身边缓缓流动的时光之流，或者说像打太极拳一样，绵绵不绝中可以把自己体验到的一切告诉给新中国成立百年后的人们。事实上，我们这一代想告诉后来者的是，历史的进步是一种缓慢发展的过程。缓缓流动的(刚健)岁月与绵绵不绝的(柔弱)文明正是我们这一代寻找到的人生与义学的母题。"缓缓流动"的主题，"太极拳味"的东方神韵，正孕育了一种"贫贱不能移、威武不能屈、富贵不能淫"的伟大人格和"天行健，君子以自强不息"的伟大精神。而这种精神所起作用的方式却是一种恢弘、从容、闲适、绵绵不绝的方式。

千年等一回，当20世纪结束，21世纪开启之后，我们这一代人认为20世纪90年代以后出生的人，应该是最有出息的一代。

对于我们这一代出生于20世纪60年代末70年代初的已经接近或超过40岁的人来说，没有受到"文化大革命"的影响，甚至一切新中国成立以后的运动都对我们没有什么打击性的影响。我们这一代只是在后来的社会反思、历史学习中才对中

书山独往
ShuShanDuWang

国和世界的历史有所了解。

对于关心国家社会、关心自身命运的我们这一代来说,随着中国社会的发展,是在朦胧的诗意中度过中学时代,开始社会生活的。可以说,我们这一代睁开眼的时候,中国社会已经接近动荡结束的边缘;我们这一代懂事的时候,中国社会已经在艰难中开始迈出重要的一步。正如一部小说的题目《黄河在这儿拐了个弯》。这一切,都来自20世纪70年代末开始的改革开放对中国社会的推动。中华民族在历经劫难之后,依靠党的卓越领导,实现了历史的跨越,整个国家意气风发进入新时代。

我们这一代尽管不能与鲁迅等五四一代优秀知识分子相提并论,但我们这一代对人之价值以及民族精神的理解与践行却与鲁迅先生一脉相承息息相通。有人以为五四一代优秀知识分子在纵横两轴上有世界文化背景和中国传统文化背景的支撑,后来的几代人无论如何不能望其项背。但有一点人们或许没有意识到,产生于忧患年代与产生于开放年代的知识分子有一个很大的不同,就是忧愤容易偏执极端,开放才有可能平和雍容。我们这一代继承前辈的热血、良知,但对民族之怀抱更加宽阔、博大。如果说以前的时代还要对我们是否有民族自信力作出回答的话,那么今天,我们这一代可以很自信地说:"我们毫不逊色!"当然,历史的智慧告诉我们这一代,一个民族从沉疴中奋起,从困境中突围,需要走过一段血与火、血与泪的曲折历程,否则,便不会有凤凰涅槃的再生。

中华民族是龙凤呈祥的民族,是有十面之翼的民族,是大

书山独往
ShuShanDuWang

江大河之上的民族,是高原厚土上的民族,是历劫不悔的民族。中华民族之未来正是世界民族之走向。我们这一代与生俱来的精华是汉唐气魄与世界情怀,我们这一代与生俱来的的精华应是礼乐文化与科技之光,资本的力量不管怎么强大,也要道德的力量和文化的光芒才可以挽救未来多变世界的厄运。

我们这一代,认为文明之缓缓流动的力量远胜于时尚的快速变迁。以电灯为例,爱迪生发明电灯以来,地球被照亮了许多,但百年后的今天,仍然有很多黑暗的角落。文明的进程是那么缓慢。我们平常所见之时尚,流动很快,目不暇接。其实背后的真正价值是在缓缓流动中才体现的。试想五四之民主、科学到今天之民主、科学,经过了多么艰难的演进。

我们这一代,千年等一回。我们这一代,有充满个性化的生活方式和独立人格,有对真理的非功利的探索精神,有创新的素质和高尚的宽容。我们这一代,以一种强者的姿态,在千年之交的峰巅,思接千载四顾苍茫,在心智模式和世界履历上,与世界各地的青年同构,与世界的发展和地球的存在同构,与人类的共同命运同构。

我的文化底色

阅读资中筠先生自选集之《感时忧世》,《自序》一篇说:"从家庭到学校,我自幼接受的是中西文化并重的熏陶。"并且说"其实至少在

1928年国民政府实行教育中国化政策后,洋人办的学校,包括教会学校,大多很重视国文,学生的古文修养都能达到一定程度。同时,从小学起就有'公民'课,现代公民社会的一些基本观念和行为规范贯穿其中"。而且说"说到'底色',我们这代人还有挥之不去的忧患意识,这当然与经历中的家国多难有关,也与自幼接受的教育有关。民族振兴是我们刻骨铭心的向往"。读后,顿感汗颜。回头想想我这个出生在20世纪60年代末梢——1969年的人,与资中筠先生那些出生在20世纪30年代的人相比,文化底色何其苍白。

我出生在一个煤矿干部家庭,父亲是机电工程师,母亲是一般机关干部,他们都曾做过几年教师,只不过父亲是煤校教师,母亲是小学教师。父母所受的基本教育都是新中国成立以后的教育,就已经没有资中筠先生那种"中西文化并重的熏陶"

书山独往
ShuShanDuWang

了。我所出生的年代在"文化大革命"期间,从家庭到学校基本没有什么文化的熏陶,尽管父母很重视教育,但学龄前我基本接受的就是"故乡"的那点贫瘠的乡土教育和"矿区"的那点简单的煤矿文化。步入小学,尽管"文化大革命"已经结束,但我们的老师都是从"文化大革命"中"熏陶"出来的,可以想见我们的文化底色。至今,我不会唱、不会跳、不会玩,尽管与内向的个性和家教有关,但与没有真正享受过艺术审美方面的教育和引导,也有直接的关系。后来,初中前两年半,我是在一所矿区附近的农村中学上的,基本也没有什么文化上的收获,甚至一点人格方面的影响都没有受到,底色依然苍白。初三后半年,我转学到一座位于县城的中学,一直到高中毕业,算是接触到了不多的几个有文化的老师,但基本与课业无关。他们所吸引我的是课外的一些东西。通过借阅这些老师的《比较文化丛书》《当代新学科手册》之类的书籍,我囫囵吞枣地懂得了一些"文化"的东西,但深知自己的文化底色已然"先天不足",尽管也多少培养了些"挥之不去的忧患意识"。

但是,从小学到高中毕业,从家庭到学校,从学校到社会,我们几乎没有一天真正接受过"公民"课的教育。"公民"意识的培养,或许是从有了第一代身份证开始才朦朦胧胧地有了些。而且,虽然在历史课本上或课外的阅读中,多少了解一点孙中山先生的"三民主义",但对"民治、民有、民享"却没有多少真正的理解,更不会从对历史和现实的考察中深味其内涵。之所以现在多少有一点文化的底色和公民意识,从我来讲,主要来源于率性而为的阅读，尤其是对资中筠先生这一代或他们上一代，完整地接受过"从中西文化并重的熏陶"两代学人著作的阅读，使我慢慢懂得什么叫"独立之精神，自由之思想"，也才慢慢懂得"公民意识"的可贵和难得。

  资中筠先生《自序》中，甚为同意蔡仲德对其岳父冯友兰那一代知识分子把一生概括为"实现自我、失落自我、回归自我"三个阶段，并说"这'三阶段'对我本人也大体适用。所不同者，冯先生那一代学人在'失落'之前已经有所'实现'，奠定了自己的思想和学术体系，在著书育人方面已经做出了足以传世的贡献，后来回归是从比较高的起点接着往前走；而余生也晚，尚未来得及形成自己的思想、有所'实现'，就已经失落了，或者可以说是'迷失'了。后来回归，主要是回归本性，或者说回归那'底色'"。我们这一代呢？尽管苍白的底色上也曾高写着"自我"，但根本谈不上"实现"，又何曾"失落"，更奢谈什么"回归"呢？！我，或者说我们这一代基本没有"自我"可言。我们注定已被坚硬的历史所破碎，也注定会在风云激荡的当代所"露怯"，所以再怎

书山独往
ShuShanDuWang

文心独往
（代跋）

  绵山云峰寺，有一块"抱腹栖云"的匾额，为张颔先生所题，我一见难忘，并认为这匾额上的四个字，可代表绵山的精魂。我的书房取名"抱书栖云斋"，即源自这块匾额的启示。移"腹"为"书"，只一字之差，但"抱书"是其表，内里则是"栖云"之志。

  我爱书、读书、藏书，以书为友，与书为伴，不只是对人间万象的好奇与追索，更多的是对生命的沉思与体悟。所谓的"栖云"之志，虽未在年岁日增中彻底消解，却早已转化为人淡如菊的日常言行。

  正如杨绛先生在《世界是自己的，与他人毫无关系》所言："保持知足常乐的心态才是淬炼心智、净化心灵的最佳途径。一切快乐的享受都属于精神，这种快乐把忍受变为享受，是精神对于物质的胜利，这便是人生哲学。""一个人经过不同程度的锻炼，就获得不同程度的修养、不同程度的效益。好比香料，捣得愈碎，磨得愈细，香得愈浓烈。我们曾如此渴望命运的波澜，到最后才发现，人生曼妙的风景，竟是内心的淡定与从容；我们曾如此期盼外界的认可，到最后才知道，世界是自己的，与他人毫无关系。"

书山独往
ShuShanDuWang

人近中年,我在书中栖居的生活已有30多年。阅读,使我知足常乐;阅读,使我接近生活的本质;阅读,使我诗意般地栖居于晋中腹地的这座四季分明、干净整洁的小城;阅读,使我在命运波澜的起伏中最终找到那"人生曼妙的风景",保持了内心面对世界的那一份从容与淡定。

既然"世界是自己的,与他人毫无关系",那我更愿意与好书为伴,与蓝天白云为友,抱书而为天下势,做一个"好读书,读好书"(冰心语)的简朴的生活家。

文心,就像金石之心,耿耿不磨。

独往,就似极限登山,登高必自。

独往书山,一路攀援,我三十余年如一日,文心不改,孜孜以求,书山圣境,略窥端倪。

环顾书山,圆览周视,全息关照,虽有大成智慧之学导引,但性智浅、量智薄,不能以宽基础、宽专业匠心独运,建塑学林,只能以"接近完美"解释"残缺"。

试想,生逢盛世之前,自己文化已吃"夹生饭";身处盛世之中,难以掩盖文化底色的苍白;遥想盛世之后,只能"念天地之悠悠,独怅然而泪下"了。

念弘一大师"悲欣交集"一句,于喜悦之中,深感寂灭。随后自知,觅小求精可成器,沧海一粟也永恒。文心独往,或许自有一份小小的收获。

读书是为了培养文心,为了培养胆气,也是为了调适身心,体验生命,享受生活的雅趣。于是,我怀乐观向上、悲观进取、达观自处之心境,继续在书山中前行。

所幸,读书之人,在独往路上,也能遇到三五个围炉夜话、抱团取暖的伙伴,薪火相传,共享文化的心灵盛宴,自是人生至乐!

魏永轩

2014年8月6日

单向街

郝继文 著

山西出版传媒集团
山西人民出版社

图书在版编目（CIP）数据

单向街 / 郝继文著. -- 太原：山西人民出版社，2015.11

（介休当代艺文丛稿 / 郝继文主编）

ISBN 978-7-203-09190-5

Ⅰ.①单… Ⅱ.①郝… Ⅲ.①汉字-书法-文集 Ⅳ.①J292.1-53

中国版本图书馆CIP数据核字(2015)第232396号

单向街

主　　编：	郝继文
责任编辑：	武　静
出　版　者：	山西出版传媒集团·山西人民出版社
地　　址：	太原市建设南路21号
邮　　编：	030012
发行营销：	0351—4922220　4955996　4956039　4922127（传真）
天猫官网：	http://sxrmcbs.tmall.com　电话：0351-4922159
E - mail：	sxskcb@163.com　发行部
	sxskcb@126.com　总编室
网　　址：	www.sxskcb.com
经　销　者：	山西出版传媒集团·山西人民出版社
承　印　者：	山西基因印刷服务有限公司
开　　本：	889mm×1194mm　1/32
印　　张：	16.625
字　　数：	500千字
印　　数：	1-2000套
版　　次：	2015年11月　第1版
版　　次：	2015年11月　第1次印刷
书　　号：	ISBN 978-7-203-09190-5
定　　价：	82.00元（全5册）

如有印装质量问题请与本社联系调换

吴定元 | # 总序

文史资料工作是人民政协独具特色的经常性、基础性的工作。它在介休政协发展历程中，围绕"存史、资政、团结、育人"的社会功能，积极工作，勇于探索，取得了丰硕成果，为社会文化建设，以及统一战线和政协事业发展贡献了力量。截至今天，《介休文史资料》已印行十二辑，颇受社会各界好评。近年来，不断进行突破，研求新的形式，分别编印了《介休政协志》和《介休历史文化丛书》，参加了《介休琉璃》的组稿与编辑，并交由山西人民出版社正式出版发行；配合著名人类学家乔健（介休籍）的讲学、调研，将中国人类学家对介休的研究成果合辑为《维护文化遗产，发展城市文化》论文集；由张志东同志勘拣材料、采访，与乔健先生多次沟通，撰成5万余字的《著名人类学家乔健》书稿，比云南人民出版社出版的《乔健口述史》早了一年，而且资料取舍自有其独特的价值。这些书稿的辑成对介休三贤文化研究、介休历史文化名城复兴以及介休区域人文的自觉建设与发展发挥了巨大的作用。

2014年以来，介休市委、市政府、市政协主动适应文化建设的需求，文史工作更加艰巨和全面。反映介休洪山窑的《介休陶瓷》正在组稿制作中，与中山大学、复旦大学、四川大学、厦门大学的文化合作研究成果也基本完成初稿；介休景点楹联经由中华诗词网、中国书法家网全球征稿,所评审选用的稿件也将选编成印。同时,《介休近代艺文丛稿》《介休当代艺文丛稿》的出版印行,也是颇有意义的。

介休有文字记载的历史约为2600余年,自北宋到当代,人才辈出,文艺鼎盛,而市志所传,限于体例,空列虚名,研究者往往无从着手;各种机构、个人的吉光片羽之藏,因条件局限,保护不得法,发扬更难。这次的编选首先是一次对文化遗产的抢救。我们充分发挥协调作用,取得市史志办、市文化局、市报社、市博物馆、市档案馆各部门的积极配合与支持,分拣资料,拍成图片,得上百种各类存稿,其中不乏如《桐柏生诗钞》这样的手抄孤本,又积极组织通于文史的学者、教师及各类研究者十余人参与了整理、标点、校对等各项工作,历时近两年而璧成此十数册。丛稿经历了同样的艰辛,取精用宏,更增加了组稿的难度,审编人员可谓呕心沥血。其中《李刚文献集》是已故书法名家李刚先生的作品与文章合集,并汇编了一些往来信函及其逝世后的纪念性文章。李刚生前名重全晋,所交皆一时俊彦,稿件编选时呈送山西书坛名家,均赞誉有加。

这套丛书是新时期文史工作的一个探索,而对于本土文献资料的保护和利用仅仅是掀开一角,其研究与传承仍有待于全社会的参与与支持,这应该是一个互动的过程。文史知识对增强本土文化的凝聚力,把握发展的内动力,提高人民生活的自豪感及幸福指数,功效莫大。如何将我们的文史工作进一步落到实处,利用好各种现代技术手段,提高工作效率,力求详实、新颖,将保存与传播相结合,完成一项项文化工程,形成城市的软实力,实现我们

的梦想,是摆在我们面前的一个课题,任重道远,期待我们一步步践行。

(吴定元,介休市政协主席。)

卷首语

　　我还真是一"写字"的,这是从时间上算下来的。20年前中专毕业是练字的开始,再以前我的字是我的缺点的一部分。最近的20年来除去睡觉吃饭,写字大约要占到第三位,甚至可能应该比吃饭更多。当然,这并不表明我不食人间烟火,不结婚生子干活,而是说精力倾注,吃饭想着,扫地想着,走路想着。睡觉?有时也能梦到。所以我心中算计的结果令自己吃惊,"写字"这个活儿占去了我20余年生命的1/5强。当然,从事时长也不足以说明问题,处了一辈子,打了一辈子的多了去了。"爱"主要表现在耗神费时和用尽心机,20年来我的心眼在"写字"这方面绝对超过对情人与情敌的分量。我说我喜欢,或者说"爱"写字,其实内心自省,现在也就是个习惯。(我还会干别的吗?)当初有一阵子是莫名迷狂,有"勇猛精进"的力量,每年春节前后要挨家挨户骑着车子看春联,西街文具商店里有印刷的隶书挂画,我隔了玻璃把脸贴在门缝上看过不止一回。当时看见心仪的字浑身会战栗,腿脚挪不动的,有着青春期喜欢上女同学一颦一笑那种无名的牵肠挂肚之感。其实,那个时候是不太懂这门手艺的。现在呢,明白了许多却也视觉疲劳了,国展扔眼前也就那么回事了。

　　我现在也教学生,我料他们90%以上不会在这方面有所作为,因为少有迷恋者,社会也没给他们空间,只是给了他们机会而已！诱惑多了去了,凭什么只是这个？

中国文化中有两件事非常不好,一件是不屑于技艺,板子要打孔子的屁股。虽然这老头本身精通六艺,却反对樊迟"学稼",以为着眼点太低,不关心国家大事。说"吾少也贱,故多能鄙事"。虽多而能,却形容以"贱"、"鄙",有点知识青年下乡后回城的感觉,这直接导致了两千年来设计与制作分家。第二件事是伦理评价包容度太窄,什么三纲五常、仁义礼智信、天地君亲师,束缚太过。从称谓上也能看出来,我们的哥哥、弟弟、姨姨、婶婶等需要用专门的尺牍指南工具书来说明,能产生专家,这都是"君君臣臣、父父子子"的衍生物,是历史长人物多的社会管理系统,想让各位各安其位,分定止争。这个约束系统其实是大于道德约束的,这个框架导致个人空间狭隘,所以稍隔一段就会有剧烈的震荡。20年来对书法的关注与思考,我想通了审美、哲学、伦理、政治间转换的微妙关系,觉得深受这两条传统的影响。第一条令我不能成为时下的一个专业书家,那些个制作让我内心觉得跌份。第二点让我老想着向书协献媚,满足他们的意图,膝盖都软了。

我的前一篇文字发表于《书法》杂志2012年第12期,双12啊,后来收到200元稿费。文章的字数是3000字,稿费是200元,而那个思考是20年,说明想法是不值钱的。

……

而今"写字"是门专业了,不懂得别瞎搅和。王朔说张艺谋是搞"装潢"的,奥运会牌子不知从哪找一写字的涂抹,太拙劣了,他的电影标题字幕都是一蹋糊涂,没一个能看的,他的能力估计在组织运作方面,大多数电影导演比他有审美。谢晋的《鸦片战争》,

片头把《郑文公碑》字作成摩崖石刻的感觉,非常厚重;冯小刚运用最灵活,《唐山大地震》用二爨体,《夜宴》用小篆,《一九四二》用老宋体,《非诚勿扰》是花式美术字,这才相称。什么叫专业,懂得深层联系与匹配才叫专业,张艺谋太业余。

而专业化的书法界呈现出咄咄逼人的势头,院校生员全方位地覆盖到书坛,有着不知疲倦的精力,刻鹤图龙,一下子把名士化的传统操作、彰显文化底蕴的学术方式推挤出去,书法也走下神坛,平民化和世俗化了,最基础的表现:一是学者字不但少了书卷气,简直成了江湖气,当然更多的是根本不懂不会;二是江湖派的人也靠拢向流行化。我去河北沧州看过那儿的一个吴桥杂技表演,有一青年演练左右手互动画竹写字,那字竟是张继那个样子的。双向合流对社会发展也许是个好事,至少表示社会趋向是更加平民化,但这在传统文化血脉下寄生的书家看来是个不能接受的,我的思考包含了这些,这也是我的焦虑,希望能有一些共鸣和互动。而有些相对成形的想法则只能待日后得闲时更进一步阐述了。

式微,式微!胡不归?微君之故,胡为乎中露……

——《诗·邶风·式微》

目 录
CONTENTS

张颌作字醇而雅　　　　　　　　　　1
书林缀叶　　　　　　　　　　　　　6
错字写成的书法史　　　　　　　　　40
深层结构——我临"曹全碑"的心得　　45
对话怀仁——集王《圣教序》的临法　47
书法中的"赏、临、论、创"　　　　　50
书法谜城——2006年个展序　　　　　58
学印闲言　　　　　　　　　　　　　59
介休书家的斋名与闲章　　　　　　　64
印诒无源·回看石破天惊处　　　　　69
"京石"永寿　　　　　　　　　　　　73
悬之酒肆——当代书法艺术的定位　　85

张颔作字醇而雅

张颔先生照例说自己不是书法家,这是传统文化人的一个习惯态度。这个态度与其说是谦虚,倒不如说是风度,表现出他的举重若轻、不太屑于等等情绪。我们当然不会轻易相信他的话,所以由毛(守仁)主席命题,我竟敢答应下来,来说说张先生的书法。

在新缩编的《张颔传》中,我特意选取了他的一幅画油灯的小品,自题"孤檠秋雨夜初长,愿借丹心吐寸光。万古分明看简册,一生照耀付文章。"我觉得这是张颔先生的自我写照,关键字"孤檠、丹心、简册、文章","简册、义章"的推手即是他手书的文字。张先生应该是最后一代习惯于用毛笔书写的学者了,这是他和当代的书法家最明显的一个区别。他的书法创作中包含了更多实用的元素,这并不是说他没有审美,而是在审美追求上会呈现出一种相对平易的面目。他的篆书无论小篆、盟书、金文皆调整至正面示人,单字独立,各安本份,行楷也端方磊落,不温不火,而绝无草书,体现了学人之书的全部内涵。

张颔先生内心当然也有冲动激越的一面,有一幅用汉篆风格写成的自撰对联:"锣鼓传声,薄言吟咏;鲥胸放墨,得势挥毫。"对仗极工,上联自谦,而下联以鲥鱼(乌贼)喷墨来喻书写之致,真是一吐为快。我们从他屡次发表的《僚戈之歌》中能看到这般坚定自信、器宇昂扬的力量,诗是得意之作,事是志满之获,偶露峥嵘,遂成绝品。

一般来讲,篆书原始,书写更接近于描画,学者性格拘谨,其弊则有酸腐呆笨之象,如容庚、商承祚。张颔无家学渊源,偶有村气,趋于俚俗之象,如他写赠文景明的对联:"金韭玉著,铁画银钩。"写给薛国喜的"为善最乐,有福读书。"皆描头画脚,粗浊不伦,说句也许不甚恰当的话,张颔先生虽然在古文字里滚爬了一辈子,反而是对篆书的笔法不甚精通,这并不是他才气不足、融通不力,而是民国时期的风气使然,试寻当时介邑中名手相校,或可冰释。这些不足,也同时呈现在他的篆刻作品中,如"不扫堂"三字竟拟空心线状,眩奇弄巧,过于民间化,非印

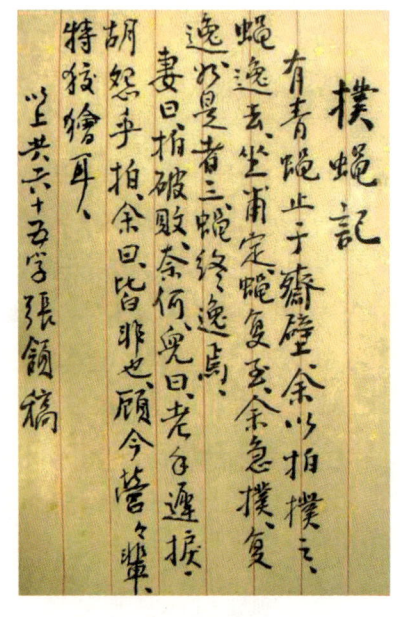

张颔小品《扑蝇记》

之正脉。李刚老师曾登门见访张颔,谈起印象,说张老只问字之对错,而于印之审美无所建议。这个倾向,我们在读张文《"成皋承印"跋》中能够看到一斑,先质而后文,典型的学者思维。无意间张颔先生在做秦始皇"书同文"的工作。诗人气质的人则反是。当然,理想的状态是两者平衡协调一致,但这样两面兼顾,人的控制力达不到,所以秦制这种复杂严密的秩序瞬间崩溃,倒是依形布势、抓大放小比较妥帖。可惜这个分寸也不好把握,两年前我与南方的书家闲谈说到张颔,有些人礼貌地表示不懂,说看不懂他的篆书。

从《张颔传》中我们可以读到他学习书画印的时间长度,有老师引导的全身心学习仅仅不足一年,因此我们要惊服他的天才了。

我一直认为他最好的作品是行楷书,见诸偶然闲录的义字和题赠友人的小品,如特赠林鹏的"东园公赞"不但文词典雅,更兼笔墨性情,不衫不履,有老树著花之态。张林情谊深笃,所谓"感惠徇知"之作,情趣皆现。张先生的小行楷胎于欧阳询,行笔密实,转折内敛,兼能开合收放,极具自信,恨不能面询,我之所论可与张老之心得相合乎?

张颔精于《易》理,中央电视台采访时,其论"未济";为林鹏的题赠释"蒙";《传》中记述他于1978年11月长春中国古文字学术研讨会中为张政烺解围,谈"大衍""小衍"。我一直在想这个问题,会不会和他小时候给人家当伙计有关。因为平遥那个雷履泰连名字都从《易》来的,要不就是当时社会普及,张先生一生或许难免会参考这些思想去做事。这些思维会不会也反射

到他的书作中,以判取舍呢?当然,这都是没事瞎猜。现在,张颔先生做了些什么我们已经知晓了大概——假如愿意看他的传,而张颔先生怎么想的我们还未必清楚,对一位学人的宣传似乎也该抓住这一点,他的看法很重要。历经一个世纪的风云变幻形成的经验当然有非常大的价值。而看他的书法,也更应该从其文化照应的角度去阅读。这里我想引用黄庭坚论苏轼的一段话作注脚:"东坡书,随大小真行,皆有妩媚可喜处,今俗子喜讥评东坡,被盖用翰林侍书之绳墨尺度,是岂知法之意哉。余谓东坡书,学问文章之气,郁郁芊芊,发于笔墨之间,此所以他人终莫能及尔。"张颔先生的高度,也在于他背后强大的学识支撑以及人格映衬,他是"书如其人"的最后适应者。

(发表于《晋中诗书画印》总第 5 期)

张右史文集卷四十八称司马池绝句《纪行色》诗云："冷于陂色淡于秋，远陌初穷到渡头。赖是丹青不能画，画成应遣一生愁。"

书　林　缀　叶

1.沧浪之论诗,有"镜花水月"之喻,初遭钝吟之纠谬,复致渔洋之误解,严仪卿至曰:"镜花水月讥荒唐,一拳打蹶严沧浪"。仪卿此语甚快意,日间论艺每有痴人说梦、大言恫吓之徒,直宜如严夫子之饱以老拳耳。

2.余观《史记·货殖列传》,并学习邓小平经济理论等著作,遂不复以富贵为耻,因自拟斋号曰"祈富庐",盖寓祈盼富裕之意,友人甲见而责余云"其文雅,其意太俗"。余以为其能直道胸臆,壮我行志,不为易。友人乙、友人丙如是言者再四,余乃割舍"富"字,乃曰"祈庐"。"祈"之意宽绰含蕴,耐寻味,忆及数年前读大仲马小说名言"世间一切希望都在等待和期盼中"。颇中余怀,余用之更不复易。

3.1999年,上海徐正廉先生于《书法报》刊布招生启事,余久慕其名,甚喜其印,然终乏拜师入门之资,思之再三,按地址去一函,言倾慕之意云云,并言学费可否少减,另欲购其作品集等以备摩挲把玩,心知其定不肯免除学资。少时,徐复一函,果如我料,然信中夹寄一纸精印之印作选,附其小照,上有其签名——继文先生惠正。先生当时必也因资乏而困,欲予接此函良心发现,奉上学资,余既得印屏,已足爱好之心,压在玻璃板下,便无下文。今日算起,盖余生平第一次外交胜利,正廉先生极聪明人,这番投网是利之使然也。

4.平遥安多民创作屡入国展,为山西省苦撑局面多年,其为人有乡风,尚节俭,勤努力,每骑单车做远游,行程万里,随带修车用具及打气筒类,不烦外援,榆次李庶民(著名书法理论家)初见之,以其身色简陋,每多资助,饮食休憩竭力帮忙,后偶至平遥安宅一叙,竟见其家境实胜已多多,乃惊叹服。

5.画家王朝瑞初以书法闻名,隶法尤精,风格迥异于时俗,虽略有习气而颇具装饰味,原省内工商证件或大部头著作等多见其题名。其姓名中"朝"字为多音字,未知何者为确切读音,介休市美术协会成立请其到会,或问其事,王云:"当读'朝代'之'朝'。盖余幼时,父亲尚具封建思想,颇望余能得一官半职,集瑞于朝。不得类陕西王朝闻(美术评论家、书法家),虽同属一字,而读'朝暮'之'朝',盖取意'朝闻道,夕死可也'。"李刚言其语恐为狡黠之辞,盖以"朝暮"之"朝"解"朝瑞"亦可通故。王言时又露浅笑,真难寻究竟也。

6.李刚颇具幽默本领,擅叙故事,绘声绘色,生动引人,左右常聚听众。张驰赠诗曰:"有才拱北斗,无禄长南亭(李刚为武乡南亭村人,曾刻南亭村长一印自用)。语罢城中笑,书成海外闻。"颇状其实,其论书多妙语,每言"书坛之争真不痛快,当如拳击,则能免领导、名人、富豪积极参与之烦恼"。

7.李刚尚有一喻妙能鲜颐,可息世人索字索书之举,略谓"书画家字画如商家之置货,富人之金钱,未尝见有向商家索物、富人索财者,有之,则如抢掠、乞讨等。"

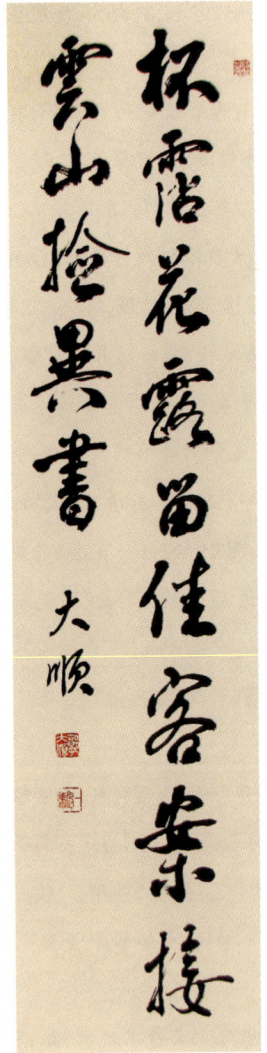

杯沾花露留佳客 案接云山捡异书 郭大顺书

8.2004年将尽,拟于乙酉春作书画小品展,余往郭大顺老处索稿,恰逢李焰、韩中明在,郭老出日间所作字,多四尺对开,字则大小未等,大如拳,小如趾甲,众人旋评甲乙。郭老兴起遂捡佳者题款赠李、韩二客,坐小圆桌前,李焰为抻纸,郭老无画毡,仅于纸下垫一报纸防污桌面;无砚,仅以一磁碗盛墨,择一小号笔,回腕秉气而书,每一字则舒气有声,书毕,再三曰不佳。余所索稿未就,乃出扇纸,三人代为郭老谋篇,复作二扇,其一为"万水地间皆是一,诸山天外自为群",盖其壁间所张四尺联语,取老人熟络耳。书竟,郭老言"未尝学碑,作何体,如何能似?何绍基,成何烧鸭子了(偕音)。"郭老字学何绍基,于抽筋暴力处得纤浓之意,周纳方圆,功力深湛,壁间一联尤佳,然索而不予,知其自许。

9.书画同源,故善书者多善画,善画者亦善书,然特指写意一系,工笔则未必。明四家文、唐、祝兼书画家,仇英则未能书。赵贵明先生多年研习画艺,擅工笔重彩,刻画细致入微,有意境,写意亦能,然书法未佳。李刚师与我多荐其学书,余赠其宋徽宗瘦金书、王圣教帖,谓能与其画风相一致。赵君一念存画,竟学不能入,故其作画未敢题字,穷款亦不能掩饰,后竟以盖章了事,每言及书不胜唏嘘。

10.为艺者每囿于时风俗见,不得解缚。"独立不惧"四字真谈何易哉!即已有高格远韵之能,或仍持浅近俯就之实,愿执二揣中,作蝙蝠派。故书家者流,虽能卷烟云,而仍写一二工楷以见功,篆刻者则持三五铁线、玉箸之印以示巧。此一者尤为早期未名者所常操行,即大家少时亦未能免。

11.篆刻家制印,于入印词语复多讲究,甚而列为禁例,赵之谦尺牍中每道及此。文不雅正则调动不起创作热情。到现代则如石开先生之"三不刻"。然又别有一例,非关文词,即所谓"篆不配不刻",字样本各有天然形态,如人之面貌不齐,大匠之门,本无弃材,善因势而利导,正可因难见巧,展示艺术手段,奈何各有风格限定,遂使部分素材铜炉难冶,宁遭废置!李刚老师则别有一法:韩志鸿原名"志宏",请李制印,刻毕而有此"鸿鹄"之志;邑中画家赵贵明,印出李刚之手则成桂铭,二字全易;我书友梁利民兄复谈及此,亦言其名印已作"梁利明",显是李刚老师误记。余知而未敢强求一印,因余名中有一"继"字,平遥安多民曾为一试,两易刻皆未能中鹄,知其变化之难。余近年来亦多酬应,见姓名中字有难下手处,或一时急求未工,仍责其当时取舍不尚拣择,或命其改头换面

再来。

12.趣味之求宜莫使本体淡化为限,浙江叶一苇,虽善论印而精刀法,每为此病,至浅俗。善用此者自可两全,海上徐庆华余所服膺。余作王小丫一印,丫字为说文所无,秦汉所未有,遂作平实安排,"秦玺"布字,以篆作楷,意在通变,然持印者未满意,复另起一稿,以鸟虫花饰书之,丫字无可凭借,遂旁增一饰,然不与文字相冲突纠缠,仅呼应,全印瑰奇。颊上三须,余亦能之。

13.贵明初用印亦未佳,尘俗间物耳。余为其数易之,乙酉春之小品展,铃扇之章尤宜小,复为其刻"赵(押)"印,仿元押印,"赵贵明印"仿汉白文,灯下漫与,不慎走刀,食指血注,遂于款中题曰:"贵明兄又欠予血债也,他日定当索还。"盖欲其以画作偿之。一笑。

14.余撰《书法作品中的错字问题》一文发表于《书法》2003年第9期,行文所至,言及张颔先生以字之谬讹,论书之优劣,颇为不经。王朱平先生以同邑人不合操矛相向责余,余释之曰"余之观物盖以美丑,所谓艺人;张之观物在于是非,是谓学人。"

15.钱钟书先生论治学,屡言及通人之蔽。余初未晓其意,后自佛经中见八字曰:"有照有觉,俱名障碍",始悟。邑中前辈学者张颔,以考订《侯马盟书》著名于世,学识超越前贤,古代之典章器物无不通,山西书法界也每以耆宿相尊,有《诅楚文》临本等行世。邑中被其泽,介休中学、洪山源神池、铁四处门楣均可见其题刻,先生本擅金文,因记忆多,能融众形而化,奇丽醇雅，而迩来金文之作竟不一见，应酬一例以小篆，据言因惧金文歧义百出，恐有错处，而其笔意也渐颓废，不复当年精劲之丰神也。其言文字规范又尝援引西汉马援之说印："愿废异形，书同文。"是居家而持庙堂之礼者，不知事有急缓、忙闲，其自缚手足亦因噎而废食也，是一憾事。

16. 学习之法，各行其事而取舍不同，余笃信"十分抛三"之说，于资料之收集为剪弃二法，每将一年之刊物裁剩数页而已。榆次青年书家陈明元则用加法，书法报要一页页按顺序装订成册，精细整洁不亚专家。余择取原则大致以佳者留而劣者弃。平遥安多民先生则不然，余翻阅其所集，有卑芜不堪入目者，因问其故，乃云某处或可化用，某处略具新奇，始信棋高一着，乃能化自朽为神奇者也。其原则为可用者皆留，真大匠之门。余自觉读书不过利己，内容掌握，则登岸舍筏，书已无用，故不甚爱护，每污损放弃者有之。1990年借观同乡书家宋力青先生刊物，灿烂如新。力青先生每蓬头垢面，形容俱污，不意如此，始悟人之精神贯注处，必异于常，如吴昌硕"芜园"之题所谓"芜于外而不芜于内"者。

17. 《曹全》一碑，韩中明先生极称之，以为隶中《兰亭》。余留意前人书评，亦有是论。十年前余初学隶，苦无人指授，以此帖入手，而欲去其姿媚细巧，落笔刚狠，遂平扁至俗。四年前学《石门颂》一过，渐知隶之妙处全在得汉人习染，复临《曹全》方得其解。始悟明清人如陈鸿寿、郑十兰辈之善学。诸汉碑多以界格划地以设字形，唯《曹全》中字不得割裂疆域而论其得失。此诚难措手处。余为老年大学论《曹全》字法一学期仅得三分之

一,滋味之妙,日有新得,欲著书而发明之,惜兴到之际,遣词造语未得录备,恐烟云落纸反成堆垛耳。

18.笔墨之悟有先后,大抵先笔而后墨,笔欲圆浑,其状尚可言说,墨色则徒然形容,因于操持,林鹏先生授课一再强调墨色,余甚懊恼,缘前于墨法一途处蒙昧中,道听途说而不切实际,偶一合辙,实赖运数。今收藏渐多,名家书迹得以亲炙,略有所悟入。东坡书有肥迟之诮,而墨色姿媚;香光书有轻薄之失,而墨色灵通。不同中自可领略。用墨之佳者在与纸素无间,浑融贴切,王静安诗论之所谓"不隔"是也。此间滋味大可体味,"横涂竖抹"四字颇能提纲挈领,走墨连绵之效在于模糊界线,如米熬粥,待其熟时水米交融,香甜可口,若未悟此,如清汤薄水,了无趣味。东坡、香光虽各臻其妙境,而东坡用笔起处侧入,转左侧右,更易悟此。

19.魏榆毛苏南先生书得古法为晋中首选,更擅画焦墨山水,为外行人所不识,性戏谑而心娴静,写生于涂川,每周必往,斗笠蓑衣,装备齐整。复好钓,多有心得,以其授油画家李先勇,李竟青出于蓝,痴迷于"毛"。席上论此,相高不下,手舞足蹈,趣味横生。垂纶之乐余未尝经历,睹毛李而起一试之念,而今尚未足此愿,随缘垂丝于人海耳。

20.省内篆刻不振,屈指惟数人,余所服膺者太原张星亮兄,2005年始相互赠书籍以存念。李才旺于小店办画展,余赴展得吕林健兄引见,缘得一晤。一见如故,甚投机,然事有仓促,短谈即散,始知其赋闲于家,仅以鬻印自给,全无正经职业,而全不以为忧,状态极放松。星亮言事再三以"懒"自命,余亦自觉懒散，而心未能放置，遂不得"懒"之趣。吴让之有一印"人因见懒误成高"，是自叹耶？称幸耶？

21.一官信道，延一道士为书一"道"字以补其壁，携来余处，请为装裱。余略展观，道士尚知草法，一笔而成，亦未落款，数日裱就取去无话。一日，友人张某造访闲谈，话至某官，言此君真有胆识人，余疑问其因，言"此君办事果敢不论，尤是敢做敢说！"，余愿闻其详，张答曰："前数日有事相求，遂持重礼登门，此君毫无推却之意，事则随后解决，此且不论，其客厅壁间一巨幅斗方，写一'送'字，令人感佩，明指迷途，不似众人遮遮掩掩。"余先惊愕，复思盖前所裱"道"字，一时大笑。

22.孔祥宇者，古陶人，安多民先生弟子。其岳家为介休常乐村人，六届篆刻展入展，归介访余于唐音阁，余向书友介绍，并询知张建民篆刻入围而终未入展，表示遗憾。祥宇乃云："风格强烈者真不易入展，风格未成者反而容易被接收。"此虽孔兄自谦之语，亦中的之谈，风格强烈者真"爱亦欲杀，恨亦欲杀"，非势之所到，不足以慑服众目。余尝任某小书赛评委，评审感受即如此般，反亲睐于一些迹近临摹的习作，虽矩步未成，而教养合方，故赏书以接受切入实持二元标准。规矩的老板和出格的职员是对等的不称职。

23.2003年李庶民先生接任晋中书协主席后，励精图治，诸事渐入轨道，而书协也有了办公场所，于榆次军转中心对面一企业一层，后因企业业务扩张，让位于利益，书协搬至三层，需绕过楼至背面经铁级而上。秘书长张建民撰联一幅以志乔迁："来时十月，去时四月，难舍贵处；先客一楼，后客三楼，跃然高

居"寓无奈于谐趣中,别有情思。建民擅诗文而古雅,而书学王镛现代意趣,意识前置,篆刻亦精心布局,有鲜明个性。1994年左右,山西有一现代书法团队叫"新干线",建民是唯一太原以外的成员,其书印极意现代而诗文纯粹古典,外表温和而内心热烈,相映成趣。

24.吕增禄先生亦为介休市书协副主席,介休市博物馆前副馆长,性奇倔,每与领导面争。2008年10月因胃癌病逝,其有二子,一则山西省著名书家吕林健,林健曾获七届国展二等奖,迄今省内无人能及;长子名林杰,与余同龄,初中同校,为余年级中翘楚。二子者,皆人中龙虎。林健骨格相貌皆酷似乃父,林杰则形状似母,而音声全类其父,闻者不能别。余尚在同文大学图书室见一老师与增禄先生面目相近而举止动静一如,以为其亲兄弟,询之则全无干系。

25.余学书承书风流行,学米最久,于棠驿履职处凡五六载,有小诗记事曰:"叮叮啄木庭前树,已作清闲世外人。不妨花时佳客醉,还贪天际野风新。苏诗渐熟成心腹,米帖长临结族亲。已约秋声到屋下,鸣虫疏雨各安邻。"

26.抽象艺术直观反射社会心理结构,所以受人文世态的影响更强,在书法上则为"书以人贵"。实不独以人为贵,声名而外,凡作品所置之氛围皆足以影响对其价值判断。展室、刊物之排列次序,交际之远近亲疏,更无论学院之范式一格,师源一体。故今之名家,虽口说"学我者死",而遇异体同构,亲承衣钵者,欣悦之情盖莫之能禁,恐欲避嫌疑而不忍,故是丹而非素。即如陆家衡者虽文雅动人,设其非江苏重镇作者,则八届国展四尺小条未必获奖。故书坛迩来若社交之场，有混圈子辈，今则沈先生门徒，明则张先生羽党，竟也左右逢源。

27.日前讲习以"缘情、适性、合体、近道"八字称《曹全碑》，是能以行草方式布隶，平中出奇，知变守常，严丝合缝，举动成规，真有手挥五弦、目送归鸿之能。

28.中明老师得闲详说其斋名由来，我方知是"陶斋"。"师陶斋"所谓"陶"者实指"陶潜"，盖以"中明"而师"渊明"。余妄自揣度，以其为时髦人物，文字见《介休书家的闲章与斋号》一文。

29.淄博曹仕强因凤麟兄自山东携归其作品集而略览其书作梗概，非独书有雅意，亦擅缀语立词，其临《伯远帖》自跋曰："庚寅二月临王珣《伯远帖》一过，欲得古雅圆润之趣，终失于刻意，非目不见魏晋，实心不见矣。"其1975年生人，小余6岁，书取王珣、米芾、子昂、白蕉、吴玉如诸家，直入堂奥，信齐鲁之地有圣人之方。

30.余于市老年大学代课已七载，学讲自觉小成，学员有留恋忘返者。初则战战兢兢，一课则筹备竟旬，及讲时资料瞬间用尽。余十年前实讷言结舌，最惧与人言论，今则滔滔如长舌妇。余学讲留意开场最难，面值期待、蔑视、漠然、厌恶、纷乱种种态势，各家自有高招，相声所谓"定场诗"，评书各类则备"惊堂木""醒木"，佛家则当作"狮子吼"状，皆欲收先声夺人——唤起关注之意。于书所谓首字独大，魏晋人多用之，宋元人前具名反作小字，如"轼数首""子昂顿首"亦同心之合作，非独缓前急后一招而已。

15

李刚　寿无量

31.李刚老师写字刻印外,又别擅制灯谜,皆有精思,射覆一中令人叹服。又擅为人起名,自然脱俗,如史可鉴、马知行、师古贤、白羽洁、田埂、王雅诗、唐德盛,故皆有专人受领,非徒有耳!

32.介休洪山源神池于清代尚泉香水洌,风物之妙且亚于绵山,清王鼎起有妙文一篇,状物光山色颇发人寄想,后建有源神庙,李刚老师为其题额。当日复印技术尚未发达,需原大之字。李刚老师取一烂抹布一挥而成,今仍悬之殿首,而溪声不再,几于涸竭,灵光已失。

33.墨法讲求于今为烈,展厅一视,宿涨满目,以"温""润""重"为基本特色。阳泉王岳青先生于墨法独有心得,岳青先生为山西书界翘楚,余倾心多年。寿阳一次笔会睹其挥翰,毫颖新开、墨不兑水,始知其诀,盖着意干墨,积功数十年,能于枯淡中生秀润,真别开生面,为当代之创格,惜乏具眼人,岳青先生近年取陆俨少字构特点融入以为面目特色,亦别辟蹊径。

34.闫安和梁冰自芮城永乐宫领了奖金过山西,有根受临汾王姓书友相托邀二位宿介休一日，我去陪酒吃饭。闫安体格奇伟，酒量硕大，一望而觉为典型大腕，梁冰反相形弱小，晚上上网才发现梁兄是百强，闫安是优秀，饭桌上的感觉是反过来的，梁兄中午饮酒微醺，说到曾在一次布依族宴会被牵扯不休，私下命名布依族为"不(布)依不(布)饶族"（这是玩笑话，希望不至于影响安定团结）。晚饭后至青云轩试笔，梁冰小行草雅致可人，慑服全场；闫安大草绝尘，而刻印更为一绝，为晋平刻"苕华精舍"，细朱文，不打稿，用刀角勾线，昏暗灯光下竟握拳刻就，一丝不苟，叹为神艺。而其博客中反而未见一印，其自视或有不同。宴中余谈及江南冬季千顷雪中莲蓬别有姿致，神往不已，闫兄遂许我今冬寄赠此物及一种"碗莲"种子，待冬深后我再提醒一下！

35. 黟县之行买了一块歙砚，很朴素的那种，因为超重让人给打包邮寄回来，打开一看觉得怎么成了块烂石头，心下大疑是不是被调了包，待到浸了水才重看到了灵光，于是始悟南北干湿差异不仅是桔枳的形质之变，也同时引发感觉上的对应变化。数日后，有根来坐，谈及此事，有根认同并说在北京上学时认识一南方画家自述作画感受："在北京画怎么也找不到原来水墨淋漓的效果了！"我一直认为宣纸使用有个古今差异，觉得制法不古，需要改变用笔去适应，而且也确实看到一部分人二次加工再作书的事实，现在看来还有地域差异这个情况要考虑，只可惜我没在南方写过字，不知道这个度有多大，是不是魏晋风韵像二王父子那样的调调只要到了绍兴随便一挥洒就成了！

36."未能智永门穿日,已是世南臂痛时"王世镗诗也。"不待羲之笔入神,低头早拜路边尘"启功诗也。日逝如川,艺成则如登山,艺者之共叹,而所叹非一,前所叹者名,后所叹者技也。

37.米芾《海岳名言》曰:"古无真大字",黄庭坚诗云:"大字无过瘗鹤铭"。近购邱振中新著《书法》,言字之大小引此语以证黄鲁直未知齐鲁之石刻。余以为证据未足,鲁直下句云"小字莫作痴冻蝇",上下联读,盖言字势之大,即米氏所谓"真",即齐鲁之石刻过目,而未足以为大,此间误读似乃师沙孟海先生已早开先河,是未经意而相沿者乎?

38."如锥画沙",褚河南之论书语,一言而聚讼纷纭,不得其解,沈尹默竟以沙质属性来定是非,实亦通联下句足解其意,所谓"如印印泥,如锥画沙",上句前一"印"字为名词,后一"印"之为动词,即以印施之封泥,故两词一义,强调施加动作,由轻而重,有逐步密实的意思,笔墨之于纸,以此施法则能贴近入微。

39."唐音阁"为余课徒之所,余以颜、欧、褚发启童蒙,故名。张驰自顺德归,访余于此,言"唐音阁"亦诗人霍松林之斋,是为巧合。诗非音,书亦非音,而皆以"音"名,是"观音"欤?!遂取二词为余广告曰:"大唐气象,盛世元音",请嗣其响遍行云。

40.高雅事正赖有诸多讲究,今之印人入印文词有甚拙劣者,更有过于明人所嘲之"努力加餐饭"。天津五届青年篆刻展有何富生之"自起吹灯读汉书",吹则灯灭,不意何老兄如虎狼有夜视之能,应是"挑灯"方对;又翻得九届篆刻展有"不系归舟",语应出自东坡诗:"心如已灰之木,身如不系之舟",舟之不系则从流漂荡,任意东西。加以"归"字,除非家在下流,否则真不好解释。即在下流,难保不"终归大海作波涛"。

41.武建平为晋中美协会长,介休地税笔会延请其作画,为作《惜梅图》一帧,写一着高跟鞋围白巾之丑妇攀折梅枝,睹物自惜,立意殊佳。余窃思如此恶丑,何人愿悬之斋室?

42.大顺老人每岁冬至必择二白菜根覆玻璃皿下,置向阳处,遂发二茎,至年节放黄花,靓彩照人,余近年来亦仿效之,寻常物色却能收获惊喜。

43.田树萇天生异相,颇适合练欧阳家绝学,身形魁伟,作字更觉力大气足,真纵横有象,为介休题"三贤故里,千载名邦",必得传世。复应梁启胜先生请题"醉雪眠酒斋"。"雪",洁白之相;"酒"则真醇之液,启胜先生疏狂处得此二物为注脚。或问"雪似可醉,酒岂得卧?"试阅《世说》"枕流漱石"并解之。

44.笔会者约为三类:一以字成名,一以官获利,一以事系人,现种种相。第一则惜墨成金,必苛责其数;第二则围者雀呼,随手云烟;第三则门庭堪寂,得求书者如获救。然事之成,必藉三者之合力。

45.李刚遇人问书,则必回"再多临帖",大而化之,不做深论。颜尚书之访张长史亦如是,所谓"倍加工学"。以书学玄深,待其自悟。

46.余二十年前读康南海《广艺舟双楫》,未解其用心,而深服其博学,其凡举某风格则若干,似胸中有无尽藏。余时学颜柳尚未成形,而已经年累月,细计百种碑帖非人力所能成,想南海天资绝伦,望尘长叹。二十年后知积学之功乃成"一以当十""执

19

简驭繁"之能,不必习而后能。

47.郭大顺先生每岁终作书,款识必落来年之春,不喜岁尽,特讳之。

48.时人以新出土之《张景碑》拟《曹全》,大失当,《张景碑》结字平平,无精神挽结处,仅笔姿略有秀色,拟之《曹全》则衣冠优孟耳。

49.十年前每作书必欲择佳句,诗情画意以作笔墨之助,又喜一蹴而就,字成实赖天巧偶得而已。近觉技艺略进似不必为此择肥拣瘦之事,文词之语境本不同于笔墨之语境。

50.帖之难临,余以为无过孙过庭之《书谱》,初学大不解其意,只作强记忆,读孙晓云《书法有法》中有一节,其极惑难解也正在此帖,以其大不类圣教之平直光洁。今学力渐深,书律渐细,悟处良多,以余目看《书谱》,其难有二:一为中截换锋,二为走向异常。前则前人所谓节笔,以孙晓云转指之法差可领会,中部换锋可力避草书线段之单一感。怀素、智永之顺锋牵带总未能如是济事。以其书作而言此般手法便于突出其点画特征,能自然突出其情绪;后则未经人道,屡睹众人临作,于此间隔,如"神"字,"乖"字回环至末端,越出生理极限。余临数过,虽每加留意,终觉未臻自然,偶遇一会,随领导讲话迅速记录,不计工拙,会后一览,此处竟暗以辙合,始悟所由,盖缘过庭字迹偏小故。

51.学友杨晓峰好饮茶,余以小楷录《茶经》一段以赠,补其斋壁,杨兄与其妻密论曰:"以继文之纵横挥斥,不意能细致谨严如是!"杨兄后以告余,惊余反差之大。余亦尝笑张建民书印力追现代,而诗谨守平水韵,步调不统一。建民定位书印以有世界美术观照,诗则无所凭附,只得以追慕先律为务。人具多面,至简之人有至奢之心,至放之人守至严之律,至弱之人作至强之态,曾不能一概。余于小楷规模晋唐,尝为人佣书作数十万字,尚觉有可观,惟性不能耐,赠杨兄者一扇面耳,又为感惠酬知之作,敢不慎诸?

52.办公室悬韩中明先生魏楷八字"与古为徒,以文会友"。适有一村学究式人物来访,值我外出,于是四面浏览,默念此作出声,"与"与"徒"不识,读"兴古为从"。正反复揣度,办公室老张一旁使坏,搭话请教确实读音,此君一时尴尬,沉吟道:"这个繁体字啊……!"找托词遁去。我回来老张遂将此事当笑话说,此君遂于政协得一评名,叫"繁体字",一念此三字,皆大笑。

53.录千字文一过。尝以智永禅师墨迹课徒,然时日遽短,前段甚熟,而后段生疏,有数典未详。一则以是故查阅资料而稍得其解。如"贻厥嘉猷"仿佛说政协提案,颇觉亲切,"勉其祗植,林皋幸即"略觉生硬,唯"解组谁逼"四字读来费事,以其韵脚几同,以余乡音似尚易为!余作字以节奏统领,不描笔点墨,故文意熟练大有助力,非以钻研好学而求之,又记。

54.张驰主持中华诗词网,而网名今用沈鹏先生题,盖由黄君从中斡旋,张驰一日午睡,沈鹏电话来,自称"沈鹏",张驰不敢信,连询数次,沈先生自称于诗词是小学生,请张驰指教,并表示若有资金方面问题愿意资助。通话结束,张驰呆立半晌,忽悔攀谈太速,未能畅言。数日后,沈鹏寄到四尺整纸书作一件,诗二首:《珠海庚寅元日晨起即句》"醒来一觉已庚寅,异地春寒

讶此身。断续涛声催我早,荡胸今与海涯亲。""天降屈子又庚寅,默诵骚经惜此身。历数传奇多少事,美人香草最相亲。"成诗坛佳话。

55.跋中明先生书杨维祯《煮茶梦记》

参佛者百事禁绝,而于茶独得慧心,赵朴初诗所谓"平生用不尽,拂子时时竖,万语与千言,不如吃茶去。"中明先生两录杨维祯《煮茶梦记》,盖醉心太清神明之醴,而清雅绝尘处,更契合禅意佛心。中明先生高自标致,自署"陶斋""师陶室",盖取旧联"雄文祖韩子,俭德师陶公",一视韩昌黎、陶靖节以自况。其书由上溯周秦,熟稔魏晋,魏楷之神机更出诸时流之外,高蹈阔步,余每目为独步三晋,其影响未臻,若然,则国中无抗手之敌。今幸得拜观此卷,云烟入怀,聊续数语于尾,冀附骥尾以获恒远之传矣!

跋中明先生《春江花月夜》卷

张若虚春江花月夜,圆转流畅,如吐珠玉,后人评为"孤篇压全唐",独标高格,有古琴曲并行,中明老师此卷能追其胜境,出入魏晋,优游唐宋,恬淡中放出光明,滋味涵养,传古今之正脉,独步于时,识者当惇其妙响,永为宝用。癸巳夏。

56.王斌自署斋曰"冷香小筑",余戏其有韩国风味,实有破俗之得,尚具文气。其于篆隶笃好,也尝于平遥旧街、太原南宫古董市场鬻印,熟悉行情世态。于太原师院就读时,暑假中尝奔赴各处辅导班带课,干粮要在公共汽车上消化,用话筒喊话,提一大塑料杯茶水,每日事毕后嗓子眼仍冒火星。其于书法有赤诚,于生活有勇猛精进之心。毕业后应聘于介休一大型商场,几

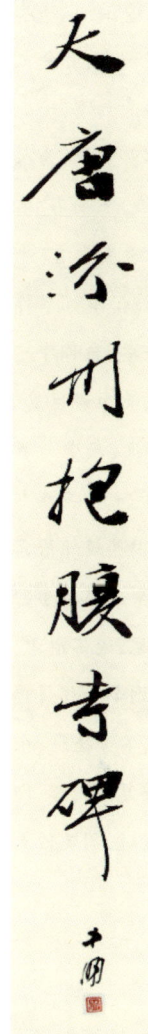

弃专业,余实睹其信心失落之时,后窃与余言尝拜访榆次陈明元于其斋,见屋陋室寒,地为水泥之面,墙为白壁,暖气片全裸,觉晋中市书协副主席乃一贫如此,一般水准者岂不无立锥之地,出路悲惨,几成绝望,太受打击了,几于心灰意冷。余忽然有很多感慨,贫富贵贱虽各有分殊,一己或可安贫乐道,于世则竟成榜样之忧,尝读小说《命如琴弦》,所谓设身处地,甚或当为他人之信心存活。

57.李刚老师平时口授我几个赠字的规矩很有道理:一是送字不裱,裱好了送是逼着人家往墙上挂,不装裱也能少咱一份钱,送字的自然是穷人,能省则省;二是赠字只此一纸,就是一人一次仅送他一幅,免他评头论足,挑肥拣瘦。汾西矿务局前些年改名叫汾矿集团公司,把胡富国的字先拿下,便着人分别找李焰、韩中明、李刚三人要字,为求周密,请各题一签,备领导阅定。李刚闻此意,坚辞不作,问:"谁更懂书法,领导还是李某?"李焰随和,书就制成,多年为汾局标识。

58.人作书以修性,以缓易速,每有人携子从师,则心怀此志,余则反趋疾速,过庭曰:"疾速者,超逸之机;迟留者,赏会之致。"虽获超逸,心下大乱,每自苦之,作小楷亦运毫如飞,一小时书五百字,竟日而书可追子昂,日书万字。然体势欹侧,为人诟病,诟病则小事,心绪纷扰则大害于身,焦虑已极。王安石、米芾作字皆速,米芾恐滞其势,而安石万事皆忙,张敬夫尝言"平生所见王荆公书,皆如大忙中写,不知公安得有如许忙事?"余作字亦不能缓,临帖稍可约束,为学生示范要静穆一些,自作字起三字即不能忍耐,楷成行,行成草,篆隶亦难沉静,更难谋巨篇。四维纷扰,交战于心,故今年自誓酬友赠人以楷隶,而少与赛事,使心内略安。又课徒示范,数体并施,生众而师一,俯身疾书仍不可免,唯临欧阳率更书则以坐姿,屏息凝神,因其规矩恰需自静中得,速则失形,缓则拘执,得意外之用。昔余颇不情于欧阳,以其太近于俗书印版,养种种俗人,起种种俗见,遂不屑于。省展荆霄鹏等人获奖,余颇不以为然。其程式今则令余稍得喘息,故窃感激其规矩,令人得省心之法,放心逞意,不劳挂碍。余近年来谋此法者多,若电视愿看娱乐八卦,一再重复之内容,即禅师其谓"只取遮眼"之意,盖身心俱疲,已趋于老境,罔笑他人之退缩不进。

59.晋人书未必技艺难及,临之肖似亦易,然一涉挥运,终觉未能合其律动,此难近古处。

60.有客问书,则曰某某不入行,某某不入流,乃诘余:"汝字若何?"余曰"某字不入时!"

61.启功斋名"坚净居",我原来以为平常,许嘉璐先生追忆文章中谈及"一拳之石取其坚,一勺之水取其净",那么"坚净居"也就是"水石居"了,仁者乐山,智者乐水,启功先生欲二者兼具,仁智皆得,曲折其意,其明净中别备狡狯也。

林鹏书斋曰:"蒙斋",张颔作注曰:"易蒙之象,上山下水,仁者智者,其乐和同,林子陶然,乐在其中。静可养正,动可启功,亨利二德在焉。"用《易》象来解释,不但深于卦理,更加文采风流,张颔赠友人铭赞之词往往绝佳妙,诚难企及。林斋所寓意则亦仁山智水,亨利永享了。而林之解以"蒙蔽",也象取多边,所谓蒙者,众生莫避,古董行口诀曰:"瞎子买,瞎子卖,更有瞎子在等待。"我闻之于邑中岳之伦,真新鲜道尽之语,自谓明辨,实难逃亏蔽也,所以有"蒙养"。宋代丞相叫吕蒙正(字圣功),则张颔所谓"静以养正"。三人姓名斋号寓意可互释,北宋张载著有《正蒙》"养其蒙使正者,圣人之功也。"

62.赵文杰于壬辰年病,因戒酒,而于是年作草书,拟颠素之法,参今之王厚祥、梁小钧诸家笔意,淋漓酣畅,余评其意,笑谓文杰"放下了生活中的酒杯,端起了书法中的酒杯",诸同好皆笑余中的。

63.李刚老师说:"要从普通人中找伟人,从伟人中找坏人。"

64.扬州八怪以郑板桥故事多,所以妇孺皆知,以品格论,应以金农为首选,清尘脱俗,无复凡念,直以心志破藩篱者。当代所谓作家如贾平凹辈,装腔作势,何能及其万一。

65.民国收藏家作书以吴湖帆最雅逸,而张伯驹最劣,几不成画,柔弱破碎如一地鸡毛,直似未触碰毛笔之人偶然描画,而

仍有言其高明者,或全无眼目,或全成势利,爱乌非止于乌。伯驹先生倾其所有而偏护国宝,深情付与,至填词吟弄,或者亦为心理补偿。

66.李文亮,山西临汾人,传其为一北京赞助人以百万年薪挖出省画院,现为居京活跃名家,文人画一派至当代凋零已半,似文亮者或可继起其运,余尝购其小帧菊花图一,甚有大家气度,其功力深醇,山水花鸟皆擅,尤以造深幽之境绝佳,所撰画记短文颇传神,亲切清雅,少则数十字,多则百余,三弯两绕,吐心声,蕴情愫,与书画互相辉映,古人有"深心托毫素",斯人之谓也。

67.现代人书画作品防伪意识更浓,怪招迭出,高级点如石开是专用纸加水印。而我购过几张刘月卯的字,上面除印章外另加一指纹,看样子像食指,我觉得有点污损画面,并且似乎也有点卖身的感觉。一般来讲,书画家好像是卖艺不卖身的,所以有些纳闷。李铎先生多年前来汾局作字,另有一笔记本登记所作书时间、地点、排列序号,方法类似于办公室公章的使用;画家裴玉林作画用夹宣,小心细致地将两层剥离,将姓名印章盖到里边去,操作真够复杂的。

68.篆刻中的字法曾是人们讲求的重点,我初学印,读邓石如"印从书出,书从印入"为当时推崇,而风尚所及,让之不必论,大家如赵之谦、黄牧甫、吴岳老并今之齐大皆努力践行之,成绩斐然,仿佛铁证如山,华岳一径,印人未敢遽疑。今则不擅书、不擅篆之印人纷纷,反思之,则浙派名家已反其道,虽书篆而入印改易者多,而篆引之觚棱尚难容凿;王福庵欲泯灭两家分界,遂成甜俗。余得谷松章先生明确于印制作之重要,方一掷胸间卑弱之想,复

郝继文刻 韩中明印

睹来一石满白文之设计，方有顿觉之感，遂作"韩中明印"，精神百倍。细思来"印出于书"是有成见于胸，是文化决定论，是背景主义，与临哪家帖、拜那位门下即获众生垂青同样有不太公平的评价投机主义，甚成"投胎主义"。印章的"印从书出"论与康有为的"魏碑无不佳"思路是一致的。

69. 元押文字通于魏体，尤近于《张猛龙碑》几于吞剥之似，有朴拙之趣，有游牧骠悍之风，或自北地山岳朔漠之奇处来，精神同源者乎？

70. 长治韩志鸿天姿晓畅，书印兼行，其所作绪堂、志鸿之玺设局虽无奇意，然举止轻松自在，涉笔成趣，颇能窥见古人手眼，其文学修养也有融通了悟之解，奈何少于制作。

71. 许雄志，字少儒，因所得汉印改名，有古人作派，功力甚深于楚简秦印。数年前来介谈及

本市一收藏家有古印数枚,便要收购,出语不凡,见其收藏之富。书印作品皆有奇气,有"一贯"统领之把握,书作以篆书最佳,好用涨墨,加以造形之俊拔奇逸,有现代视觉效果;行草用笔稍加细腻,隶书则时好时坏,用笔太直而无所附丽,多以起笔并连涨合为特点;最精者为篆刻,设计中的约束感帮了忙,其印自来楚生作品中所得颇多,大块留红处尤见会心,并有现当代平面设计处理,因印面狭小,单向简约的线条反更见生动。

72.赵明苦心孤诣,努力十分,印章不谓不佳,终觉苦涩难咽,其留边、残破、装饰虽尽灭处理痕迹,仍觉过于竭力,线条大抵为切刀所成,过于细碎,虽未零乱,总觉不畅,佳作虽多,不能记忆。

73.上海张铭印作擅用碎切,所作皆有羽屑纷飞之意象,斑斑驳驳,特色别具。

74.四川戴文以画法布局入印,清新活泼,其边栏取明清收藏印式,以方主立角。

75.古玺有一类U型章法类,余细审之,如"日庚都卒车马"等,其单字中轴线分别向左向右侧移,于底边回环汇合,然未必左右均等,恰似黄宾虹示意山水之一勾一勒,劲力与节奏合处恰成审美视点,亦有顺向摆出的,必一幅度略大一幅度略小,则反向同构,而其字型必扁,此心法奥妙处。

76.细审各时代印迹,虽各有所长,可按产生视觉疲劳先后列一次序,第一则明人习气印,次则九叠官印,次则浙派如赵次闲辈;西冷八家,黄小松最耐看,丁蒋可得一二,次则徐三庚、赵

郝继文刻　上游天柱　下息云峰

之谦,及当代白石、王福庵、邓石如、吴让之,再次吴、黄;汉印多读真令人厌,次则战国古玺,一太呆,一太乱,秦印甚可玩味,而不必太耗损心气,来楚生奇变不穷,余最觉有滋味。

77.韩天衡广大教化,百乐门中人才济济,其说理晓畅,有《印学年鉴》巨著,遂霸有印坛,其用刀主轻行浅活,余学印每味其言,悟进良多,近则每视其印、其字、其画俗气环绕,此亦海上诸家之病,过丁通达故。

78.《荥阳郑文公碑》用笔有篆籀意,然结构平平,余喜其题记,一曰:"此天柱之山",三诵其词,有开天辟地之气概,发为文章之首,则有万壑同汇、脉胳一通之导引;"上游天柱,下息云峰",则以地名妙意贯以上下游息,直有呼吸天宇,独往来于精神之高视阔步,不涉人寰,可谓古今题字寄托胸臆之最。

79.**负气三事**

李刚老师父梦松先生八十寿诞,集介休同好一庆,人手一"寿"字成屏,席间遂论"寿"字源起,师延龄以为会意,张驰纠正为形声字,余则误记为象形,且强词为辩,张亦不争执,余归而查《说文》,遂为汗出,今已近卅年。

老年书画研究会成立,原介休一中校长董方先生曾组织爱好者活动于市老干部活动中心,实不分长幼,余携书作前往,受人品评,所书为一对联,模拟流行,题款高置于左侧,师延龄先生言:"此联书写尚不恶,然古人题款例偏下行,意示谦抑,今人亦多上题,但其笔力雄肆,压得住阵,此则未当。"余实照猫画虎,全无原理之思维,一时愧报,此则15年前事。

1990年,介休市文化馆征稿,始识吕增禄先生,时其为副馆长,其子林健尚读高中,蜗居于文化馆院内,余时精力旺盛,而全未索得门径,诗书画印全痴心妄想,倾力操持。征稿之际,手持数幅请吕先生择取,吕指余芜杂、贪多,并指余要对一件作品进行推敲,皆是针对之药言,余当时则气愤,大言曰:"一个内容我一般只写一次,没情绪就不写了",后来渐识创作书法之真章,实悔初言,当时以为文字意思是主体,要用文意孕育情绪。更读陈新亚先生论书札记论今人书多蹂躏纸墨,调戏笔砚,一时无适,哑口半晌。细审二十余年间错综其谬,更乏纳嘉言、察善意之能,何盛意之捐弃,思重获而难再。

80.《倪宽赞》,褚遂良书,余以其刻划且书写时风格未成,未甚留意,今课徒以此,遂读其文,何赞之有?全篇涉倪宽者只一处,盖言汉之得人。前题因何而有,甚以为奇!未检《汉书》,是否原文之照录?

81.德胜兄嘱余书蜗牛二字以自喻,自示其行为缓慢,余应其命且题谒曰:白马原非马,蜗牛仍是牛。蛮触未相害,少与轻薄游。

82.韩少辉斋名品斋,签名作篆体,"品"字三"口","斋"字三"口",因画六个圈,颇有奇趣,学员习《曹全》,习作中涉一"幽"字,自创其形,"山"字上重叠列"幺",遂成八圈,如万花筒般,异曲同工。

蜗居

83.张壁可罕祠钟铭

鼎食钟鸣,音清律正。

高贤齐集,林壑传声。

享此嘉福,倚彼介峰。

张壁其名,凯嘉其望。

扬斯大吕,以祈富康。

基安岳峙,宝铸功成。

84.张壁空王行祠钟铭

时节和,风雨润。

神祠洁,天宇宁。

曰空王,演妙音。

嘉佑久,福报频。

曾回銮,隐常形。

惠众生,利万民。

铸精铜,镌奇铭。

播懿德,耀中庭。

润万物,振雷霆。

85.2013年6月26日,绵山邀炎黄文化研究会举办"慈孝文化"论坛,其间,民进山西省委主委卫晓春组织民进书画院作者进行笔会,始知韩少辉、颉林皆于去年加入民主促进会,许嘉璐先生10时许亲临笔会现场,坐而论道,少辉倾心听讲,嘱我捕摄一镜头,事毕向我解释说许老特别像他父亲生前,许先生博闻多识,余于会间两闻其讲,条分缕析,掷地有声,遂于会议结束时亦凑前求一合影留念。

86.钱君匋先生虽收藏极富——其"无倦苦斋"收赵之谦(无闷)、吴昌硕(苦铁)、黄士陵(倦叟)印各逾百方,自言欲与三百石印富翁齐大相毗美。白石老人所谓三百石皆为已刻,试一相较,恐白石愧报。而自刻印用石则要求甚低,君匋艺术院高逸仙女士见示者"夜潮秋月相思""钟声送尽流光"二印,为逾十厘米之巨印,平头青田,非有珠光宝气者,唯四侧密围隶书边款,二十年前作品集中见过,文章小而精、雅,高女士讲解说此二印一为其祖籍(海宁),一为其出生地(桐乡),我查了相关资料,其去海宁则为1937年抗战时,而钟声萦耳,惊觉一梦则1953年。其边款界格极细,隶书略拘紧,深情寄与,一丝凝注,写照一生。

87.李焰老师呼余观其近作,其四尺整纸数幅精于布白,清雅可亲。并获观刘京闻所作三种,余以为其浪得名耳,尤以褚体

如梦不真实 舍我而修行

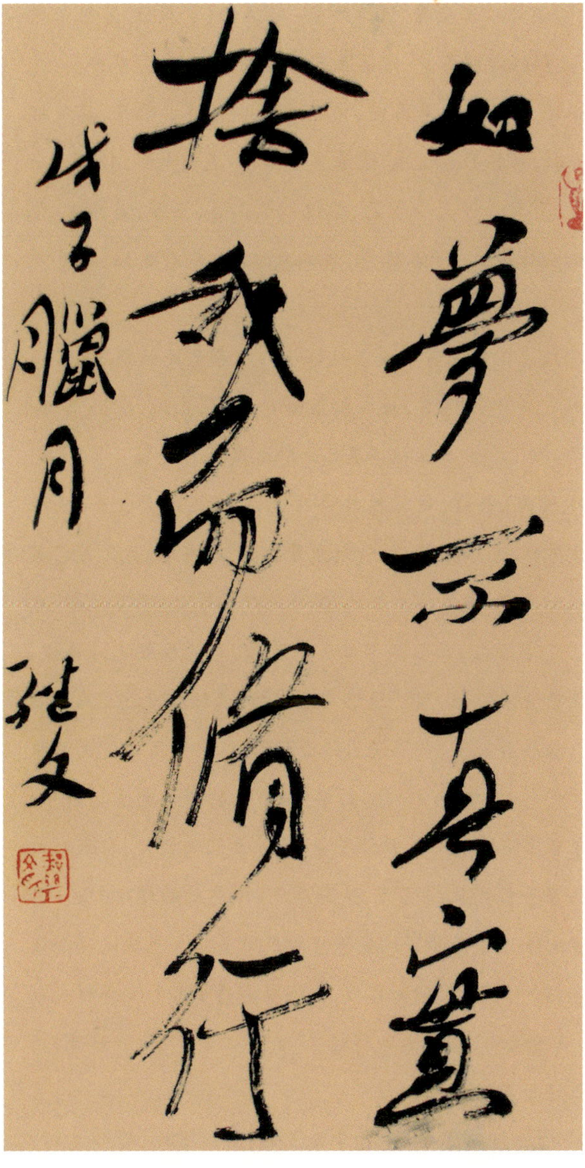

《圣教》,颇觉心手全乖,几无所得,所临颜《争座位》非独以方易圆,直以轻薄解厚朴,唯集王字圣教尚可一观,亦平平。

88.王厚祥以狂草名世,文杰复印多页用于学习,其气概尚有可取,而其基础过浅,线质单一,以小笔作大字,转掖处未见手段,有大开合无小结裹,非仅不敌山谷、王铎,若怀素、张颠之锐意精密,几一无所得,唯尚裁取耳,赵君眼拙,难穿其窟。

89.坡老诗曰:"贪看翠盖拥红妆",余每念及则会心一笑。

90.一年不作行草,日以楷隶酬应,新获嘉纸,乘兴一挥,能静守,神气已闲,"试拈诗笔已如神",此药可久服。

91.过庭《书谱》用笔属内涵性作品,颠张醉素营于外,虽于笔法无犯,而顿挫极小,所谓大开大合。《书谱》后代或讥其为千字一面者,则不但无跳跃,亦不同于右军之"同字必异"之着意于外形创造,而其内部置极复杂,用笔往往先转再撅,"转"保持其连续性,"撅"保证其直线感,很好地回避了油滑的一面。虽非其创造,却是使用得最好的,这样做可以瞬间完成线与面的转换,避免方向上的单一定向,特别适宜于写小字,明清手札常有重挫行笔强调节奏,有异曲同工之处,当代人放大以后在直线段比较吃力,余购钱允(陈忠康的学生)几件作品,拿到手后发现其字比我想象的小很多,我想就是这个道理。《书谱》构字一无均衡之处,内部节奏的小开合处理得太精彩了,从不对称,钱允也学得很像,我经心数年,未能臻此,名家调教确乎不同。

92.余近作拟魏体,穿行于楷隶间,若行若戏,贵明兄曰:

"汝字何大异于昔？"余常美中明老师笔涉三元（元倪、元徽、元略）而融为一体，形近唐楷而质在魏晋，可为唐楷兄弟，余作字浸淫唐楷过力，虽非颜柳刻划，仍涉褚虞媚熟，心常恶之，故常及《张猛龙碑》，而构成复杂难述诸心手，龙门数品则刻板拘执，心折于北齐诸石刻，以为有装饰性的高贵与安详，而气格略弱。近偶临赵之谦，究其所以处理，赵作篆、隶、楷三体，所谓"汉后隋前"，高自标置，其三体血脉融注，互为生发，而于行草犹不能平，遂成别部，婉转中忽出纵横，面目非往代所有，奇葩独放，其源出自魏晋，而逆流攀附，其心独苦，其意欲其一贯，其枝干尚未繁盛，儿孙尚未兴旺，余今游戏而成变法高就乎。

93.晋阳印社做篆刻普及工作，于2013年开班，文峰及郭鑫往学，刘刚首讲开宗明义以"器之二过"为引，文峰每一往即传其教义，赞不绝口，刘刚嘱学员摹印要细心到位，尤强调以画线拟刀法，以短划断续做切刀状，此余前所未察。

94.简易习见之字，容错度必高，如羲之之"之"，不独兰亭之二十一处，凡各帖涉及，皆能纵意所如，历代名家亦多创获，无人以为错讹，又如"福""寿"等字，有百福万寿之称，与其渊源本末，民间俗议仅叹其奇，无以为异。宋徽宗之画押以"天下一人"合文，则为特指异态，自造一意，别辟新巧，宋之文彦博等并有，即前代书家于姓名之发挥亦放意书空，逞意处亦不以识辨为第一意。

95."无逃无逸，莫拒莫迎"

余以此八字配偶以铭座右。上句若"遇"若"境"，下句似

"处"似"随",得之则无畏于人生,自适其乐。

96. 吴连城是第一位撰文介绍介休洪山窑陶瓷烧造历史的人,字捷三、节山,别署梅影园。其书极古拙厚朴,化用魏体,或可谓赵承楷之前导,赵字略清雅活络,吴字则苍茫烟水。李刚论太原诸家,皆有微词,唯服膺吴老,曾晤谈一日,引为平生美事。又:水既生曾于洪山陶瓷厂工作,对生产工艺多有创造发明,闫德华曾有请益。

97.韩中明《游兰溪》卷跋

右韩师中明以粉笺录苏子瞻名篇,李焰老师橡笔缀首,双璧既合,赏心悦目,见者为幸。中明老师于壬辰退职怡养,颇窥魏晋堂奥,悟入书理,老笔高致,加以气禀古淡,神和泽润,是卷实为代表。董兄瑞雅尚翰墨,亲承古典,收佳作若干,并时求其妙理深旨,愿作解人,今甲午春行,玉马时至,瑞意祥云,浩雪明波以助君之雅意,余幸同与拜观,附骥于尾,并嘱董兄谨为装池,更符其美。

98.韩志鸿修养全面,书则脉胳活泼、随机生发,举手投足有才子气;印则放浪波碟,随意点画,多以笔意敷发高情;画则长折短皴,山水花鸟,妙于布白;最妙处是文思捷敏,为人撰联琢句,招之即来,可圈可点,介休卫晓峰为其挚友同窗,多年复见,遂将笔会纸墨借而献芹,以长治钟鼓楼镌词"风动云驰"四字各随思嵌入一联,联中得具晓峰夫妇姓名,一挥而就。而其讲述复又擅于发挥蕴义,癸巳冬,其与山东张志鸿共办书画展,余与中明老师及张滢、文峰前往拜观,其指点双松图,引泰岳之故典,唱京剧"要学那泰山顶上一棵松",言有"姊妹松"

张志鸿画《双松图》

"母子松""夫妻松",而此为兄弟松,及明年约与登岱岭谋认领二松以证此画之意,生动诠释,令一行神往。

99. 刘文华应阎德华之邀来介,大饭店吃腻,想吃本地特色,因往张壁农家吃土鸡土饭,大有谈兴,自谓颇爱犬,念及其多年前所养"黑背",日日回家必扑前以迎,立起及人之高,后不幸遇毒,唏嘘不已。

100. 汉印如格律诗,音节谐和,依韵入部;三代玺印则如古体诗,尚呀呷学步,不避三平、拗转,押韵亦宽泛,贵在天真自然,逸出规矩者仍无忌于童言,而百态含新,萌意十足,遂为时下取法之重,流派印则以一驭万,图简捷

之径,争以短长,天人悬隔,完白山人以"印从书出",直印学之佞人,波及市尘,余邑陋儒必以此衡定,误予十载之功,豕鹿成马矣。

(发表于《书法》2008 年 6 期,总 225 期、《书法》2013 年 6 期,总 285 期)

吾誠不知其安所見而含靜倚遠徒徙阮也顏生詠林夜旦庶鳥關
有時毅龍性誰知飄詠關宗巳長嘯似懷人越禮自驚燕頗頗
生之自寓亡求哉子其中之玉榼以鸚鵡已沈頃誰知非蘭宴
之歌倘倫也則又屢榼誰謫為倘人同解吾安倘佗不至也
倘倫亘日吾沈同為龍弩說禮李篆之人何亦不莒宴矣奴斂駕
顏人也不屑未辭薰弯之名倘之人亦為莒宴吳矣
吾寧靜惰之禮活雖道人然道人包顏也轎情
也講聲吟詩而之笑道人方將似倘有志於世雜用向酒首之塾又近
於轎時誰知之言則可謝罷於辭倚笑然為烏耶於酒之七者真
淳之漬也真不窗倘醇不宴憜此靜惰忌沈酒豈浮蘭之真醇
而作之
嘆之靜惰之詩多驚道人之酒道人未嘗詩當誦之
吾既取靜惰始末而論頗之卿發乎賢之蒙靜惰今之人
也此宋人已先賢之之賦床之
於病江之順巳甲

傅山書贈魏一螯十三條屏全文其以酒發論擬真醇之性余蕞至懇其
壽盧妙翰雜以醒意之言卒發感慨拙之運用識者語謇意撰其

错字写成的书法史
——试论书作用字的正误与审美

书法作品的错字问题似乎成了新时期有书赛书展以来的古老问题，大展过后，每有人古道热肠，为大家讲解常识，辨明讹误，仿佛潮水过后冲刷出一些痕迹，有了惊喜的发现。《中国书法》今年第五期又刊登黄舜生、许可久二先生为兰亭奖获奖作者纠错的文章。我看了一下，这两位所挑的毛病都站得住脚，不属于寻岔找事，尤其给管竣的那条小楷挑的错，作品集中那么小的字真亏他看得出，始信天下认真严肃的人实在很多，令人佩服。但是请注意，照理按照国展所宣称的惯例，错字问题属于硬伤，应该不客气地拿下的（哪怕是在获奖名单对外公示后），但现在竟仍堂而皇之地存在。这是否是评审的不公平暂且不论，且说每回国展为什么竟都有错字作品获奖？这就不得不教人纳闷了，难道评委们雪亮的眼睛竟然防不住十几张作品？看来问题并不如此简单。

我想有一个问题定然会在二十年中的评委们之间不断讨论，即书法作品中的错字究竟应该怎样看？而且照结果看，对错字已有暗暗妥协的趋势。

我个人也以为书法艺术应该是在文字的形上做文章的事情，书法的美丑似乎和文字的错对本不应该放在同一层面上来讨论，或者可以更偏激化地说成是文字的对错无关于书法水准的高下。反观书法史，这样的推论有成立的基础。历史上的传世佳作其涉及文字错误大概可分为：①字的错误。例一，最近的一期《书法报》刊载刘铁平先生的文章，指出杨凝式韭花帖中有字是杨凝式臆造，本当作"朝"。例二，《怀仁集王羲之圣教序》以形近字替代者有十余处，如以"庆"代"度"，以"股"代"般"，以"包"代"色"等，种种迹象表明似乎这位怀仁和尚是明知这些字本来是用错的，而为了回避同形，竟采取唯美的方式。例三，怀素《论书贴》"戒"误书为"感"。例四，林散之书元好问《论诗绝句》"池塘春草谢家春，五字千年句尚新"，年字误作"新"成"五字千新句尚新"。②文词的错误。例一，日本小道野风《玉泉贴》"玉泉南涧花奇怪，不似花丛似火堆"一句衍一"是"字，遂使语句如口吃人说话。例二，传张旭《古诗四贴》有"北阙临丹水，南宫生绛云"句，南北通红，一片火烧之色，这是为避讳而故意做的错事（详见《启功丛稿》），古代似以此类者把文字弄得缺胳膊少腿的更不知凡几。例三，米芾《登海岱楼诗贴》"桂枝撑换向西轮"误"西"为"东"。例四，1996年《书法艺术》第二期刊赵冷月"黄山云似海，天姥日为丸"，上联误作"黄山似云海"。③文意的错误，实在是大不敬的很，因为竟然需要把问题查到书圣头上，钱钟书先生《管锥编》一〇六卷"窃谓羲之之文，真率萧闲，不事琢磨，寥寥短篇，词意重沓。如云：'畅叙幽情……惠风和畅'；'仰观宇宙之大，俯察品类之盛，所以游目骋怀，极视听之娱，信可乐也'；'夫人俯仰一世，……向之所欣，俯仰之间已为陈迹，犹不能不以之兴怀。……古人云：死生亦大矣！……'每揽昔人兴感之由，

若合一契,……所以兴怀,其致一也。"又举《说郛》卷二一《三柳轩杂识》。王阮《义丰集·兰亭》言右军此帖所谓"天朗气清、惠风和畅"二语为春行秋令,即"用词不当"。举出这条错误后我想顺便提一句,历史上号称三大行书的竟全是草稿,《兰亭序》勾涂之迹尚清晰,不算影响正文,颜鲁公《祭侄稿》几体无完肤,而人珍之如拱璧,这个事实似乎也透露出一丝人性在审美取舍上的消息。④看看文字的沿革,就会发现新书体的出现往往是以错讹为先导的,首先是写法变,然后是字形变,然后不得不整体变,而在唐以前的书法史是几近于文字史的衍生物的,我想稍稍用心简直可以写成错字书法史的。

　　例子就不必再举了,我们看到了古今中外都有犯错误的典型,依照"硬伤"的规矩一把拿下,书法史中耀眼的、光彩四射的篇幅不见了,我们无意中泼脏水泼掉了澡盆中的娃娃,是多么让人心痛的事啊!九方皋之相马在牝牡骊黄之外;大文章之作,有词不害意之说,过多地在细枝末节上纠缠必将离题万里。余秋雨先生在《山居笔记》中说:"不知从什么时候起,也不知出于什么原因,中国文人互相评鉴文化知识水平的标尺往往不在于宏观识见而在于细节记忆……人们总是在一笔之误,一字之差,一名之混,一典之错中来否定一个人的整体文化程度。"我们不应该重复这样的短视。

　　我当然并不是在提倡写错字,只是觉得在书法作品评判中不当采取这样过激的态度,那么什么是对错字问题的正确态度呢?我想提两个标准供参考。

　　一、时间上看,要看平时表现。

二、具体到单件作品上看，要看大局。真的要是水平低到不知常识，难道能有高品位的创作表现吗？即如前所述兰亭奖的那几位犯错的，不客气地讲，如周冬军、柯云翰、金弋、张杨，其书格也低，俗气未脱。

我觉得中央电视台歌手大奖赛的那个评审办法值得学习，它的专业外素质分定的比例较低，只占30%，而且素质测评的处理办法也相当科学，具体操作方式是由主持人提问，参与者回答后，再经评委提问相关联的问题，分值按其全面表现而定，这样可以较明确判定参与者是否只是靠运气好混进来的，这种提倡提高素质的方式不至于造成一票否决，抹杀掉年轻作者的天赋。

而且，针对评审过于较真的这种做法，投稿者已逐步摸索出各种对策：一是回避。篆刻中四五字总不至于难落实对错；二是蒙混。写诗词、抄语录专找生僻的，难道你评委能把世间所有的书读尽？三是挑衅。更胆大的专找诡异、费解的东西来撑你，你是慎重的学者，你敢轻易说他是错的吗？真伪莫判，如何较其得失。

当然，书作中文字对错的问题形成的背景是复杂的。在思想上放下它，该知道这样一层意思，即文字的文意一面在书法艺术中只可相当于电视电影中的背景装饰，不必像修订史实一样去改变电影、电视的脚本，只是书法的文意更仿佛历史演义之于历史，有如胶粘疽附般的难以剥离。但我们的评委是专业人士，不可再借这条理由来说事，我非常想通过以上的论述请诸位放下屠刀。

余乡前辈学者、文字学家张颔本来写一手结体奇异的金文,据说后来竟因为古文字歧义百出,异构异形太多,难以穷尽,为保险,作书一例用小篆,这样一来文字对错是没有问题了,书法的精神都没有了,只剩下呆滞刻板,这是因噎废食、胶柱鼓瑟的例子,不值得作为前鉴吗?

(发表于《书法》2003年9月第9期,总168期)
(《书法赏评》同年第10期予以转载)

深层结构
——我临"曹全碑"的心得

我于汉碑中惟喜《曹全》《礼器》二碑,以其笔意显豁,《礼器》尚嫌造作,于起讫处刻意为之,逊《曹全》之流畅自然。对照同样具足笔意的汉简,则又明显精于布局,无率尔操觚、草率随意之憾,所以更多地符合我的审美习惯,有亲和力,所以我学习隶书实是多用功于《曹全碑》的。我觉得除了一般意义上的分析外,《曹全碑》的作者能做到"以理结字,违而不犯,变动不拘,应势而发,和而不同,团结一气"24个字,若从单字和局部去学习,必捉襟见肘,不得其要,现将我所发现的一些规律陈述如下:

一、中宫处理遵守三原则,即"横对齐(即中部之相邻横画右部之横右齐,右部之横左齐)、竖平行(中部相邻之竖必作平行之状)、斜穿插(若斜画处于中部则揖让穿插而结)",这样就收到了紧而不乱的功效,一方面又不使字势过宽而显松散。尤妙者如"程"字于"禾"部下一点微让一分,以"呈"字二横侵入,则两种办法同时运用,收效更加明显。汉印结构方式也多作此类,可相参同。

二、过简之字,尽量处理得比较活泼,多有一二灵动之笔,一般简笔字作加重处理,如用笔画加粗来平衡空间,《曹全碑》的这种手法应该说要高一档次,这样可以使这些字从平衡的扭

转中突出，来均衡周围空间的空旷，如"先""之"等字。

三、"治""沾""渥"都是三点水旁且同处一行，其"水"部处理有明显不同，"治"字右部平正，故三笔差异小，长短相若，"沾"则右上部有波笔，故其"氵"旁中笔长出以平衡，"渥"字中笔长外，上下两点也不像上两字那样斜置，而是处理为平放，而且微乎其微地缩得很小，一方面仍平衡了右部下挑，另一方面却又减轻了左画的一些分量，免的因为撇画重而有下坠之感，同时"渥"字的右下挑也没有像"沾"字那样舒展，含蓄地收敛，略具其意，也为整体的平衡作了让步。同字异构，"三字"三画异，这些都是书法艺术的一种习惯，问题是我们在变的同时如何去调动其他因素，而保证它的和谐。第一要变化；第二要使变化成为互动的；第三，变化要为全局服务，服从于全局，在这方面《曹全碑》提供了很好的范例。

从以上范例，我们可以充分相信，《曹全碑》的作者具备强烈的创作自觉意识，它的完成绝不仅仅是来源于一种习惯，其艺术手法的多样并且其运用的娴熟程度，可以印证书法理论在那个时期开始形成有其必然性。我以为我们临摹古代碑帖，不仅仅在于学习前人的技法，更重要的是要不断地揣摩和探索前人的创作心态和审美意境，在更深的层次上提高自己的艺术内涵。

(发表于《书法报》2003年4月14日第15期总第954期)

对话怀仁
——集王《圣教序》的临法

《怀仁集王羲之圣教序》问世以来,几成书家探源行草之法的不二门径,唐宋以降,虽大家莫能例外,所见各处刊印资料,元赵子昂、明董其昌、清王铎皆有临本传世,至于民间书家,则碑学盛行之际亦未尝能夺其心性之偏好。艺术作品的成功应考察其影响力因素,尤其是不自觉的影响力,这个意义上怀仁是成功的,圣教序更是成功的。有唐一代集字之碑、仿写之刻虽多,难与争锋,这大概来源于以下一些原因:

是字数多。右军墨宝无一存者,唐人钩填各本何尝有此帖丰富,右军字样几尽于此。

二是择选精良。怀仁深识书者。于字形拼接而外,颇知其笔势之连属,此非高手深心莫办,是要借助感觉经验才能完成的。我们在仔细读贴时能隐隐感到暗流的涌动。怀仁在选取字样时同样也遵循了右军不出重样的教诲,力避雷同,甚至于出现错字而不顾。如"庆"代"度","股"代"般","包"代"色",我们很难想像他这样一个人能不知道是用了错字,试想他在对错与美丑间做出抉择时是如何义无反顾,这才像一个完美主义者。不过,如果注意一下结尾处开列的润色名单,再往前想一下要经过皇帝老儿的眼睛,或许感慨当日的艺术环境宽容了。顺便可以反醒一下现在国展评委的狭隘了。从这一点上我们可以看到怀仁

集字的两个原则:一是遵于原字,绝不改易适从,即遵于"集"字,不越位;二是唯美是取。这两个原则的遵守像时时需要说真话、讲真理是一样的困难,所以应该对怀仁肃然起敬。就结果看,实际上选择形近错别字并不会对文字规范造成破坏,只会给予艺术家启发,照样子创造正确的字形不应该太困难。实际从这一处看去,显然唐代所存"王"字有限,以至于不能新择,也能对当时"王"字的数量获得感性认识。

临习应从以下方面着手:

一、技法准备。此贴因集中了右军各个时期、不同法帖的原型,有着相当复杂的技法构成,临习应具备对细微笔触的解读还原能力,尤其应注意八面出锋的发力铺毫,否则易露骨寒俭,无丰润之韵。最好有学米一路的底子,才能压得笔开,切忌简单处理。近观孙晓云著《书法有法》,思考后深信其解析笔法是对的,那么转笔发力该是临写此帖技巧中的主干,线的姿媚灵动盖从此来,信而有证,如"远离颠倒梦想"之"远"字,与孙过庭《书谱》合观,刻与写才能得到合理释读,当然由于我们一开始学习延用的是沈尹默的办法,老法子因为物质等诸多条件的改变也不能完全如条件反射般的去操作了,但是增加些转笔手法仍有良好的效果。

二、时代背景的设置。我看过白砥临习米芾帖时从《中秋帖》的研究性临习和鲁大东临习阁贴的一番诠释,觉得是合情合理的正确做法。此帖的临习也应置于相对合理的原创氛围,除了要充分剥离唐人意趣的参入外,要特别注意到隐藏的魏晋时期的特点,如某些字划的横势、某些字重心偏低的处理等等,我们临贴时宜充分关照当时的书写习惯，把书家的个人创造同社会习尚区分开来，要参阅诸杂贴及日本平安时期的一些遗迹，这样的收获才是真相，才能逐步建立理性认知。

三、应注意《圣教序》在章法上的匠心安排，此帖之所以能在唐刻众多集字帖中脱颖而出，除了字势应接的处理外，章法处理上有更多可取之处。试想，右军作字，未必每幅大小均衡，必有放大缩小的麻烦，怀仁没有简单地设置一个标准尺寸框架，大者减，小者加，这样做必导致字如算子，生气远逊。他是以人工去贴近自然，用心体会内在节律，映带的妥帖是无可比拟的。二是字距上的处理也未均匀布置，有极疏极密处，如"体拔浮华"至"栖息三禅"一气贯注，书以极密之状，至"三"戛然而止，空白陡然增大，布局的节奏感觉恰如其分。由于是集字作品，所以我们可以充分认为他是有意为之，有章法意识上的主动性，可以窥测到古人审美取舍的能力和揣摩他的构思脉络，而从中更能获得高深的处理手段，这正是我们需要的。

四、墨色。刻帖的最主要的缺憾即不能表达墨色，不过用墨的节奏掌握似也难以临习毕肖。临习《圣教》我想可采取多种办法，一是恪守单一墨色，不去追求变化；二是凭借感觉顺应内在节律适当调整。

另外，前人的取舍也应放入我们研究分析的视野，几相参照，更具有启发意义，可以使我们少走一些弯路。

(发表于《书法报》2005年3月7日第10期,总1053期)

书法中的"赏、临、论、创"

一门艺术中的内行术语、程式、习惯为世人熟知,方可谈得上完成普及。这时候你只需说一个名词,而不是展开叙述或类比喻象。以这个标准衡量,我们更应该共同致力于广度认知,而不是在圈里吵来吵去、争上争下。可是,即使是圈子里意见也远未统一。改革开放后,我们甚至争吵过书法是不是艺术,连本体架构都未能完整实现。有时候,我更觉得圈内人的外行思路更有市场,换句话说就是混入圈子的一帮人不思进取地想当然、瞎胡扯者不在少数。我的改良建议是推进美学原理的学习,澄清许多基础问题,否则对话的基础就不甚牢固。"三七二十一"的人和"三七二十四"的人吵架一天,板子难免落到答案正确的人身上,笑话常常上演。

从推进书法艺术的基本内涵认知做起,了解书法艺术基础知识范畴是很好的概念化操作。那么,什么是书法艺术基本功呢?相声叫"说、学、逗、唱",绘画叫"点、皴、勾、描",音乐叫"吹、拉、弹、唱",京剧叫"唱、念、坐、打",书法呢?

书法艺术要进课堂了,2011年8月教育部下发了《关于中小学开展书法教育的意见》,书法人精神为之一振,其实原先学校也有写字课,因诸多原因形同虚设,这次是提为"书法"课,内

郝继文临《雁塔圣教序》

涵有了变化，我不知道教育行政部门及教师队伍对这件事的认识是否有这么清晰（想当然是没有的），只觉得方方面面的客观因素会造成执行不力，譬如师资、譬如升学压力、青少年负担等，所以也是系统工程，急不得！假如去认真推行，我觉得应从欣赏入手，真正的欣赏，进入美学原理层，学会看，学会有深度地看，连同文化与技术手段的分析。事实证明，长期从事书法学习的人，时空感觉要敏锐于常人。我觉得操作倒在其次，也不需要那么多书法家，好的时空感受会提高人的审美设计能力。新的报导说，乔布斯的理念灵感来源于书法；而新获国际建筑大奖的王澍叙述他平时教学是让同学们画点画，写点字。西方国

家的工业革命还伴随着一次工业设计美学革命,恐怕对此大家还不是太知晓。我们现在走遍全国都找不到像样的工艺产品、礼品,就是因为美学教育不够,我们的审美教育课本常常空泛。原理性的东西在中学阶段(我国教育主流阶段)就应该被告知,这方面目前的空白太大,这是教育的问题。对于爱好者我来说,也以为"会看"很重要,如何评价,能不能避免脸谱化、简单化、两极化地去评价艺术品很关键。书法的伦理诉求与审美诉求靠得太近,需要解剖手段,我想是一个很大的问题。欣赏者缺乏包容的理解力是目前最大的遗憾,说实话,这也是欣赏者能不能真正进入书法艺术殿堂的关键,努力尝试着学习与理解生疏的、厌恶的和自己排斥的知识,欣赏者的境界就会越来越高明。有些人写了一辈子字,根本就不知道怎么理解,还妄自尊大,有点闭门塞户、闭关锁国的意思。这样的心态造成的结果是"一生都在门墙外"。

二、书法艺术的操持是以"学"为先,书法学习叫"临摹","摹"也是临,是照帖去写,不别强分。有人将书家分为两拨,一拨是临帖的,另一拨是不临帖的,并津津乐道于这样的奇谈怪论,且不说艺术的内涵全在"帖"中,就是作为技术手段也不容易在他处找得到。所谓"节度其手",这个训练就是要解决学啥像啥的问题,深一点就能通过学习咀嚼出滋味了。再下来是临什么帖的问题,这个答案就比较丰富,清理一下不外乎以下几种:1、从唐楷入手。思路平易。我们最熟知的印刷体来源即是唐楷,由于距离近容易上手,得手的机会也多;2、从魏碑入手。康有为竭力推荐,很时髦了一段时间,王蘧常就是扔了欧阳询而

学魏体的,韩中明先生扎根三元——《元倪》《元略》《元徽》墓志,遂能远离唐楷不入俗径;3、从篆、隶入手。这是穷本溯源之思路指导下的产物,名人从傅山开始,他曾扬言说:"学书不从篆隶入手,任写到极处,终是俗书。"山西姚国瑾的经史讲堂授课即沿用这个方式;4、从隋碑入手。这是潘伯鹰先生苦心孤诣的定位,理由是隋碑恰是变化过程中的过渡性产物,上可追溯篆隶,下可变通唐宋,左右逢源;5、从行草入手。也有成功的特例,如前中书协秘书长刘正成,这多半是逆向思维者和半路出家人的操持方式。

以上五类,各有成功范例,不必一一枚举,合理性自然也无需细叙,大抵唐楷偏于俗正,篆、隶偏于古拙,行草偏于流便,各取自便,自适就可以了。其实加上人性差异、知识背景差异等等,入门便是分别,百千之类实难一概。可是,这样一来初学者反而无从着手,成了狗吃刺猬,所以这时候需要一位高明的老师来把脉,否则第一步走错再回头就不好着落。

所以很多爱好者是一上手就错了,但这就像扣错扣子的衬衫,可能到最后一颗才被发现,甚至溜溜地穿了一天,要依赖别人的眼睛。

就像穿衣吃饭,精确的择取就成了奢侈的事情,要营养师、化妆师等专业指导,这时候就需要有个普世价值的总揽,类似五谷杂粮这样的性情中和,大家都可以吃,一般落不下啥病根。法帖中的经典,特别是帖学一系的,内蕴特点就类似于这五谷杂粮,如《怀仁集王羲之圣教序》《峄山刻石》《曹全碑》《智永书真草千字文》《颜勤礼碑》等等皆可入围。落下病的就要下猛药,

君臣佐使,配伍得当,有时候也挽救的来,可也救不了命。这就是大多老师不愿带学习过书法的学生的原因了。白蕉《书法十讲》中喻择帖为婚姻,一选而定终身,说的更严重。

如果找不准就只能认命了,机缘之难此处可见一斑,黄易诗曰:"一病身心归寂寥,半生遇合感因缘。"可谓前途莫测,不过中途尚有修行转换的可能,也不要太绝望。

门径已得,学要能似,唐代孙过庭说:"察之者尚精,拟之者贵似。"这基本是理性思考,所以书法技法专业要求的考察标准是临帖的相似程度,类似于角色扮演,要装龙像龙,装狗像狗。静态容易些,动态复杂些,所以大抵楷书为易,行草为难,而篆、隶较陌生。这是基本功的组成部分,以后说好说歹只需取其所临各帖,一测相似程度就大致可判了。当然也有辩证的思考,如苏轼说:"凡世之所贵,必贵其难,草书难于严重,真书(即楷书)难于飘扬,小字难于宽绰而有余,大字难于结密而无间。"请注意苏翁关于楷书的审美取向——"飘扬",很不同于我们说的一笔一划,所以楷书呆滞是世俗之论。明清馆阁体、台阁体死板刻画有如美术字、印刷体,是对个性的束缚。苏轼论诗画曰:"论画以形似,见与儿童邻。赋诗必此诗,定知非诗人。"无知者必持低俗之论,常死于字下。可以说临帖就是书法中的学,基本能力中此为第一。

三、书法中的"论",我觉得这也是基本功之一,要向外行说得清书法的欣赏方法,说得清书法的笔笔划划,而不是简单地下判断,也就是在看得懂的情况下,说得出来,这是指书家所说的理论能力与修养。要说得清实际依赖于看得清、想得通,因为

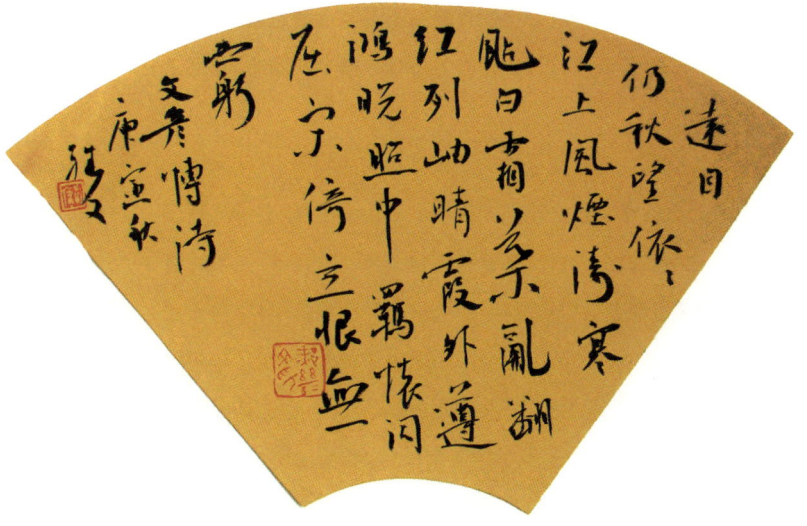

郝继文书文彦博诗

人眼的生理局限,我们常有盲区和盲点,所以说得清的第一步是能够标识盲区,在上面画个圈,提醒观者注意;第二步是阐释每个点画的意义(而不是对错),具体到每件作品、每个人。所谓高屋建瓴、所谓圆览周视只是良好的愿望,站得高得,看的全的永远是少数。二玄社的复制品也能卖几千元还不是靠技术上领先的全息摄影,有时候我们看不到,有时候是不愿意看到,有时候是看到却无所察觉(熟视无睹),判断就不可能正确,这些例子太多,需要的话可以专门写一篇文章说说。近二十年来,浙江美术学院等学院的一些分析就是想努力把书法说清,成绩显著,如果考虑到普通受众,就又回到原点,需要美学原理这一课做底,要联系人文、伦理、材质、心理、动机、气质等等,要下准确评判,就要全面研析。可见,要说明也真是不容易的事,说清书

法艺术不是好坏二字脸谱化的评价,不具备说清楚能力的人,对其基本功评价就要打折扣,"以其昏昏,欲令人昭昭",可能吗?

四、当然,一般意义上的书法家是指写的好的书家,话语千般,还需一试,基本技法我们在讲临的时候说了,依据传统则首先是习作,达到任情恣性,则我与古化,自我作古。以当下的情势,还需注意两点,一是"趣味"。放翁说:"汝果欲学诗,功夫在诗外。""诗有别趣,非关理也。"中国人讲的是"游于艺",叫做"据德、依仁、游艺","艺"原非安身立命之根本,这也是近代西方人津津乐道的中国艺术中的业余性,这和前面所讲的"专业化"并非一个层面的问题。"业余性"决定的是一个态度问题,是高于技术层面,形而上的一个定位。当代人即使如陈忠康这样的顶级高手,写来写去虽拟似百家而终欠自然,不像白蕉他们那代人能锤炼至随意挥运的境界。画界论潘天寿与齐白石也同时关注了这一点,潘天寿构图虽匠心独具,终觉构思太苦,白石老人则笑容可掬、涉笔成趣,从而判定白石高明之处。前些年人们定位书坛的状况,说有"尚趣"的特点,这个"趣"字就是"逗"的含义,表现出破除沉闷的努力,不过"趣"味尚需努力避免"三俗",我们更愿意看到的"趣味"是掌控全局、游刃有余、手挥五弦而目送归鸿的那种大化之境,当然至少敢于冲击一下,亦庄亦谐,出些情趣、透些气息总是好的。

二是"情感"。表现在精神的饱满酣畅之中,这同样是技艺圆备后的神来之助。展赛中的多数作品更多像是假唱,"为文而造情",扭捏作态,也难于高亢激昂,往往虚张声势。十年前,河

南人进京搞"中原书风"书法展,件件通天落地,丈二条屏,声嘶力竭,令人记起清代吴修龄的一首诗"甚好四平戏,喉声彻太空。人人关壮缪,曲曲大江东。锣鼓繁而振,衫袍紫又红。座中脑尽裂,笑煞乐村童。"从平庸到激进的刺激很快就会衰竭,人总不能永远像打了鸡血、吃了千年人参似的时时亢奋,所以复归于平淡,古典的丰韵将得到回归。有时候也需要一点原始,原生态的纯朴永远有感染力。书法艺术的魅力在这两点上考验"歌者"的真伪,情动于中而发乎形,于是动人、于是成书,一寓于书,是真书家。

综上所述,书法艺术的基本功我总结为"赏、临、论、创",有时间再讨论一些具体问题,希望有志于此的人向这个方向努力,四者皆有成就,方可言书。

(发表于《绵山文艺》2012年第4期)

书法谜城
——2006年个人作品展原序（删节）

　　书法作品，哪怕仅仅就是一件临作，其欣赏首先涉及四个问题：一是文本问题；二是文字学上的问题；三是艺术思想问题，想法是什么，如何做的；四是如何学习的，理解到什么地步。但这很容易将我们引入知识的漩涡，导致美感的"失聪。"

　　这或许是书法独特的语言形式赐予的，比如说书法不能离开传统，为什么？我想了好久，现在来这样回答，不知能否有所启示。近年来旅游热以后，人们对两个概念比较熟悉，即"人文景观"和"自然景观"。就拿这来做个比喻，书法艺术的形式更多更纯粹地倾向于"人文"，是艺术形式中的"人文景观"，相当社会化了。注意其造型对象——文字——只是人类社会习惯的"符号"，这立即将一切导向了"抽象"，"抽象"二字常常给我们以难堪，欣赏的门槛抬高以后，无助的困惑陡然出现。而且，自唐代以后成熟的方块字形，割裂了字体字样的多样性差异，树起了第二道门槛，这就是门里门外存在了如此多的喜好而不知门径者的原因，有终生不得其门的，有走火入魔的，有一意孤行的，孙过庭说这些人是"内惑于理，外迷其形"。社会属性的封闭性使书法内部形成一个围城，一个壁垒森严的谜城。

学 印 闲 言

我学刻印的目的很简单,纯粹出于实用。写字嘛!总得盖个戳子,出身贫贱,觉得求人不如求己,要有配套的解决方案,只好自己动手。所幸那个念头动得是时候——恰是上学时在运城,我是说能买到原料及资料。

平遥安多民先生给了我一些影响,他生动地证明走南闯北的好处——见多识广,头脑灵活。90年代中期,安先生因业务上的原因偶然"舍远求近"来了一次介休。饭桌上、旅舍中安先生绘声绘色地讲他的奇遇,我们只渴望洗耳聆听。这次相遇使我心生仰慕,因此不久之后,我和几位朋友骑了自行车赶往平遥,追到了安先生的府上请教。不仅喜爱他的印章,也特别愿意亲近他这个人,那时候,安先生的形象在我心目中比今天还要伟大。要知道,山西篆刻在全国人民眼中也就一个"页玉堂"斋号了。安先生自谦刻印是瞎刻,但刻印的样子却很正式,戴个口罩,非常环保,虽然"面目全非。"他刻的大多是肖形印,文字印也带一种民俗化趣味,我多少觉得不够正宗,所以本能地抵触,但还是信服他的刀,并羡慕他的力气。

我的印章余下的师承主要是李刚老师,这位天赋极高的艺术家在我的介绍文字中有诸多评述,他是最早在《书法报》上发表篆刻作品的山西人。他的过早辞世令人叹惋,提醒我既使是

皮相

赵岱岭

周行

書法筆記 祈廬 QiLu

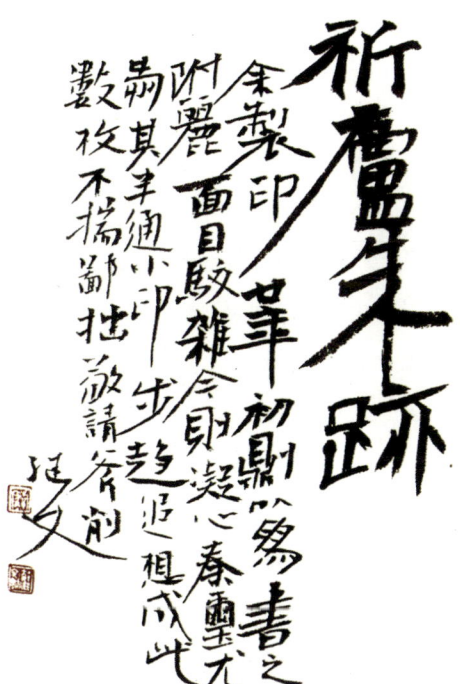

祈廬失跡

余製印篳路初開以為書之附麗面目駁雜令則凝心奏墨尤驚其舉適小印步趨追想成此數枚不搞鄙拙敬請斧削 繼文

刘小原印

对我深爱的书印也不能太执著。我们之间的交情使我深感欣慰,我的爸爸不是李刚,但我的老师是李刚。

我的食性很杂,秦汉印、流派印都喜欢,包括而今的观念艺术类也试着去理解接受,认真琢磨过黄士陵,特别喜欢过一段刘一闻。还特别佩服赵之谦的努力,觉得真有勇猛精进的精神,但我肯定没有能力,不够资格去学习他。在操作层面上,我比较慵懒,临摹几乎没有干过,为人刻印尽心的也比较少,偶然凑迫的比较多。前两年体悟到应当有个战略定位问题,回头便觉得原来的想法有些古典,脑子里才算有了个风格的追求,和瞎刻比起来,我原来只能算乱刻。

印章对材质的依赖还是比较重,像书法乘兴一挥的那个痛快感受稍打折扣;如果印料本身即美轮美奂,又觉得自己的施加有些缺乏自信,赔了小心,仿佛癞蛤蟆得到美女后的感触,这都使我不快,但我无法放弃这种喜爱,生气也就一小会儿。

我给自己定位是要小写意式的雅致,有点小资情调而不至于柔弱。加了制作的元素,我想它的气势没有我的字表现得那么强,所以我调整书法作品的风格来相匹配,主配角有时候是反过来的。

现代人事事都想独立,自信到排斥异已的地步,篆刻艺术的"自治"也已是很久的事了,但我还是喜欢它们在一块儿的样子,显得更有生气、人气。过了四十岁以后,我觉得不能保证自己不去求人,而且也觉出完全没有这样的必要,我的缺憾恰是他人存在的立足点,反而增加了我的亲和力。我放弃了完美,反映在作品中大概是对精准的松懈,会有心不在焉、散漫无序的

表现。

  一切以往皆能折射聚集，性与识因所受而缘化，觉得自己读懂了一些石涛的画论，又记起黄惇先生印集中开篇将"尊受"两字放置。"受其所尊、尊其所受"——忽然有感恩的心境。

  我上网一查，意义深远的这俩字还不是常用的搜索词汇，真是可惜！

（发表于《印象》总第 15 期，2012 年第 1 期）

介休书家的斋名与闲章

文化人大都有寄托,希望乃至奢望总是萦绕心头,挥之不去,处处愿意表达出来让大家知道,虽然这本身也还是个奢望。比如名字,大人起的一般不好意思去改,总觉不如意,于是而有了号。李白叫青莲居士,苏轼叫东坡居士。斋名是这个意趣的沿伸,好像有实证最早传世的斋名是南唐一位名士的"端居室",到了后来便几乎是无人不有了。给房子起名字和现在给宠物命名一样,还有亲昵的成份,书斋是文化人的宠物,于是代表房子的"斋、轩、室、舍、庐"等出现频繁,更大一点的,像"三希堂"是乾隆弘历的书房,皇帝老爷自是凡人莫比。而更多的,其实房子也没有,硬是造了许多斋名来充富,文徵明说,"吾之楼台尽于印上起造",是灰色调的幽默。

斋名的使用,在近代最多的当属书画家。"诗、书、画、印"同条共贯,而书画印更近、更紧,几乎密不可分。据我了解,介休的书画家大多也有斋名章传达他们的理想,或寄托、或言志、或述行,加上同时加盖的闲章,为书画意境的构建发挥着作用。

张颔先生斋名"作庐",近几年落款每每要把二字写在姓名前,显示了垂暮之年要干点正事的心情。张颔先生上"大家"栏目后名满天下,我们自豪地听到我们的乡音这样有分量地出现。张老的介休情结同样表现在他使用的闲章上——"沧海横流客,绵山草木人"一印凸显了他有些偷着乐、俏皮的一面。"老张有喜"一印也有同样的意趣。我常想如果仅仅关注他的学问,我们只有崇拜,一个学者更应有思想上的贡献,思维的方式、做事的准则给我们带来的影响也是我们需要的财富。

师延龄先生斋名"双桐庐",缘于他家老宅院的两棵梧桐树,这原本浅近鲜明,但想到夏日间浓阴稠叠,习习风轻就令人羡慕。师先生儒雅风致的小行书难说不是这样的环境下怡养的结果。师先生用印早先就很讲究,多出名家之手,这方印好像出自现在晋祠董寿平纪念馆馆长赵宝琴之手。

李刚老师斋名"两味斋",曾请王朝瑞题写,此两味者,不知为"酸、咸"还是"甘、苦",我没有去请教过。近来书画作品中常用的有一方小印——"芥斋",一字而蕴意宽广,是"微尘如芥"呢,还是作"芥子纳须弥"讲?前解则谦卑,后解则境界玄深;另有一印,作吴派风格——"南亭村人",也常用到,是惦念出处的,李刚祖籍武乡南亭。李刚印多自刻,篆刻宗汉印,功力甚深。

李焰字虚中,常署"力岩",我私下认为文义不通,至少有点费解,大概是确定矿工身份,其斋名"饮绿楼"非常雅致文气,有江南气息,李焰为江苏镇江人,南方情绪是比较重的。

韩中明斋名"师陶室"或署"陶斋",他的书法取法实际

上偏多贵族倾向,像印陶刻符这种野气的东西并不多,这个斋名透露了一些心底的追想,化成的是一份逸气,中明字"公生",取"公生明、廉生威"之意,我曾给他刻过一方窄窄的朱文闲章"五十方知作字难",印面太窄,几不容刀,中明先生近年来书艺正在走向老辣成熟,和他"内明"、"知难"不无干系。

俞韫杰"两勿庐"的含义一时半会儿也没弄清楚,到了2006年书展时见到他有一方闲章刻的是"勿忘勿助",才寻到解答。"长毋相忘"汉印中吉语常见,自是良好温馨的愿望,"勿助"则有拒人千里的感觉,老俞去深圳发展大致有二十年了,单位换了数处,回来又去了,阅世艰辛在这方印文中有所反映,他还自刻一方"人在江湖",也是其铭心之作,多为精品中钤盖。

阎德华,字述仁。我为其刻"述仁珍藏"印,盖在他收藏的宝贝上,老阎参与"河南帮"书法培训是近二十年左右的事了,和河南书法界的大腕多有接触,顺了人家不少作品,常自述以两瓶汾酒换得已故甲骨书家刘顺作品,是平生得意事。他的"躬行"一印是俞韫杰刻的,无边,很有装饰性,老阎做事崇实。

郭大顺老先生常用的印章有一对——"郭大顺"、"一帆",取"一帆风顺"之意,曾命我刻"大顺自然"一印,大顺老人少年时资质并非上乘,而修为力大,德望日隆,大顺老人的生存智慧或者生活态度对我是有启示性的,他就那样平实得没有枝节,竟至于"大顺",一生无波浪。

晋平的斋号也有意思，叫"苔花书屋"，他说曾看电视上介绍一种小山花叫"苔花"，很好看，我也没好好查《说文》，"苔"字可能在小篆中是没有的。晋平借走我数方小印至今未还，有两三年了，显然已养家了，有方"墨禅精舍"是我临赵时枫的，也算送他了，一套房子呀。

范有根的"师竹堂"，趋雅反俗，远不如同样结构的王未平的"师雪庐"，原因是竹子这东西在文人心目中变得已经俗了。吕林健给裴海忠先生的一幅字上借盖了一次，原因是他的印章全在太原，而字面又需要装饰一下，只好将就，有根近两年装老，好于作品后署"老根"二字，俨然成了酒品代言人，具体化了的一酒鬼，哈！最近作品入选新人展，我要发动大家帮助老根改掉原来酒量小的毛病，让他名副其实。

已故画家解京石，河北人，原印染厂设计室主任，曾于建材市场干过玻璃装饰，擅画寿平竹，和太原画院裴文奎是同学，修养很全面，绘画则国画外，水粉画亦为其所长，也搞书法，有启功的影子。写在画面上实实在在，很契合，而且还涉及钢笔书法，打了格子写成册页的样子，解先生处事太实在，有人要画皆给，不问报偿的，大概目前介休书画界人士手中都应有几幅吧。临去北京，还为我作紫藤一幅，墨梅数枝，紫藤惜已送人。解先生生前所用印章，记忆中最多的是俞韫杰给刻的两方不到一厘米的扁章。"解"字以甲骨文原形处理，以两手掰牛角会意，还有一方为李刚老师刻的"修枝剪叶"方章，盖在花鸟画上用词甚工。

画家赵贵明斋号亦别具情思，叫"叶羽轩"，"叶"是"花"

的陪衬,"羽"是"鸟"的附属,表达擅花鸟的意思,而不正面直道,轻轻撩拨一下而止。命我刻印数方,有一枚太小,放不下那么多枝枝叶叶,我取谐音刻得成"一羽轩",大白话说是"一根毛",老赵未必苟啬,拔一两根毛还是大有可能的。

　　刻石遍介休的宋力青自起字叫"丹生",把"青"字拦腰一刀,斋名"云斋",不知其意。有长卷上了新华网的张先生自署斋名为"独破庐",取意杜老《茅屋为秋风所破歌》中"吾庐独破"之意,但我每次想起介休话中"独破脚趾头"的意思,就觉得有寒伧之形,我个人以为不大好听。

　　此外,介休人自署斋名为"绵山上人"、"绵山草堂"者则人数最多,非我笔墨所能载,暂不讨论。

(发表于《介休报》)

印讵无源·回看石破天惊处

李刚刻　龙头寺

2007年5月，中都印社筹办首届篆刻展，李刚老师翻拣旧稿，找到一张1986年所刻"绵山十景"印屏赠我以示从前所用功。2008年12月，李刚老师谢世，2012年10月前后我重新将此印屏托人装裱在办公室内留作纪念，数有友人来访引以为话题，使我觉得有写写李刚老师篆刻的必要。

李刚老师书名隆盛，在整个80年代有文化英雄的感觉，山西书坛当时煮酒若论当在前五名之列。李刚老师加入民主建国会也是凭借了书法，是由民建省委直接发展的，我从民建留存的史

料档案中找到了当时民建省委田军女士的推荐信,写有:"该同志在书法篆刻界有很高声望,热心政协工作,请特予批准加入!"李刚书法的盛名在当时确有妇孺皆知的感觉,而其印名为书名所掩,知之者寡,解之者更鲜,而李刚老师的印作在20世纪80年代后期就陆续发表面世,试查1986年《书法报》可以找到"蜀籍并州霜客"及"书法报"两方印,这在山西印人印作中是拔得头筹的,是破天荒的事,应该铭记于心。

李刚老师的这件印屏取材是旧的"绵山十景",即"回銮寺"、"石乳泉"、"黄土坡"、"回头看柏龙"、"望峰门"、"龙头寺"、"抱腹岩"、"兔

《绵山十景》签条

桥"、"鹿桥"、"铁索岭"。从整个印屏来看,李刚老师这个时期风格还比较庞杂,有几方是明确的汉印风格,但取向仍有不同——"望峰门"厚重,"回銮寺"畅达,"龙头寺"则取汉朱文带边栏装饰,花饰缀以龙形,与字意相适;"回头看柏龙"则是将军印,分三行,字大小异形错落;也有古玺印式的,如白文加框的"抱腹岩",但明显对边框与文字关系的理解尚稚嫩。"黄土坡"朱文则遒劲有力,布置生动,今天看来也有意味。"鹿桥"也可归入此类,但中间一竖,用市委办永平兄理解应该象征"桥"形;

李刚刻　上党武乡南亭李氏

"石乳泉"学得是封泥,那个"兔桥"是学了"瓦当",已经出了印的范畴,上面的弧形穹顶不用说也是桥形的描绘。"铁索岭"无所坚异,仍顺着全局一朱一白的设计用朱文来表达,唯线条有些粗疏。这一系列作品创作于1986年,离他整体佳作的喷发期尚有一年,体现出的刻意、经心、寻觅、苦思、妙想正是增进感知的情结。李刚老师印作趋于稳定成熟,所谓"游刃恢恢"的时间还要靠后一些。20世纪90年代初,他为朋友们刻了大批的印章,许多都堪称佳作,如"卫晓峰印"、"济之"、"苍山如海"、"李步岩印"、"庆祝中华人民共和国成立三十五周年"等,而且边款也独特高雅,体现出他的天赋,这个时期省内不少名家的印作也请李刚挥刀。其父梦松先生过八十大寿时,曾手写请柬送呈诸友,其上盖"美意延年"等数章,皆精美无匹,我藏之多年,后随书赠人了。五十岁以后,由于目力下降,李刚先生刻印经年一作,但仍有例外——与北京著名画家朱林交好,曾刻数印,如

71

"牛八山人"、"佳景四时宜"诚为上品佳作,著名书法理论家李庶民评其印得"汉印之正,古意盎然";韩中明先生言其篆刻得一"静"字,更胜其书法之境界,都是中的之论。

  我学印之初,大批资料书籍是从李刚老师处借的,很多地方都盖有他刻意摹拟的印痕,印象最深的是一方"观雀台印",精神饱满。我学印的热情很高,李刚老师于是谈他的经验,如"朱文宜刻粗,白文宜刻细。有时候已经写得很粗了刻出来还是细,只好下意识往粗里注意。""印泥还是一种发紫的好看,显得凝重。""拓款要用很薄的宣纸,字太小,纸厚了拓不清楚。"并送我几摞卷烟纸,说最喜欢用这个。李刚老师的烟瘾很大,心脏病后仍一天一包烟。我曾经着力收集李刚老师的印作,拓为两份,一份送李刚老师存留,另一份本来是我留下来学习并作纪念的,张颌老回介休时,一时激动送给张老了,现在手里就剩这张朱迹了。

  前些时候灵石县的段晓东来访,请问印事,我看了他的作品忽然想到即使信息发达如今天,甚或明天,一个人的步履仍无法迈得自信和稳健,印学是杭州西泠烟雨下浮荡的精魂,北国的星星点点,虽有如李刚之超尘绝响,必也如吉光片羽,无法汇成宏大的交响,随着水逝风轻,也渐渐隐去了踪迹……

解京石《高士图》

"京石"永寿
——纪念画家解京石先生

解京石先生去世已有几年时间了,具体的时间我就不去核实了,这和我怀念他的情绪关系不大。历史上伟人的诞辰及寿终清晰可考的固然不少,生卒不详的确也大有其人。我们回忆

过去往往三代而上数典忘祖,更遑论其余遥不可及的内容,真正读懂历史的法子也许与时间无关吧,反正那些本当是正史的事情,和我这篇短文无关。

解京石生于1948年8月,河北庄云人(介休从事艺术活动的大部分倒是外地人,如李刚是武乡人、李焰是河南人……),1968年自山西纺校工艺美术专业毕业后被分配入山西印染厂,2000年退休,曾任图案设计室副主任(我一直以为是主任),1997年5月经李刚介绍加入民建,擅长的画种是水粉画、国画,其作品曾入选《世界华人书画作品选集》《第二届花鸟画展》。

解京石先生在介休书画圈中好说话是数一数二的,平日里无偿索画者只要开口几乎是有求必应、贴纸贴墨。所以大凡介休城中认识老解的人,家中大致都会有一两张他的画。我曾建议美协的领导向社会征集一些作品给他搞个展览,应该是有可操作性的。解先生最擅长、最常画的是寿平竹,远比自称是恽寿平徒子徒孙的人画得神似。其"寿平竹"在处理技法上是有突破的,他的方式不同于文与可勾填法,也不同于徐熙落墨法,和我们习见的板桥清瘦也大相径庭,而较类似于李方膺的风雨竹,笔锋开阔厚重,写的意味非常重,它的难处即在这一点上。换句话说,"寿平竹"是需要深厚的书法功底作基础的,而当代画家大都达不到,而解先生的书法水准也不弱,基本的构架是学启功的,而用笔不像普通学习者那样单一呆板,来得有血有肉,有自己的性情融冶在里面。90年代初,介休文化馆举办书法大赛,解先生是二等奖。其实要论文化内涵也许还要占优,只是创变不足。解先生有时候还玩玩硬笔书法,打了格子,认认真真地写。

作为学院教学方式的结果,解先生在美术领域的掌控是多面的,比如他的工笔设色也非常高明,有一仿冯大中的虎图曾在他的店里存放过一段时间,神情俱佳,人见人爱,最后被一行家购走。我们到解先生家拜访,更有幸见过他早年创作的水粉画,流水坡石,格调不俗,和西方绘画的情趣拉开了一定的距离。解先生的国画反过来也受水粉技法的一些影响,有时能别开生面。2002年,临去北京,曾应我所求创作一紫藤斗方、一梅花条幅赠我,梅花有上款见左,而紫藤尤精彩宏丽,惜已赠人。国画中紫藤有紫气东来的寓意,吉祥好语,所以是合适的礼物,且当日解先生答应为我作六尺横幅,所以未能珍惜。

山西印染厂走向衰败后,解京石先生因情势所迫开始下海探路,先是在北文明街拐角处平板房内开过一书画店,兼营木地板,后又租下文化馆东侧一楼一间耳房搞装潢,(当时租金好像每月500元,算高价)生意不很好。所以中间有一段时间曾外出北京、河北谋食,回来后曾让我看过一幅河北省书协主席陶福锡给他写的篆书,而生意估计也没赚到几个钱。这次回介休后和徒弟合伙在顺城关开店做玻璃雕刻,其间,赵贵明在店里打工,学了不少东西。这个店后来搬进建材大市场,平日里解师母守店,操京腔和人搞价,当业务员。后因孩子要落户北京,终于决定举家迁往,不久生病,去世时在太原。解先生生病时有一件事应记下来,那时介休已有解先生生病的传闻,但不知缓急。一日接到他从太原打来的电话,说退休工资没法领,原因是保

解京石《风竹》赵贵明藏

险所需要当事人的照片和指纹,而因身体原因不便回介休,想看看我能否想出法子。我于是向当时的政协秘书长李翔求援,请他向保险所曹所长联络解决,但制度不能变通,我也不好意思回复。隔了一段时间,解先生竟打来电话表达谢意,后来才大略知道是曹所长派人随解先生的徒弟开车去太原专门办理了手续。李刚老师为此事也在外围使过力,这件事想来解先生应心存感激,去世前短暂的时间内应有欣慰的心情。

有些人学书画而俗气不脱,精神不到,或画面尚可而款题拙劣,或印章不谐,都缘自审美能力不全面,陶融功夫不够。尤其学西画的改画国画,不由得沾染西画习气,味道不纯,有假洋鬼子样,解先生在这个方面一点问题也没有(比如使用闲章一事我曾在《介休书家的斋号与闲章》一文中提及)。他的画面总是妥当完整、雅洁大方的,这都是因为他的识见高明。他常常以简易的形式透露出内在的修为,只是少人懂而已。一次我拿了李刚老师的书作见示,解先生说:"'画'字、'写'画难!难!李刚确实高明!"这两句话其实是包含深刻含义的,非行家莫会,稍作解释:书画同源一词已为人所熟知,到近现代更应注意"书画合流"现象。这个发端应该从北宋苏轼、米芾等文人画产生算起。随着士大夫的介入,自宋至元,沿流而下。文人趣味的技法改良,使中国画的主流凸显文人色彩,而其主要的标志即绘画技法向书法范式调整,即书写性的加强。体现在细部即以节奏统领内涵,即老解所谓"写画"。而书法用笔中一般是反对"画字"的,这里也需要细加分析,不然非误解不可。"画"实有二意,一是"描"意,即重复染涂;二是绵延意。所谓"画字"即第二意,取其有意韵、优游不迫的含义。虽是欣赏李刚,说明老解于此也别有会心。

单从艺术水准评价,在他的那个时代,介休范围内解京石先生的国画是最好的,是最正宗的,是国画的主流。赵贵明、武吉毅都是在其影响下成长的,而都乏书法基础支撑。他的画作曾给我们带来丰富的文化内容,夜寂无人,读书倦了,眼光移到那几枝竹叶,几朵梅花,品味其隽永,有心灵间的嘤鸣。一个人的逝去,一个文化人的逝去,不应该被他曾存在过的社会忘怀。如果真的有如此冷落的结果,那是他的不幸,也是我们的不幸。

是为记。

溪声山色

詩蘸散二篇最得風人之致晏同叔之昨夜西風凋碧樹獨上高樓望盡天涯路意頗近之但一灑落一悲壯耳

古今成大事業大學問者罔不經過三種之境界昨夜西風凋碧樹獨上高樓望盡天涯路此第一境界也衣帶漸寬終不悔為伊消得人憔悴此第二境界也眾裏尋他千百度回頭驀見那人正在燈火闌珊處此第三境界也此等語皆非大詞人不能道然遽以此意解釋諸詞恐為晏歐諸公所不許也

太白純以氣象勝西風殘照漢家陵闕寥寥八字獨有千古後世唯范文正之漁家傲夏英公之喜遷鶯差堪繼武然氣象已不逮矣

王玥

王强喜

冯

刘

云龙飞驾　天马行空

太岳山人

尊受

《心经》

悬之酒肆
——当代书法艺术的定位

（十中演讲录）

十年前，我与贵校的语文老师张驰先生及几位朋友经常有沙龙式的聚会，仿效古人所谓"诗酒之会"。那时候我也喜欢诗词，但水平不高，所以诗是张老师做的多，我主要是喝酒。张驰先生是天才型的人，大家还不认识电脑的时候，他已经在搞网络了；大家还数工资的时候，他已经跑广东了，更莫说诗了。他现在顺德，担任中华诗词网的总版主。这个网站是中华诗词协会的阵地、平台，或者也可以说代表当代的中华诗词。诗词在广东的被重视程度肯定超出我们的想象。张驰先生的车就是热爱诗词的华侨送的。中国书协前主席沈鹏同时也是诗词的铁杆票友，连他老人家都是主动送过张驰字的。对这样风光实惠的事情，我的企羡心情相信大家能够理解。这是我对十中深厚文化积淀的感性认识。

另外，我想借用张驰老师的话作为今天主题的一个引子。各位应该知道，他也是喜欢并长期实践书法艺术的。我深深记着他的那次谈话，他说："诗词，我觉得还可以搞一搞；书法这门我觉得太深。王羲之晚年所创作的那些作品，我们认为登峰造极了。他自己怎么看？他还能做到什么——假如他不是早死？我想不明白！"

天才的迷惑！

书法是什么？张驰在哪卡了壳？能说清楚吗？王羲之怎么解读？所以我们往下的讲解要坚深、严肃，不便于轻灵了。

一、请循其本

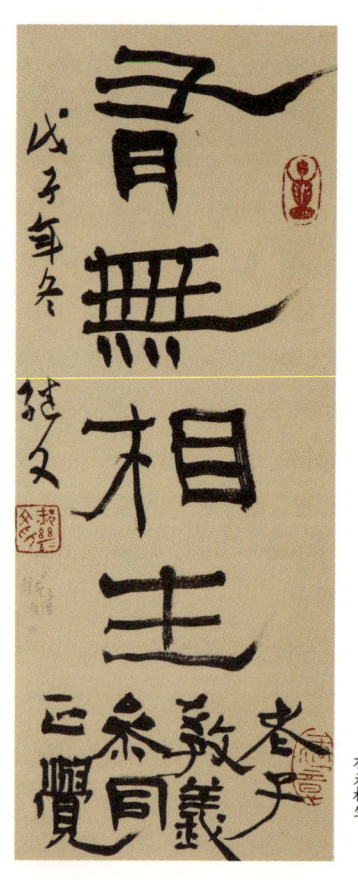

有无相生

这四个字，是前些时候江苏一个书学研讨会的主题，不妨借来。其出处是《庄子》中的一节，庄子与惠子在濠上观鱼的那段著名争论，说来说去弄乱了，庄子一挥手："来清点一下，从头算账——'请循其本'"。我们的书法，现下的状态也是众说纷纭，所以也需要这样寻一下根本。

西方社会学科的母学是哲学。我进修汉语言专业时，知道它也是美学的来源。

要解释书法艺术,我想需要按这样的思路回溯。人来到这个世界上,除了活着,还想体认自己。只要自我意识觉醒,你会循着求同存异出发去寻找参照系来反证自身。成天照镜子的唐太宗和看着两个铜球同时落地的伽利略是一样的近取诸身。从自己开始做对比,记得我们小时候都玩过这种游戏吧!同和异是一体的,中国人叫阴阳。兵法说:"阴在阳之内,不在阳之对"。混含一体的,中国人叫"太极",叫"道"。这样下来,一、二、三,万物生成;外国人叫"正反合"。这个拼合方式就是抽象的卦象,八卦而六十四卦,层层推演,据说占卜得出世界和我们自身。书法是类似的一个体系,当然古籍说他们渊源有自。《说文解字》:"古者包羲氏之王天下也,仰则观象于天,俯则观法于地,视鸟兽之文与地之宜,近取诸身,于是始作《易》八卦,以垂宪象。及神农氏结绳为治而统其事,庶业其繁,饰伪萌生。黄帝之史仓颉,见鸟兽蹄迒之迹,知分理之可相别异也,初造书契。"现在我只想说书法艺术经过数千年的积累,几乎发展成了一个包罗万象的意义系统,符号比卦象来得更复杂,因为它还掺和了许多动态的不确定内容,充满了张力,照应了生命。

　　卦象的概念化、机械化不是卦象的不足,相反它恰是为我们简单的头脑而设的最佳模型,是我们不够用的脑子的一个简易反映。我们的脑子不够用,所以愿意让世间的一切俯就于自己。现代人变本加厉,城市建筑一例是几何状的,路愿意宽而直,心愿意简而净,人愿意类而同,这种趋势无处不在。这是人类自身能力局限导致的。然后,世界证明我们的错;我们认识到自身的不足,所以努力的方向便应该是模拟自然。

  由于书法艺术的玄学意味,它的象征意义在历史上至少有两次被过份拔高,《古今诗话》云:唐僧贯休工篆隶,荆州守成讷问其笔法,休曰"此事须登坛而授,讵可草草言之?"第二处是明项穆的《书法雅言》中的一段:"法书仙手,致中极和,可以发天地之玄微,宣道义之蕴奥,继往圣之绝学,开后觉之良心。"这两位的话,是说在大事上、宏观上,书艺能包治百病。但这样的抬举显然并没有形成良好的共识。否则,成讷先生就不会驱逐贯休,大概认为他是装神弄鬼的。还有人说书法艺术是中国文化的核心,我们感谢他们的好感与好意,但也应该认知书法艺术表现和含蕴的局限。外行人自不必说,以我二十年的代价来看,我能从一幅书作中读出什么呢?情绪、渊源、个性、心理、节奏,皆隐约而不确定。当然,它的感染力对我来讲明白无疑,只是功效没有那么大。而今,它只是艺术的一个品类,只是出身比较好,理解比较难,还比较精英化、小众化。这当然也与时代有关。

  书法以它的生动迎合自然廓式,以情感流露破坏理性设定,它的逻辑别无二致,是存异求同间的量级递进反映。

  但是不要忘记还有一大致稳定的符号系统(文字)的强约束,这恰是它的唯一性和特色,西方抽象画不足以替代的东西,文字和其演进过程中的徒手线,承载了每个时代、不同地域、不同个性的文化习惯,这就是书法艺术。文字符号是随历史进程繁衍的,所以它的约束力是逐步递增的,到现代大约算无以复加了。中国历史上的各个朝代也都搞过文字规范,秦之所谓"书同文"。秦,二世而斩,还不及普及。历代的文字规范也难以像现在这样强大传播媒质支撑下的牢不可破。或者可以说,历代文字在

社会认知和使用中有较大的模糊性,更不要说战国时期的那种混乱。这样的条件下,除了个别触着忌讳的字以外,每人头脑中是有很大的容错率的(文字有衍生及讹变),这也是书法艺术存在的一个土壤。书法艺术所创造的对象即历来生发的所有文字(包括印刷及手写),当代人对一个字的"确认"比古人要强烈,对文字形象的感性认识也多局限于方块字,容错率极低,包容性很差,如果不是经过特殊培养,在文字方面,当代人的心态特别狭隘,非常多的人把欣赏当成认字,而真正的欣赏是张怀瓘说的"深识书者,唯观神采,不见字形。"归结一下:书法艺术的素材——全部文字积累(印刷的、手写的等等);书法艺术的表现手法:造型与律动;书法艺术审美遵循的原则:一二三的对立统一原则。由于造型的对象是抽象化的符号文字,文字的构件——线和结构充满了各种可塑性。所以,内质是抽象的;而文字经过社会积累认识又产生了它具象的一面。所以它的抽象有个不能算清晰的范畴,而这个范畴似乎还在不断吸纳新的东西。对这个问题书法界在20世纪80年代末热烈讨论了很多年,通行的美学教科书都一直语焉不详,令人失望。

二、形势为先

循着哲学思路,可以因字体特点将书法分为两类:一动一静。篆、隶、楷倾向于静,行草倾向于动(这样的分类不很科学,暂时沿用),静是相对的,同样依附于人自身体认的方便。我们在设计书写时,动态的用节奏控制,静态的用形构控制。节奏性质分析起来更加复杂,我们指出它类似于音乐,就相对好理解。在书

法专业的名词中,有几个关于用笔的描述可以稍窥一斑:"节笔,内部翻绞,钩锁连环",都是在动态中加以波澜的方法。所以,一般来讲,行草书除了上述的复杂特性外,大约还应该注意它的"感性""随机""见招拆招""莫名"等特色。处理顺应势态,则"势来不可挡,势去不可遏"。看似无序的处理可能是不能用语言描述的复杂序列。而书法的开始正沿着文字生成的过程,前期呈现的是偏静态的。由籀文至小篆而至隶,笔法演进是由画到写,结构居其主要层面。蔡邕书论《九势》中说:"夫书肇于自然,自然既立,阴阳生矣。阴阳既生,形势出矣。"结构秩序建构是这样的:第一层叫阴阳环抱,最佳状态叫"势均力敌",就是平衡关系搞得好,失衡叫"阳舒阴惨",变为偏正关系;第二层沿着第一层的思维递进分四类:一是中轴对称,体量大的(如建筑,书法中代表是隶书)更适合,情绪指向为"松散和谐、宽博包容"。二是团练一气,代表作是魏楷《张猛龙碑》,往往主画突出,结构方式是斜画紧结,情绪指向有点类似于我们武装部的标语"团结紧张",是率宾归王的一个方式。三是空间均衡,代表作是《峄山碑》,有明确的秩序化、网格化、数字化倾向,这个规定太严,违背人性,后继乏人。四是主从相依,有别于第一层的偏正不谐的感受,小的轻的部分起点缀性作用,传统书艺中偶一遭遇,如《好大王碑》中的少数字构,被当代书家借题发挥,广泛运用,情绪指归是趣味化。注意,"情趣"是对法的消解。第三层基本分三类:一是对角呼应,是"中轴对称"的演绎,大部分存在于印章中,印章边框的稳固特别有利于这样的处理,书法作品中《曹全碑》用的最好,有时候是单字,有时候甚至是字群。这种处理,再往上推演可形成第四层,我叫它"一呼百从",形象类似于我们小时候学习的童话故事,虾、鸟、青蛙等各类小动物拉车,有天上的、水里的、道上的,方向有异,指向相同,是求个合力的。二是"渐变开合",空间逐步推开或闭合,曲率逐步增加或减弱,有咏叹调的感受。三是制造"逻辑空间",这点比较复杂,已进入动态的节奏空间,是综合体。再向上就成了几何级数,非智力所能解决。对于接受者来讲,也不是越复杂越卖座,当然也不是越简单越好。有了如上叙述,我们可以知道审美也是考量智商的一种手段,训练可以获得部分改善(脑子不好,可以背)。技法取舍运用有一个技道关系,层次为"技、法、理、道",要抱道而处,不眩技求奇,艺近于技,而书法艺术落脚于"法",耐人寻味;中国人特别在意法的运用范畴,"法不孤生,仗境而起",依理施技则近道,这个关系后面还要谈到。

三、绳矩纸墨

孙过庭《书谱》谈到书作水准发挥的影响因素说"五乖五合":"又一时而书,有乖有合,合则流媚,乖则凋疏。略言其由,各有其五:神怡务闲,一合也;感惠徇知,二合也;时和气润,三合也;纸墨相发,四合也;偶然欲书,五合也。心遽体留,一乖也;意违势屈,二乖也;风燥日炎,三乖也;纸墨不称,四乖也;情怠手阑,五乖也。乖合之际,优劣互差。得时不如得器,得器不如得志。若五乖同萃,思遏手蒙;五合交臻,神融笔畅。畅无不适,蒙无所从。"只有纸墨问题,或者说只有工具问题是实质性的、约束性的。除了我们上面说的要依理施法外,要善用工具,也是根据工

具的特性去整理我们的方式。这一点基础,常被大多数书家所忽略,所以需特加标识。不考虑笔墨(大家不择纸墨)是磨砖做镜,宁有成日?如宣纸,我们现在用的这种是远不同于古人的。比如硬黄,比如茧纸,比如绢,才有晋唐流美在。高明的书家是认真研究过这些差异的。现在北京的名家李沾谈体会时说他买回的纸张,都是要依古法深加工一遍的,下笔就如神助。或者要因而今工具的特性加以改制。追摹古人要尽可能用一切办法还原环境,诸如工具、习惯、气氛、心理、舆论、地域等等都应在关注和尝试研究之列,研磨越细致,对话才能越深入,水平才能越高明,才能有文化的自信,才能有适当的变通,这是根基,略举纸墨来明其意。

四、时移事易

一切形式因素都有内涵,抽象的技法也能形成相对稳定的情感伦理指归,影响到审美的价值判断,完成教化作用,随时代心理大环境而有所摆动,这才是定位的关键。白居易说:"文章合时而作"。石涛说:"笔墨当随时代",一经提出即万壑回响,但是怎么才叫"随时代",却未必能说得清。

书法艺术形式的标准,富含伦理。定向和情感唤起的基本框架是分两个阶段完成的。第一个时期是伴随文字发育衍生的,上启结绳之时,而下至大唐楷法成熟才基本终止,而其自觉期下限不会超过东汉末年,标志是有理论产生并兼具如《曹全碑》这样有深层结构的产品,标准完成期是魏晋,当然代表是右军父子。我们现在的欣赏常犯的一个错误是以印刷楷书框架下的印象评判二王,这个毛病在明朝就有些露头,本末倒置。标型立范是王羲之,应参照他来批判其余才对。经典生成后,顺流而上,时代风气及个人风格决定对经典的取舍,从而形成定位。南唐张泊云:"善法书者,各得右军之一体。若虞世南得其美韵而失其俊迈,欧阳询得其力而失其温秀,褚遂良得其意而失于变化,薛稷得其清而失于窘拘。"都是违而不犯,且不说描述是否合体,关键在于右军而后,历经数变其影响之巨已无抗手之敌,取得这样一个地位除了唐太宗"尽善尽美"四字的推崇外,更贴切的分析是张怀《书断》:"右军开凿通津,神模天巧,故能增损古法,裁成今体,进退宪章,耀文含质,推方履度,动必中庸。"他是在辨证的大前提下建立了一个尽可能包容的体系。妇孺相传的《兰亭序》二十个"之"字的形态各异,透露出当代人不能从容接受的努力方向,实际王羲之在字形创造上几乎是每处皆变化的,这个习惯在各代名手中相沿成为时尚。王羲之的标准体式,经过历代吸纳形成帖学大系,这个体系自建立起就无时无刻被无数书家无数时代努力冲破(参看《影响的焦虑》)。构成当代书法艺术背景的另一段——"碑",原来本来是不存在的,我临王献之《玉版十三行》,知其结构体势原与《张猛龙碑》《司马金龙墓志》并无轩轾,差异仅在文野之分。把按介质分家,说成按风格分家多少有些强作解人,但是这样的反思别具意义,从而树立了一个对应层面。从这样的角度定位"碑学",才不会在翻看康南海《艺舟双楫》时被康圣人"魏碑无不佳"的言论惊破了胆,笑痛了头。简单地说,"碑学"就是反经典、反帖学、反精美化的一种处置。它随时可能被招安,不仅要被带上箍,更有可能皈依沉寂,坐在众佛的行列中洗

掉一身的猴气。

文字的生发、生长衍生了书法艺术。东汉末,这个叫艺术的东西想脱掉形骸而独立,这个蜕变延续到唐、魏晋时已枝叶齐全,后来是它的体系完善完备期,汉末至唐是重叠期。一半受文字继续演进影响而变,一半受风格取向影响在变,唐以后就全都是时代风气和个性在决定了,直至催生了碑。启功说:"唐以前的诗是长出来的,唐人的诗是喊出来的,唐以后的诗是想出来的。"字则魏晋前的是长出来的,魏晋时的字是写出来的,唐以后文字同样是想出来的。顺生而逆取是它的基本规律。

"碑"融入了经典,文化传统不断抵抗、相安、接纳,扩充自己的阵容,后继者少了与古人对话的能力,或者应接不暇顾,不上细说,或者竟懊恼不已,拒绝了这种对话,这实际上不可能。回到原来,没有参照就没有存在,这是我们目前的处境。发多大的愿力可以击破这墙壁,赵之谦的博求还是吴昌硕的坚守,悟性和定性不可或缺,当然这是大师级的要求,"绠短者衔渴,足疲者辍途",我也在逐日途中走不动了。所以,退而求其次,现在来看看专业的要求。

那么眼下的风气如何定位,我们如何去面对呢?简单说来有两点是过去所没有的。一是展赛机制,二是院校参与。前者是流通渠道,后者控制了货源。书坛就是这样了,两者合起来构成书坛的专业化倾向。专业背景下书法艺术呈现了三大特征,或者说三方面的追求:分别是技法、情趣、气质。韩少辉来介休讲课说当代主导风尚是"尚趣",是顺着"晋尚韵、唐尚法、宋尚意、明尚态"的思路来的。我们前面说过,情趣是对法的消解。要改变法的严肃面孔，这样的欣赏心理比较合拍于当代的心理状态。当然，"情"未必有那么丰富，那么真挚，所以创作必然"为文而造情"。成色的好坏看表演的艺术，但"假"却比较一定，所以韩少辉的"趣味"说是找到落脚点的，是看对了，流行语说"讲实话上面不愿意听，讲假话下面不愿意听，只好讲笑话。"笑话就是趣味，弄得好则"谈言微中，亦可以解纷"；弄不好，就成了挤眉弄眼，装腔学调，恶心死人。所以这里面已然包含了品格气质。当下的书坛谈不上境界二字，弘一法师那样舍弃技法专务内敛的人物不会有，"不爱风流高格调，共怜时世俭梳妆"会被展赛淘汰，简单地说就是太素。"画眉深浅入时无"是书坛参与者必须考量和面对的。所以书坛只允许加法，境界而下求其次。知性与气质来得要长久一些，决定趣味的高下，这两点构成书坛的内质。更为讲求的是技法，以上两项见仁见智，难以把握及量化。所以，技法能力才是规定动作，这方面的研究的确有前无古人的收获，引进的西方思维帮上了忙(邱振中是个代表)，所以现代人学习速度、临帖水平确有远超前人的方面。不过，技法原不是全部，比如明代人就不是锱铢必较，如八大、傅山的临摹简直不管原帖是什么样子，又有谁能望其项背。这就是当下的情势。

  1.模式的重要性。由名家与导师研制的模式被认识和接受度相当高。所以当下是模仿秀盛行的时代，这是免了广告费的宣传。相反，新人新模式总是被怀疑和鄙视、漠视，年轻人比老作者更容易入展获奖，是因为他们心无芥蒂，没有应对模式范畴的心理障碍。所以应合展赛先要放下包袱，委曲以求全。当然模式以外，也不排除这班评审的偶一艳遇。但是，请牢记那不过是精神幽人归独卧，滞虑洗孤清。持此谢高鸟，因之传远情。日夕怀空意，人怀感至深。飞沉理自隔，何所慰吾诚。
——张九龄诗《感遇》

走私，很快就会回家的。你要痴心妄想那可是要伤心的。一般来讲，流行模式是符合时代心理的。

2. 形式设计。这是当下模式的具体操作，书法艺术一经拼搭、染皱、剪裱，我也觉得它零件破碎，沦为一种元素。这也是展赛背景下的窘境，不引入外援，说成啥也踢不过巴西。全这样做了，动辄就成了国际赛事，比到最后，成了比经济，比综合实力。除非你不玩了或修定章程进行禁止，否则就你村里那三脚猫功夫连参赛资格都将不保。再说你改章程有多少票支持，从接受者角度说，并不在乎是不是书法，没准你还得靠这些花样来推广，把形式设计看成外包装吧，酒好也怕巷子深啊！

3. 技法密度。这是本体的东西。竞技嘛，不只是十米跳台往下栽那么简单，最起码得来个转身屈体什么的，又不是看企鹅跳崖，笨笨的觉得可爱，这也就是颜柳不讨好的原因。所以，范本选择必定有一定的技术难度才好，要不就独家秘本，图个新鲜也可以。这就是临什么帖的问题："一点之内，变钮挫于毫芒"，要有这个追求。

4.杂揉与纯粹。单打一还不行,撞车概率太大。所以,远洋杂交、狮身人面是一种思路。郭德纲说的那京巴、藏獒、鸽子的混,前几年很多。当然要有个度,混血儿也有极差劲的。反其道而行的叫贵族,讲求血统,也是惹人稀罕的思路。《书谱》写到家,《自叙》写到位,都可傲睨群雄。高技术含量的天赋不高,做不好,做不到,就要知道质朴胜于造作的道理。亲疏一握而知。悟性极差的人要找极冷僻的帖子(那么技法简单些)去学,这就好比就业找工作,托关系走后门也得弄个好单位,靠工资就能致富。不过风水轮转,单位前景也会变,随着跟风,碑帖的生熟程度也会变,这得问问知道内情的人。

5.一曝十寒。这是技能训练时特别应该讨论的问题。过去书法更多的是一种修养,修养就是闲着没事有一搭没一搭打发时间的一个手段,那就是写个劲,涂涂抹抹罢了,目的可有可无。这在名利场、职业化、工具化背景下看哪有什么效率可谈,所以为了写好字,不能这样浪费我们的时间。所以,我极力主张训练要强化,要短时间连续进行定型式训练。厨房主妇一辈子也成不了大厨,而训练班可以让她三个月练就,这就是决窍,这就是捷径。"节度其手"是目的,攻破难点是任务,短期大量是手段,就是要赵孟頫的一天一万字,这才会有明确效果,拖沓、时断时续、漫不经心是大敌,技能训练是书法艺术的基础,是须臾不可离的工具,有了它才可能谈的上追求品位和境界,要用大力气拿到它。

其实还有个定位的问题。有没有人告诉你不能学启功,不能学刘炳森,不能学沈鹏,为什么?学颜、柳、欧为什么不能入展?俗气、狂野,那他们怎么就行,还是大家?文化传播就是这般,从来没有过脱离人文环境的艺术评品,没有离开人而谈艺的。所以,不同位置不同场景下都有一个角色定位问题。陈石遗论诗所谓:"工于语言者,于法老不废;令指颐使人,安得为词费。"接受心理就是这样势利世俗,名家、名作者往往追求简单明了,让傻子看懂,这样受众就会大幅增加;一般爱好者所要获取的是评委的认可,是认定,所以追奇逐异,以搏回眸一顾。这就是专业化倾向下的一种能力,换句话说现代背景下的书艺还是一种角色演绎。展赛形势下的书艺变成技术比武,书家往往一专多能,戏路很宽。本色出演不被看好,走到今天这一步也是有个演进过程的。当代书法的复兴是与改革开放同步的,最初展赛是那样的老气横秋。再下来,刘正成时代是个标志,有创意、有引领,形成现代书法。中华文化促进会的王石评说这或许只是一种灵感。只有灵感没有后续手段是走不远的,所以到现在时风又转。还需注意,角色定位未必全

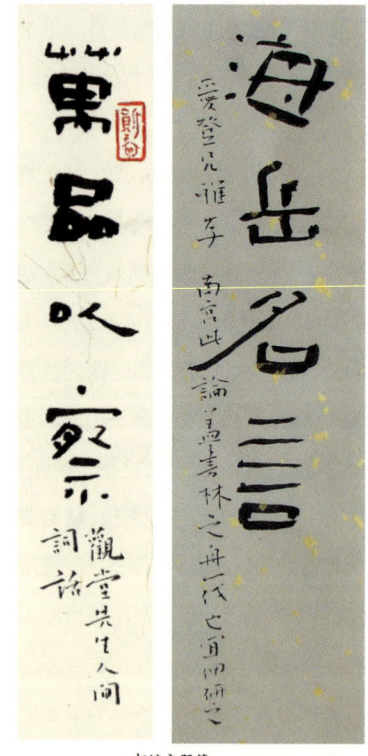

郝继文题签

是主观应对客观的被动调整,也不全部出于主观自觉,它的形成往往在有意无意之间。艺术家的影响渊源,个人禀赋都会叠加上去。特别应引起注意的是,目前信息传播方式的改变,塑造新的文化生态,置之一隅和放之四海未必势隔天涯;同时,信息技术的过快更新,也使跟跑者梯次迅速拉开,瞬息万变。"恍如隔世"不再是睡梦以后的感觉,这两者形成的定位错位让我们的观察更加莫衷一是,难下断语。我正在着手整理民国时期介休县域名家的书法资料,我想将这些作品与当时全国的大师作同期比照,来研究当时书法艺术传播的规律,探讨当时的文化崇尚方式和习惯,从而照应当代背景下的痛楚与彷徨。

文学、绘画、摄影、戏剧、影视都可能以题材的现代化完成转型,以地域化、个人化实现重心焦点转移。书法是过渡社会化的产物,反而无所借助,成为单边反馈,全国一盘棋,几无例外,没有了固守的可能。展赛的导向像空投的炸弹,一发即四散摧崩,这一视角下又形成了标准的一致化,把书法爱好者培育成追风者。追逐奔竞中自我的价值进一步贬值。佛经说"诸法无我,诸行无常",无常临门,是我们的不幸,更是书法的不幸。

米芾草书帖曰:"草书若不入晋人格,辄徒成下品。张颠俗子,变乱古法,惊诸凡夫,自有识者,怀素少如平淡,稍到天成。而时代压之,不能高古,高闲而下,但可悬之酒肆。"酒肆食坊,混同葱蒜是米芾最难以忍受,档次极低,而今书家以兜售为第一要务,安可共谈其艺?

注:1.《庄子·秋水》:庄子与惠子游于濠梁之上。庄子曰:"儵鱼出游从容,是鱼之乐也。"惠子曰:"子非鱼,安知鱼之乐?"庄子曰:"子非我,安知我不知鱼之乐?"惠子曰:"我非子,固不知子矣;子固非鱼也,子之不知鱼之乐,全矣!"庄子曰:"请循其本。子曰'汝安知鱼乐'云者,既已知吾知之而问我。我知之濠上也。"

2.节笔:米芾叫"折纸书",一般认为是草书行笔中的"断""跳"和分笔现象。

3.钩锁连环:清鲁一贞、张廷相《玉燕楼书法》:"张伯英芝益(章草),从而肆之,钩锁连环,变化无穷,谓之大草。"

(最末一部分发表于2013年12月期总279期《书法》杂志)

①岩兴机电杨晓峰先生赞助"花信风回"展出,将饮茶。
②与张滢及学生在展厅。
③与许雄志先生在宾馆。
④与李刚、米立志、韩中明、梁启胜先生。
⑤与张弛先生在顺德。
⑥与赵雁君、安多民先生在平遥。
⑦与李庶民先生在灵石。
⑧与沈鹏先生在绵山,韩中明(左二)晋平(左四)及沈先生助手(左一)。

陶斋余墨

韩中明 著

山西出版传媒集团
山西人民出版社

图书在版编目（CIP）数据

陶斋余墨 / 韩中明著. -- 太原：山西人民出版社，2015.11

（介休当代艺文丛稿 / 郝继文主编）

ISBN 978-7-203-09190-5

Ⅰ. ①陶… Ⅱ. ①韩… Ⅲ. ①汉字—法书—作品集—中国—现代 Ⅳ. ①J292.28

中国版本图书馆CIP数据核字(2015)第232440号

陶斋余墨

著　　者：	韩中明
责任编辑：	武　静
出 版 者：	山西出版传媒集团·山西人民出版社
地　　址：	太原市建设南路21号
邮　　编：	030012
发行营销：	0351—4922220　4955996　4956039　4922127（传真）
天猫官网：	http://sxrmcbs.tmall.com　电话：0351-4922159
E－mail：	sxskcb@163.com　发行部
	sxskcb@126.com　总编室
网　　址：	www.sxskcb.com
经 销 者：	山西出版传媒集团·山西人民出版社
承 印 厂：	山西基因印刷服务有限公司
开　　本：	889mm×1194mm　1/32
印　　张：	16.625
字　　数：	500千字
印　　数：	1-2000套
版　　次：	2015年11月　第1版
印　　次：	2015年11月　第1次印刷
书　　号：	ISBN 978-7-203-09190-5
定　　价：	82.00元（全5册）

如有印装质量问题请与本社联系调换

吴定元 | **总序**

　　文史资料工作是人民政协独具特色的经常性、基础性的工作。它在介休政协发展历程中,围绕"存史、资政、团结、育人"的社会功能,积极工作,勇于探索,取得了丰硕成果,为社会文化建设,以及统一战线和政协事业发展贡献了力量。截至今天,《介休文史资料》已印行十二辑,颇受社会各界好评。近年来,不断进行突破,研求新的形式,分别编印了《介休政协志》和《介休历史文化丛书》,参加了《介休琉璃》的组稿与编辑,并交由山西人民出版社正式出版发行;配合著名人类学家乔健(介休籍)的讲学、调研,将中国人类学家对介休的研究成果合辑为《维护文化遗产,发展城市文化》论文集;由张志东同志勘拣材料、采访,与乔健先生多次沟通,撰成5万余字的《著名人类学家乔健》书稿,比云南人民出版社出版的《乔健口述史》早了一年,而且资料取舍自有其独特的价值。这些书稿的辑成对介休三贤文化研究、介休历史文化名城复兴以及介休区域人文的自觉建设与发展发挥了巨大的作用。

　　2014年以来,介休市委、市政府、市政协主动适应文化建设的需求,文史工作更加艰巨和全面。反映介休洪山窑的《介休陶瓷》正在组稿制作中,与中山大学、复旦大学、四川大学、厦门大学的文化合作研究成果也基本完成初稿;介休景点楹联经由中华诗词网、中国书法家网全球征稿,所评审选用的稿件也将选编成印。同时,《介休近代艺文丛稿》《介休当代艺文丛稿》的出版印行,也是颇有意义的。

介休有文字记载的历史约为2600余年,自北宋到当代,人才辈出,文艺鼎盛,而市志所传,限于体例,空列虚名,研究者往往无从着手;各种机构、个人的吉光片羽之藏,因条件局限,保护不得法,发扬更难。这次的编选首先是一次对文化遗产的抢救。我们充分发挥协调作用,取得市史志办、市文化局、市报社、市博物馆、市档案馆各部门的积极配合与支持,分拣资料,拍成图片,得上百种各类存稿,其中不乏如《桐柏生诗钞》这样的手抄孤本,又积极组织通于文史的学者、教师及各类研究者十余人参与了整理、标点、校对等各项工作,历时近两年而璧成此十数册。丛稿经历了同样的艰辛,取精用宏,更增加了组稿的难度,审编人员可谓呕心沥血。其中《李刚文献集》是已故书法名家李刚先生的作品与文章合集,并汇编了一些往来信函及其逝世后的纪念性文章。李刚生前名重全晋,所交皆一时俊彦,稿件编选时呈送山西书坛名家,均赞誉有加。

这套丛书是新时期文史工作的一个探索,而对于本土文献资料的保护和利用仅仅是掀开一角,其研究与传承仍有待于全社会的参与与支持,这应该是一个互动的过程。文史知识对增强本土文化的凝聚力,把握发展的内动力,提高人民生活的自豪感及幸福指数,功效莫大。如何将我们的文史工作进一步落到实处,利用好各种现代技术手段,提高工作效率,力求详实、新颖,将保存与传播相结合,完成一项项文化工程,形成城市的软实力,实现我们

的梦想,是摆在我们面前的一个课题,任重道远,期待我们一步步践行。

(吴定元,介休市政协主席。)

序 李庶民

介休为名胜之地,以春秋时期晋国贤臣介子推而得名。元末介休人左遵道所著《介休县重修洁惠侯庙记》曰:"当献公时,以骊姬之难,奉公子重耳奔狄。居久之,适齐过卫,历曹宋,抵郑楚,孤苦寡援,殆弗克堪。秦缪公贤而纳之,凡十有九岁而得入。其相与周旋者,艰难险阻,罔不备尝,而卒济其君者,侯有力焉。内难既除,君位既定,侯亦奉母而逝者,冀忠孝两全也。"(《全元文》卷1781.凤凰出版社 2004 年 12 月)介休绵田,民风淳厚,忠孝文化历代滋润,致其人才辈出、地杰人灵,传统文化深厚,至今为世人瞩目。

20世纪八九十年代适逢变革初期,书法亦随之复兴,笔墨风气,遍及四隅。而晋中书法先声杰然突出者则首在介休,卓然并起声光溢于省内外者三五人,韩中明居其一焉。当群众书法热喧嚣沸腾之际,不屑于跟风逐尘而甘于沉潜守真、忘乎外慕,神闲气定而乐于自适者,介休不过二三人,韩中明居其一焉。

韩中明长材雅识,清修乐易,其书法英姿奕奕,体势雍容,诸体皆见其天韵逸发,才高功深。我与其识三十余年,于书法志同道合,更钦佩其高标独立,洁介远俗。数十年学书从艺不为世尘所惑,不为名利所动,抱器怀良,从容进退。晋中内外,识与不识,见其书法格高境雅,莫不由衷称赞。

韩中明于篆、隶、楷、行、草诸体皆精。于技道不二法门深悟实体，得悬解妙领。笔法精妙自如，心手双畅。篆书博涉甲骨、金文、小篆，尤于西周金文会意最深，合《散盘》奇崛古朴、恣旷放意与《毛公鼎》气度轩昂、雍华大度于一体，参以《墙盘》之神韵，刚柔相济，快意从容。用笔劲健爽锐，遒媚精致，疾涩合律，灵动多姿；结字奇峻伟逸，多有《散盘》意趣，尤于收放、开合、疏密、欹正、错落中见反常合道之旨。隶书以东汉《乙瑛》《张迁》诸丰碑巨碣立基，参以《石门颂》之高浑疏秀，复上溯汉简的淋漓自然，性情所至，遂成舒朗活脱、婀娜多姿风度。细审则见篆书的平动使转与隶书的提按劲折相互交错，而结字倾侧错落，欹而势奇，外轮廓亦多参差变幻，意在强调整平与尖锐、静态与动势的对立统一。故无论乘承转换、收放正变，皆接笋于前代经典；新意顿开却又妙合古法。楷书则继以北魏庙堂主流书风"邙山体"，将《元怀》之秀逸圆润、《元倪》之风华旖旎、《元略》之遒劲峭丽等集于腕下，形成了其高境幽独、峭拔隽秀的个人风格。纵横开合，节制老成，于楷书的绳墨规矩中从容变化，于变化中未离规矩左右。无论擒纵皆无悖于法度。绝非时下习魏碑者误读《龙门》诸品，流入描头画角、无视笔情墨韵，一味效颦刀痕漫漶者可以望其项背。韩中明的行书与草书皆仰奉二王体系，又因其篆隶功底深湛，于楷书有独见之明、独到之妙，故出手便见不凡。行书隽雅灵逸，旷迈清朗；用笔秀润要妙，细劲率意；结字于奇正中见巧思，于精整处寓跌宕；情性与功力相互生发，妙合无间。草书无论驰骋跳越，皆能中节合辄；五合之作如香象渡河，无人力痕迹而能气象浑沦，正所谓法度规矩具备而能出于法度规矩之外者。

韩中明浸淫书艺40年，遂臻学博艺明之境。其主张以学养书，碑帖互融；于诸体应兼通互益，法意无悖。在当代展览机制下，书家应洁身自持，以书养志。创作中应重格调品位，内容与形式相得益彰皆不可偏废。平时临池，应弱化功利思想，以书法为蒲团，融入日常生活中，成为书家不可须臾相离的生存智慧。惟有这样，艺术之路才能不为习俗所惑、不为时尚所动，才能在错综繁嚣、五色杂陈的环境中不至目眩聋俗，才能立定脚跟，认清自我，把握方向，渐臻高境。我们正可以通过其书法作品见其心清志刚、超然尘上、遐眇高蹈、特立独行之品格。这也正是在各种展览、大赛此起彼伏、目不暇接的书法热中，他能从容进退、淡然处之、不计得失的因由所在。

（李庶民，中国书协会员，中国书协刻字委员会委员，晋中市书协主席。）

目 录
CONTENTS

陶斋余墨	1
"初发心"立轴	29
元曲四首手卷	30
录《介休书画略》温晖条目	32
历代咏介诗钞斗方	34
录颔老忆旧手卷	36
杨万里题曾无逸百帆图轴	38
禅诗扇面	40
"宝绘、清名"对联	42
"墨香、茗深"联横幅	44
录《东坡志林》镜心	46
《梅赋》四屏	48
《懒猫图》诗团扇	50

节临《元略墓志》轴	52
绵山十景跋	54
附录:李刚《绵山十景》印屏	55
录张岱《湖心亭看雪》手卷	56
半庐臆语立轴	58
惠兰手卷	60
"余少读书"轴	62
"铸魂"录黄宾虹自题山水中堂	64
介休狐村戏台旧联	66
"大德唯庸"斗方	68
清水出芙蓉 天然去雕饰	71
楷则当行	77
后记	84

陶 斋 余 墨

●儿时观家父书翰,署款"今则此斋,明则彼轩",吾每疑之,抑或又置新宅?及长,知文人斋号归精神领地,大都建在纸上。所谓"游于艺"。盖艺者,游之而已,又曰,自娱。人至中年,文人情结愈甚,放胆一试,先以"师陶居"示人,既出,友朋自有圈点,卜生道兄戏侃:"知弟媳为晋地古陶人氏,汝当终生俯首,以妻为师了。"继文则在微博中称,先生乃一时尚人物,斋号亦可俯仰时好。心迹唯有自知,余年少得志,中年屡挫,浮名累身,方乞于陶潜公门下矣。

花甲之年以"半庐"复立门户,意在知退,心逸日闲,游于物外。书至唐代而僵化,人至完美即死亡。人生不可无憾,人生有憾则无憾也。实则,半的境界也属不易,世间能有几人知己达半。尚能如此,吾心足矣。

或言:此萎靡之气,病中语也。

答曰:知半可止步否?

●太原徐文达先生,生前声鸣于林,每书解衣磅礴,挥斥八极,逸过觉斯,气夺青主。然逝后数年,其况下矣。余思之再三,难寻究竟。

近读林鹏新著《东园公记》,似有所悟。凡大书家皆文化精

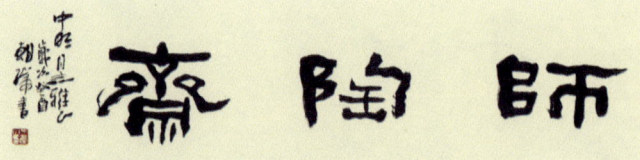

王朝瑞题"师陶斋"

英,以文名世者众,以字传世者鲜。文字续写古今,唐之诗、宋之词、元之曲,隔世千年,读之诵之仍可听其哭泣,阅其欢颜。文字表意,诗词言志,士人之功也。若启功为前中国书法家协会主席,而启老之书,学问之余事耳;张颔以九十高龄加盟西泠,却从未以印自诩;林鹏先生书必环绕盘曲,几成一面。然大家之言,每立论即成峰成峦。又,文化高端人物,皆重视文化传承,悉心课徒,桃李满园,一人呼而众山响矣。

要之,徐翁之状,著述微弱,一也。乏弟子传之、颂之,二也。书界欲成气候者不得不识。

●邑中前辈书家多有饮誉乡间者,李赓瀛,字韵洲,号退农,为19世纪末20世纪初桑梓文苑名士。书工鲁公,消息多出"勤礼碑",著有《退农诗集》。余少时就读于五岳庙内,校门悬有先生书"励精自卫"匾额,识者每驻足溢美。今获观先生1944年书《诸葛武侯前出师表》一册,浑厚中绕其峬峭,苍茫间杂以娟妍,神清、气逸、质古,绝无时人半丝浮躁之气。彼时先生已过耳顺,人生苦辣发于毫端,更兼所录文辞之妙,传世三百年,信非虚言。先生尚有一男一女,皆入暮年。一日于介休政协得识先生之女李恩华,谈及先生遗墨文玩所剩无几,颜呈百般无奈。

嗟夫!介邑乃三贤故里,传承文脉,岂止筑一寺一庙,茸一巷一陌。邑中历代书家不乏佳作,为政者岂能作等闲观。

●某日,书友甲乙约余至花园饺子馆小酌。入店,甚惑,店

也陋小,菜也寡淡,何故食客如云?细察,店主乃一容貌姣好女子,食者意在色也。择座,某甲与女子相背而不视,某乙直面相视而失语。事后调侃,或有同僚以某甲正经而褒之,以某乙长期独处阴阳失调而戏之。明理者道:相背而坐者,目中无人而心存波澜,直面坐者,目中有人而胸无章法。背者藏也,对者露也。余曰:藏者足见其妙,露者煞是可爱。露易失态,藏则压抑。人生常态,全在自然之间。

书道中人常为用笔孰藏孰露大费口舌,主藏者动辄藏头护尾而几成刻板,倡露者以取妍立论而流于轻浮。姜白石《续书谱》论用笔曰:"不欲多露锋芒,露则意不持重;不欲深藏圭角,藏则体不精神。"真至语也。今观川人洪厚甜在央视授颜体技法,起笔质沿古意,收则于尾不护,一派自家法也。然,足可观,一切技术手段服务于结果可也。初入道者万不可陷入藏与露说教之死穴。如入酒肆,面对佳人,或"冷"或"热",长此,必成心疾。

●20世纪20年代白石老人居京城,一日着布袍到豪门应酬,厅间竟无人理会此"布衣"。后名角梅兰芳到,径直奔向先生施恭敬礼,齐解窘境,遂有《雪中送炭图》赠梅君。题诗曰:"曾见先朝享太平,布衣蔬食动公卿。而今沦落长安市,幸有梅郎识姓名。"梅感慨应和:"师傅画艺情意深,学生怎能忘师恩,世态炎凉虽如此,吾敬吾师是本分。"此旧时衣冠取人一绝好反面教材也。

今盛行以衔阅人,运用至极,羞煞古人。2003年春节某国企领导宴请文化名士,名曰企业文化研讨。席间有行政级别者

推杯换盏,互为讨好,而无衔主角备受冷落,一时"斯文扫地",吾等识相,自知庙大人微,中途借故离去。此后,吾言食必避者三:官气太盛之宴拒,富人使气之宴拒,借酒索书之宴拒。有此三不去,食而嚼之有味矣。

拾趣:李刚,书坛怪才,生前供职于某煤业工会,术难专一,大书家常被临时会议呼去务杂扫地。一日,正洒扫间,恰为摄影人陈永成所遇,脱口道:"此斯文扫地矣。"一时成茶余笑资。

●装裱业中余与太原南宫老唐相友善。此辈何者?大号唐战勇,唐荣斋斋主是也。老唐晚余十有七八,何以呼一老字,盖其处事练达,属认可后之精神赠予。

老唐青春年少时即离乡入晋,择装裱为生活计,工于心,潜于艺,事业日隆。其间娶妻生子,拥宅两处,坊有三间,堪称业中精英。私营业主中初一开张,十五歇业者不鲜。或问老唐不败之诀?曰:重义轻利,一诺如金。虽为豫人,入晋既久,晋商文化入脏入骨也。

闲暇,老唐近诗翰,常有诗联、文字散见报端。于翰墨以王家为体,米家为用,走雅俗共赏一格,纵有和寡难识、和众易俗之虑,砚边从无一日闲过。近年,老唐着魔于佛法,欲探生命究竟,欲见宇宙奥妙,动辄佛语示人,夜间则不诵心经不成寐。数次谈及在俗何益,欲出家云云,遭夫人白眼。老唐道:"信佛,戒色最难。"

龙年,老唐一坊间遭火劫,损失逾百万,阴霾罩胸久久不能挥去,吾等几上省城行朋友谊,施宽慰礼。近悉唐荣斋再披盛装,一派喜气,着新联曰:波涛涛浪滚滚龙舞惊险而去,跟跄跄

蹒跚跚蛇载平安归来。是知,老唐破茧成蝶,已获新生。余于绵麓作仰视观。

●李刚五十岁后每署"芥斋",余尝问可与染指《芥子园画谱》相契?先生拊掌颔之笑而未答。后书张岱《湖心亭看雪》:"湖上影子惟长堤一痕,湖心亭一点,余舟一芥,舟中人两三粒而已。"文中举凡皆微小之意。介邑以芥菜为主料腌制酸菜,酸菜亦饭桌上一小菜矣。余顿悟:芥,言其小,芥斋喻小民小舍也。

壬辰清明后,沈鹏先生偕夫人游绵山,余侍之左右。席间继文奉介休文化丛书请益,先生见书忘食,双眸焕光,复翻数遍,老伴催促再三未果。读书是福,福至心灵,沈老真读书人也。沈老书斋名"介居",其一解为大,介福,洪福也。书中乾坤大,读书必致广大。此解,可达先生胸臆?

附记:绵山归来,夜入梦境。与李刚言:"尔同沈老有缘,斋号同人介音,异在着帽脱冠之间。"其大笑:"吾芥非彼介也。"惊梦,思当年之盛景,日必通音,周必小聚,品茗、弄翰、神侃,而今一一不在,不免凄然泪下。芥斋主人羽化成仙已四年矣,念之于心,录之于纸。

●余每赴笔会,现场操作总露怯,其水准远不及平日十之一二。但见善演示者,酒入微醺,红袖抻纸,观者愈多,愈不负尺素,走笔之际,无我无法,精彩迭现。每观之,自叹弗如。

夫"气场控"书家何以擒纵如意?细究者三:技巧奠基,胸存逸气,历练壮胆。奠基者,平日训练有素,类元人赵孟頫日书万字,今浙人陈海良日课达六个时辰。私下技不如人何以大庭广众之下以之炫众耶?胸中之气靠见识涵养,腹有诗书气自华。东

坡云:"吾文如万斛泉流,不择地而出,在平地滔滔汩汩,虽一日千里无难,及其与山石曲折,随物赋形不可知也。"因情发不可止而成笔墨,则书必感人,若右军之《兰亭序》、苏轼之《黄州寒食诗》。练胆则为今日书家之必备,须知今日之书法已从书斋走向展厅,游戏规则变矣。昔日书人小桥流水式之低吟浅唱意欲与当下盛装书法相谐共鸣,则必须融入之、宣泄之、包装之。留守桃源,胆从何来。

余赞赏有技有气有胆者为当代真知书者,非乏技寡德、恶墨匠体、装腔作势之伪书家。后者扰世,当遭人诟病。

●常闻体健若牛者忽一日訇然倒下,而身单躯弱,药不离身者则过了一日又一日。何故?盖前者自恃本钱超乎常人,生活失律,以透支为代价。后者,知己,以退为进,以善养为策略。养,实为百事之妙方,用兵一道,秘籍在养。做学问者,所谓厚积而薄发。书道中人,有悟性极好而不能长期厮守者,出道时绚烂至极,技法炫人尽时,后则消息无踪。苏州华人德君,书坛不衰三十年矣,其书以汉隶筑基,一路缓缓而进,字也醇和,人也淡然,为书界知善养者。今人作书多不古,以隶书最为俗格,技在摆饰,意在参展,一人引领,多家效仿,李逵李鬼一哄而上,真叫人笑倒。

●甲子当为1984年,有幸聆听中石先生授学书要义。先生言及写二王须解《元略墓志》,一为楷书典则,一为行书范本,二者有何干系?余云里雾里,昏昏然未得要领。后,顺藤摸瓜,方晓先生之论源自业师吴玉如:"《元略墓志》与二王息息相同,结构似不同,实则由质而妍,亦自然趋势。"吴玉如,津门大家,微言

畅神

大义,一语中的。然愚钝如我,或有心动,临习一事还是搁浅。再后,见报载有书法博士解小青女士纵论吴老书法美学一文,捧读再三,方悔晚矣。时日一拖二十载,余一头扎进被大师肯定之故纸堆中。

一根筋如吾,既已认定,必予自己以交代,见友人数月内能将一贴写至有眉目者,眼羡至极。始触《元略》,精察细读,知其脉络后方付诸纸笔,前两月一日只二三字,稍后四五字而已,然翰不虚动,务求肖似。单字逐一解析后,入通篇临习,聚集气息,每日必在两个时辰,一帖搞定,已在百通开外,耗时则一年之后。

碑无论优劣,皆是书手书丹后勒石所为,余留心于元白先生"透过刀锋看笔锋"论书名言,抚砚中强化入纸之提锋,接笔之萦带,辅之以淋漓墨法以现帖意。又以果断之断笔,个性化折笔,谋碑刻之凝重。不计寒暑,去恶敛美,则面貌如今也。书虽小技,非胸有书卷,难成佳构。识者教我。

●学生问书:"颜字可为正书之善者?"借米颠言:"颜鲁公行字可教,真便入俗品。用笔古法荡然,恶札之祖。"起必藏,行必裹,收必回,谓逆手腕由上而下,自左而右顺势运行轨迹者。虽具大唐盛象,似乏山川灵韵。若人之标准像,只存皮相,不见

07

性情。观晋人书起止顺势,上笔收即下笔起,锋顺字畅,信息对接,一派天然,如高山流水之畅达焉。

正书得灵动者活,行书获稳健者生,动静相见则善。此,用笔之关纽。

●我的眼界比较窄,所见甲骨文不多,能见到的大体有三种情形。一为以笔代刀,起笔收笔锋如利器者;一为以甲骨文字搭间架,以金文笔法去表现者,这种写法多铜铸味,笔与笔之间衔接如焊枪留下的焊点;还有一种写意趣的,造字生动有致,各尽其态,玩的是一种潇洒。真正让人看好的是安阳刘顺留下的东西,是我心目中"书写的甲骨文,而非刊刻的甲骨文"。其视觉独特、柔挺合度,超乎寻常的技巧表现足可开甲骨书写风气。

了解是为了走近,当决定要学临的时候,择帖又使人犯难。写刘顺?有学今人之嫌。直奔甲骨影印件?对那些刀痕太重的东西实在喜欢不起来。余选择了从王福厂小篆入手,堂而皇之的理由是:王氏的字是真正写出来的,线质最接近卜文,既润且挺,既无金文入笔的回锋鹅头状,又无铁线类似硬笔的尴尬。构架重心稳,端正续密,横竖笔画平引到位,这些都是写甲骨必须具备的。王福厂老人是深谙用笔的,他的篆书,平静写来,称其为能将篆书写出书卷气之近百年来第一人并不为过。王氏的意义决不仅仅停留在他那个时代,书坛期待新的识见!王氏篆书自当有识者,自当识者重。

余浸淫于王书小篆约有半年,似有所得,遂转写甲骨,很快上手,歪打正着了。六尺立轴《大江东去》即此时所为,高文妙墨,心存得意。

●喜好收藏的人都讲究名头，余则信缘分，好玩意即便是来自凡人，也当收入囊中。此藏品是1983年煤炭系统小楷名家杨金贵从北京书法培训班学习回来后相送的。二尺以里，字大若杏，录的是唐明徵君碑一节，署款天水风池。书者何许人也，之前并无耳闻。引人品读的是有一种清气在，淡若湖水，书写间毫无滞碍，全然一种花自开水自流的境界。我与金贵兄打赌："书者必是一位绝去世尘物欲的长者，说错了，你拿走。"他笑而不语，频频点头。闲聊中知老人姓赵，安徽太和人，其时适逢周甲，是全国煤炭系统首期书法培训班里最年长的一位。一代名家林散之老人与其多有过往，曾评说："赵先生行书写得不错，近代不可多见。"余欣喜，得一俏货。

这些年来，友朋相见不免展玩，然，鲜有识者。也难怪，时下展厅效应早已把人们引到沟里了。老人的字是属于那种看似平常内里精深的东西。其字，根在二王，妙在得韵。艺术一旦进入天然，功力、法则便退居其后了。这使人想起了深谙诗赋，出语却像孩童一样的启功先生，真知者多相似。先生一生从医，余时唯书法一好，有时间即摹帖抚碑，平平淡淡做人，自自然然写字，既无功利眩人之烦恼，又无雕琢弄姿之必要，因好之而勤之，因勤之而乐之，乃真知书者。平日，凡人俗事阅过万千，但与这位心仪很久且同在煤炭系统的老书家却无缘相见，好在有墨宝在箧，亦一大幸事。

●海派书家中以守望帖学而闻名于世者颇夥，沈尹默重法轻意，邓粪翁陈式有加，潘伯鹰乏跌宕，马公愚篆籀味甚之。唯白蕉书逸气满卷，信手拈来，从容优雅，收放自如，为近代真正

入二王堂奥者。白蕉出,可言古法传灯,可以无忧也。当代学晋人书者视白蕉而不见,徒成下策。

●所谓创新,得古人十之七八,留自家二三为上品,可传承;得古人十之五六,留自家四五为能过眼者,或在当代招摇过市;学古而不足五成者,终被弃之。

●佳作,须是书写者心性的自然流露,是笔墨精熟后的行云流水,缺此二者,纵是精雕,亦不免有刻意之嫌。

●书写应关注多数人群,专家点头,民众击掌,雅俗可鉴,方为至境。右军书,太白诗堪称典则。无法识读,孤芳自赏为天书。

●前贤从政者,政论多有高明处,以政论道,叙事入理,举重若轻,学养之支撑也。书道同理,贵雅逸,贵渊深,无德行无学识者实难望其项背。

余尝与一官员谈及此意,且引申为:术业专攻,德高且博学,有此三境界,可立世矣。渠以为此论源自人类学家乔键先生,其余为学舌者。实则,此余多年读书阅人而后得者,不期与名家之语相戚戚焉。唯仰视名家而不计下情者,真鹦鹉辈也。

●余于介邑三移其居,居有定所而心无所归,皆因少笔墨栖息之地也。2003年入住高层公寓,始有十余平米向阳小屋,谓之书斋。典籍旧卷,文房清供,各得其位。时有翰卿墨客晏坐行吟,遇知己则抱膝作彻夜谈。最喜夜阑人静时,与古为徒,以月为邻,一洗都市尘垢,得片时宁静。王朝瑞先生所题"师陶斋"颜吾斗室,恍然间如入陶公胜境,生归属之感。是年,余适逢五十三岁诞日,留"诗书相寿,人月同居"墨痕以自贺。

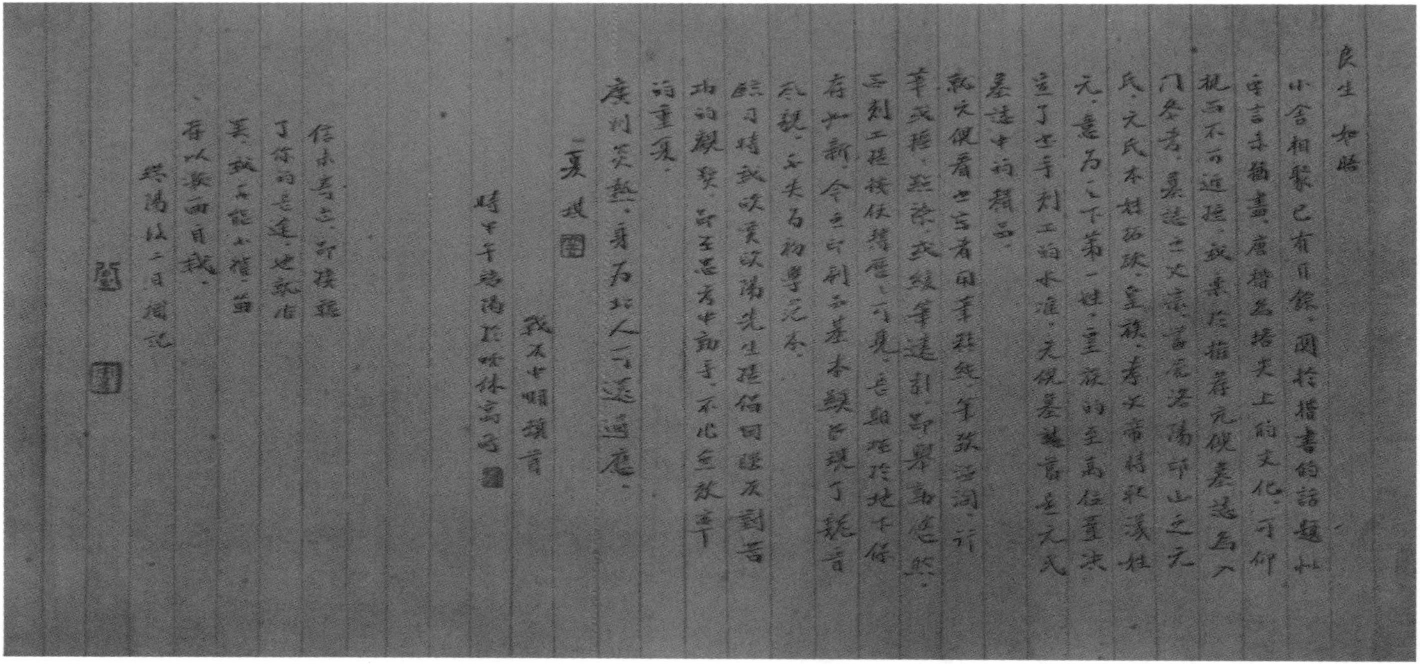

[Handwritten manuscript — illegible at this resolution]

●书法本为文人雅士案头余事,或独守书斋沐手养性,或邀三五好友品茗论道,儒墨唱和。其作多为小幀,其品多在小桥流水之间。时至今日,书法进入展厅,等同竞技,形制时有出新,尺幅日渐增大,"视觉冲击力"在书手和评委间达成惊人一致。书者心浮气躁,有为备战国展而殉身者,喜耶!忧耶!

●癸巳二月初四,为余六十二岁生日,恰退休赋闲一年矣。其间,侍读、临池、课徒,甘苦自知。最为获益者授业布道。结忘年契,得稚子心。成句曰:

迩来心闲不染尘,

《三元》阶前觅旧踪。

点横撇捺皆成趣,

童师我兮我师童。

(三元:《元怀》墓志、《元倪》墓志、《元略》墓志)

●书家临池,已成入门必须。所谓书重楷则,无则何以成方圆。任笔为体、聚墨成形为学书者之大忌。国手李刚田先生镌有"节度其手"印,置于座右,意为临池一事稍有荒疏,即手可致野。海上名家赵冷月先生则上午临帖,下午创作。昔贤无一不为终身守砚者。

然,临帖手段则仁智各见。言实临者,强调笔有出处,字能逼肖。主意临者,形可舍之,神寓笔墨之中也。余在课徒中畅言,始入门,必以实临处之,旨在立其法度,形质飘渺,何以言神?浙中前辈陆维钊八十岁后学《兰亭》,唯恐不准,既临且摹。沙孟海老却因著述繁忙无暇临古感叹"入不敷出"。法高者,必生意,意临者实则进入二阶段也,即准创作期。此时,不计反复,孜孜矻矵,自家风格得立。实临以厚技巧,意临以达性情。锤技以理解为得手,达意以纯真称善。

● 盛世收藏,自古如是。余虽不谙藏事,却也不屑于时下遍地可拾的"收藏家"。以为收藏以传承文脉、记录友朋旧事、留住师友馈赠为上,以聚敛财富为下。

癸巳,《契文斋藏印》问世,于书界具非常意义,即京东篆书名家王友谊先生实现了由书家至文人的蜕变。其以一人之力,积十年功夫,串二百多名治印高手,积印两千方,辑《道德经印谱》《心经印谱》《自用印谱》《佛造像及天干地支六十甲子印谱》等成皇皇十五册,被文化界誉为"收藏传统文化之人,收藏美好生命之人"。王友谊篆书承接历史,其《契文斋藏印》可谓藏界神话。

北京奥运期间,介休曾有"文房有约二人行"李焰、李刚,韩中明书法展掀企地文化之波澜,一时好评如云。笔墨之外,余更珍重三人友情,曾请张仃门人三羊先生作《三友图》。画面无他物,三位老者合而聚之,兴致颇高春风满面者无疑李刚,身体微胖面目温和者当是李焰,躬身倾听一瘦叟自然是我。三人三面,各有短长,善学者,自会取长补短,虽说知易行难,终归千秋不易。"三人行必有我师焉",夫子教诲,焉能不信。

某日,书界同仁相聚,一藏家示一"古印"求识读,余粗习篆籀,一眼看破,碍于情面,以不识推于右侧闭目养神者虚中先生,先生心有灵犀以我法推之。迎面走来印人某君,随口道:"人民美术四字无疑。"围观者或会心一笑,或悄然离去。一个藏家除却良知,须具慧眼,否则,不是自误,就是误人。这年月,凡事

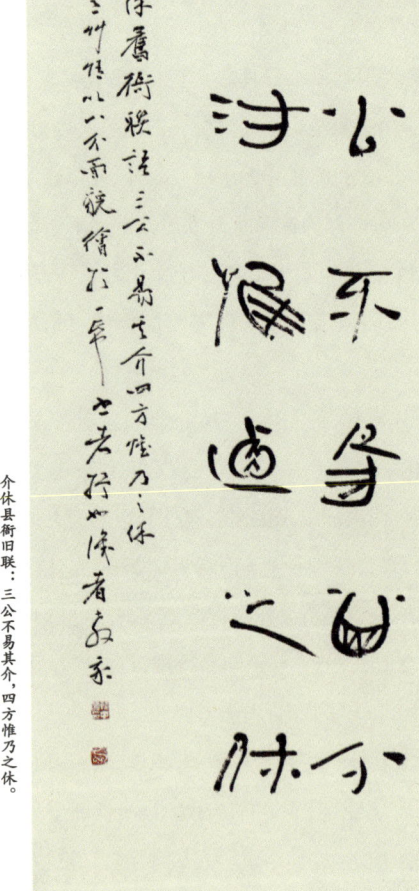

介休县衙旧联：三公不易其介，四方惟乃之休。

与孔方兄有染，便生发出些许铜臭。

● 设备修造总厂与汾西矿业同庚，属五十年老企业。厂名曾由中国书协主席沈鹏先生题写。近观，字大盈尺，轻重虚实，横竖曲直，均有得意安排。细品，似陈年老酒，畅人心肺又入齿留香。后企业为统一文化标识，厂名由美术字替代，识者为之扼腕。介休还留有沈先生所题"介休市书法家协会"墨珍一件，惜原作归书法圈外人囊中,难尽其善。

●太原书家赵承楷老师曾口叙张颔先生幽默二例。马年春节,诸书家至张府拜会,言及马年有何新辞令,颔老脱口而出:"牛年吹牛,马年拍马。"又及,先生患高血压,医生有戒酒令。时全国正热播三国,其边看电视边啜酒,为自己开脱道:"分久必合,合久必分。"(汾酒必喝,喝酒必汾)余听之欣然,也拈出一则:李刚兄往日自用印阳刻南亭村人(祖籍上党南亭),阴刻李不言(取桃李不言,下自成蹊意)。一日省城展事,张颔先生近观李刚作品,不言优劣,却道:"家乡竟有哑巴则能治印者。"众哗然。

●《唐语林》载颜鲁公晚年仍"气力壮健,如年三四十人",七十五岁时受命去蔡州招安叛贼李希烈,临行前对人言:"吾之死,固因贼所杀,必矣。"当场拖来两具藤椅,椅背相向,两手各握椅背,"悬足点空,不至地三二寸,数千百下"。言说自身强壮如此,不可能死于病。到蔡州见李希烈,严词斥责,数其叛罪。李无言以对,次日派贼徒缢死老英雄。

由是,我想到"字如其人"一词。颜鲁公人忠直,体雄健,字厚正,是品格、体格、字格的完美统一者。

2006年途经郑州,恰遇一个叫"中原双松"的书展,双松者,周俊杰、李刚田是也。二人同为河南书坛翘楚,国手级人物。周书豪纵,李字渊雅,书界早有共识。引人眼球者为展前独白,照录于下。周氏称:"历来有'象形'及意象说,余则提出'魂象'概念。从艺者心中无魂,则无从进入更高一层'道'也。故余常书'铸真魂',此余之艺术观也。"李氏则娓娓道来:"我希望自己能

保持一颗平常心,虽然在现实生活的种种境遇中,很难完全保持平常心。但以平常心去对待客观世界和对待自己,仍是我的理想境界。"

细嚼这两段文字可减少在书作前的停留,闻其声则如见其人了。这两则实例是对"字如其人"极好的诠释。学界或有不同声音,意见相左者以为:人、字岂能同论,人即是人,字就是字。蔡京以人论为大奸,以字论列入宋四家亦毫不逊色。王铎虽为贰臣,然笔下尽显刚健,不见媚姿。

半庐所悟:一切艺术品皆带有自我表现的痕迹,它与审美、技能相关,动辄归咎于品行易失之偏颇。

●人生苦短当积极面对,所谓"上进心"。上进心不分老幼,不分得宠时失意时,不分健康态亚健康态。进取亦一日,颓唐亦一日。乐观增悦,静观自得。故余喜与青年扎堆,友人送余"书坛常青树"一冠,便美滋滋戴起。

●古人有匆匆不暇草书之说,余有欲书必除尘之癖。所列条件为:明窗净几,案无杂陈,衣冠井然,焚香沐手。偶有一二未达标者,则书兴全无,所师者邻居张叔。

张叔为六七十年代介休名笔,所临《曹全》《郑文公》与古人仿佛,习字中人无有不识荆者。其名噪一时还缘其有"洁癖"之名声,间里街坊无人不晓。是时,有幸能常到张府观摩临池,日久,由近翰而染癖自在情理中了。

张叔临池常在上午,欲观操觚捉管得有足够耐心。其视洒扫盥栉为书写前之必备,煞是讲究。欲去浮尘,先以水洒,先房舍后阶台院庭、图书翰墨、古董文玩一一掸拂。盥则大洗小搓,

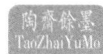

眼窝、鼻孔、耳底心到手到。梳发有法,择善篦和以温水梳之,一丝不乱。着装由里至外黑白分明、层层叠叠。"与古人对话须虔诚,不为观者悦,全为自己。"张叔如是说。彼时,小县城买不到宣纸,一尺见方麻纸已算有品位了,每日一方,折三十六格,字大若桃,精察细摹间墨色温润,架构精准。一旁伺砚,准能收获一份优雅。这叫:过屠门而大嚼,虽不得肉,贵且快意。在余的视野里,张叔临帖水准无疑属高端上乘,性格使然,每创作多见妩媚,少有激越。李刚曾戏谑"张先生所书与坐月子少妇可有一比"也算恰当。

先生曾因历史问题入"牛棚",有传闻说造反派责问:"闲在家里做甚?""练书法。""舒服还用练,还嫌不舒服?"随之批斗升温。(介休方言中书法、舒服同音。)他为人耿介,无奈狡伎俩,为此吃尽苦头。

他家有娇妻,天生丽人,晚年尚存大家闺秀范,街市漫步,准能唤起回头率。二人夫唱妇随,相濡以沫。十年前老伴先他而去,先生精神近于崩溃,与碑帖从此无缘。余留下这点文字,想让书界记得,介邑曾有一位临帖高手,人品好,犯洁癖,姓张名晋。

●见艺考生习《曹全碑》,所临为"以家钱籴米粟,赐癃盲。大女桃斐等,合七首药,神明膏,亲自离亭"一节。落笔精美,颇得要领,余极赏之,遂问:"可否准确识读?"欲试着二三,答案各异,所共同者将"七首药"误读为"七首药",盖原碑笔误也,实则谬也。东汉战乱,伤者颇众,"七首药"为外用刀伤之金疮方。"七首药"为哪七首医书从无记载,于文于理皆不合也。

17

　　碑帖中笔误多见,善学者自会在字外着力。古人习字重文脉,可见高格。

　　●近涉《十七帖》,方悟水深则缓之理,十七帖静至极处,可见禅意。草书当如楷书写,而非一笔一画,此亦余一贯见解也。草书能静者为上,率意狂放者下,余者不论。初学者当取法乎上,直入堂奥。

　　●吃罢晚饭,华灯初上,邀一二知己漫步于街头,慢慢蹓,悠悠侃,个中趣味,不置身其中很难品味一二。

　　市政府向东百二十步,为旧城最繁华商铺,每日过往却从无暇惠顾,倒是往日厚重的历史常使人"发思古之幽情"。这里是昔日著名的钟楼底,楼下有一窄逼的小屋,主人蓬头垢面,若非亲见,很难将之与治印、翰墨、线装书联系起来。店主任满棠能治印、擅指画,于篆籀八分呈有多种面目,当然,他也作伪。儿时凡过钟楼总要驻足小屋,观赏中每长见识。任先生的辛苦不辍创造了一个个属于那个时代的民间经典,那个小屋俨然是介休地面的杨柳青。

　　原北街走到头,横挡着一个老字号——"同德如",如今早已成大十字,四通八达不见尽头。每散步总会至此,因"同德如"有儿时太多的记忆。家父曾坐镇掌柜,凭敬事、能写一手漂亮的董香光体经营数十年。"文化大革命"曾有人以此说事,家人愤愤然:"什么掌柜,患肺结核都医不起,充其量就是一个守责的打工崽。""同德如"作为介休的老字号早已淡出邑人视野,而家父"做人、敬事、学古"的教诲使儿辈受用一生。如今人物两非,陪伴家人的只有父亲唯一的遗物"同德如"信玺和父亲孤直的魂魄。

若腿力尚健,可一直向东漫步于在建的顺城关仿古街,这里无"的士"嘈杂,自然就少了扬起的尘土。青一色的路面,仿古窗棂,灯火如豆,似昏还暗,平添了几许幽静。无体乏心烦,你背负双手慢慢蹓,不乏古玩店。尽管是夜色中,依稀可见买家与卖家为一件劳什子锱铢必较。商家还算讲究,似乎都挂有匾额,清一色美术化了的"任政体""炳森隶",使人感到不今不古,幸有介休名家李焰题写的"林宗书院"给人循古与安详之感。无须责怪,谁让我们对传统有太多的期待。

偶尔也到茶社小憩,我们的目标是在东西南北各培植一个点。说白了,你服务于文化,他免费于饮艺,俩好。今侍茶人是一青春美少女,文静、朴素、黑发红颜,身上小饰品与吃茶的环境很是贴切,青春气息扑面而至,我等不由感叹:"年轻真好!"人也是一道风景,若街巷是躯干,人才是眉目。有了这些点睛之笔,整幅风俗画便灵动了许多。

●祈庐善作文,有《书林缀叶》,为书界称道。其字如其文,用笔婉转,锋具八面,能在倚侧萦带中见奇崛,属学古能化者。小字写卷尤见文气,破局促,得精微,谓之国手不虚。偶尔治印,即涉刀成趣,不入流俗。今以癸巳朱迹示我,出入"半通",于浩瀚印林中又觅新境。"遵受""游息""蒙养""蚁族"等堪称佳构,心之变化,托于印者,品读间可窥诗家本色。掩卷喜极,邑中治印者李刚之后又有俊彦立于三晋耶。

●1983年北京画院赵志田先生吕梁写生后小住汾西,余曾为其急就非秦非汉的姓名印。先生为人谦和,无名人架子,以

19

《李白诗意图》回赠。二十年后余去画院看望先生,此印仍钤用,言旧交难忘矣。先生为李可染先生高足,得传统人物画正脉,有《大庆工人无冬天》获全国奖。

● 友人与上司讨教治厂方略,答曰:"治人即治厂。"又问:"施铁腕法?"复答:"一法何以治,如写书法,须锋具八面。"

余初听之,大不以为然,此岂不授人以阴阳脸?久之始悟:凡人、伟人,大事小事皆具多面性,一根筋者迂腐之辈也。

乔老爷曾评

李白诗意图　　赵志田绘

及:"李刚写字很大气,做人很小气。"余心存芥蒂久矣,今释然。

●结字最易流于习气,习气者,低级技法的重复往返也。制造矛盾、解决矛盾为书家造字之至高境界,篆书以散盘为最,行书以大王为极则。

●文房四宝,宣纸为首。文人爱纸,秉性使然。有了这份崇敬,便有了这次可堪回忆的宣州行。

介休至泾县,以2004年路径看,相当于介休至上海之程,不出所料,1400公里一日半即可抵达。司机小张为人厚道,无甚讲究。沿途一杯水、一碗面,草草用过便匆匆上路。天亮起程,擦黑便留宿芜湖了。好一个芜湖,蚊蝇成阵,蚊子个头大,嘴巴尖,叮住人后是扇不走的。焰兄、小张、我三人饱受叮吸之苦,天不亮,不思饮食便与蚊蝇之乡拜拜了。一路向南,泾县已在眉间,再奔一道沟,个把小时已入小岭。纸乡没有想象中的景观,油路窄逼,每隔数十米即落一户小楼人家,屋檐一边倒,二三层架构,标准的南方建筑。屋外绿水环绕,游鱼可数,这便是宣纸加工不可或缺的一方圣水了。随意扣门而入,便是一家小型宣纸加工厂,二层住人,一层集制做、货仓、待客、试纸一条龙服务。这使我想到了改革开放初期,介邑义安一带家家户户烧土焦者,所不同处,后者粗放,前者精微。

小岭人广告意识很强,见生人泊车问路,便自荐向导,进而推销起自家产品,不厌其烦,如数家珍。我千里之外为求珍品而至,焉能轻信,便拨通了友人提供的汪氏电话。曹氏、汪氏为岭上造纸大户,见过汪云涛,方觉信然。汪氏作坊比起邻里大了许多,操作工匠老少几代,一派繁荣。我等一连看了捣浆、捞浆、烘

21

干、裁割、包装几道工序,讲究得很。捞浆坊内正为刘大为先生加工专用纸,即刘大为专用字样隐编于竹帘,纸浆出池时,防伪标记便浮在纸面了。最辛劳者莫过于烘烤工序,工匠们光膀赤背,在四面火墙中劳作,挥汗如雨,闷热如炽。说到小岭汪氏纸,云涛先生极自信:"论其工艺绝不亚于红星,所欠火候只在原材料。红星属国字号,上好的檀皮为其独家垄断。你们要选好的,莫选贵的,还请放手试!"

好一个"放手试",面对整摞整摞各种式样的纸中精品,我能潇洒起来吗?自练字起就视宣纸为奢侈品,几十年来一直心存敬畏。见李刚兄每有展事,为求精品,铺天盖地地写,即有一种负罪感。焰兄与我犯同病,他小心地在自己喜欢的样纸上,慢慢找感觉。"用整张,尽管试。"汪先生又一次善意地提醒,并把上好的净皮铺在了书案上。人是很难抵挡诱惑的,不善在人前写字的我,还是不免技痒,虽怕暴殄天物,还是援笔濡墨。笔锋一入纸,即有一种抚摸羊脂玉的快感,好东西就是好东西。一碗茶工夫,欧阳中石先生的一首七言诗"翰香着意入檀皮,点染江山尽玉玑。谁道语文为障阻,相通每是会灵犀"便错错落落留在了小岭。

午间,云涛先生坚持要在泾县请客,拉了一车上好的纸。应该表示的是我们,咱能给山西人丢份子?于是乎,汪老板作东,我们点票子,皆大欢喜。推杯换盏间,我又一问:"宣纸之宣,可因泾县旧时归宣州管辖,以地域而名?"答曰:"此其一。明朝宣德帝之宣为其二。"原来宣宗极爱书画,宣纸作为贡品始自宣宗。他喜题扇,内廷嫔妃外廷大臣,所得御赐不在少处。有宣宗

帝亲自为宣纸做广告,宣纸不扬名天下才怪呢。

●钱某命题索字:诫子节俭。余书《储蓄歌》以应。歌曰:"储蓄储蓄,首要节约。七瓮八盖,大可信服。积少成多,自然富足。有备无患,何等安乐!有利于己,有助于国。"老钱付润金若干,满意而去。

《储蓄歌》出自著名盆景专家周瘦鹃,其出身贫穷,所得第一笔稿酬交与老母,母亲除用少许买米外,其余一概储之,并告诫儿子"七只瓮总要八只盖,方觉绰绰有余"。周从母训,一生稿酬多用于储蓄,有了这支"常备军",一生忙而舒缓。

拈出此则,醒世后生,时在壬辰。

●文房有约三人行看稿会,李刚以临董其昌手札示人,沉着痛快之余,总有失韵之憾。若问症结,盖长期浸淫篆籀之故。

精于篆分者,疏于提按转折。取法帖学者,易乏中实坚质。大家若吴昌硕、黄宾虹也难幸免,此亦碑帖之经纬也。

碑之骨,帖之韵,能兼容者,自属上乘。然识之者众,躬行成功者鲜有。书法之难,难于上青天。

●今人作隶已入俗格,近亲繁殖之痛也。全国四届书展,刘文华以正大清新隶书获青睐,之后追随者众。崔胜辉后有王胜辉、李胜辉。速化食品之催生者,聋子、瘸子俯拾皆是。"脸熟"迫刘师改辙、易道,向稚拙讨生活,不知不觉中靠近"丑书"。何氏门下、张氏一族亦大同小异,前景堪忧。

汉隶如深井,艺术光华,震古烁今,掘一锹试图淘金者止步。浅尝辄止,仅得皮毛,登堂入汉,或可探骊得珠。循序渐进、不求速化为正道,习之既久,识之亦深。习隶者或可从林散之临

《礼器》着眼,研习中华大隶书。

●古有张丞相好草书而不工,当世即有流辈讥笑之,丞相自若也。一日得句,索笔疾书,满纸龙蛇舞动,使侄录之。当波险处,侄茫然而止,执所书问曰:"此何字也?"丞相熟视久之,亦自不识,诟其侄曰:"胡不早问,致予忘之?"

今见某"书家"以篆书练摊,所录古文洋洋洒洒数十米。有观者指数字以求识,或指鹿为马,或以"国学"转移他人耳目,再者以他日另告拒之,皆坐不更名,颜不换面,余观之一旁晕倒。

草篆二体有别于楷隶,习者除必备基本功外,"识读"为其必过关隘。篆书要研习六书,草书须吃准符号。张颔先生晚年轻易不写大篆,遇索书者以小篆处之,即有少留遗憾之意。用字准确为书家第一要务,脸皮厚最多颈脖负重,脚跟不稳则要摔大跤了。

●今名人字以平尺论,动辄上五位数,而买家只闻其"名",不顾其"实",品质大都难过行家法眼。

好字,可与一女性作比。笔墨好,等于爹妈先天赐予的好。笔墨即基础,笔墨等于零那是逗你玩。一个丑女再施以粉黛也是东施效颦。文词好,恰如后天发育好,那叫文化涵养,名曰气格。若施以好的装饰,配以上好冠裳,有幸遇名家题跋,方家收藏,才算福貌双至,归嫁如意郎君。

●庚寅友人相聚,到点食饮,自合情理,至张壁古堡一农家乐,野味入齿,六曲绵香。食毕付账,所聚四人皆囊中羞涩辈,盖巧合也。余以携带字画相抵:"区区一纸,何以如我饭食?"农家不依,余欲效何绍基质衣抵食法,无奈盛夏解衣裸露,乃质手机而去。老妻过耳,当即笑喷。何编修有知,但觉同行有伴耳。

●甲午马年,早春二月,龙抬头笔会后二日,即迎来余六十三岁诞日。客居太谷,形只影单。午十一时即有三五好友携长青百合、美酒寿点前来贺忱,老夫泪点亦低,只一二杯下肚,已老泪满月。遂有六十字:"良田万顷,日食三升。大厦千问,夜眠八尺。钱为何物?血浓于水,唯我至情。三五好友,相融畅达。情为何物?背负囊中,上苍赠与。手抚尺牍,心灵自适。名为何物?"

●老主任耄耋之年赠《峰山回忆》一册,是日停电,秉烛而读。似与长者抱膝而坐,说国事,叙家常,一气嚼完,历四时,但见东方已泛白矣。

时下,著书成风,而可供品读者鲜有,大都略翻数页便束之高阁。是册,文笔难言其美,装帧难尽其善,勾人胃口者,唯有真情吐诉。其文一如其人,集民族、家人、事业、同仁于一爱,有漳河水之襟怀,上党门之气概,老区之子,跃然纸上。余卅年追随,然太行在前,小丘在后,恐亦难及二三矣。

心绪难平,展纸铺毫,为峰山先生立照:

凡人不凡,于日月间识小草远志;

我事非我,在家国处品芳兰幽妍。

峰山者,汾局技校筑基人李来云是也。

●书坛今刮二王风,风乍起,跟风者众。跟者信然,信什么?信此中会有黄金屋。君不见,中原风、手札风、广西风之后,成功者又有几何?先"信"后"学"是主观之法,先"学"后"信"乃科学治学客观之法。以"信"决定"学",便是以"信"盲从"学";先"学"后"信",以"学"决定"信",此谓之会"学"。"适合自己的,便是最好的",此语用于学书可否?

●国人因孟非而看好《非诚勿扰》,《书法》因胡传海笔撰卷首而独占春色。孟、胡二人皆业界精英。人无完人,事有缺憾,孟非所著《随遇而安》不可复读,胡卷首字亦不足观也。

书工一体能精者也属凤毛麟角,妄谈四体俱佳者近乎醉人呓语。余识途已晚,年过六旬方晓此理,有良驹在前,老骥自当奋蹄不已矣。

●"润如春雨,燥若秋风",古人将用墨之妙一语道来。然何以尽妙,玄机又全在书写者掌控之中。水多易灰,墨稠易滞。水墨之比例,纸张之厚薄,书体之对应,毫颖之软硬,书写之徐疾,各有不同体验。故得笔者如得骨骼,得墨者如得血脉,笔墨俱佳者,人之健康态也。

●介休书界有二李,择笔标准迥异。李刚喜硬毫,作书偏碑;李焰喜软颖,作书偏帖。一日,李刚得一熊毫,写来沙沙作响,八面生风,字成似老熊当道,百兽震伏,观者无不叫绝。焰兄欲试,如鬃刷在手,连呼"使不得"。余有一鸡毫,锋长三寸,着墨

后软似胎毛,李焰使来如鱼得水,轻重摇曳,所书"陶潜酷似卧龙毫,万古浔阳松菊高,莫信诗人近平淡,二分梁甫一分骚",唬倒一片。众人不解使何器物,余旁白:"卧龙毫。"李刚技痒借去,返还后筋折羽断,盖奋力铺毫使然,至此"卧龙毫"退出书坛,入"笔冢"。

●李焰在山西书坛辈分极高,20世纪80年代新生代名家中若太原田树苌、大同殷宪、运城贾起家、临汾樊习一、侯马韩左军、阳泉姚仁承……介休则有二李(李刚、李焰)。焰兄处事低调,三届国展后沉潜于宅室,醉心于二王,所作精品可与前贤比肩,且体格健硕,有长寿相,假以十年,人书俱老,必为藏家宝之。

●与形意拳名家布秉全先生一席谈,如沐春风。先生谦恭儒雅,不似武夫,更像一名被传统义化浸泡过的文人。其宅院如厕地,门楣有一砖雕,名"活泼地",使人捧腹。先生尝言:"厕所"与"活泼地"在文化内涵上有极大差异,前者为直白低俗之称,而后者则隐晦了许多,让人回避了和盘托出的直白,表达了内急之后的轻松,是泻后之爽,属愉悦之境。同一地,文字表述不同,境界另生。中华文字之妙,可见一斑。不知是被先生的"精辟"所打通,还是体内"屁精"的催动,一向出恭不畅的我,今格外通畅,在自家的活泼地痛痛快快活泼了一回。

布秉全,太谷人,一代形意拳大师布学宽之后。

又记:布先生美文《"活泼地"的遐想》于2014年11月18日披露于媒体。第二日,联合国教科文组织即公布11月19日为世界厕所文化日。此一奇巧也。

初发心

米元章尝奉道君诏作小楷作千字欲如黄庭体。米自跋云少学颜行至于小楷了不留意。盖宋人书多以平原为宗如山谷、东坡是也。唯蔡君谟少变耳。吾尝评米书以为宋朝第一，毕竟出于东坡之上，山谷直以品胜，然非专门名家也。董其昌《画禅室随笔》一则　甲午立夏半庐中明

佐子沼泥
一千六百弱山菜間日
陸侯令庄
长岳山的省委襲
南乡景侠
明祠鏡中門以室
烏倩蘋远
革疑久縣光雅育余
吹入唐山社
此及有未擾
候已阡
曹植之赴渊明詩序
貞荻之夏雪霜俊
宜岛序為久心
渭川千畝濱吾枕
在身切居愿年
失湖州是个知音
者日眠太醉
练青到月冬
拝禾隋碎礼俯金
る運坐之考竹
元曲徽四七
七度詩宋詞三送尹主
峦矣七年庚申月
不富研書於

元曲四首

杏花村里旧生涯,瘦竹疏梅处士家。深耕浅种收成罢。酒新刍鱼旋打,有鸡豚竹笋藤花。客到家常饭,僧来谷雨茶,闲时节自炼丹砂。杨朝英之《自足》

兴亡千古繁华梦,诗眼倦天涯。孔林乔木,吴宫蔓草,楚庙寒鸦。数间茅舍,藏书万卷,投老村家。山中何事?松花酿酒,春水煎茶。张可久之《山中书事》

先生醉也,童子扶者。有诗便写,无酒重赊。山声野调欲唱些,俗事休说。问青天借得松间月,陪伴今夜。长安此时春梦热,多少豪杰。明朝镜中头似雪,乌帽难遮。星般大县儿难弃舍,晚入庐山社。比及眉未攒,腰曾折。(迟了也,去官陶靖节!)曹德之《题渊明醉归图》

贞姿不受雪霜侵,直节亭亭易见心。渭川风雨清吟枕,花开时有凤寻。文湖州是个知音。春日临风醉,秋宵对月吟,舞闲阶碎影筛金。马谦斋之《咏竹》

元曲散曲也,与唐诗宋词三足鼎立,甲午冬至半庐中明于寓所南窗。

录《介休书画略》温晖条目

淵明題菊

悅之陶之詩愛焉

陶之為人吾必然矣

余子以畫為篆

借此丹青筆揩

玉塵砡之

兄之有味也孟英千人畫竹工出興工
繪千花以盡菊之長石礎文兄鉌正

历代咏介诗钞

趙淞公稿墨卷以範祉仁四朝勳業載將軍八十積神心春康直
賢所肯付丐以童諸忠沫付法郎楊者送先生春沈鐘卅桓
沙拔霜居白矢不馬山羹不鐵令保紫護手全余矣久言故倚城陌
刃趾縣人畢林宗羊十不尽矣竞昭沈不下馬之邯次北南槍又
躬趟謫侭督曼幸在柱童堂銅一福如猗異海内奧俊彼不
誌任芫芙獨淘且肯
天不奮在之不序囘中扶士人爭舉为石明摺揚命才姜羶吉氣
柱寨辭亦趾英一之人反選豈特矢耳玉山上奠二社諉
三夜扰旨注退塔守三攷祉酰空逃人子碣佰陶公子
不位家蘆忠區十入夫華貝悟之造降居剂用驁一翮返倉國業
不拙了余逃一縞出亭任劦剖令子漢有功佐帀利奇植劯
廿七堅一僥旦悚嶼再倪亀睛以甘括彴始佩廿一紆岢叩
付于宣今林汔得委先生聖百韻任縷煙三堰追嚴山門詩笀

燕目宣今林汔得委先生聖百韻任縷三堰追嚴山門詩笀
槃溪同箕婪茱持發豐談矩余不生尋畧做骨
行莕保丰家禁久之三月丁忠寶一兵塔對時
細云滿印典十廟廋玦言一辺狂覚金呑年寺名
三藩袈俅回了敵屠約十丁擣突石忠師推壮士楔中抓笁
尻竜豪傑同乐敵屠約兵雄代不一鈹千峯東阿守功
坎旅径邑雞隘武歙陽幺手士尺重颯帨行源飽寺除草語
宏齊廣芻春
吾又顯清朝寿供甲宵石藥司帚鶡祉訊未尗
哥容訊淞鐲蛱煙汲山神瓴宣失下峯之凈迵塔訊
碎甞寺彈慧瑤岑擁冬二兩魚歙甫名白恩伏一等
陸味六月凉珪一方桐斗紅翁演肘山丕延停麻八馬支丕霜余三
又原伝出三遺兄凉春釥壅冺一兩歙如
日倚王學少寸嫁朵蟄老花辰既秋隱春林
紅蠻藓牛舖不堅熨玄茗三一二九寺菜尾中自之誌

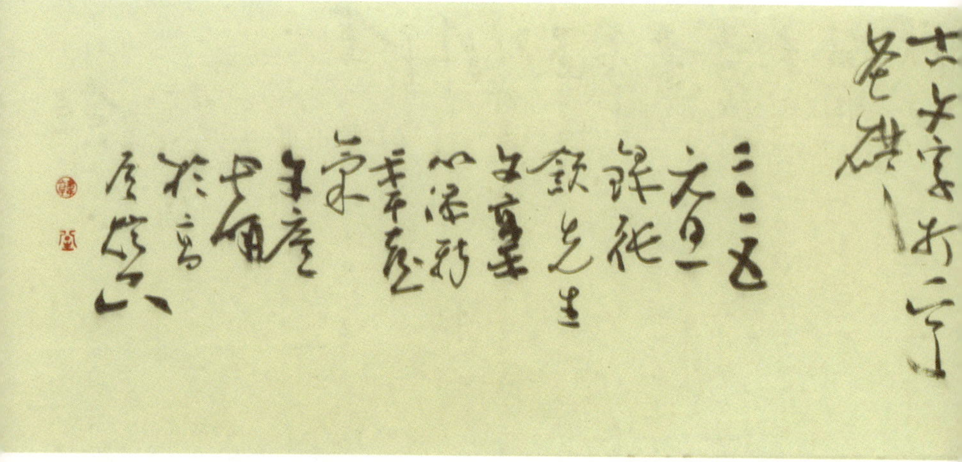

三二五
錄郁
鈙亡生
出章臺
以沫衎
索書志
事產
忠肩庑
於高
屋建瓴

古大富於二字
名驚

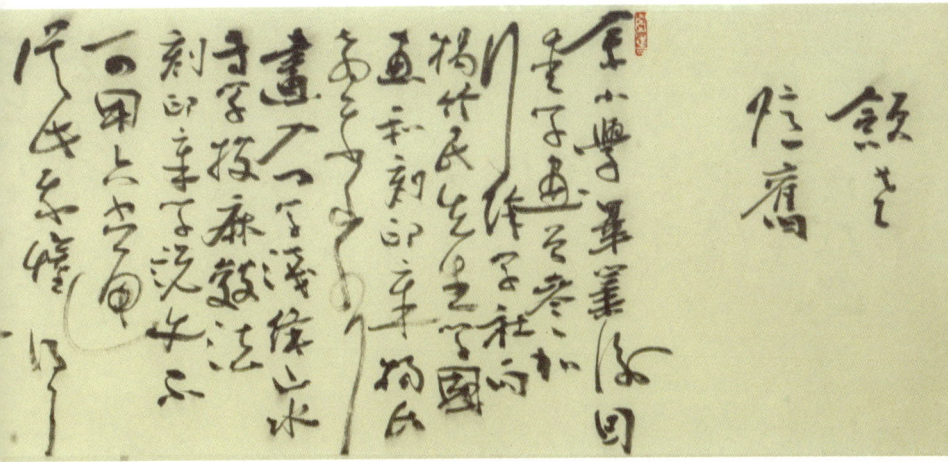

领老忆旧

余小学毕业后,因爱学画,曾参加行余学社,向杨竹民先生学国画和刻印章。杨氏教我山水画入门,学浅绛山水,专学披麻皴法,刻印章学《说文》,不可用《六书通》,从此我懂得了篆法之由来,为我以后研究古文字打下了基础。2015年元旦录张领先生文稿以添新年喜气。　半庐中明于高层灯下

杨万里题曾无逸百帆图

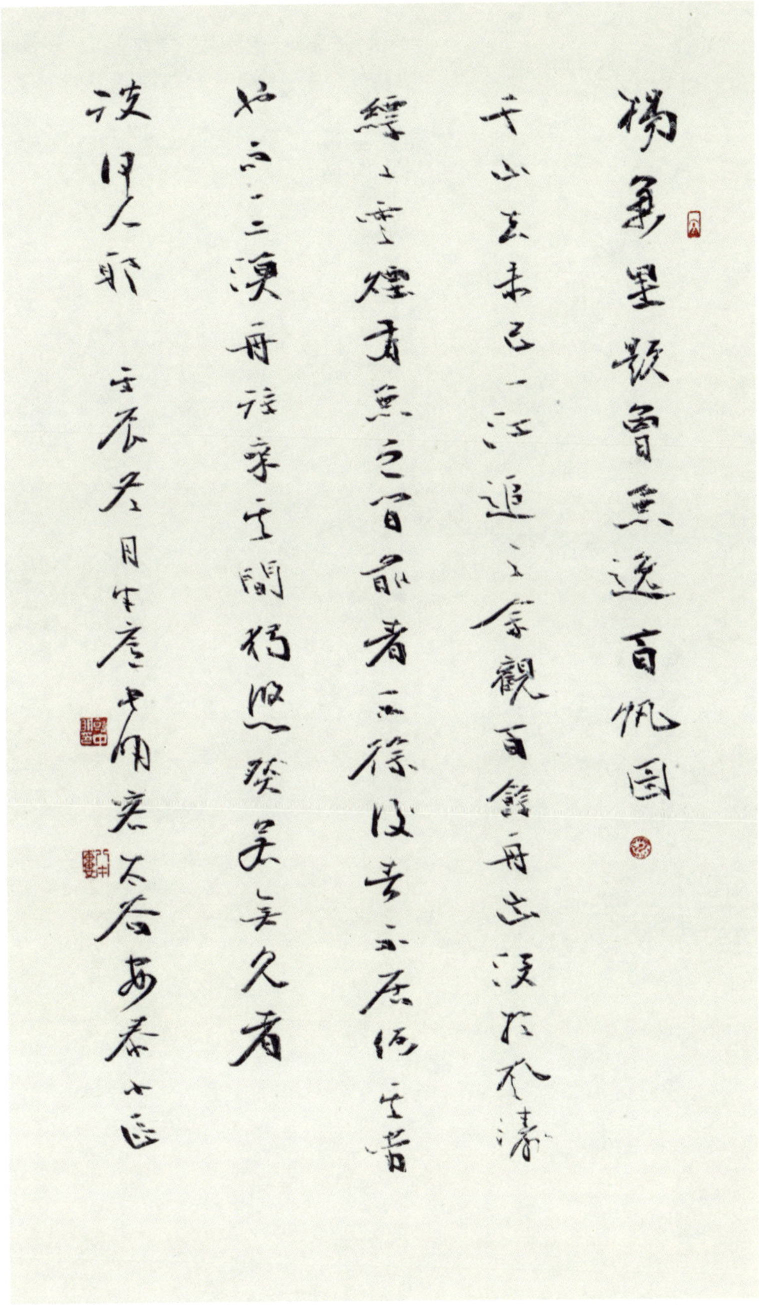

扬舟里歇曾无逸百帆图

千山玉末已一江通上余观百舸舟击浪大飞涛

经上云烟有无已百舸者无徐役其三辰征上昔

如上二溪舟往来上間将照癸未无久者

没月人歌 壬辰冬月生庵甫書 太谷安泰七区

禅诗扇面

流水下山非有意,片云归洞本无心。
人生若得如云水,铁树开花遍界春。

「宝绘、清名」对联

宝绘合因王逸少
清名咸慕郭林宗

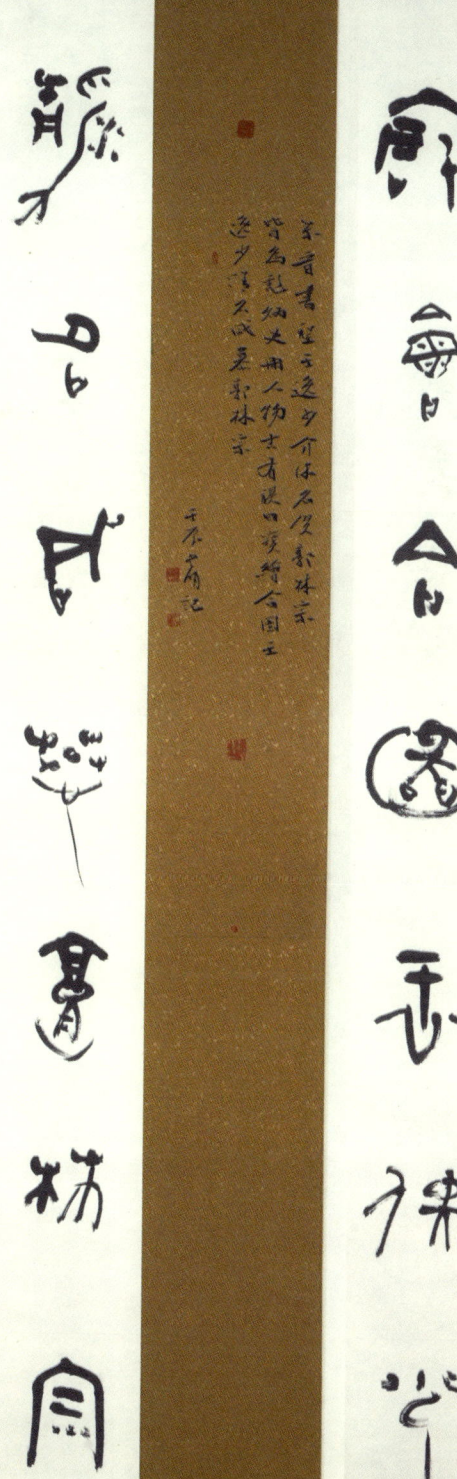

深静诗佳人也

宽堂深友正禁赠之

十闲

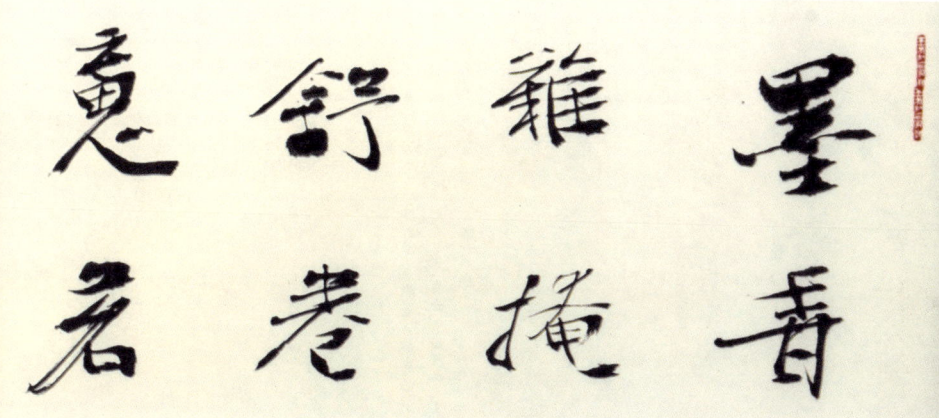

"宝绘、清名"对联

墨香难掩舒卷魂
茗深静待佳人品

录《东坡志林》

石晋之末,汝州有一士,不知姓名,每夜作笔十管待其家。至晓,阖户而出,面街画壁,贯以竹筒,如引水者。有人置三十钱,则一笔跃出。以势力取之,莫得也。笔尽,则取钱,携一壶买酒吟啸自若,率尝如此。凡三十载,忽去,不知所在。又数十年,复有见之者,颜貌如故,人谓之笔仙。

甲午初冬,灯下读东坡集见此篇殊有意趣。录此存念。半庐不晉之末汝州有一士不知姓名家在僻僻僻十管待元家至曉開戶已出置僻僻貲以竹筒如引水有人置三十錢名一筆躍志以贄乃取之錢即入筆畫則取錢自美嘗一壺酒冷庸自飲去不知所至辛嘗如此凡卅載又西四十年冷庵主人者人謂之筆仙人寒冬初冬好下凌東坡顧久此篇殊有之意趣鍩此存念

笛连野水之烟，淡荡寒山之月。蕊一攒而集霞，葩五出而争雪。侧拔断碛，委朔风其将吹，忽上高空，助冻云之欲结。抄数英之半掬，中万斛之一搏。古干横皴，玉龙游而张甲，编条聚脑，白凤戟以桃翰。骠块缤纷，何雪波之(仙)子。留连野水之烟，淡荡寒山之月蕊一攒而集霞，葩五出而争雪。侧拔断碛，委朔风其将吹，忽上高空，助冻云之欲结。抄数英之半掬，中万斛之一搏，古干横皴，玉龙游而张甲，编条聚脑，白凤戟以桃翰，骠块缤纷，何雪波之仙子。

肌肤绰约，无言姑射之仙。趣以冷而为妍，艳以寒而见取，组香气于空表，弄皎色于霄端。瘦影横窗，雁然山泽，素魂丽壁，忽而婵娟。

节《梅赋》吾妻名梅，喜梅及梅与之携手卅五年矣。癸巳半庐中明托使将传，寄江南之迟信，随风暗度，报塞北以春天。

徐渭《梅赋》

往予薄游海外，闻罗浮之胜而未得登焉，盖昔所称八梦之程，亦可以见之矣。涉冬出大庾，见庾岭之梅，则多粗理而绎櫹者欤。抵玉山，人言东岳之奇，往观焉，则见其孤生瑰古，僵伏回卷一。

花千叶，并带数萼，怨上珠而扶疏者欤。至于依山临涧，覆桥横野，间松杂竹，屋角墙茨，境非不美也，未闻其走马而征典，岂非品质靡异类别有区，人固玩视其习，而好言其殊。尔其孤禀矜乾，妙英剪发，肌理冰凝，干肤铁屈。

《懒猫图》

夜里奔波昼里眠,这般辛苦有谁怜。

哪天世上无刁鼠,放我归山了夙缘。

节临《元略墓志》

惠言徼鬼神依秋卅有三召歲次戊申四月戊辰薨於洛陽之菴衰結行路遷迩甚老於是嘿音悲感飛走居追歎賵傳魏故略於儀魏晉胥下自有清不丙戌二月初四弄翰志凌五十五歲生日

[印]

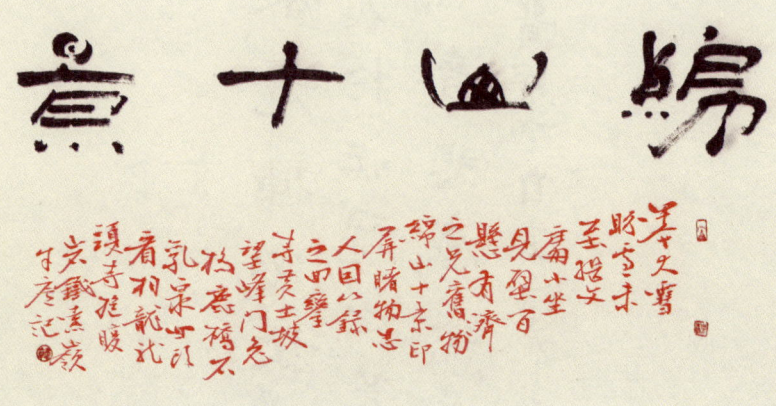

绵山十景

甲午大雪,盼雪未至,继文处小坐,见壁间悬有济之兄(李刚)旧物"绵山十景"印屏,睹物思人因以录之。回銮寺、黄土坡、望峰门、兔桥、鹿桥、石乳泉、回头看柏龙、龙头寺抱腹岩、铁索岭。半庐记

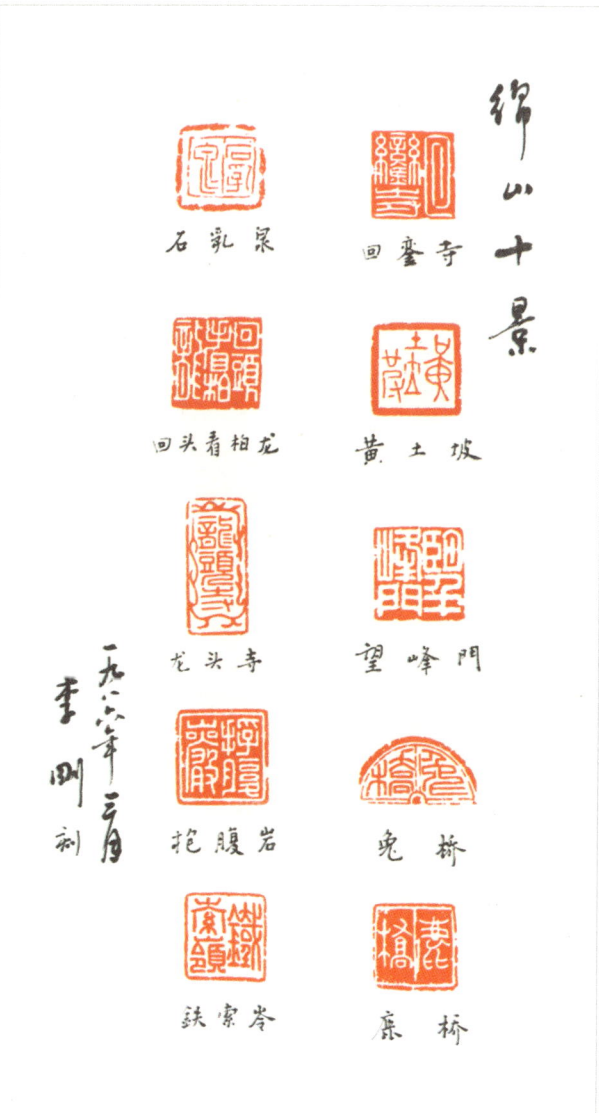

有两人铺毡对坐一童子烧酒炉正沸余一日舟子曰湖中焉得更有此人又同饮余强饮三大白而别问其姓氏是金陵人客此及下船舟子喃喃曰莫说相公痴更有痴似相公者

德心相公尊者赏
辛卯正画题

崇祯五年十二月，余住西湖。大雪三日，湖中人鸟声俱绝。是日更定矣，余拏一小舟，拥毳衣炉火，独往湖心亭看雪。雾凇沆砀，天与云与山与水，上下一白。湖上影子，惟长堤一痕、湖心亭一点、与余舟一芥、舟中人两三粒而已。

录张岱《湖心亭看雪》

半庐臆语

学生问书,颜楷可为正书之善者,借米颠言"颜鲁公行字可教,真便入俗品,用笔古法荡然,恶扎之祖"。观晋人书,起止顺势,上笔收即下笔起,锋顺字畅。信息对接一派天然,自左而右顺势。运行轨迹者虽具大唐气象,似乏山川灵韵,若人之标准象,只存皮相,不见性情。正书得灵动者活,行草获稳健者生,动静相见则善,此用笔之枢纽也。癸巳长夏炎热难耐,濡墨消暑。半庐中明记之,如高山流水之畅达焉。

临帖浅谈

学生一心思欲猎而鳥占書之喜者借來則言欲專心儿宇而缺乏使人條共用筆之法蕩然無孔之祖趕必藏儿必裹收必凹謂逆手抵中止下用在不失順勢又慶畫衆如三山川靈韵羙人之標淮衆其在友相之久性情歡昔人云赴之峻督上筆收即下筆趕鋒以宇物如居山不少之楊重馬止也门靈畫省深川卅復穩健先生盖靜相久乃善此用筆之祕結也

鑒虎長友笑蒸難對隐喜清暑於庚申月記之

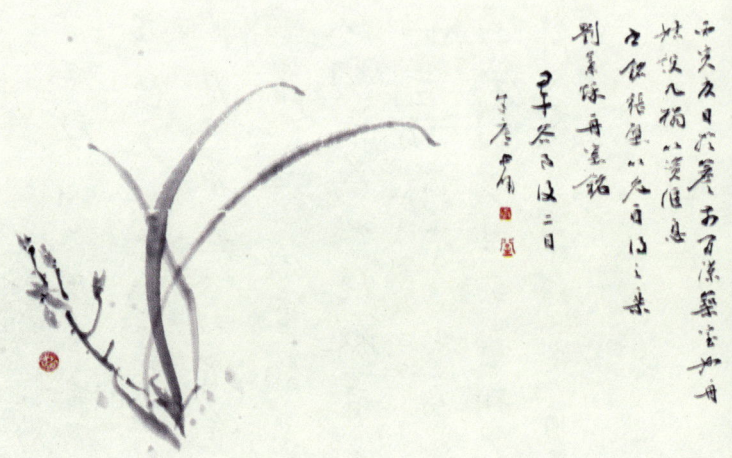

惠兰手卷

寸土偶空,辟兹舟室。不足回旋,聊堪容膝。可供啸歌,可读经史。虽小何碍,纵大无趣。泰山沧海,微尘涓滴。巨细齐观,佛家真谛。天游在心,布衣雄世。

丙寅夏日于檐前间隙筑室如舟,姑设几榻以资偃息。书铭张壁以见自得之乐。

刘叶秋《舟室铭》。甲午谷雨后二日,半庐中明

余少读书

余少读书,于儒道佛诸家无不喜之,然皆流于清谈,不堪实用,中年屡挫,且常为群小所欺。世道不公,人事艰危,疲于应酬,心劳日拙,不胜之苦。每觉人生无趣。久之渐悟,复入儒道佛。儒之中庸乐天知命,道之清净、知足不辱,佛之超脱,四大皆空。道教之修炼,养生延年兼而用之。心逸日休,游于物外,礼明牵挂少,心闲岁月宽。摩诘云:"中年唯好静,万事不关心。"老杜又云:"细推物理须行乐,何用浮名伴此身。"皆深悟(人)世事之理也。

读书见此,如遇红颜。癸巳半庐

余幼讀世教儒道佛諸書亦嘗立志於中年屢挫退學為僧出家數年逾不省人事難信吾於應救心皆日沾古禱之言無愛人生已趣久之漸快慶一儒道佛儒之中庸无至无厚佛之超後以法皆至至教之修保養生延年集其同之心思日休將往物外祖明年斛步心余歲月憂慮於云中幸帷將靜養其年不吴心老於又六和推物玆次月

漬世久他如逆任敎

癸卯用學為任亡身皆深供大世等之野心

铸魂。录黄宾虹自题山水一刻

介休狐村戏台旧联

声情入妙云停脚　性韵逼真石点头

声情无物不得其性韵通真不袭迹

性韵自兰不能涂

大德唯庸

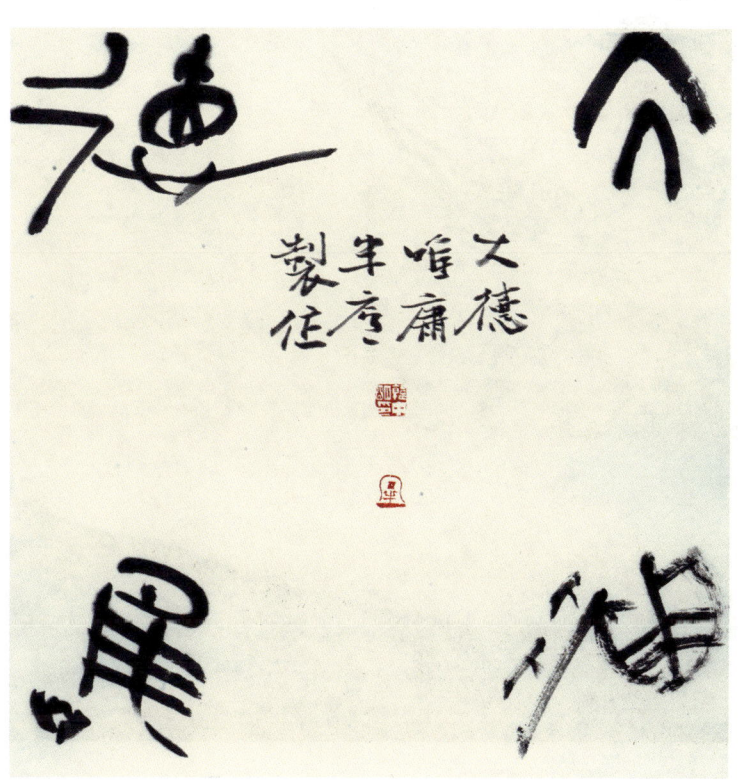

汾河湿地公园韩中明题字刻石

清水出芙蓉 天然去雕饰
——韩中明先生其人其书浅识

樊 敦

与韩中明先生相识相知几十年,如以极简练的语言来概括他的人品和书艺,仔细琢磨推敲良久,唯有李青莲的这两句诗——"清水出芙蓉,天然去雕饰",庶可近之。

韩先生名中明,字公生,现为介休市书协主席。其先尊为他取这样的名与字,蕴意于古语"公生明,偏生暗"。厚望于焉之心,历历可鉴。公者,客观也,实事求是也,不偏不倚也,黑者为黑,白者为白也。故而非"公"不能生"明",非"公"不能有良好的心态,以超乎常人的气度和雅量接人待物,正确对待自己和他人;非"公"不能在书法艺术领域高瞻远瞩,披览千古而有自己的真知灼见,从而书道独步,风格迥异,可望大成。

在笔者熟识的文友、书友、画友、球友、牌友、酒友及一起工作几十年的诸多同事中,名字与其人品行相谐相契、珠联璧合、妙然天成者甚少。中明先生乃名副其实的绝佳者之一。司空见惯的是两者间的游离和错位。名为美者,实则丑也;名为硬者,实则软也;名为长者,实则短也;名为真者,实则假也;名为荣华富贵者,实则穷困潦倒……令人深思慨叹亦令人忍俊不禁。

中明先生气质品格清明干练,为人处事光明磊落,中正刚直，快人快语，毫无时人仰人鼻息、观言察色、审度利弊而言是非对错之陋习恶行。其行年六十有余，对家人、朋友、同事、邻居乃至素不相识之人，绝无点滴营苟龌龊之事，故在笔者心目中有古之君子之风。

其在单位任办公室主任数十年，工作恪尽职守，尊重领导而绝不巴结领导。十几年前，其长女于归喜筵上，高朋满座，胜友云集，但他特立独行，没有循规蹈矩，按常理出牌——邀请单位的重要领导。在他看来，工作关系和私人之交，是风马牛不相及的两码事，而不是剪不断理还乱的一团乱麻。而在当年全国兴起学习《弟子规》热潮之时，其遵单位领导之嘱，将《弟子规》全文作为内容，以自己最擅长的魏碑行楷，一笔不苟地创作出超大幅书法作品，并装裱悬挂于单位大餐厅。单位领导要给其一笔合情合理的丰厚润笔费时，韩先生莞尔一笑，辞谢曰："在单

寂寥一点寒灯在 酒熟邻家深夜沽

位工作几十年,马上就要退休了,就算留作一个纪念吧。"

就这样,众多平庸之人怎样也迈不过去的坎儿,他举重若轻,微然一笑就轻盈地跨过去了。

作为中国煤炭系统的书法名家,熟识和不熟识的人慕名向他求索墨宝,他从来不像其他书法家那样——矜持拿捏,标明每平尺多少钱,写一幅款式不同的字酬金若干,仿佛市场上的交易。他问明用途和书写内容之后,倾心尽力书就是了,书艺为重,名声要紧,从来不敷衍应付,不企求回报。

中明先生涉足书坛几十年,志在高远,见贤思齐,临帖摹碑,目识心记,寒暑不辍,用功甚勤,于书法诸体皆有较深的涉猎浸润。他追本溯源,向甲骨卜辞探问消息,力求减弱锲刻的痕迹,而涵养书卷的气息。篆隶则于《散氏》《毛公》《张迁》《石门》梳理甚深。近20年来,其在通览广识魏碑大观的前提下,披砾拣金,对《元怀》《元略》《元倪》诸墓志,尤情有独钟,体悟的功夫下得殊重。他将这些墓志书法的笔法、结构和神采气息,娴熟于胸,倾注于翰墨笔端,慢慢转化成自己风格独特的书法语言,高

标于当地的书坛。

中明先生的书法干净。他无论以何种书体结构书法作品,都给人这样的一种面貌和感觉。

何谓干净?从书法品格上来讲,干净就是没有俗气、匠气、迂腐气、酒肉气、江湖气、流行时髦气。从行笔用墨上论,就是不拖泥带水,不浊重涩滞,不模棱两可,不枝不蔓,不似是而非,不优柔寡断,当连则连,当断则断,当行则行,当止则止。总之,让人欣赏起来,感觉如沐春风般舒惬,如行云流水般自然,如清水出芙蓉般清新怡目。

干净与书家风格有关联,但与书体无涉。羲献父子不论。钟繇、颜真卿的大小楷写得干净,颠张醉素的狂草写得干净,米芾、赵孟𫖯、董其昌的行书写得干净,峄山和汉碑的篆隶同样写得干净。由此可见,对照经典,同样一种书体,既可写得干净澄明,深入人心,又能浊混灰暗,令人目不忍睹。

不是谁都能把书法写得干净的。著名的书画评论家陈传席先生曾撰文洞察梳理过古今书画之人"骨清""骨浊"的问题。其认为骨清之人笔洁墨清,书画格调自然干净清明,皆为先天禀赋所决定,后天的修为不能改变其万一。反之亦然。这样的立论,强调先天禀赋的重要性,自然有其合理的成分,但否定后天的修为,却为笔者所不敢完全苟同。不过笔者也认识到,一个人骨清与否,清到什么程度,浊至什么地步,对一个人未来书画成就的大小有多大的制约;后天的修为,怎样的修为,就能改变骨浊的现状,实在是一个见仁见智的复杂哲学命题。启功先生一生阅览古今书画无数,自己又在书画领域身体力行几十年,体会认识之深广，绝非平庸之流所能企及。故其对他人书画的最高评价，别不多言，即精简之极的两字：干净。然而深知启功先生为人为艺者，岂能轻易听到这位当代书坛泰斗将这两字送出口。

笔者人卑言轻，借用启功先生绝不轻易示人的"干净"二字，来概括中明先生的所有书法作品，虽不能微尘足岳、坠露溢海，但确实是笔者无关乎任何羁绊的来自心源的认识。相信书道同仁亦有同感。

中明先生的书法除了干净之外，尚有正大气象。在笔者看来，干净和正大气象是这样一种关系：有正大气象的书法，必须是以"干净"为前提的，而"干净"的书法作品，未必有正大的气象。杨凝式的《韭花帖》，赵孟頫和董其昌的行书，写得干干净净，几近白璧，但不具正大气象，这便足以理喻这两者的关系。

正大气象是书法家在书法创作过程中，通过笔墨运用、结构处理而呈现给观赏者的一种内在的气息和意象。要想具备这样的条件，在书体结构上必须堂堂正正，大大方方，疏处不空旷，密处不局促，筑成浑然天成、气息通畅无碍的门窍孔隙。在用笔上，不炫技，不拘谨，不取巧，不猥琐，不搞小动作，不走旁门左道，不哗众取宠，不故作高深，自自然然，瑕不掩玉。除了力避这些弊端之外，构成意象的线条尚须厚重，俊爽，遒劲，绵里藏针，百炼钢化为绕指柔……更重要的是，若要使书法作品有正大气象，作者须有正大的品行修为。种瓜不会得豆，侏儒的身后不会留下巨人的影子。书如其人，人如其书。清人刘熙载在《艺概》中早已将此理析通说透。中明先生为人处事坦坦荡荡，

言行一致,严于律己,诚以待人,与趋炎附势、前倨后恭之小人,势若冰火,自觉而长久地独善其身,其书法作品中若没有正大气象,反倒是违背天理,令人难以想象的。

与中明先生相交,自然坦诚,无需戒备,更不必要有相求时口将言而嗫嚅,足将进而趑趄,直言明讲就是了。其真是一位可遇而不可求的可以以心相交的挚友。

欣赏品读中明先生的各种书法作品,能使笔者身心澄澈,神情思绪宁静,被各种俗气和物欲污染的灵魂能得到净化和升华,不由得会对作者产生敬重之心。在介休乃至山西,这样出淤泥而不染,给人如此美感效应的书作不是很多。

中明先生习书一贯主张扎根传统,不轻言创新,因其在书法之道上跋涉几十年,深知中国书法艺术长河之博大精深,穷自己毕生的精力,也不能挹汲其万一。不轻言创新,不等于其没有创新的理念和意识。纵观中明先生书法的发展历程,其书法技艺的精进、品格的完善和提升还是显而易见的。我们有理由相信,十年乃至更多的时间之后,中明先生的书法必将会更臻炉火纯青、人书俱老的境界,其书法作品无疑是会传世的。

(作者为山西作家协会会员)

楷则当行
——韩中明的文房之约

郝继文

2014年8月18日汾西矿业集团文委于文体中心展厅隆重推出李刚、李焰、韩中明三人行书展——"文房有约"。作品集同步印发，省、地书界的朋友都来捧场自不必说，足见三人的修为之深与影响之大。我有幸了解到三人筹划至展出历时逾一年的整个过程，出过些馊主意，想过些臭办法，并且更加有幸地抢到了几套印制精美的作品集，能够细心研摩，几天后，觉得研讨会时的发言尚未尽意，有话要说。特别是韩中明老师的作品，我认为可以作为一个典型案例来研究，相信等他看了我的这篇稿子后会毫不吝啬地送我一件作品算作封口费。

韩中明先生做事干练，事事有谱，于书法是发过宏愿的。1984年韩先生自北京学习回介后，开列了一份学习清单，清单中无所不包，且条理分明，如篆则如何、隶则如何、楷则如何，皆详尽。现在去了顺德的著名诗人张驰诗集中有《见韩中明详尽学书计划自惭有作》可证。

韩先生计划中开列的清单是他后来用功的轨迹。这个清单诞生时即引发张驰的感慨，所以到今天就有了我们的叹喟。就事论事，就集中的作品而言，中明先生四体皆工而未合常流，

1994年安多民（著名篆刻家）来介时曾表示服膺中明先生的《散盘》《毛公鼎》的功力。上一次展览（2003年）提供的作品有王有谊类型的线质，而目前的状况显然自成一家。《秦诏版》也被改造得厚朴滋润。"印象"甲骨更含蓄有致、姿仪洒落。他的隶书用笔用墨和篆书是一体的，体势上揉合的是草行的连带和简化，润含春雨、干裂秋风，甚能得之，排列方式也足够现代，那一块大斗方连标点符号都包容了。还有一点略提一下，就是中明先生的隶书对长横和捺画的燕尾不作强调，有别于一般我们认为的隶书特征。历史上虽有《石门颂》《好大王碑》等范式，但如不能吃透汉隶体势习惯，是不能驾驭这种由内而外的表达方式的。

最后，我想重点分析一下中明先生的楷书。这也是我在多种场合竭力推出、竭力赞誉的可代表他的水准的拳头产品，为了能让足够多的读者听懂，或者说让我的赞誉之词令人信服，咱们运用解构的方式细细盘剥，慢慢道来。

如果您是细心的读者，稍运用统计的办法，就能简单地发现，这25页的集子中有13个页码是楷书，中间的夹页也是楷书，这个数额是仅占一页的行草分量的13倍，中间夹杂的篆隶成了障眼法，是用疏离间隔去回避一律而设置的。这13件作品中，后面的四条屏是临的，2页的分段作品、15页的镜片、17页的斗方是不同趣味调度后的改造式样，夹页的12条通景屏是本色本象，中明先生为汾矿集团书写的那篇《铭石鸿篇》即此种格局。我们来一一考量他的价值。

一、中明先生的楷书首先是摆脱唐人楷式。中明先生的取法途径是由源导流式的，他开列的书目我们上面已然看到，十年前我看到过他集《张黑女墓志》的对联，而近十年的功力主要用在《元怀》《元倪》墓志。魏楷大致有两类风格，如《始平公》《杨大眼》等龙门造缘，以及《张猛魏碑》，刀切斧镌，锋棱刚强。而韩先生所取法的这一类是温润婉转居多的，刊刻细节到位，姿态从容，以特点鲜明而言则似乎比不上前一类抢眼，魏碑这一块条理不是那么清晰，为康有为《艺舟双楫》过分称誉后，魏体的取舍成了麻烦，但从字体和笔法的沿革来看，包世臣的话比较切实——"北碑字无定法而出之自在，故有变态；唐人书有定势而出之矜持，故形板刻。"自隶书而来，而未至唐人成法，大家都去摸索道路，那个方式就不可能都一致，各人都可能自成体系，所以魏碑中蕴含了一切隶至楷的可能形式，尽管它有可能还不算完善，有经验的学习者把目光集中过来自是有其战略意义

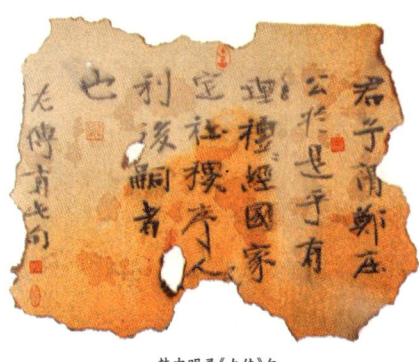

韩中明录《左传》句

的。中明先生的定位理性十足，当然也有个人的风格偏好。

二、我们看一下中明先生从临摹对象那儿找到了什么据为己有。

韩先生四五年前临《元怀墓志》，我费了好大劲才确定，因为我对这几种墓志并不很熟，那次去他办公室看到觉着有味道就没收了。我仔细审视了原帖的情致，这块墓志给我两个方面

的印象。一是它属于整个魏系风格的中后期,离隶书远而离唐楷近,当然仍充满隶化倾向的曼妙从容的线质,这一点和唐楷有极大不同,唐楷重点强调起落,笔法叫提按,而且动作来得干脆。打个比方,唐楷行笔方式相当于袋鼠的跳跃,机警有加,只在极少的笔画中保留拉伸痕迹(如颜体的捺脚、褚遂良的一些撇笔),而此帖的用笔则相当于海鸥翱翔,舒缓开张,振翅的幅率并不太大。古人评语中的"云鹤游天"并非虚语,韩先生临作中"履""居"的撇法,那些独特的钩法柔和而不失力度,方位、情趣抓得非常准确,这才叫忠实于原作,用技术手段去保证形的到位,这就是书法的"法"。二是《元怀墓志》由于刊刻的原因,所有线型和字构都多少有些单一,少了一些对比,线质更有些讨厌的光洁——我是说这种线质并非圆润光滑稚嫩,而又偏偏具备厚度,类似于粗糙的缸沿。韩先生在解决技术活后,调动了自己对笔墨的理解,并作了适当的改造,浓淡和虚实注入了挥洒的节律,呈现出作品的完整一体。这件临作我很喜欢,透过它我看到中明先生与古人细致入微的对话,彬彬有礼,面面俱到,心心相印,游刃有余。

三、来看《元倪墓志》的临写。《元倪墓志》显然比《元怀墓志》更加流动,点画趋于规范,优雅的鹤舞换成了雏鹰疾掠。从风格和处理习惯上来看,它的时代离我们更近,有些妍媚。有了上一节的评述,我们仔细端详集子中的这件临作,实在觉得它没有《元怀墓志》好,字形抓得没那么准,如"煌"字的"火"旁,"君"字,第二行的"字"、"世"笔画的粗细、搭构的空间都差了很多,有了前节的铺垫,对书法了解的朋友知道这叫"意临"。对

"意临"这个词的界定很模糊,是不是只要临得不像就算"意临"呢?某种立场来看好像确实是的,比如明末清初的很多人,傅山、董其昌标明临摹的一些作品是完全不像,白谦慎先生管这种方式叫"臆造性临摹"。没有临过帖的大概不会有这种感觉,你置于座右的帖子那熟悉的姿态的约束力量那样巨大,使你跳不出它的阴影,所以临得像固然难,要完全不像也并非那么容易。中外艺人都深切体会过"影响的焦虑",傅山不愿意遭罪,也不愿意形而下地过多纠缠技法,所以他的学习办法是不深入进去,大而化之地挥写,由于他的自信和学养宽博通透,触类能通,得以弥补这样的不足。韩先生已没有这样的便利,他的忠实虔诚的态度前已描述,《元倪墓志》积功更深。我见过他各式各样的临本,大部分被销毁,集子中的这件八条屏,始终完整,自

为精心之作,而从《元怀墓志》的滴水不漏,到《元倪墓志》的空漏,仿佛漂亮女人追求的多露,除了关键的部位皆露。但是作品整体透露出的古雅的气息并没有丝毫减弱,甚或超越了原作,这般结果经这样啰嗦的剥离分析,证明这一过程充满难度。至此,韩先生已然能古我相融,自由自在了,"背钟张而无违",换句话说,他已进入那个时代经典之中,掌控了内核,动而中矩,不必斤斤于特征标识了。最后,自我意志膨胀,在自我的环境中反客为主,雄视百代,体系已具。

　　四、书法家的成功实践是一个体系的完足,我和韩先生交换过意见,评判标准大致有四:1.技术精度(合理性);2.包容范围(丰富性);3.文化含量(传承性);4.风格特色(典型性)。四者皆具则规模粗成。有了体系,好的作品还需再加一条——和谐的生命律动,生命的宏大交响不是随时而至的,而是亘古难期的,《兰亭》《祭侄稿》适逢其境,已成绝响,所以我们对书法家的要求可以基本限定在以上四条。当他的体系完备,体系的包容度又足够大时,在每一件单独的作品中都会有足够可供调动的因素去适应整体章法、具体文字素材、语义氛围的变化。孙过庭在《书谱》中说:"写《乐毅》则情多怫郁,书《画赞》则意涉环奇,《黄庭经》则怡怿。虚无,《太师箴》又纵横争折。"所以同一书家可以在不同作品中创造不同气氛,甚至展现不同风格,书家去努力如此追求时,可以藉此考察书家的感应能力,回过头来就得以欣赏韩先生建立在以上精妙临仿的基础上而不同的数件创作。我特别喜欢的是这件斗方——"休卧元龙百尺楼,眼高照破古今愁"。辣笔封喉,浑然凌厉,一击成功。技法解构不足以

言其神,一个真正的艺者是具备神思的智者,情深志满,恰如其词:"莫道玉关人老矣,壮志凌云依旧不惊秋。"

(作者为介休政协副主席、晋阳印社社员)

后　记

　　尽管不无缺憾，平生认真做的第一本小册子还是呈现给朋友们了。原本该70岁做这件事，总觉得现在不够，经不住同仁的撺掇，又适逢染翰四十冬春，心闸一松，心迹就一泄难收了。

　　账是这么算的，第一次以书法的名义介入社会是在1975年，当时在阿克苏当兵，依稀记得展厅位于农一师礼堂，人头攒动，场面宏大，有三件作品很是唬人。有个叫郑标的，农一师干部，从唐楷出，很有些正大气象。还有一位署名阿龙的，即新疆知名画家龙清廉先生，画家的字，程十发那个路数。一个叫傅嘉仪的，也是部队作者，日后大名鼎鼎的终南印社社长是也。岁月过去了四十载，几位书法前辈谋事何处，还书法吗？

　　无疑这次展览中我充当着丑小鸭角色，收获的却是打开了心灵的另一扇门——书法也可实现生命价值。上了"贼船"就没有了回头路，风簸浪箕一路走来。我当过兵没打过仗，下过"海"没摸着"鱼"，从过教没登过台，入过仕没进入圈，倒是捉管守砚的余事伴我亦喜亦忧，使人不离不弃。缘于此，不揣浅陋，写了些自恋的东西。我食性很杂，曾游艺于四体，近年独喜邙山诸志，稍得要领，便肆意任性起来。总的把握，追求文墨的雅致，讲究形式又不过饰，大抵如此。

　　老伴常叨叨："你就一个小学六年级的，鼓捣什么文字！"还

真是,初一是在"文化大革命"中度过的,好在有个以笔记事的习惯,规则是:圈可圈之事,记可记之人。这样从旧纸堆中挑挑拣拣,做了一回文化人。文字于我本是软肋,是非曲折,你权当故事听。

李庶民先生长我几岁,是我尊敬的学人;樊敦老师小我几岁,修养全面;继文最小,其影响力早就超越了年龄。在我心中,他们都是男神。关系呢?亦师亦友。我把他们搬来为我贴金点赞,或说人,或论字。名曰:名人效应,旨在勾起人们的阅读欲。

墨迹——文字——评论,构成了这本小册的三部曲,和谐共鸣吗?很难顾及了。

书法是什么?

是名利场,摇钱树?鬼才相信。靠书法养家能过上滋润日子的,县城有几人?省城有几人?京城又有几人?是修仙悟道?说玄了,说大了,说神了。

书法就是一种生存状态,因好之而守之,因守之而勤之。老太太跳广场舞的时候,老汉们扎堆日光浴的时候,你"日日临池把墨研"吧,各得其乐,境界自生。

我说了这番昏话,权作后记。

甲午冬至乍冷还晴
中明急就于枕月庵

①2011年1月介休书协换届,韩中明当选主席

②韩中明、李刚、李焰合影

③2012年"凯嘉杯"山西省书法临摹大赛,在省美术馆前合影,左起任兆琮、武增祥、郝继文、韩中明、赵文杰、史世秋

④2012年"永丰杯"乒乓球赛书协代表队,左起朱泽泉、赵岱岭、韩中明、郝继文、石玉珊、张滢

⑤介休市书法名家进校园活动中,韩中明现场题字

⑥介休地税局2013年笔会,左起杨慧敏、韩中明、王爱登